Roman Voosen
Kerstin Signe Danielsson

ROTWILD

EIN FALL FÜR
INGRID NYSTRÖM UND STINA FORSS

Kiepenheuer & Witsch

MIX
Papier aus verantwortungsvollen Quellen
FSC® C083411

Verlag Kiepenheuer & Witsch, FSC®-N001512

4. Auflage 2014

Umschlaggestaltung: Barbara Thoben, Köln
Umschlagmotiv: plainpicture/Johner
Autorenfoto: © Marco Quandt
Gesetzt aus der Dante und Kabel
Satz: Felder KölnBerlin
Druck und Bindearbeiten: CPI books GmbH, Leck
ISBN 978-3-462-04548-2

Das Buch

Kurz vor Mittsommer im småländischen Växjö: In einem Wald am Seeufer wird der von Pfeilen durchbohrte Leichnam eines Lehrers gefunden. Die Todesumstände erinnern an die Darstellungen frühchristlicher Märtyrer. Kommissarin Ingrid Nyström und ihre junge, impulsive Kollegin Stina Forss übernehmen die Untersuchungen. Bald darauf tauchen an der Wand der Domkirche seltsame Zeichen auf. Haben es die Polizistinnen mit einem religiösen Ritualmord zu tun? Die Deutsch-Schwedin Stina Forss hat bald erste Zweifel. Spätestens nachdem ein weiterer Toter entdeckt wird, erhöht sich der Druck von Vorgesetzten, Presse und Öffentlichkeit auf die beiden ungleichen Frauen spürbar. Während Ingrid Nyström mit familiären Problemen zu kämpfen hat, führt die wendungsreiche Ermittlung Forss nach Nordschweden, nach Berlin und weit zurück in die Geschichte.

Die Autoren

Roman Voosen, Jahrgang 1973, aufgewachsen in Papenburg, lebte in Bremen, Växjö und Göteborg. Kerstin Signe Danielsson, Jahrgang 1983, geboren und aufgewachsen in Växjö, studierte in Deutschland und Schweden.
Beide leben gemeinsam in Hamburg und arbeiten als Lehrer und Autoren.

Weitere Titel

»Später Frost. Der erste Fall für Ingrid Nyström und Stina Forss« (KiWi 1290) und »Aus eisiger Tiefe. Ein Fall für Ingrid Nyström und Stina Forss« (KiWi 1404)

KiWi
1338

Für Bent und Snah

»Etwas starrt mich an und harrt im Dumpfen,
lang nicht tot.«

MARKUS HETTINGER

»Tonight a comedian died in New York.
Somebody knows why.
Somebody knows.«

RORSCHACH, WATCHMEN

Wie ruhig es ist, dachte sie, wie unerwartet ruhig es hier drinnen doch ist. Als hätte der hohe, kühle Raum, in dem sie eingeschlossen war, den Atem angehalten. Weder die Geräusche der Autos auf der nahen Straße waren zu hören noch das Gezanke der anderen auf dem umzäunten Innenhof. Dabei war das Fenster geöffnet und die Frühjahrssonne blinzelte durch den Spalt, den die blinde Scheibe gelassen hatte. Sie lauschte der Stille. Dem Echo des Flüsterns und Seufzens der Heiminsassen, die vor ihr im Arrestzimmer gesessen hatten. Ihrem längst vergangenen Flehen, ihrer Wut, ihrer Verzweiflung. Sie lauschte den in den bröckeligen Putz geritzten Wünschen und Flüchen. Auch sie selbst hatte geritzt, in den langen Stunden, die vergangen waren, seit man sie am Morgen eingesperrt hatte; zuerst ihre Haut, wie sie es immer tat, wenn sie sich spüren wollte, dann mit einem Löffelstiel die Wand.

Es gab da ein Wort, das sie nicht mehr losließ. Ein Mantra, das ihr seit Wochen durch den Kopf ging. Es war ein fremdes, ein kraftvolles Wort und sie war beinahe damit fertig geworden, es in großen Buchstaben in den Putz zu schneiden, auf dass es die Schar ihrer Nachfolger lesen mochte: als Mahnung und Aufschrei zum Protest. Nur eine kurze Pause, dachte sie, die brennenden Finger entspannen und das schmerzende Handgelenk. Und wie sie da saß, eingesperrt und einsam, kamen die Gedanken wieder, die sie immer häufiger heimsuchten, seit sie mit der Journalistin gesprochen hatte, die für einen Bericht über die Situation in Jugendheimen recherchiert hatte. Gedanken über sich und ihr Leben. Über die strengen Regeln und die unnötigen Bestrafungen. Über die Ungerechtigkeiten, die hier tagtäglich geschahen. Es war, als hätte diese Journalistin mit den warmen Augen und der sanften Stimme sie verstanden, unglaublich, als hätte eine Erwachsene sie tatsächlich verstanden! Und nicht nur das. Sie hatten gemeinsam über andere Dinge diskutiert. Über große Dinge, große Zusammenhänge. Über das System. Selten hatte sie sich so ernst genommen gefühlt. Die Journalistin hatte ihr sogar ihre Privatadresse gegeben. Wenn mal was ist, hatte sie gesagt. Wenn du draußen bist und mal was ist.

Sie war nicht draußen. Sie saß hier drin fest. Weil sie auf dem Klo eine Zigarette geraucht hatte und von der Aufseherin erwischt worden war. Sie saß hier drin und lauschte in die Stille hinein. Und wenn sie die Augen zukniff, nur ganz leicht, nur ein kleines bisschen, dann sah das Rechteck, das die Sonne an die gegenüberliegende Wand warf, beinahe aus wie eine Tür.

Als die diensthabende Erzieherin am Abend das Arrestzimmer aufschloss, erschrak sie. Der Raum war leer. Das Mädchen war verschwunden. Zurückgelassen hatte es eine halsbrecherische Pyramide aus Tisch, Bank und Nachttopf und eine Art

Lasso aus einem Pullover, das am Fensterkreuz baumelte. An der Wand stand ein neues Wort.

BAMBU

Die Erzieherin begriff nicht ansatzweise, was es bedeutete.

SCHWEDEN, HEUTE

Janus Dahlin brauchte die ausgedehnten Spaziergänge in diesen frühen Stunden, besonders im Juni, wenn die Nächte kaum mehr waren als ein flüchtiges Dämmern, denn dann stiftete die Schönheit der klaren Morgen seiner chronischen Schlaflosigkeit einen Sinn. Es war kurz nach fünf und die Sonne stand bereits eine Handbreit über dem dunklen Saum aus Nadelbäumen auf der gegenüberliegenden Seite des Helgasees, über Ekesås und Rottnevägen. Der Dunst, der wie eine zweite Haut über der Wasseroberfläche lag, glühte rosa und orange. Dahlins Schritte verlangsamten sich, dann blieb er stehen. Er nahm seine Brille ab, schloss die Augen und fühlte die Sonnenstrahlen auf seinem Gesicht. Er atmete die Frühsommersonne und die Frische des Morgens ein.

Als er die Brille am Ärmel seines Fleecepullis geputzt und wieder aufgesetzt hatte, sah er, dass sein Hund auf ihn zugestürmt kam, im Maul einen Ast. Das Fell des Retrievers war nass, im Schein der tief stehenden Sonne wirkte es wie aus Gold. Um diese Uhrzeit konnte er das Tier ohne Leine laufen lassen, selbst in Evedalsvägen, die großen Audis, Volvos und BMW standen noch mit kal-ten Motorhauben in den Doppelgaragen und Carports auf den großzügig geschnittenen Seegrundstücken. Strax ließ sich mit wedelndem Schweif vor ihm nieder und sah zu ihm auf. Dahlin wusste, was von ihm erwartet wurde. Er nahm dem Hund den speichelnassen, morschen Strunk aus dem Maul und warf den Ast so weit er konnte die Straße hinauf. Strax schoss los. Das Holz zerbrach beim Aufprall auf dem Asphalt in drei Teile.

Mann und Hund folgten der sich windenden Straße am Hügel von Lilla Smäcken vorbei bis zum Ende der Landzunge, die Evedal dem Helgasee entgegenstreckte. Statt links in Richtung der Burgruine abzubiegen, wandte sich das Paar nach rechts, über die kleine Brücke in das unbebaute Naherholungsgebiet auf die Insel Hissö, verließ dort bald die geteerte Straße, schlug sich zwischen die Bäume und gelangte schließlich auf den schmalen Trampelpfad, der Hissö am Ufer entlang umrundete. Hier im Wald verwandelte sich Strax' verspielte Aufgeregtheit in Euphorie. Der Hund sprengte vor und zurück, verschwand minutenlang im Unterholz, brach durch Schilf und Gesträuch, platzte ins Seewasser und scheuchte Tauben und Singvögel auf. Der morgendliche Wald roch, wie er es im Sommer immer tat: nach Kiefernrinde und Tannennadeln. Die derben Wanderstiefel trugen Dahlin sicher über den holprigen Weg, er war ein geübter Schnellgeher, außerdem kannte er hier jede Wurzel, jeden Stein, er hätte den Weg blind gehen können.

Nach einer guten halben Stunde hatten sie die Spitze von Hissö erreicht. Jetzt schwitzte Dahlin leicht. Es war angenehm, sein trainierter Körper brauchte die Bewegung. Der Pfad führte an einer Picknick- und Feuerstelle vorbei, die auch von der asphaltierten Straße aus gut zu erreichen war, was man leider nur allzu oft sah: Auch gestern war hier offensichtlich eine Art Party veranstaltet und der Müll liegen gelassen worden. McDonald's-Verpackungen, wahrscheinlich vom Drive-in in Norremark, leere Bierdosen und ein benutztes Kondom. Fastfood und Fastfuck, dachte Dahlin, Teenagerfreuden, das war ja alles schön und gut, aber drei Meter weiter stand ein Mülleimer, da war es nicht zu viel verlangt, den Mist danach auch wegzuräumen, Hormonrausch hin oder her. Er schluckte das aufkommende Gefühl von Ärger hinunter, gab sich einen Ruck, hob den Müll auf und warf ihn in die Tonne. Der Morgen war zu perfekt, um sich aufzuregen. Um das Kondom nicht anfassen zu müssen, nahm er einen von den Plastikbeuteln aus seiner Tasche, die eigentlich für Strax' Hinterlassenschaften bestimmt waren. Der Hund, der bereits vor ihm den Müll inspiziert hatte, sah ihm neugierig zu, auf seiner feuchten Nase klebte etwas, das nach Big-Mac-Sauce aussah.

Nachdem die Ordnung im Wald wiederhergestellt war, setzten Mann und Hund ihren Weg fort. Der Pfad mündete bald auf der Straße, die Hissö durchmaß. Sie folgten dem Verkehrsweg für einige Minuten, bis sie zu einem Schild gelangten, das ins Unterholz wies. Musön stand darauf, die Mäuseinsel. Ein Pfad, schmaler und verwachsener als der erste, führte einige Hundert Meter durch Büsche und Blaubeersträucher zur Uferkante. Zwischen Kiefern und Tannen sah Dahlin auf den Helgasee hinaus. Die Sonne stand jetzt schon ein ganzes Stück höher. Eine einzelne Wolke war am Himmel zu sehen. Ein Fisch sprang, es platschte kurz. Dann war die Wasseroberfläche wieder vollkommen schwarz und eben. Der Dunst hatte sich verzogen. Gut fünfzehn Meter vor ihm lag Musön im Wasser, eine von Hissös kleineren Schwesterinseln. Mit einer Treidelbrücke konnte man Musön auch ohne Boot erreichen. Wie an jedem Morgen lag der Schwimmponton an der Hissö-Seite. Niemand ging diesen Weg so früh am Tag wie Dahlin und war vor ihm auf Musön, auch heute nicht. Er stieg auf die wackelige Konstruktion und Strax folgte ihm mit einem Satz, der Hund kannte die Prozedur. Die Treidelbrücke war eine Art Floß, das im Wasser mit einer Führung an einem Stahlseil befestigt war, das ein Abtreiben verhinderte und den Kurs vorgab. Ein zweites Seil, in Hüfthöhe gespannt, diente dem Treidler als Antrieb. Indem man auf dem Floß stehend am Seil zog, gelangte man auf die andere Seite. Nach wenigen Griffen stieß die Treidelbrücke, eigentlich nicht mehr als eine Holzplattform auf einem Aluminiumrumpf, ans andere Ufer. Der Abrieb des Metalls hatte durch Hunderte von Anlegemanöver die Steine am Ufer unter Wasser silber gefärbt. Strax sprang an Land, Dahlin stieg hinterher. Für einen Mann um die fünfzig war er gut in Form. Zehn Minuten noch, dann würden sie die Spitze von Musön erreicht haben, das Ziel und den Wendepunkt ihres täglichen Spaziergangs. Von dort aus war die Sicht auf die Weite des Sees berauschend, gerade an klaren, sonnigen Morgen wie diesen. Mit fünf, sechs Sätzen war Strax im Unterholz verschwunden. Kurz hörte Dahlin noch das Hecheln des Hundes und das Knacken von trockenem Gehölz, dann war es still auf der Insel. Er folgte dem Trampelpfad Richtung Westen. Die Bäume und Büsche standen hier dichter als auf Hissö, selbst an schönen Tagen fand wenig Licht den Weg durch das Geäst. Die Mulde, in der seit vielen Jahren eine umgekippte Tanne lag, roch brackig; zwischen dem hellgrünen Sumpfgras schmatzte Wasser unter seinen Schuhen. Er nahm die lang gestreckte Anhöhe Richtung Norden, nach weiteren fünfhundert Metern auf knotigem Wurzelboden und Heidekraut hatte er die Inselspitze erreicht.

Tatsächlich war der Ausblick atemberaubend. Zwei Reiher landeten im gleißenden Gegenlicht, in der Ferne tuckerte ein Boot mit Außenborder. Ein starkes Gefühl von Verbundenheit durchfuhr ihn. Er war Teil von etwas. Von diesem hier. Von Schönheit. Er schloss die Augen und öffnete sie wieder. Ein machtvoller Impuls: hier und jetzt sterben. In Einheit. In Frieden. Ein beruhigender Gedanke. Wahr und klar.

Und doch grundfalsch. Menschen sind nicht so. Sie wollen leben, immer weiter. Er schüttelte die Sentimentalität so schnell ab, wie sie gekommen war. Es war Zeit zu gehen. Er war hungrig, außerdem musste er pinkeln. Wo blieb Strax? Der Hund war immer noch nicht wieder aufgetaucht. Diese verdammten Mäuse! Er pfiff laut auf den Fingern. Der Pfiff hallte zwischen den Bäumen und weit über den See. Er wartete. Eine Minute, zwei. Dann drehte er sich um und folgte dem Rundpfad zurück in Richtung der Treidelbrücke. Zwischendurch ließ er erneut seine Pfiffe durch den Wald gellen und rief nach dem Hund. An einer Birke blieb er stehen und entleerte seine Blase. Immer noch kein Strax in Sicht. Er ging weiter. Sorgen machte er sich keine. Wo sollte der Hund schon hin sein? So groß war die Insel ja nicht. Wahrscheinlich hockte er vor einem Mäuseloch oder jagte einem Eichhörnchen hinterher. Oder er folgte der Fährte seines Herrchens. Gleich kommt er den Pfad hinuntergerast und bringt mir stolz einen neuen Ast, dachte Dahlin. Der Weg machte eine letzte Kehre, dann hatte er wieder den Anleger erreicht. Auch hier war der Hund nicht. Er pfiff erneut, doch im Unterholz rührte sich noch immer nichts. Sein Blick suchte die

Uferkante ab. War der Hund vielleicht im Wasser? Aber müsste er ihn dann nicht planschen hören? Dann entdeckte er es. Das Floß, die Treidelbrücke, sie war weg. Aber ...

Nein, genau genommen war sie nicht weg, sondern trieb etwa dreißig Meter vom Anleger entfernt in der schwachen Strömung auf den See hinaus. Wie konnte denn ...?

Jetzt war er so nah am Anleger, dass er es sah. Am Anleger waren die beiden Stahlseile durchtrennt worden. Stahlseile. Nordschwedische Qualitätsarbeit, zwei Zentimeter Durchmesser.

Was um alles in der Welt ...?

Plötzlich hinter ihm ein Jaulen. Da war Strax! Er hatte einen Zweig im Maul. Aber warum lief er denn so seltsam? Warum hinkte das arme Tier? Dann erkannte er: Das war kein Zweig. Es war ein Pfeil. Und der war nicht in Strax' Maul, sondern steckte in seiner Schnauze, nein, er ging durch die Hundeschnauze hindurch. Und ein zweiter steckte in seiner Flanke. Was ...?

Die Wucht des Aufpralls riss seinen Arm, seine Schulter nach hinten. Der Schmerz presste ihm die Luft aus der Lunge. Als er hinsah, verstand er, dass der dünne Aluminiumpfeil seinen Oberarm durchbohrt hatte.

Den nächsten Pfeil hörte er, bevor er ihn sah. Konnte das sein? Brach das nicht mit allen Regeln der Physik? Er starrte auf den silbernen Stachel in seinem Oberschenkel. Merkwürdigerweise schärfte der Schmerz seine Wahrnehmung. Er schmeckte die Kiefern. Die Tannennadeln. Er dachte an die Geschwindigkeit des Schalls. An Licht und Wellen. Der dritte Pfeil durchschlug seine Bauchdecke. Strax brach zitternd vor ihm zusammen, ein graubraunes Bündel, alles Gold war dahin. Das helle Fleece seines Pullovers färbte sich schwarz. Er verstand überhaupt nichts mehr.

Dabei war das erst der Anfang.

EIN TAG ZUVOR, SAMSTAG

1

Die weiß getünchte Waldkirche von Ormesberga strahlte in der Nachmittagssonne von ihrem Hügel auf die Prozession der feierlich gekleideten Gäste herunter. Der Klang der Glocken hallte weit über den Fichtenwald und die Hochzeitsgesellschaft zog in die kleine Kirche ein. Der Raum füllte sich. Es wurde eng in den Reihen wie sonst nur zu Weihnachten und die knarrenden, alten Holzbänke hatten Mühe, die Schar der Besucher zu fassen. Der Küster, normalerweise ein ruhiger, besonnener Mann, fuchtelte mit den Armen in der Luft herum und dirigierte die Gruppen und Besucher in die Reihen. Endlich schienen alle einen Platz gefunden zu haben. Nur das Brautpaar fehlte noch – und Kommissarin Ingrid Nyström. Gerade als sie zu Hause aus der Tür gegangen war, hatte sie auf dem Aufschlag ihres Jacketts einen

Make-up-Fleck entdeckt, groß wie ein Daumenabdruck. Nun war der Fleck zwar beseitigt, dafür verströmte ihre Jacke den beißenden Geruch von Waschbenzin. Als sie verstohlen durch die Kirchentür schlüpfte, begann gerade die Orgel zu spielen, Mendelssohns Hochzeitsmarsch. In Erwartung des Brautpaares drehten sich die Leute zu ihr um. Mit verkniffener Miene huschte sie auf den Platz, der in der zweiten Reihe für sie reserviert war. Der Pastor warf ihr einen kurzen, genervten Blick zu. Zum Glück kannte sie ihn gut, es war ihr Mann, Anders, und was das Genervtsein anging, stand es jetzt unentschieden, denn sie hatte sich am Morgen bereits über eine Spur aus Schmutzwäsche geärgert, die Anders von ihrem gemeinsamen Schlafzimmer unter dem Dach bis hinunter in den Waschkeller hinterlassen hatte. Man würde reden müssen, so viel war klar, aber wohl nicht jetzt. Leicht verschwitzt sortierte sie sich und ihre Notenblätter, dann war es so weit. Alle erhoben sich, das Brautpaar betrat die Kirche und schritt feierlich im Takt des Hochzeitsmarsches zum Altar. Anders lächelte nun; gütig, was das anging, war er Profi. Auch Braut und Bräutigam lächelten. Sie trug ei-nen Traum aus Seide und Spitze, die Haare zu einer Art kunstvollem Bienenkorb aufgetürmt und mit weißen Blüten verflochten; er einen farblich abgestimmten Frack mit Zylinder. Die Braut war Ingrid Nyströms Nichte Rosa-Marie, Jungunternehmerin in Maniküre und Bio-Kosmetik. Der Bräutigam war Björn-Erik, Verwaltungsangestellter der Kommune Växjö, Fachgebiet Liegenschaften.

Als Onkel fand Pastor Anders persönliche und originelle Worte, flachste ein wenig und gratulierte Björn-Erik zu seinem guten Fang. In der Predigt griff er das Thema Partnerschaft und Respekt auf. Ingrid Nyström musste dabei an seine schmutzigen Socken auf der Treppe denken. Nach dem Ringtausch und dem Kuss, der für ihren Geschmack ein wenig zu lang und innig ausfiel, sangen alle gemeinsam *Nun kommt die Zeit der Blumen*. Nach den Fürbitten war ihr Auftritt vorgesehen. Als sie nach vorne trat, wurde es still. Ingrid Nyström war dafür bekannt, eine der berührendsten Altstimmen Smålands zu haben. Sie sang, ihr Neffe Carl, Rosa-Maries Bruder, begleitete sie dazu auf der Violine. Es war einer dieser ganz besonderen Momente. Die Sonne warf Lichtquader durch die hohen, klaren Fenster in den alten Raum. Das Licht zersplitterte und spannte Netze über Kleid und Schleier der Braut. Der Mutter des Bräutigams liefen die Tränen über die gepuderten Wangen. Als der letzte Ton verklungen war, schniefte jemand vernehmlich in den hinteren Reihen. Sogar sie selbst spürte Rührung, vielleicht lag das aber auch ein wenig an den Dämpfen des Waschbenzins.

Nach dem Gottesdienst wurde vor der Kirche Reis geworfen und es gab ein großes Umarmen und Händeschütteln. Dann brauste das Brautpaar unter Applaus und anfeuernden Rufen in einem blumengeschmückten Sechzigerjahre-Sportwagen mit offenem Verdeck davon; nach Umziehen und Frischmachen würden sie im Laufe des Nachmittags wieder zu den Feiernden stoßen. Natürlich hatte irgendein Scherzkeks eine Schnur mit leeren Dosen hinten am Auto befestigt, die nun klappernd über den Schotterweg sprangen. Ingrid Nyström gratulierte den Eltern des Brautpaares, im Gegenzug dankte man ihr für den bewegenden Gesangsvortrag. Sie fühlte sich in ihren Pumps nicht wohl, schon in flachen Schuhen fand sie sich zu groß, außerdem versanken die Absätze im groben Kies des Kirchenvorplatzes und die Steine zerkratzten den Lack. Ingrid Nyström unterhielt sich kurz mit ihren Nachbarinnen Kajsa und Ingegerd, nickte ihren Töchtern Sophie und Marie zu, winkte den Enkeln Marcus, Noah, Thea, Jonna und Hampus. Später, auf der Feier, würden sie Zeit füreinander haben. Sie stöckelte zu ihrem Toyota. Im Auto zog sie sich die Pumps aus und begutachtete den Schaden, den der Schotter angerichtet hatte. Dann schlüpfte sie in braune Halbschuhe. Der Plan sah vor, dass die Hochzeitsgesellschaft auf einen Bauernhof in der Nähe von Åby fahren würde. Dort, auf dem Grundstück der Eltern des Bräutigams, fand das eigentliche Hochzeitsfest statt. Nyström steckte die zerkratzten Pumps in ihre Handtasche, für später. Ihr Mann war jetzt auch so weit. Er hatte sich bereits in der Kirche umgezogen, der braune Anzug stand ihm nach all den Jahren immer noch gut, fand sie, auch wenn er um den Bauch herum zugelegt hatte. Vögel zwitscherten. Ein Kuckuck rief. Was für ein Tag zum Heiraten! Langsam setzte sich die Hochzeitsgesellschaft in Bewegung.

Angesichts des sonnigen, windstillen Wetters waren die Tische im Garten des Seegrundstücks aufgebaut. Der Ausblick auf den Helgasee war etwas Besonderes: Silber und blau, majestätisch funkelte das weitläufige Gewässer in der Junisonne. Ingrid Nyström konnte sich nicht entsinnen, wann sie das letzte Mal in einem solch prächtigen Naturambiente gefeiert hatte: Die langen Tafeln waren weiß eingedeckt, Kellnerinnen mit weißen Schürzen hantierten mit Kaffee, Torten und Dessertwein. Es gab kaligrafisch ausgefeilte Platzkärtchen aus Büttenpapier, Blumengestecke und eine elegante Tischdekoration. Eine Band aus Värnamo in lachsfarbenen Anzügen spielte Klassiker. Die ersten tanzten, junge Leute mit Sonnenbrillen, wahrscheinlich Freunde des Brautpaares aus der Stadt. Es gab zwei Zeremonienmeister, die zwischen den vielen Musikstücken, Reden und Spielen moderierten; der eine war ein Jugendfreund des Bräutigams, ein dicklicher Nordschwede, den die eigens gedruckte Festbroschüre als Sitznummer 12, Arvid Appelgreen auswies; der andere war Ingrid Nyströms jüngste Tochter

Anna. Obwohl ihr die pink gefärbten Haare missfielen, musste sie zugeben, dass ihre neunzehnjährige Tochter den Job als Moderatorin ausgezeichnet erledigte. Da, wo der leicht tumbe Appelgreen die Pointen zu vergeigen drohte oder ins Stocken geriet, sprang Anna mit ihrem småländischen Wortwitz und Charme in die Bresche. Ingrid Nyström konnte nicht umhin, einen gewissen Mutterstolz zu empfinden. Dann fiel ihr Blick zum wiederholten Mal auf Tischposition 81. Die 81 war eine gut aussehende, junge Frau in einem geschmackvollen, geblümten Kleid. Die Festbroschüre wies Nr. 81 als Madeleine Tedenlid aus, Friseurschülerin aus Växjö, Lebensgefährtin von Nr. 24. Genau darin lag eins von Ingrid Nyströms Problemen. Nr. 24 war ihre Tochter Anna.

2

Das zweite Problem, das Ingrid Nyström seit zwei Wochen mit sich herumtrug, war weitaus ernst zu nehmender. Im Gegensatz zum kürzlich erfolgten Outing ihrer Tochter war dieses Problem keines, von dem sie hoffen konnte, dass sie sich damit im Laufe der Zeit schon würde arrangieren können. Im Gegenteil. Es war eine gewisse Eile erforderlich und sie hatte die Dinge schon viel zu lange aufgeschoben. Nur konnte sie unmöglich damit beginnen, die entsprechenden Schritte einzuleiten, ohne vorher mit Anders darüber zu sprechen. Und darin lag Problem Nummer drei. Sie wusste nicht, wie. Sie fand keine Worte dafür. Sie fand keine Worte, weil sie es selbst nicht begriff. Es gab da etwas, das mit dem

Verstand nicht zu greifen war. Etwas Metaphysisches, das Anders so nicht hinnehmen würde, etwas, das er sich weigern würde zu glauben, weil es mit seinem Weltbild, nein, mit seinem Glaubensbild kollidierte. Er würde es falsch finden, und das zu Recht. Das konnte sie nicht von ihm verlangen.

Und trotzdem war es wahr.

3

Dämmerung lag über dem See. Es war jetzt weit nach Mitternacht. Das Wasser schien zu leuchten. Ein dunkles Schimmern. Ingrid Nyström saß auf dem Steg, abseits der Feier, neben ihr die Pumps und ein letztes Glas Wein. Die Band spielte jetzt nur noch alte Hits, Queen und ABBA natürlich, niemand war mehr nüchtern, die Kinder waren längst im Bett, junge Leute jubelten in der Nacht. Dann war Anders neben ihr, er legte ihr das Jackett über die Schulter, eine zärtliche Geste, dachte sie, und weil sie noch immer einen Hauch von Waschbenzin roch, musste sie lächeln. Auf Anders Glatze spiegelte sich der Schein des hellen Nachthimmels, er schwitzte, vom Tanzen und vom Alkohol, sie mochte diesen Geruch. In ihrem Herzen regten sich Wärme und Vertrauen, die über mehr als drei Jahrzehnte gewachsen waren.

»Da ist doch etwas, das du mir sagen willst.«

Seine Stimme war einladend und beinahe hätte sie ihr nachgegeben.

»Vielleicht später«, sagte sie leise und legte ihren Kopf an seine Brust.

SONNTAG

1

Ingrid Nyström fuhr ihren kleinen Toyota durch Sandsbro, von der Landstraße 23 auf die 897, nördlich in Richtung Rottne und Söraby. Nach einigen Kilometern zweigte links der Gamla Rottnevägen ab, sie folgte der schmalen Straße, die einen Tunnel in die hoch aufragenden Fichten schnitt, bis sie auf eine ebenso schmale Querstraße traf, die sie zu einem alten Gutshaus am Ostufer des Helgasees führte, Humlehöjden. Hier öffnete sich der dichte Wald und gab den Blick auf den großen See frei, der still in der Morgensonne lag. Auf dem geschotterten Parkplatz vor dem ehemaligen Herrenhaus, das seit zwei Jahrzehnten als Pension und Tagungszentrum genutzt wurde, standen mehr als dreißig Fahrzeuge, darunter vier Streifenwagen, an einem lehnten uniformierte Kollegen, das Blaulicht auf dem Dach blinkte sinnlos vor sich hin. Sie erkannte den VW-Transporter der Spurensicherung und Lars Knutssons riesigen, amerikanischen Wagen mit Ladefläche. Sie stellte ihr Auto ab und stieg aus. Es war erst kurz nach neun, trotzdem brannte die Sonne schon auf der Haut. Bis in den April hinein hatte es Eis auf dem See gegeben, den Mai hindurch hatte es geregnet und jetzt war plötzlich Sommer. Vor der breiten Treppe, die auf die Veranda und zum Eingang des hellblau gestrichenen Holzgebäudes führte, stand ein Mitsubishi-Kombi mit eingedrückter Beifahrertür und fehlendem Außenspiegel, an der Hauswand daneben lehnte ein rotes Mountainbike. Anette Hultin und Hugo Delgado waren also ebenfalls bereits eingetroffen. Sie ging die Stufen hinauf, schob die Sonnenbrille in ihr Haar, nickte dem Streifenbeamten auf der Veranda zu und trat durch die Eingangstür ins Foyer.

Die unbesetzte Rezeption öffnete sich nach wenigen Schritten zu einem großen Speisesaal. In dem sonnendurchfluteten Raum saßen mehr als fünfzig Personen zu Tisch, unterhielten sich angeregt, standen in kleinen Gruppen beieinander oder wuselten mit beladenen Tellern durch die Reihen.

Das Merkwürdige daran war, dass, abgesehen von zwei älteren Kellnerinnen am Frühstücksbuffet, keiner der Anwesenden normal aussah. Was sie sah, waren Wikinger, Ritter und barfüßige Mönche in braunen Kutten. Elben und Elfen. Ein Burgfräulein mit einem gewagten Dekolleté. Ein Zwerg. Männer in Lederwämsen. Jemand trank Kaffee aus einem Horn, Käse wurde mit einem Kurzschwert zerteilt. Sie war auf einem Kostümfest gelandet. Dann sah sie das Banner an der Wand:

Elftes Jahrestreffen für historisches Bogenschießen

stand dort in runenartigen Buchstaben auf dunklem Tuch. Jetzt sah sie auch die Sportbögen, die überall herumlagen.

Köcher voller Pfeile. Eine Armbrust neben einer Aufschnittplatte. Und irgendwo hier gab es auch einen Toten.

Plötzlich stand Delgado neben ihr und fasste sie am Arm. Er sah angespannt aus.

»Es ist draußen, ein Stück in den Wald hinein.«

Delgado führte sie durch eine Großküche ins Freie. Der Rasen hinter dem Herrenhaus war noch feucht vom Morgentau und fiel zur Uferkante hin leicht ab. Das Wasser schillerte. Ein leichter Wind kam vom Westufer her, perlte im Blattwerk der Obstbäume. In der Ferne zog das historische Dampfschiff *Thor* in Richtung der nördlichen Schleuse vorbei. Noch mal historisch. Es gibt seit Jahren diesen Nostalgietrend in Schweden, dachte sie flüchtig, vielleicht ja auch woanders. Ist das Jetzt denn so abscheulich, dass wir uns in eine andere Zeit zurückwünschen?

Ein Stück in den Wald hinein hatte Delgado gesagt. Sie folgten einem Pfad, der in die dicht stehenden Fichten führte. Hier roch es nach warmem Waldboden. Delgado schwieg noch immer. Das musste nichts heißen, vielleicht aber doch. Trotzdem fragte sie nicht nach, sie wollte zuerst sehen. Die unverrückbaren Fakten, keine Interpretationen. Beinahe musste sie lächeln. Unverrückbare Fakten. Als gäbe es so etwas überhaupt.

Sie waren dem verwachsenen Pfad ein Stück durch die Nadelbäume gefolgt, nicht weit, fünfzig oder siebzig Meter vielleicht. Die hohen Äste der Bäume bildeten ein dichtes Dach. Der Boden war feucht, in einigen Monaten würden hier haufenweise Pfifferlinge wachsen und große Karl-Johan-Pilze. Schließlich öffneten sich die Fichten zu einer ovalen Lichtung. Dort sah sie ihn.

Der Leichnam des Mannes war aufrecht an einen Baumstamm gelehnt. Die hellgraue Haut des nackten Körpers hob sich vom dunklen, feuchten Holz eines abgestorbenen

Baumstamms ab. Sie ging näher heran und sah die Pfeile, die in dem Leichnam steckten dünne, armlange Metallpfeile, ein Dutzend, vielleicht auch mehr. Vier davon ragten aus dem Kopf des Toten, aus dem linken Auge, aus dem Mund, aus der rechten Wange. Ein Pfeil hatte das rechte Ohr durchdrungen, er hing dort wie bizarrer Modeschmuck.

Andere Pfeile steckten in seiner Schulter, in Oberarmen und Händen. Einer hatte sein linkes Knie durchschlagen. Sie stellte sich vor ihn und erkannte Wundmale, Prellungen und Blutergüsse auf dem Körper. Deformierte Linien, seltsam verdrehte Muskeln. Zertrümmerte Knochen. Opfer von schweren Verkehrsunfällen sahen so aus, verunglückte Motorradfahrer. Sie sah die dünnen Nylonschnüre, mit denen der Leichnam an den Baumstumpf gebunden war. Sie nahm den scharfen Geruch menschlicher Exkremente wahr. Obwohl der Mann nicht mehr lebt, dringen seine Moleküle in uns ein, dachte sie. Er reicht etwas an uns weiter. Vielleicht ist es ein Auftrag. Oder es ist nur der Geruch eines grausam zugerichteten Mordopfers. Sie schloss die Augen und öffnete sie wieder. In ihren Ohren dröhnte es. Das Pochen ihres eigenen Bluts. Mein Körper reagiert, dachte sie. Er reagiert, weil mein Verstand das hier kaum fassen kann. Sie zwang sich ruhig zu atmen, bis das Hämmern in ihren Ohren verschwand. Erst jetzt sah sie die anderen Menschen, die um sie herum standen. Lars Knutsson, den alle Lasse nannten, Anette Hultin, Hugo Delgado. Bo Örkenrud, der Chef der Spurensicherung. Ihre Freundin, die Pathologin Ann-Vivika Kimsel. Andere Männer und Frauen in violetten Overalls. Sie schluckte, räusperte sich. Trotzdem war ihre Stimme belegt, als sie sprach.

»Wissen wir schon, wer das ist? Wer das war?«

Unverrückbare Fakten.

Das rechte Auge des Toten, das, in dem kein Pfeil steckte,

schien sie anzustarren. Zwischen den Bäumen glitzerte der See. Neben ihr keuchte Knutsson. Sein Übergewicht machte ihn kurzatmig.

»Nein. Wir haben noch wenig bis gar nichts. Der Anruf kam vor einer knappen Stunde, gegen acht. Ein Albtraum in jeder Hinsicht. Der Mann steckt voller Pfeile.«

»Und in Humlehöjden sitzen fünfzig Bogenschützen«, sagte Hultin.

»Fünfzig historische Bogenschützen«, hob Delgado hervor. Es war witzig gemeint, aber niemand reagierte darauf.

»Fünfzig Verdächtige. Ein absoluter Albtraum, in jeder Hinsicht«, wiederholte sich Knutsson. »Und das eine Woche vor Mittsommer.«

»Wer hat ihn gefunden?« Nyström hatte ihre Stimme wieder. Die Stimme, die gestern auf einer Vermählung gesungen hatte. Eine der schönsten Altstimmen Südschwedens. Jetzt hatte sie eine Ermittlung zu leiten. Sie wich dem starrenden Auge aus. Die Nylonschnüre schnitten sich tief in das graue, gelb und blau geschlagene Fleisch des Toten.

Hultin blätterte in ihrem Notizblock.

»Aaron Wicander. Der Chef des Ganzen hier. Der Parcoursleiter.«

»Was ist ein Parcoursleiter?«

2

»Der 3-D-Parcoursleiter ist für den Aufbau der Strecke verantwortlich. Er bestimmt die Distanzen, sucht die Wege durch den Wald, stellt die Tiere auf.«

»Die Tiere?«

»Ja, die lebensgroßen Tiermodelle. Deshalb heißt es ja auch 3-D-Parcours. Die sind aus Hartgummischaum. Wir haben hier Hirsche, Luchse, Ratten, Biber, Seeadler. Sogar einen Elch.«

»Und heute Morgen haben wir einen letzten Kontrollgang gemacht. Bevor alles losgeht. Und dann sind wir darauf gestoßen.«

»Kontrollgang?«

»Ja, vom Parcours.«

»Im Grunde funktioniert es ähnlich wie Golf. Man zählt die Schüsse, die man von der jeweiligen Abschussstelle bis zum Ziel braucht. Derjenige, der die wenigsten Gesamtschüsse hat, ist der Turniersieger.«

»Traditionelles Bogenschießen findet immer mehr Zulauf. Wir haben heute auch internationale Sportfreunde hier, aus Dänemark, Deutschland, sogar aus Italien!«

»So, so«, sagte Nyström. Sie musste sich Mühe geben, um die Irritation abzuschütteln, die von den Verkleidungen der drei Hobbysportler ausging, die vor ihr saßen. Aaron Wicander, der Vorsitzende des Vereins *Traditionelles Bogenschießen Växjö*, war ein rundlicher Mann um die fünfzig, der eine Lederweste und silbrig schimmernde Strumpfhosen trug. Eine ebenfalls silberne Langhaarperücke und spitz modellierte, falsche Ohren wiesen ihn als eine Figur aus einem Fantasy-Epos aus. Ein Legolas mit Bierbauch. Der weitere Vorstand des Vereins, der das jährliche historische Bogenschießen organisiert hatte, bestand aus Peter Quist, einem bärtigen Mittvierziger in der detailreichen Montur eines römischen Legionärs, und Mona Wedén, einem Burgfräulein mit opulentem Dekolleté, in der Nyström die Geschäftsführerin eines Seniorenpflegedienstes erkannte, mit der sie vor wenigen Monaten am Rande der Ermittlung im

Fall eines ermordeten Schmetterlingzüchters zu tun gehabt hatte.

Dabei war die Situation überaus ernst. Unter anderen Umständen hätte sie die Zeugen darum gebeten, sich umzuziehen, aber jetzt zählte jede Minute. Sie saßen in einem Nebenraum des großen Speisesaals. Die Stimmen der Turnierteilnehmer drangen durch die Wand. Vereinzelt hörte man Auflachen.

»Hat einer von euch den Mann da draußen gekannt?«

Die drei schüttelten betreten den Kopf. Nyström hatte nicht den Eindruck, dass sie sich den Toten sehr genau angesehen hatten, aber wer wollte ihnen das verdenken?

»Ich nehme an, die anderen Bogenschützen wissen noch nicht Bescheid?«

»Gott bewahre! Das Letzte, was wir hier wollen, ist eine Massenpanik!«

Die schrille Stimme von Mona Wedén konterkarierte ihre Aussage. Ihr mächtiger Busen vibrierte vor Aufregung unter dem rosafarbenen Tüll.

»Wir haben sofort die Polizei gerufen«, ergänzte Wicander. »Natürlich hat jeder mitbekommen, dass hier etwas geschehen ist. Deshalb haben wir vorläufig nur bekannt gegeben, dass es einen Unfall gegeben hat.«

»Das habt ihr gut gemacht«, lobte Nyström.

Kurz lächelte der Elbenmann, dann sah er wieder betroffen aus.

»Wie soll es denn jetzt weitergehen?«, fragte er. »Schließlich soll in einer halben Stunde das Turnier losgehen.«

»Wo wir doch internationale Sportfreunde hier haben«, piepste Wedén.

Nyström seufzte.

»Ich fürchte, es sieht nicht gut aus für eure Veranstaltung. Zum einen ist da der Tatort, den wir natürlich weiträumig absperren müssen. Und zum anderen ist da das Opfer. Ihr habt es ja gesehen. Die Pfeile und alles. Und nebenan frühstücken fünfzig Bogenschützen. In unseren Augen sind das selbstverständlich erst einmal fünfzig potenziell Verdächtige, beziehungsweise Zeugen. Euch eingeschlossen. So leid es mir tut.«

Der Elb wurde noch blasser, dem Burgfräulein schoss dagegen das Blut in den Kopf.

»Aber ...«, sagte es mit hochrotem Gesicht.

»... es kann gar keiner von uns Bogenschützen gewesen sein!«

Peter Quist, der Römer, hatte seinen geharnischten Oberkörper nach vorne geschoben. Imperialer Triumph schwang in seiner Stimme mit, die roten Borsten der Quaste auf seinem Helm wippten.

»Wie kannst du dir da sicher sein?«

Nyström und die beiden anderen sahen Quist an.

»Weil die Pfeile, die in dem Leichnam stecken, gar nicht von einem Bogen stammen. Diese Edelstahldinger ohne Befiederung und Nocke verschießt man mit einer Harpune.«

»Bitte?«

»Sieh doch, hier.«

Quist langte mit seinem rechten Arm über seine linke Schulter. Erst jetzt bemerkte Nyström, dass er einen Köcher auf dem Rücken trug. Er angelte einen der Pfeile hervor.

»Dies hier ist ein typischer Holzpfeil, wie er beim traditionellen oder historischen Bogenschießen verwendet wird. Früher waren solche Pfeile meistens aus Esche, heute verwendet man häufig Zeder oder auch Kiefern- oder Fichtenholz. Siehst du die Befiederung hier? Wir Traditionalisten verwenden eingefärbte Truthahnfedern. In Japan gibt es auch Großmeister, die echte Adlerfedern verwenden, aber dann kann ein einzelner Pfeil mehrere Tausend Kronen kosten. Und dies hier, der Schlitz am Ende des Schafts, den nennt man Nocke. Damit legt man den Pfeil auf die Sehne des Bogens. Ein Harpunenpfeil dagegen braucht weder Nocke noch Befiederung. Eine Harpune funktioniert meistens mit Druckluft. Die Pfeile, die in dem Mann da draußen stecken, sind Harpunenpfeile.«

»Ein Tauchmörder!«, rief Wedén. »Wie in diesem Film mit den Grachten, *Verfluchtes Amsterdam*!«

Nyström sah sie streng an. Die Frau sah aus, als wolle sie gleich vor Verzückung in die Hände klatschen. Aus dem Spalt zwischen ihren Brüsten war der Anhänger einer feingliedrigen Halskette gerutscht. Es war ein goldener Amor mit Pfeil und Bogen.

3

»Wo er recht hat, hat er recht«, murmelte Bo Örkenrud. Er schwitzte merklich in seinem Overall, der Kunststoff klebte auf seiner Haut und wurde an den Ellbogen bereits durchsichtig. Auch wenn die hohen Fichten vor der direkten Sonneneinstrahlung schützten, war es im Wald mittlerweile wärmer geworden. Zwischen den Bäumen funkelte das Wasser des Sees. Ein Motorboot knatterte vorbei.

»Es sind eindeutig Harpunenpfeile. Keine Federn, keine Nocke.«

»Heißt das, dass diese Pfeile unter Wasser abgeschossen worden sind?«

»Nein, nicht zwangsläufig. Eine Harpune funktioniert ebenso gut an Land. Auch wenn man mit solchen unbefiederten Pfeilen wohl nicht so genau zielen kann wie mit einem Sportbogen, jedenfalls nicht auf weite Distanz. Aber wer sagt schon, dass der Täter weit vom Opfer entfernt war? Ich kann mir durchaus vorstellen, dass man mit ein wenig Übung auch eine Harpune als tödliche Waffe benutzen kann. Trotzdem würde ich keinen dieser Bogenschützen als Täter ausschließen.«

»Nein, natürlich nicht. Aber es ist dennoch sehr merkwürdig. Auf einem Treffen von historischen Bogenschützen wird ein Mann mit Harpunenpfeilen getötet. Man bindet ihn nackt an einen Baum und dann schießt man auf ihn. Pfeil um Pfeil.«

»Es gibt einiges, das dagegen spricht, dass es so gelaufen ist. Auch wenn wir alle Hinweise erst sorgfältig auswerten müssen: Ich glaube nicht, dass er hier gestorben ist. Wir haben kaum Blut auf dem Boden gefunden, es gibt keinerlei Spuren, die auf einen Kampf hinweisen. Auf seinem Körper kleben Birkenblätter und Kiefernnadeln, dabei stehen hier überall nur Fichten. Ich denke, er ist hier hergebracht worden, nachdem er getötet worden ist.«

»Verdammt, Bo, was bedeutet das?«

Der große Mann zuckte mit den Schultern, wischte sich Schweiß vom Gesicht.

»Ich habe absolut keine Ahnung.«

Die Gerichtsmedizinerin Ann-Vivika Kimsel wandte sich ihnen zu. Ihr Gesicht war blutleer und in ihrer Stimme fand Nyström nichts von der kecken Fröhlichkeit wieder, die sie sonst an ihrer Freundin schätzte.

»Ich stimme mit Bo überein. Der Mann hat vor seinem Tod eine große Menge Blut verloren, aber davon ist hier nichts zu sehen. Dazu kommt, dass in seinem Körper mindestens ein Dutzend Knochen gebrochen worden sind. In der Haltung, in der er dort steht, können diese schweren Misshandlungen nicht begangen worden sein. Von daher gehe ich auch davon aus, dass das hier nicht der Tatort ist. Er ist hier abgeladen worden. Oder vielmehr zur Schau gestellt.«

»Wie lange ist er bereits tot?«

»Einige Stunden. Seit dem frühen Morgen. Später kann ich Genaueres sagen.«

»Gibt es immer noch nichts zur Identität des Mannes?«

Delgado schüttelte den Kopf.

»Nein, nicht mal im Ansatz. Wir haben nichts in der Nähe gefunden, was zu dem Leichnam zu gehören scheint. Keine Kleidung. Auch keine Schleifspuren. Dabei war er ein kräftiger, großer Mann.«

Nyström biss sich auf die Unterlippe.

»Wir müssen wissen, wer er ist. So bald wie möglich. Danach kommt alles andere.«

4

Es dauerte mehrere Stunden, bis die Untersuchungen am Tatort abgeschlossen waren. Unterdessen war die Stimmung bei den Turnierteilnehmern vollständig gekippt. Man hatte sie über das Geschehene und den Ausfall der Veranstaltung informiert. Von sämtlichen Anwesenden wurden die Personalien aufgenommen und mit den Daten der Anmeldelisten abgeglichen. Polizisten befragten die Teilnehmer in Zweier- oder Dreiergruppen. Gut ein Drittel der Sportschützen, überwiegend Gäste von außerhalb, war bereits am Vorabend in Humlehöjden eingetroffen und hatte im Gutshaus übernachtet. Niemand hatte in der Nacht oder am frühen Morgen etwas Ungewöhnliches bemerkt. Die meisten waren jedoch erst zum gemeinsamen Frühstück eingetrudelt. Bis auf eine Frau aus Karlskrona, die wegen einer akuten Thrombose hatte absagen müssen, fehlte keiner der angemeldeten Teilnehmer. Nyström spürte die Unruhe und Verwirrung der Menschen, nur wenige zeigten unverhohlene Neugier. Eine Elfenfrau begann zu weinen, ein Robin Hood lachte hysterisch. Auch wenn sich Nyström dagegen sträubte, sah sie keine andere Möglichkeit, als den Schützen ein Foto des getöteten Mannes zu zeigen. Ihrer Meinung nach konnte es kein Zufall sein, dass der grotesk zugerichtete Leichnam in unmittelbarer Nähe des Bogenturniers drapiert worden war. Daraus ergab sich für sie nur die eine Schlussfolgerung, dass der unbekannte Tote in einer Beziehung zu einem der Teilnehmer stehen musste; irgendjemand musste den ermordeten Mann kennen, was ergäbe das Ganze sonst für einen Sinn? Natürlich war ihr bewusst, dass sie den Sportschützen damit eine Menge zumutete. Das Foto, das Delgado mit seinem Smartphone aufgenommen hatte, war grauenhaft: ein geschundener Körper, ein verschwollenes, zertrümmertes Gesicht.

Leider gab es keine Alternative. Einen Zeichner aufzutreiben und hierherkommen zu lassen, das hätte Zeit gekostet, die ihnen nicht zur Verfügung stand. Auch wenn sie noch nicht im Ansatz ahnte, welche Richtung diese Ermittlung nehmen sollte, so sagte ihr Gefühl, dass sie zügig handeln müsse. Nicht überstürzt, aber schnell und bestimmt. Etwas tun.

Die Menschen, denen sie das Foto zeigten, reagierten vollkommen unterschiedlich, aber dennoch war ihren Reaktionen etwas gemein, eine intuitive Abwehr gegen das, was dort zu sehen war, gegen die Kraft des Unmenschlichen, das den kleinen Bildschirm von Delgados Handy zu sprengen drohte.

Nyström sah das Entsetzen in den Gesichtern der Leute, die Angst, die Verwirrung, den Schock. Ein Mann fluchte, ein anderer begann zu wimmern. Eine Frau biss sich in die Hand. Die meisten wandten sich ab, so schnell es ging. Einer war wie ein Mönch gekleidet. Als er das Foto sah, bekreuzigte er sich. Er betete, schnell und laut, aber Nyström verstand kein Wort. Der Mann redete italienisch. Seine Stimme überschlug sich. Er bekreuzigte sich erneut, zweimal, dreimal, küsste das Kreuz, das um seinen Hals hing, dann zeigte er mit ausgestrecktem Arm auf das Foto. Er rief in gebrochenem Englisch:

»*It's him!*«

»Wer?«

Sie stieß Delgado an.

»*Who? Who is he?*« Delgados Stimme warf ein Echo in der Großküche, die sie zu einem Vernehmungsraum umfunktioniert hatten.

Die Augen des Mönches waren aufgerissen.

»*It's Saint Sebastian! The holy martyr!*«

»Was meint er?«

Nyström riss an Delgados Ärmel herum.

»Der heilige Sebastian, ein Märtyrer. Sagt er.«

Delgado zuckte die Schultern.

Alle sahen sich an.

»Was bedeutet das?«, fragte Hultin.

»Ich weiß es nicht«, sagte Delgado.

»Wir brechen das hier ab«, sagte Nyström. »Besorgt einen Dolmetscher. Und noch was, Anette: Ich will Stina Forss hier haben. So schnell es geht.«

»Aber ... sie ist doch ...«

»Verdammt, Anette! Hol sie gefälligst her! So schnell es geht!«

Hultin und Delgado starrten sie an. Nyström atmete

schnell. Sie hatte geflucht. Soweit sie wusste, war ihr das noch nie im Dienst passiert. Was für eine lächerliche Chefin du bist, dachte sie. Dann biss sie sich auf die Lippe und ließ sich im Spülbecken ein Glas kaltes Wasser ein.

5

Stina Forss glitt aus einem beinahe traumlosen Schlaf. Sie erinnerte sich lediglich an Schemen von geometrischen Mustern, Dreiecke waren es gewesen, der Schatten eines Rechtecks, möglicherweise auch ein Halbkreis. Dann öffnete sie die Augen. Was sie sah, war ein stark behaarter Männerrücken. Der Rücken roch nach Alkohol. Und nach Fisch. Dann begriff sie: Ein Rücken riecht nicht nach Alkohol und auch nicht nach Fisch, das, was sie da roch, musste ihr eigener Atem sein, Wodka und Hering in rauen Mengen. Sofort wurde ihr schlecht. Sie drehte sich um. Da war noch ein Männerrücken. Schmaler als der auf der anderen Seite, heller in der Hautfarbe und auch nicht behaart, aber definitiv ein Männerrücken, keine Frage. Auch ihr Atem sah das so. Mehr Fisch, noch mehr Wodka. Ihr Magen rührte sich gefährlich. Jetzt aber schnell. Irgendwie kam sie an den Körpern vorbei aus dem Bett, strampelte dabei das Laken von sich, stolperte, fing sich, drei lange Schritte, ein anderer Raum, aus den Augenwinkeln: ein Sofa mit noch einem schlafenden Nackten darauf, diesmal auch ein Gesicht dazu, kein Mann, ein Jüngling eher, vielleicht sechzehn oder siebzehn, was hatte das alles zu bedeuten?

Hatte sie etwa ...?

Mit beiden? Oder sogar ...?

Egal, später.

Sie lief aus dem Zimmer, aus der Hütte, links das Klohäuschen, rechts der Steg, sie entschied sich für den Steg und endlich übergab sie sich. Als sie schließlich fertig war und sich ihr Magen und auch das Wasser unter ihr wieder beruhigt hatten, sah sie ihr eigenes Spiegelbild auf der glänzenden Oberfläche des Sees. Ihr Mascara war verschmiert und auf ihrer rechten Brust war etwas, ein Knutschfleck. Ansonsten sah sie ganz lebendig aus. Dann schwamm eine interessierte Barschschule durch sie hindurch. Am Ufer schnatterte eine Ente, vielleicht war es aber auch ein Haubentaucher. Was wusste sie schon von Vögeln? In der Ferne zog das altmodische Dampfschiff *Thor* über den See. Es tutete. Dann lösten sich seine Konturen im Gegenlicht auf. Geometrie, die verschwand. Beinahe wie in ihrem Traum.

Zurück im Haus setzte sie Kaffeewasser auf. Auf dem Küchentisch lagen Bierdosen und leere Flaschen aus ungefärbtem Glas, offene Fischdosen und ölige Teller, ein Taschenspiegel und ein halbierter Strohhalm. Als der Kessel zu pfeifen begann, regte sich der Körper auf dem Sofa und richtete sich auf. Blonde lange Haare fielen über ein hübsches Gesicht. Erik, wenn sie sich richtig erinnerte. Dann musste der im Bett Claas sein. Aber vielleicht war es auch umgekehrt. Oleg hatte die beiden Tramper auf einer Autobahnraststätte aufgegabelt. Die jungen Dänen waren auf dem Weg zu einem Rockfestival. Oleg, das war der behaarte Rücken. Gestern war er aus Berlin gekommen, um mit ihr ihren vierunddreißigsten Geburtstag zu feiern. Oleg war ein guter Freund, ein gebürtiger Russe. Und beruflich Saunameister. Deshalb hatte sie die Hütte am Helgasee gemietet. Schwitzen und saufen, skandinavischer kann man seinen Geburtstag nicht begehen, hatte sie gedacht. Wo sie nun schon mal hier war, in diesem seltsamen Land ihrer Kindheit, das so weitläufig war und doch so eng sein konnte, dass ihr viel zu oft die Luft wegblieb. Vier Monate war das her, dass sie ihr Leben in Berlin aufgegeben hatte, um nach Schweden, in das Land ihres Vaters, zurückzukehren. Ins ländliche Småland, in die Provinz. Zurückgelassen hatte sie eine Karriere bei der Berliner Mordkommission und eine Beziehung, die zu schwer war, um zu funktionieren. Eingetauscht gegen die Nähe und nicht minder schwierige Beziehung zu ihrem kranken Vater. Und ein Anerkennungsjahr im schwedischen Polizeidienst, in dem sie zweimal die Woche die Schulbank drücken musste, in dem man sie nach wenigen Wochen wegen disziplinarischen Schwierigkeiten gemaßregelt hatte, strafversetzt in den regulären Verkehrs- und Streifendienst. Anfängerarbeit: monatelang Autos blitzen, Unfälle aufnehmen, Lkw-Fahrer ins Röhrchen pusten lassen. Die Situation war vollkommen lächerlich.

Nach einem langen Winter und einem verregneten Frühling war es nun wenigstens endlich Sommer geworden. Ihre Cousine Maj hatte recht gehabt, Schweden war ein anderes Land im Sommer. Innerhalb von wenigen Wochen war das ganze Grau da draußen explodiert. Der See spiegelte das Blau des Himmels, der Horizont war ein Gürtel aus üppigem Grün. Warmes Licht strömte durch die offene Tür in die Hütte, bedeckte den Boden, ihre nackten Beine. Sie hatte sich noch immer nichts übergezogen. Irgendwie schien es nicht notwendig. Dass sie das so empfand, lag vielleicht auch an den Substanzen, die sich noch in ihrem Blutkreislauf befanden, weil ihre Leber sie noch nicht abgebaut hatte. Jedenfalls schien der junge Erik oder Claas die Sache genauso zu sehen. Unbekleidet und schweigend tranken sie ihren Kaffee. Schließlich räusperte er sich. Sein Dänisch klang kehlig.

»Haben wir gestern eigentlich …?«

In dem Moment brummte ihr Handy. Es kroch vibrierend zwischen den leeren Fischdosen hindurch.

Sie nahm das Gespräch an. Die Frage des jungen Mannes blieb offen im Raum stehen. Sie hätte auch keine Antwort darauf gewusst.

6

Es stellte sich heraus, dass der Mönch wirklich ein Mönch war. Bruder Ignatio kam aus einem Benediktinerkloster in der Lombardei und war damit der Sportfreund mit der weitesten Anreise und gleichzeitig der Einzige der historischen Bogenschützen, der nicht verkleidet war, sondern seinem ungewöhnlichen Hobby in seiner Alltagskleidung nachgehen konnte, abgesehen vielleicht von seinen neongelben Reebok-Turnschuhen, von denen sich Ingrid Nyström nicht vorstellen konnte, dass er sie in San Benedetto di Polirone zu seiner täglichen Morgenandacht trug. Im Grunde war sie jedoch bereits in einer Gemütsverfassung, in der sie überhaupt nichts mehr wunderlich fand. Sie saß gemeinsam mit Hugo Delgado und dem jungen Italiener in einem Nebenraum des Speisesaals, den man zu einer provisorischen Einsatzzentrale umfunktioniert hatte. Nach dem ergebnislosen Versuch, den Toten mithilfe eines Fotos zu identifizieren, hatte man die Turnierteilnehmer, die sich mittlerweile zum Großteil umgezogen hatten, wieder in den Speisesaal geordert, wo es Mittagessen gab und sich ein Arzt und eine Psychologin um die aufgebrachten und mitgenommenen Menschen kümmerten. Keiner der Anwesenden hatte den Toten erkannt. Da war nur Bruder Ignatio und seine, nun ja, Reaktion, oder wie man das, was vorhin geschehen war, auch immer nennen wollte. Wenigstens wurde bald deutlich, dass sie im Gespräch mit dem Mönch keinen Dolmetscher brauchten, da er trotz seines Akzents ein solides Englisch sprach, das Delgado und ihr keine Probleme bereitete. Der Mann machte keinesfalls einen wirren oder verklärten Eindruck, aber bei diesen religiösen Eiferern wusste man ja nie, dachte Nyström. Als Schwedin war sie natürlich protestantisch, noch dazu mit einem lutherischen Pastor verheiratet, und alles Katholische war ihr erst einmal fremd, ja sogar ein wenig suspekt.

Ignatio machte den Eindruck eines ernsthaften jungen Mannes, dessen braune Augen noch viel von dem Schreck, nein, vielmehr von der Erregung verrieten, die angesichts des Fotos von dem so grausam getöteten Mann in ihn gefahren war. Was er Delgado zu erklären versuchte, war Folgendes: Der Tote war in seinen Augen Sankt Sebastian. Der Heilige. Der Märtyrer. Der Schutzpatron der Eisenhändler, Waldarbeiter, Steinmetze und Leichenträger. Und wenn er es nicht tatsächlich war, so sah derjenige genauso aus wie Sankt Sebastian. Und wieso sollte jemand aussehen wie ein Heiliger, wenn nicht zu dem Zweck, dass Gott den Menschen damit ein Zeichen geben wolle.

»Ein Zeichen?«, fragte Nyström.

Ignatio nickte.

»Wofür denn ein Zeichen?«, fragte sie.

Die gütigen braunen Augen sahen sie an.

»*I don't know. You're the police, aren't you?*«

Worauf du wetten kannst, dachte sie. Sie antwortete auf Englisch:

»Danke, dass du uns geholfen hast, du kannst jetzt gehen. Es sei denn, mein Kollege hat noch eine Frage.«

Sie sah zu Delgado, doch der reagierte nicht. Er wischte stattdessen auf seinem Mobiltelefon herum, es war eins dieser Dinger ohne Tasten, wie Anders auch eins hatte.

»Hier hab ich's«, sagte er.

Er hielt ihr das Display entgegen. Ein Bild aus dem Internet. Ein Ölgemälde. Und tatsächlich: Sankt Sebastian, der Märtyrer. Dargestellt von Andrea Mantegna, 1456–1459, wie die Bildunterschrift verriet. Ein Mann an eine Säule gefesselt, von Pfeilen durchbohrt.

Himmelschreiendes Leid.

Marter.

Sie sah zu Ignatio. Auch er hatte das Bild gesehen, er nickte heftig. Sie sah zu Delgado. Der tippte schon wieder auf seinem Smartphone herum.

»Oh«, sagte er dann.

»Was?«

»Das ist merkwürdig, was hier steht, Ingrid.«

»Was?«

Ihre Haut spannte. Delgado räusperte sich, als habe er etwas im Hals.

»Also dieser Sankt Sebastian, das war ein christlicher Märtyrer aus dem dritten Jahrhundert. Ein römischer Prätorianerhauptmann, der sich öffentlich zum Christentum bekannte. Daraufhin verurteilte ihn Kaiser Diokletian zum Tode und ließ ihn von numidischen Bogenschützen erschießen. Aber Sebastian überlebte, woraufhin man ihn mit Keulen erschlug und anschließend in eine Kloake warf. So weit erzählt es die Legende, Wikipedia zufolge.«

Die Pfeile.

Der geschundene, von Blutergüssen gezeichnete Körper.

Der starke Geruch nach Exkrementen.
»Oh, mein Gott!«, flüsterte sie.

7

Lars Knutsson nippte an der Tasse, die vor ihm stand. Der Kaffee war lauwarm und bitter, auch wenn er das nur am Rande wahrnahm. Seine Seele war in Aufruhr und das war für ihn ein emotionaler Ausnahmezustand, ruhte das Gemüt des besonnenen, bärtigen Manns doch sonst fest in seinem großen, beleibten Körper. Knutsson fühlte sich wie in einem schlimmen Traum, aus dem es kein Erwachen gab. Draußen im Wald hing ein zertrümmerter und gemarterter Körper an einem Baum und hier, in Humlehöjden, huschten seltsame Gestalten mit ihren Pfeilen und Bögen durch die Räume. Die bedrückende, unwirkliche Atmosphäre erinnerte ihn an die traumatischen Szenerien des Malers Hieronymus Bosch, die er einmal vor vielen Jahren in einer Ausstellung im Urlaub in Rotterdam hatte sehen müssen, weil seine kulturbeflissene Frau Lisa ihn hineingezerrt hatte, und es verlangte ihm nun nicht allzu viel Fantasie ab, sich vorzustellen, wie missgebildete Tierwesen, die aus überdimensionierten Eierschalen krochen und mit abenteuerlichsten Folterwerkzeugen bewaffnet waren, das Albtraumszenario vervollständigten. Natürlich war das Quatsch. Das hier war die Realität. Aber es war verführerisch, seinen sich verselbstständigenden Gedanken nachzuhängen, bargen sie doch die vage Möglichkeit, dass er vielleicht tatsächlich noch träumte und gleich aufwachen könnte, um den Tag mit einem ausgiebigen

Frühstück und einem guten Kaffee zu beginnen und anschließend zu Hause die Ausbesserungsarbeiten am Steg vorzunehmen, die er sich eigentlich für dieses Wochenende, dem womöglich schönsten und sonnigsten des Jahres, vorgenommen hatte. Das Klingeln seines Handys riss ihn abrupt aus seinen Gedanken, Kaffee schwappte auf seine Hose. Fluchend nahm er das Gespräch an. Es war Olsson von der Zentrale.

»Kajakfahrer haben einen toten Hund gefunden. Auf Musön.«

»Verdammt, Stig, dafür rufst du mich an? Falls es sich bei euch noch nicht rumgesprochen hat: Wir haben hier einen Mord wie aus einem Horrorfilm, dazu fünfzig bekloppte Bogenschützen und einen Mönch mit Erscheinungen! Und du nervst mich mit einem toten Köter?«

»In dem Kadaver stecken Pfeile, sagen die Kollegen von der Wasserschutzpolizei. Und massenhaft Klamotten lägen da auch rum. Außerdem sei alles voller Blut.«

8

Als Stina Forss der Gedanke kam, dass sie eigentlich noch gar nicht wieder nüchtern genug war, um Auto fahren zu dürfen, war sie schon beinahe in Humlehöjden angelangt. Zwischen den hohen Fichten machte die schmale Straße eine letzte Kurve, dann war die lang gezogene Auffahrt zum Gasthaus bereits zu sehen. Gerade als sie auf den Parkplatz einbog, kam ihr ein Volvo mit Blaulicht und Sirene entgegen und sie erkannte Hugo Delgado und neben ihm Lars Knutsson, bevor der Kombi mit hoher Geschwindigkeit zwischen den dunklen Bäumen verschwand. Forss parkte ihren Polo und stieg aus. Sie war zu Hause gewesen, hatte geduscht und sich die Zähne geputzt, trotzdem roch ihr Atem noch deutlich nach Alkohol. Auf dem Fußboden in ihrem Flur hatte die Post gelegen, das meiste war Werbung, aber da war auch ein Brief in einem dunkelbraunen Umschlag gewesen. Kurz hatte sie gestockt und einen Stich verspürt. Es gab nur einen Menschen auf der Welt, den sie kannte, der diese extravaganten Umschläge benutzte. Nicht jetzt, hatte sie entschieden. Später. Dann war sie wieder hinausgeeilt. Demonstrativ hatte sie auf ihre Uniform verzichtet und trug stattdessen ein T-Shirt, einen schlichten Jeansrock und Sandalen mit Keilabsatz. Sie hatte nur eine sehr grobe Vorstellung von dem, was sie erwartete. Anette Hultin hatte sich am Telefon sehr kurz gehalten, außerdem war die Verbindung schlecht gewesen und immer wieder abgerissen. Es ging um einen Todesfall, so viel hatte sie verstanden, und Ingrid Nyström wollte ihre Hilfe. Sie kam nicht umhin, eine gewisse Genugtuung zu empfinden. Ihre Chefin hatte sie auf die Strafbank gesetzt und ließ sie dort seit nunmehr drei Monaten schmoren. Grundlagendienst nannte man das hier. Drei Tage die Woche Streife fahren und Ladendiebstähle aufklären, zwei Tage gemeinsam mit jungen Dienstanwärtern die Schulbank auf der Polizeihochschule drücken, Mittzwanziger, die mehr als zehn Jahre jünger waren als sie. Vor dem Spätsommer sollte sich daran auch nichts ändern, so viel hatte Nyström ihr unmissverständlich klargemacht. Eine Strafe dafür, dass sie sich während der Ermittlungen in einem Mordfall kurz nach ihrer Ankunft im Winter eigenmächtig über ein halbes Dutzend Dienstvorschriften hinweggesetzt, sich eine illegale Schusswaffe besorgt und diese auch verwendet hatte. Zugegeben, das waren keine Kleinigkeiten. Aber andererseits hatte sie durch ihr vielleicht nicht ganz vorschriftsmäßiges Handeln maßgeblich dazu beigetragen, einen komplizierten Fall zu lösen und einer suizidgefährdeten Verdächtigen das Leben zu retten. Eine so schlechte Polizistin konnte sie also nicht sein. Und was war der Dank dafür? Dass man sie wie ein Kleinkind behandelte. Die Situation war zum Heulen. Nun, zumindest bis heute. Man schien sie wieder zu brauchen. Wie es aussah, sollte sie zu ihrem vierunddreißigsten Geburtstag einen Toten bekommen.

Vor dem Gasthaus, aus dem Stimmengewirr und Essengeruch drang, traf sie einen jungen, uniformierten Kollegen, den sie aus dem Streifendienst kannte. Er wies ihr den Weg zu dem Fundort der Leiche in dem Waldgürtel am Seeufer.

Offensichtlich war die Sicherung der Fundstelle bereits weit fortgeschritten: Das Areal unter den Fichten war weiträumig mit blau-weiß gestreiftem Plastikband abgesperrt und von Bo Örkenruds Spurensicherungsteam sah Forss lediglich zwei junge Frauen in violetten Kunststoffoveralls zwischen den Baumstämmen. Die eine kroch auf allen vieren und sprühte dabei eine Flüssigkeit aus einem Druckbehälter auf den Waldboden, die andere hielt einen Fotoapparat mit einem auffällig großen Objektiv in den Händen und ging immer wieder in die Hocke, um eine gute Position für ihre Aufnahmen zu finden. Der Knall des leistungsstarken Blitzes der Kamera hallte zwischen den Fichten wider, das Absperrband surrte in dem warmen Wind, der vom See her kam. Beide Frauen arbeiteten in den äußeren Sektoren des abgesteckten Bereichs.

Forss war froh, dass sie den Ort beinahe für sich allein hatte. Dass Nyström, Hultin, Örkenrud und die anderen eine Pause machten oder eine Besprechung abhielten. Dass niemand ihre Wahrnehmung beeinträchtigte. Keine Vorgeschichte, keine Meinung, keine Interpretation. Sie nickte den Kolleginnen von der Spurensicherung zu, dann bediente sie sich an einem der umherstehenden Tatortkoffer und zog sich die obligatorischen Schuhüberzieher und Handschuhe an. Das Gefühl von gepudertem Latex auf ihrer Haut war gut und vertraut. Sie schloss für einen Moment die Augen. Wieder hörte sie den Blitz der Fotografin knallen. Die Luft roch nach Nadelwald und See. Und dann war da noch etwas anderes. Sie öffnete die Augen. Zehn Meter von ihr entfernt befand sich das Zentrum des abgesperrten Areals. Sie duckte sich unter dem Plastikband hindurch und ging auf den leblosen Körper zu, der an den abgestorbenen Stamm einer Fichte gebunden war. Drei Schritte vor dem Toten blieb sie stehen. Jetzt roch sie es: Exkremente und geronnenes Blut. Sie sah: weiße, blaue, gelbe Haut. Geschwollene, verdrehte Körperteile. Ein fehlendes Auge. Ein verirrter Hirschkäfer, der scheinbar orientierungslos auf dem Bauch des Leichnams im Kreis krabbelte. Die Pfeile. Neongelbe Anglerschnur, die tief in die Haut schnitt.

Sie ging einige Schritte zurück. Ihre Schläfen pochten. Was ist das Wesentliche, fragte sie sich. Was ist das Wesen dieses Todes hier im Wald? Sie trat noch einen Schritt zurück. Dann fiel ihr etwas ein. Forensisches Grundlagenwissen, einfachste Ballistik: Fand man an einem Tatort einen Schusskanal vor, ein Loch in einem festen Material, das ein Projektil beim Einschlag hinterlassen hatte, konnte man die Schussrichtung ganz einfach dadurch bestimmen, dass man einen dünnen Stock in diesen Schusskanal einführte. Die Richtung des Stocks wies die Richtung des Schusses. Hier brauchte man keine Stöcke. Die gab es schon. Die Pfeile im Körper des Toten wiesen die Richtungen, aus denen sie abgeschossen worden waren. Forss probierte es aus: Sie stellte sich in die gedachte Verlängerungslinie des Pfeils, der am weitesten links aus dem Körper hinauswies. Mit der Schuhspitze markierte sie leicht die Position in dem weichen Waldboden. Dann stellte sie sich entsprechend der Position des nächsten Pfeils und setzte ebenfalls eine Markierung. Insgesamt dreizehnmal bohrte sie ihren Schuh in den Boden. Dann betrachtete sie die Spuren, die sie hinterlassen hatte. Der Täter hatte sich im Halbkreis um sein Opfer bewegt und seine Pfeile abgeschossen. Alle Schüsse mussten etwa aus Augenhöhe abgegeben worden sein, wenn man davon ausging, dass sich der Tote in aufrechter Position befunden hatte und der Täter ungefähr so groß wie sein Opfer gewesen war: Die Pfeile, die im Kopf des Mannes steckten, standen nahezu waagerecht ab, während die unteren Pfeile zum Ende hin einen aufsteigenden Einschusswinkel aufwiesen. Der Schütze umkreist sein Ziel, überlegte Forss. Voller Geduld gibt er dreizehn Schüsse ab. Oder hatte es dreizehn Schützen gegeben? Unwahrscheinlich, dachte sie. So etwas gab es nur in Agatha-Christie-Romanen. Das hier war etwas anderes. Marter, dachte sie. Der Mann war zu Tode gemartert worden.

»Er wurde woanders getötet. Hier hat man ihn nur abgelegt.«

Forss wandte sich um. Nyström und die Pathologin Dr. Kimsel waren den Pfad hinaufgekommen, hinter ihnen gingen zwei Männer, die einen Metallsarg trugen. Dann kamen auch Örkenrud und weitere Menschen in Violett.

»Hej, Stina, danke, dass du gekommen bist.«

Zögernd griff Forss nach der Hand, die Nyström ihr entgegenhielt.

»Wir können deine Erfahrung hier gebrauchen. Ich würde mich freuen, wenn du dabei wärst.«

Die Gesichtszüge der Hauptkommissarin waren angespannt, auf ihrer Wange war ein Äderchen geplatzt. In ihrem Blick lag etwas Drängendes. Aber vielleicht bildete sich das Forss auch nur ein.

»Schon gut«, sagte sie und kratzte sich am Ohrläppchen. »Was wissen wir bis jetzt?«

9

Delgado und Knutsson fuhren die 23 durch Sandsbro, bogen in den Björnvägen ein, rasten durch die Tempo-30-Zone in Evedal und überfuhren in der Höhe von Lilla Smäcken beinahe ein frei laufendes Huhn, das sich weder um das Blaulicht noch um die Sirene des Polizeiwagens zu kümmern schien. Über eine kleine Brücke führte der Weg nach Hissö und wenige Minuten später hatten sie das nördliche Ende der Insel erreicht. An der Badestelle wartete bereits Bengt Borg auf sie, ein Kollege von der Wasserschutzpolizei.

»Ich denke, es wäre das Praktischste, wenn ihr mit aufs Boot kommt.«

»Warum? Was ist denn mit der Treidelbrücke?«, fragte Delgado. Seine Vorbehalte gegen jede Art von Wassersport oder gar Badevergnügen waren präsidiumweit bekannt.

»Tja, ich fürchte, darin liegt wohl ein Teil des Problems«, sagte Borg.

Kurz danach verstanden sie, was Borg gemeint hatte. Sie standen an der Anlegestelle der Brücke.

»Die Stahlseile sind glatt durchtrennt. Die sind mehrere Zentimeter dick. Das macht man nicht mal eben so mit einem Seitenschneider.«

»Krass«, sagte Delgado. Etwas anderes fiel ihm nicht ein.

»Muss eine Flex mit leistungsstarkem Akku gewesen sein«, knurrte Knutsson, »oder so was in der Art.«

»Na, jedenfalls ist die Brücke mittlerweile bis nach Öjaby getrieben und geborgen worden. Kam eben über Funk«, sagte Borg.

»Jo, da herrscht eine ordentliche Strömung auf dem See. Glaubt man gar nicht. Ich bin einmal mit meinem Boot und Motorschaden ...«

»Und der Hund?«, fragte Delgado. »Uns wurde etwas von einem toten Hund und Pfeilen und einer Menge Blut gesagt.«

»Gleich da drüben. Aber macht euch auf was gefasst. Da waren wirklich kranke Schweine am Werk, verrückte Tierquäler.« Borg schüttelte den Kopf. »Wahrscheinlich Jugendliche, wenn ihr mich fragt. Die mit ihren ganzen abartigen Computerspielen ...«

Knutsson brummte etwas in seinen Bart, was wohl vage Zustimmung zum Ausdruck bringen sollte.

»Ja, ja«, sagte Delgado.

Keine zehn Meter entfernt lag der Hundekadaver im hohen Gras. Ein Golden Retriever. Zwei Pfeile steckten in seiner Flanke, ein weiterer in seiner Schnauze. Zweifellos waren es die gleichen wie bei dem Toten in Humlehöjden: Aluminiumpfeile ohne Nocke und Befiederung.

»Verdammt«, grunzte Knutsson.

»Fuck«, sagte Delgado.

»Habe ich es euch nicht gesagt? Verrückte Tierquäler. Wahrscheinlich Jugendliche ...«

»Und die Kleidung?«

»Die ist gleich hier drüben. Seht ihr? Alles voller Blut. Zuerst fand ich es seltsam. Ich meine, dass die Teenager ihre

Klamotten hiergelassen haben. Aber dann habe ich eine Erklärung gefunden. *Deduziert*, sozusagen.«

Borg sah die beiden Ermittler zufrieden an.

»Es hat nämlich einen Kampf gegeben. Zwischen den Jugendlichen und dem Hund. Ich stelle es mir so vor: Diese Verrückten haben dem Hund aufgelauert und dann ...«

»Bengt?«

Delgados Stimme war eisig.

»Ja?«

»Tu uns einen Gefallen.«

»Was denn?«

»Halt bitte mal kurz den Mund!«

Delgado hatte sich jetzt Handschuhe übergezogen und tastete die blutgetränkten Kleidungsstücke ab, die auf dem blättrigen Waldboden lagen. Ein Fleecepullover, eine Jeans, Unterwäsche, Wanderstiefel.

»Aber ...«

Borg sah Hilfe suchend zu Knutsson. Der schüttelte langsam seinen Kopf und legte dabei seinen Zeigefinger auf die Lippen.

»Bingo«, sagte Delgado. Er fischte ein Portemonnaie aus der Hintertasche der Jeans und klappte es auf. »Hier ist ein Führerschein. Janus Dahlin. Wohnhaft in Växjö, Skogstorpsvägen. '60 geboren.«

»Vom Alter würde es passen«, sagte Knutsson.

»Aber dann waren es gar keine Jugendlichen«, sagte Borg, in sich gekehrt.

»So wie ich das sehe, haben wir einen Tatort«, sagte Delgado zu Knutsson. Dann wandte er sich an Borg: »Nichts für ungut, Bengt. Wir stehen ein wenig unter Strom. In Humlehöjden gibt es einen Mord. Und das Hundemassaker hier, die zerstörte Treidelbrücke und alles, das scheint in einem Zusammenhang dazu zu stehen.«

»Humlehöjden?«, sagte Borg. »Das ist doch gleich drüben am östlichen Ufer. Zwei, drei Kilometer. Mit dem richtigen Boot sind das keine fünf Minuten von hier.«

10

Das Boot der Wasserschutzpolizei sprang in weiten, harten Sätzen über das Wasser, die hohe Geschwindigkeit verwandelte die Wellen in Beton. Nyström klammerte sich an ihren Sitz. Neben ihr wehten die rotbraunen Locken von Stina Forss im Fahrtwind. Im Gegensatz zu ihr schien Forss die halsbrecherische Fahrt über den See nichts auszumachen, vielleicht genoss sie sie sogar. Die Sonne stand hoch am Himmel und das Wasser war belebt mit Motor- und Segelyachten, Surfern und Kajakfahrern. Direkt vor ihnen kreuzte ein Boot, das einen Wasserskisportler im Schlepptau hatte. Ein Tag wie aus dem Bilderbuch, dachte Nyström. Überall um sie herum und doch vollkommen weit entfernt. Ein Film, der irgendwo im Hintergrund lief, während sie sich in der Gravitation eines Verbrechens befand. In der Umlaufbahn eines grausamen Mordes. Das Zentrum hatte sie noch lange nicht erreicht. Dort würden sie den Täter finden.

Ein Täter, der ein Dutzend Pfeile in einen Mann geschossen hatte.

Der seinem Opfer die Knochen im Leib gebrochen hatte.

Sie war sich nicht sicher, ob sie überhaupt zu diesem Ort vordringen wollte. Aber genau das war ihre Aufgabe. Seltsamerweise gab die Präsenz der zierlichen Person neben ihr, dieser kleinen, jungen Frau mit dem schiefen Mund und dem hängenden Augenlid, die trotzdem auf eine unkonventionelle Weise attraktiv war, aber ganz offensichtlich ein Problem mit Autoritäten hatte, ihr ein Gefühl von Sicherheit, das bedenklich war, wenn sie genauer darüber nachdachte. Doch zum Glück war dafür keine Zeit. Borg drosselte den Motor und legte in einer eleganten Kurve am Anleger von Musön an.

Sie hatten höchstwahrscheinlich den Tatort. Und sie hatten einen Namen.

»Janus Dahlin«, sagte Delgado.

Falls er sich über die Anwesenheit von Forss wunderte, so ließ er sich davon nichts anmerken.

»Nach dem Foto auf seinem Führerschein ist er es. Ein Lehrer. Jedenfalls ist in seinem Portemonnaie ein entsprechender Gewerkschaftsausweis. Und ein Impfpass für einen Retriever. Das arme Tier liegt da vorne im Gras. Dieselben Aluminiumpfeile wie drüben.«

»Es war eine Falle«, knurrte Knutsson. Er schwitzte, obwohl er sich sein Hemd bis weit über seine massive Brust aufgeknöpft hatte. »Eine gottverdammte Falle. Der Killer muss gewusst haben, dass sie hierherkommen, Mann und Hund. Er hat auf sie gewartet. Wahrscheinlich bis sie auf der anderen Seite der Insel waren. Dann hat er die Stahlseile der Treidelbrücke durchtrennt und ihnen so den Rückweg abgeschnitten. Als sie wieder hier am Anleger waren, hat er zugeschlagen. Das Ergebnis kennen wir ja.«

»Die Kiefer dort vorne«, fuhr Delgado fort. »Wir glauben, dass es dort passiert ist. Der Stamm ist voller Blut, der Boden davor auch. Und es gibt Einschlagstellen im Stamm. Genaueres muss natürlich Örkenrud feststellen.«

Nyström nickte nachdenklich.

»Das klingt nachvollziehbar. Das mit dem Hinterhalt und alles. Nur eins verstehe ich nicht: Warum hat sich der Täter die Mühe gemacht, den Leichnam über den See nach Humlehöjden zu schaffen? Auf das Kostümfest dieser Sportschützen? Warum sollte er so ein Risiko eingehen? Auch früh am Morgen ist der See belebt. Ich denke da an die Fischer und Angler.«

»Wir müssen nach Zeugen suchen«, sagte Knutsson. »Aber das wird hier draußen beileibe nicht einfach.«

»Ich bin überzeugt, dass der Mord mit einem der Teilnehmer an diesem Turnier zu tun hat. Alles andere ergibt doch keinen Sinn.« Delgado rieb seinen Oberlippenbart. »Aber anderseits: Was ergibt schon Sinn, wenn man sich diese Sauerei hier ansieht? Wer macht so was?«

»Jugendliche«, schlug Borg mit leiser Stimme vor, aber niemand reagierte darauf.

»Seht mal«, sagte Forss, die ein wenig abseits unter den Bäumen stand. Sie hielt einen Zweig in der Hand, an dessen Ende etwas Rotes, Unförmiges baumelte. »Das ist rohes Fleisch, und es ist voller Angelhaken.«

»Der Hund«, sagte Nyström tonlos, »damit sollte der Hund außer Gefecht gesetzt werden.«

In ihren Ohren war wieder dieses unbestimmte Rauschen. Und dann spürte sie ein Ziehen in ihrer linken Brust.

Ein Spannungsgefühl, ein innerer Druck.

Sie ahnte, was das bedeutete.

11

Jedes Haus, jede Wohnung, jedes noch so kleine Apartment, selbst ein Zimmer in einem anonymen Hotel, in dem ein

Täter oder Opfer, ein Vermisster oder ein Mörder nur eine Nacht, vielleicht auch nur eine einzige Stunde verbracht hat, hat seine eigene DNA, seine spezifische Zellstruktur, seine ganz bestimmte Charakteristik. Zehn Jahre beim LKA Berlin, davon mehrere Jahre bei der Mordkommission unter der strengen Ägide ihres Ausbilders Lehmann, hatten Stina Forss zu einer guten Beobachterin und Spurenleserin gemacht. »Großstadtindianer«, hatte Lehmann immer gesagt. »Wir Berliner Bullen sind die reinsten Großstadtindianer.«

Der gelb verklinkerte Bungalow im Skogstorpsvägen, in dem Janus Dahlin bis vor wenigen Stunden gelebt hatte, löste von dem Moment an, in dem sie über die Schwelle in den Flur trat, ein starkes Gefühl aus, das sie zunächst nicht benennen konnte. An der Garderobe neben der Tür hingen Wind- und Freizeitjacken, ein Cordjackett, ein gefütterter Parka und ein speckiger Ledermantel mit einem auffälligen Loch im Ärmel. Ein orangefarbenes Regencape. Eine zerbeulte braune Trainingshose mit gelben und orangen Streifen. Ein schwerer Wollpullover auf einem Bügel. Eine Hundeleine. Darunter standen Sport- und Wildlederschuhe, die meisten Paare wirkten ausgetreten und machten wie die Mäntel und Jacken einen abgenutzten Eindruck. Auf der Hutablage lag eine sehr verschmutzte Schirmmütze mit einem Werbeaufdruck, ein verbeulter Panamahut und ein mattschwarzer Motorradhelm, auf dem sich Staub abgesetzt hatte. Der Flur war mit Kiefernholz vertäfelt und an der Wand neben der Garderobe waren mit Heftzwecken Plakate befestigt; eins war ein Aufruf zu einer 1.-Mai-Demonstration in Göteborg, ein anderes zeigte ein antikapitalistisches Zeltlager: Occupy Stockholm! Vom Flur aus gingen mehrere Türen ab. Eine Gästetoilette. Ein winziger Wirtschaftsraum, in dem eine

Waschmaschine und ein Trockenschrank standen. Eine ebenfalls holzvertäfelte Küche. Über dem Küchentisch hing eine rot lackierte Lampe, die die Form einer Halbkugel hatte. Forss hatte in ihrer Wohnung in Berlin die gleiche gehabt, es war eine Ikea-Lampe und sie wusste sogar noch, wie viel sie damals dafür bezahlt hatte. Die Küche war aufgeräumt, aber nicht besonders sauber. Auf der Wachstuchtischdecke war ein Milchfleck, in der Spüle stand eine Schüssel mit aufgeweichten Cornflakesresten. Am Kühlschrank war mit Magneten ein ausgerissenes Kochrezept befestigt: gefüllte Auberginen. Forss öffnete die Kühlschranktür. Käse, Butter, Milch. Etwas Gemüse. Zwei Flaschen Leichtbier und eine offene Dose Hundefutter. Gewürzsaucen. Auf dem gefliesten Boden standen zwei Näpfe, einer war mit Wasser gefüllt, der andere mit Trockenfutter.

Das Wohnzimmer war mit dunklem Teppichboden ausgelegt, auf dem das Hundehaar deutlich zu sehen war. In der Mitte des Raumes standen ein gekachelter Couchtisch und eine unmoderne, helle Sofagruppe. Ein bulliger Fernseher auf einer TV-Bank. Ein DVD-Spieler, auf dem die Hülle eines Films lag, *Apocalypse Now*. Eine Stereoanlage und ein CD-Turm. Forss erkannte Thelonious Monk, Charles Mingus und Chick Corea, Jazzlegenden. An der Wand ein schlecht gemaltes, abstraktes Gemälde ohne Signatur. Ein großes Fenster und eine Glastür wiesen in den Garten: ein grasbewachsenes Viereck, in dem zwei Apfelbäume standen. Über den Rasen hüpfte eine Elster. Im Schlafzimmer waren die Rollos runtergelassen. Es roch muffig, so als ob die Bettwäsche schon länger nicht mehr gewechselt worden wäre. Auf dem Boden vor dem Bett stand ein Laptop. Forss setzte sich auf die Bettkante, nahm den Rechner auf den Schoß und öffnete den Bildschirm. Der Computer fuhr aus dem Schlafmodus. Der Mediaplayer war geöffnet, Pixel bewegten sich, eine Frauenstimme stöhnte auf, Forss erkannte wippende Brüste, Hände, ein lustverzerrtes Gesicht in Nahaufnahme. Kein professioneller Pornofilm, eher eine Privataufnahme. Sie sah eine Minute zu, dann klappte sie den Laptop wieder zusammen und stellte ihn zurück auf den Boden. Durch die Ritzen der Rollläden drangen Lichtstrahlen wie Klingen, die Streifen in den Fußboden ritzten. Selbst auf den Holzdielen vor dem Bett lagen Hundehaare.

Das Badezimmer war weiß gekachelt. Auf dem Boden lagen Schmutzwäsche, feuchte Handtücher und vor der Toilette ein aufgeklapptes Magazin, *Ordfront*, ein linkes Politik- und Kulturjournal. Im Waschbecken klebten Zahnpastareste und auf der Ablage darüber standen Rasierzeug und ein Deo.

Als Letztes betrat Forss das Arbeitszimmer. Ein großer Schreibtisch voller Unterlagen. Ein Stapel Klassenarbeitshefte. Sie schlug eins auf. Eine krakelige Jungenhandschrift.

Die alten Römer gewannen eine Menge Schlachten und unterwarfen viele Völker. Am Rand Anmerkungen in roter Tinte.

Ein Aschenbecher voller Kippen und daneben ein Beutel Tabak. Dieselbe Marke, aus der sich Delgado seine Zigaretten drehte. Über dem Schreibtisch Fotos, mit Stecknadeln an der Tapete festgepinnt: fremde Frauen und Männer in Dahlins Alter, Schnappschüsse, Gruppenfotos, Porträts. Ein Foto des Retrievers, den sie tot auf Musön gefunden hatten. Eine sehr hübsche, ungeschminkte Frau mit einem Mittsommerkranz im Haar. Eine Demonstration, auf der Fahnen wehten. Menschen, die um ein Lagerfeuer saßen. Dahlin in Shorts und dem Panamahut von der Garderobe an einem Strand. Ein junger Dahlin mit Bart in einem

Renault 4. Ein noch jüngerer Dahlin in einem gestreiften Fußballtrikot. Ein Schwarz-Weiß-Bild von zwei nackten Kleinkindern auf einem Pferd, das von einem lachenden Mann mit altmodischer Sonnenbrille am Zaumzeug gehalten wurde.

Neben den Fotos hing ein Poster des Jazzsaxofonisten John Coltrane, das eingerissen war. Auf der anderen Seite ein gerahmtes Porträt einer Frau. Forss erkannte Rosa Luxemburg.

An den anderen Wänden deckenhohe Bücherregale: Belletristik, Geschichtswerke, eine Lexikonreihe. Ein gutes Dutzend Bände Marx und Engels. Forss zog *Das Kapital* heraus. Das Buch wirkte, als sei es mehrfach durchgearbeitet worden, kleine Post-it-Zettel in Gelb und Rosa lugten aus den Seiten, einzelne Textstellen waren markiert und unterstrichen, vereinzelt waren mit Bleistift Kommentare an den Rand gekritzelt worden. Forss erkannte die Handschrift wieder, die auch unter den Klassenarbeiten auf dem Schreibtisch gestanden hatte. Sie legte den schweren Band auf den Boden. In dem Regal daneben standen Schulbücher. Geschichte, Gesellschaft, Politik, Englisch und Deutsch. Ordner mit Unterrichtsmaterial und Vorlagen für Klassenarbeiten. Versicherungsunterlagen. Kontoauszüge. Rechnungen.

12

»Janus Dahlin ist ein Frühaufsteher. Das sind wir auch. Wenn auch nicht so früh wie er.«

Klas Edvardsson lächelte, seine Frau Mona ebenso. Das ältere Paar saß nebeneinander auf einer Küchenbank, Lars Knutsson hockte ihnen auf einem bedrohlich quietschenden Schemel gegenüber.

»Noch einen Kaffee?«

Mona Edvardsson schwenkte die Kanne vor Knutssons Gesicht hin und her.

»Jo. Gerne«, brummte Knutsson mit vollem Mund. Der Kaffee, den die Edvardssons brühten, war genauso gut wie ihr selbst gebackener Schokoladenkuchen.

»Wenn wir um sechs Uhr aufstehen, kommen Janus und Strax meistens gerade von ihrem Morgenspaziergang wieder. Nicht, dass wir neugierig wären, aber als Nachbarn bekommt man so etwas natürlich mit.«

»Wo wir doch quasi Haustür an Haustür wohnen.«

»Strax?«

»Janus' Golden Retriever, ein wundervoller Hund. Erstklassig abgerichtet. Er folgt Janus auf Schritt und Tritt.«

»Ein edles Tier«, stimmte Mona ihrem Mann zu. Sie schenkte Knutsson Kaffee nach. »Aber ist denn etwas passiert mit Janus, oder warum willst du das alles so genau wissen?«

Sie lächelte jetzt noch breiter und Klas tat es ihr nach. Knutsson fiel auf, dass beide die gleichen fliederfarbenen Trainingsjacken aus Ballonseide trugen. Hinter ihnen zwitscherte ein Kanarienvogel in seinem Käfig.

»Also, ich fürchte ... dazu kann ich nicht ... eine laufende Ermittlung, wenn ihr versteht, was ich meine.« Er rieb seine Hände auf seinen Oberschenkeln.

»So, so«, sagte Klas.

»Aha«, sagte Mona.

Knutsson fand, dass es schmallippig klang. Er räusperte sich. Eingeschnappte Zeugen waren keine guten Zeugen.

Anderseits durfte man sich auch nicht das Zepter aus der Hand nehmen lassen.

»Also seine Spaziergänge. Mit Strax, dem Hund. Folgten die einem bestimmten Muster?«

»Einem Muster?«

»Einem Schema.«

»Er ist jeden Morgen dieselbe Strecke gegangen, wenn du das meinst. Zum See, und dann hinauf bis nach Kronoberg und auf die Inseln, Hissö und Musön.«

»Jeden Morgen, wie ein Uhrwerk«, fügte Mona an.

»Und wie würdet ihr Janus Dahlin beschreiben? So als Mensch, meine ich.«

Die Edvardssons sahen sich an.

»Nett. Höflich und bescheiden.«

»Ein Einzelgänger, irgendwie.«

»Obwohl es bisweilen Damenbesuch gibt«, kicherte Mona.

»Dann hat er dieses laute Gedudel aufgelegt, Jazz. Da wackelten die Wände«, sagte Klas.

Beide schmunzelten.

»Er steckt doch nicht in Schwierigkeiten?«, fragte Mona.

»Davon kann keine Rede sein«, antwortete Knutsson und trank schnell von seinem Kaffee.

13

Verner Fehrm bat Ingrid Nyström Platz zu nehmen. Der Direktor des Gymnasiums war ein hemdsärmeliger Machertyp, Mitte fünfzig. Obwohl im Büro eine Klimaanlage lief, stand Fehrm der Schweiß auf der Stirn. Auf seinem Schreibtisch stapelten sich Unterlagen, drei Computermonitore liefen und summten vor sich hin.

»Ich hatte nicht damit gerechnet, dass Schuldirektoren sonntags arbeiten«, sagte Nyström, »noch dazu in der Schule.«

Fehrm schnaubte auf.

»Die Zeiten, in denen Lehrer ein Wochenende hatten, sind lange vorbei. Das gilt besonders für uns in der Verwaltungsebene. In Schweden tobt ein Bildungskrieg, ob man es wahrhaben will oder nicht.«

»Ein Krieg?«

»Na ja. Ein Stellungskampf. Oder eine gesellschaftliche Auseinandersetzung, wenn man es weniger martialisch formulieren will.«

Fehrm goss Nyström und sich Wasser aus einer Karaffe ein.

»Danke. Und wer kämpft?«

»Such es dir aus. Privatisierte Freischulen gegen kommunale Träger. Von sozialen Abstiegsängsten getriebene Mittelstandseltern gegen die Schulen. Tigermütter gegen ihre Kinder. Schulleitungen gewinnorientierter Privatschulen gegen die Kollegen, denen sie die Löhne drücken. Gestresste, unterbezahlte Lehrer gegen Schüler. Frustrierte Schüler gegen die Schule. Hast du eine Ahnung, wie viele Schulen allein in Südschweden in den letzten Jahren angezündet worden sind? Es ist der Wahnsinn: Leidensdruck, Leistungsdruck, Renditendruck. Gefasel vom internationalen Wettbewerb. Die Chinesen drehen an der Globalisierungsschraube und Schweden läuft kollektiv Amok.«

»Und deswegen sitzt du sonntags in deinem Büro?«

»Unter anderem.« Fehrm lächelte kurz. »Nebenbei organisiere ich Unterricht.«

Nyström lächelte auch. Dann fragte sie nach Janus Dahlin.

»Ich habe die Akte nach deinem Anruf rausgesucht. Ein armer Hund, dieser Dahlin.«

Auf Nyströms Unterarm stellten sich Härchen auf.

»Wie meinst du das?«

»Er ist einer der Verlierer unseres neuen, tollen Bildungsmarkts. Der schönen Ideologie von der Schule als Unternehmen. Der Akte zufolge ist Dahlin ein fähiger Mann, solide Ausbildung, sogar ein Auslandsstudium, fachlich spitze, kann gut mit den Schülern.«

»Aber?«

»Es gibt in Växjö, in ganz Süd- und Mittelschweden so gut wie keine freien Stellen. Und dann die Fächerkombination: Geschichte, Englisch, Deutsch. Kann man vergessen. Dazu kommt sein Alter, über fünfzig. Über den Status eines Aushilfslehrers kommt er wahrscheinlich nicht mehr hinaus.«

»Aushilfslehrer, was bedeutete das konkret?«

»Das sind die ärmsten Schweine. Als Aushilfslehrer hinterlegt man seine Kontaktdaten in einem Online-Pool und wenn irgendwo in der Kommune ein Lehrer krankheitsbedingt ausfällt, bekommt man morgens um sieben eine SMS. Wer dann schnell zuschlägt, steht eine Stunde später vor einer völlig unbekannten Klasse und unterrichtet völlig unbekannten Stoff. Für sehr wenig Geld versteht sich. Als Aushilfslehrer ist man heute hier und morgen dort und nirgendwo richtig. Man hat keine Kollegen, keine Klasse, kein festes Einkommen. Unter dem Strich verdienen Aushilfslehrer im Schnitt kaum mehr als die Putzkräfte an der Schule.«

»Aber Janus Dahlin ist doch schon länger hier?«

»Er hatte Glück, eine Schwangerschaftsvertretung. Eine Kollegin hat ihn empfohlen. Sie ist mit Dahlin befreundet. Ich konnte ihm einen Halbjahresvertrag anbieten. Für einen

Aushilfslehrer das große Los. Er hat sich hier gut geschlagen, aber nach dem Sommer ist damit wieder Schluss und er fällt in die Hölle der täglichen Unterrichtsbörse zurück. So gerne ich ihn hierbehalten würde: Uns kommunalen Schulen sind in dieser Hinsicht die Hände gebunden.«

Fehrm hob die Schulter, wie um zu bekräftigen, was er gesagt hatte.

Nyström sah auf das großformatige, gerahmte Poster, das über dem Schreibtisch des Direktors an der Wand hing, darauf waren drei Jugendliche zu sehen, die in die Kamera lachten. Darunter stand: Schweden bildet.

Plötzlich hatte sich die Lichtstimmung im Büro geändert, es war dunkler geworden und auf Fehrms Gesicht lag ein Schatten, der vorher nicht da gewesen war. Draußen vor dem Fenster mit dem Blick auf einen Parkplatz hatte sich eine Wolke vor die Nachmittagssonne geschoben.

»Diese Kollegin, von der du gesprochen hast. Die Freundin, die Dahlin empfohlen hat. Wie war doch gleich ihr Name?«

14

»Da war ein Hai«, sagte der alte Mann.

»Wie bitte?«, fragte Anette Hultin.

»Ein Hai«, knarzte der Alte. Hultin seufzte. Sie warf Göran Lindholm, dem jungen Polizeianwärter, einen Blick zu. Lass uns abhauen, sollte dieser Blick sagen, das bringt doch nichts. Aber Lindholm reagierte nicht, sondern kaute konzentriert auf seiner Unterlippe herum. Dabei war die

Situation klar. Der alte Sack mit dem zerfurchten Gesicht, der hier bei vierundzwanzig Grad im Schatten unter einer Decke im Liegestuhl auf seiner Veranda hing, hatte weder am Vorabend noch in der Nacht und erst recht nicht am frühen Morgen etwas Ungewöhnliches in Evedalsvägen bemerkt. Das war schade, denn von seiner Veranda aus hatte er einen ausgezeichneten Blick auf die kleine Brücke, die Kronoberg mit Hissö verband, und jeder Jogger, Radfahrer, Ausflügler und Tourist, der in das Naherholungsgebiet auf die Insel wollte, musste das Haus des alten Per Ekelund passieren. Aber leider hatte Ekelund ebenso wenig Erhellendes zur Ermittlung beizutragen wie seine Nachbarn, die sie bereits in der letzten Stunde abgeklappert hatten.

»Ein Auto«, sagte der Alte. »Angemalt wie ein Hai. Das ist das Einzige, an das ich mich erinnere. Also das einzig Auffällige. Und danach hattet ihr doch gefragt.«

Hultin verdrehte die Augen und machte Anstalten, aus dem Gartenstuhl aufzustehen. Lindholm berührte ihren Arm.

»Dieses Haiauto«, fragte er, »wann kam das denn hier vorbei?«

»Mmh«, machte Ekelund und kratzte an seiner großporigen Nase. »Es war schon fast dunkel, also muss es spät gewesen sein. Vielleicht so gegen elf, halb zwölf? Die Straßenbeleuchtung war jedenfalls schon an, als der Wagen hier durchpreschte. Es war ja so warm gestern Nacht, da habe ich hier lange gesessen, auf den See hinausgeschaut und geraucht. Ganz schön Radau hat der Wagen gemacht! Die Scheiben runter und die Musik aufgedreht. Rock 'n' Roll lief da, aber so richtig laut aufgedreht.«

»Und da bist du dir sicher? Mit diesem Haiwagen und der Rockmusik?«, fragte Hultin.

Ekelund hustete, ein fürchterliches Geräusch. Dann griff er nach den Zigaretten, die vor ihm auf dem Gartentisch lagen, und zündete sich eine an.

»Nein«, bellte er. »Keine Rockmusik. Rock 'n' Roll, hatte ich gesagt. Ich erkenne doch Jerry Lee Lewis, wenn ich ihn höre!«

»Ich glaube, ich kenne den Wagen«, sagte Lindholm. »Ein mattschwarzer Saab 96 mit Weißbandreifen und Haifischmaullackierung? Raggar-Ronny fährt so einen Schlitten.«

»Wer?«, fragte Hultin.

»Raggar-Ronny ist so ein Rockabillytyp. Eigentlich heißt er Ron Norrquist. Sein Bruder ist in meiner Uni-Hockeymannschaft.«

»Genau!«, krächzte der Alte und blies Rauch in die Luft.

15

Mike Connor hatte rote Hektikflecken im Gesicht. In Kombination mit seinem dunklen Fünftagebart und dem Klecks Vanilleeis auf seinem Kinn ergibt sich ein interessanter Farbeffekt, dachte Lars Knutsson. Für Hektik, Eis und im weiteren Sinne wohl auch für die nachlässige Rasur waren die Kleinkinder verantwortlich, von denen zwei auf ihrem Vater herumkletterten, während sich ein drittes unter dem Küchentisch zu schaffen machte und Knutssons rechten Fuß mit etwas übergoss, das sich klebrig anfühlte und intensiv nach Himbeere roch.

»Die Mutter ist verreist«, seufzte Connor, »und das noch vier Tage.«

»Jo, nichts ist so schön wie die Vaterzeit«, wusste Knutsson. »Man hat endlich einmal so richtig viel Zeit für die Kleinen.« Nicht, dass er selbst jemals Vaterzeit genommen hatte, bei keinem seiner drei Kinder, die mittlerweile längst erwachsen waren. Wenn aber sein Enkelsohn, Oskar, jeden zweiten Sonntag zu Besuch kam, dann fand er es prima, das vitale Bürschchen für eine Viertelstunde auf dem Schoß zu haben.

»Ja, nicht wahr?«

Connor rang sich ein Lächeln ab.

»Wir sind so dankbar, dass wir die Drillinge haben.«

Knutsson nickte wohlwollend, trotz seines feuchten Fußes. Eins der Kinder, er war sich nicht sicher, ob es ein Junge oder ein Mädchen war, schnitt eine Fratze in seine Richtung. Das andere steckte seinem Vater einen vanilleeistropfenden Finger ins Ohr.

»Also, weshalb ich hier bin: dein Nachbar, Janus Dahlin, was kannst du mir über den sagen?«

»Janus? Tja ... Ein netter Kerl. Ein guter Typ. Hilfsbereit und alles ... Hat mir noch letzten Monat geholfen, das Spielhaus im Garten aufzubauen. Handwerklich sehr geschickt, mit Autos kennt er sich auch aus, überhaupt mit allem, wozu man Werkzeug braucht ... Mensch, Ebba!«

Eins der vielen Kinderbeine war nach vorne geschnellt und hatte eine Tüte Milch umgestoßen. Die weiße Lache floss über den Tisch und suppte auf Connors Schoß und auf den Boden. Ebba fing an zu weinen und ihr Brüderchen oder Schwesterchen stimmte mit ein. Nur unter dem Tisch blieb es still, der dritte Blondschopf war damit zufrieden, mit einem Spielzeugauto an Knutssons haarigem Bein hoch und runter zu fahren und den Fruchtsirup in dekorativen Doppelstreifen auf der Haut zu verteilen.

»Ein Fummler und Bastler, könnte man sagen. Und dann

hatte er seinen Politkram. Diese Abende, da war er regelmäßig. Das schien ihm wichtig zu sein.«

Connor manövrierte die zwei Schreihälse auf den Boden. Prompt schossen sie aus der Küche ins angrenzende Wohnzimmer, wo es aussah, als sei dort ein Sack Lego explodiert.

»Ansonsten ... Man kennt sich leider kaum. Die Arbeit, die Kinder ... Mit einer Familie lebt man doch irgendwie in seiner eigenen Welt.«

Er angelte das dritte Kind unter dem Tisch hervor und balancierte es auf seinem Knie, was ihm eine Himbeerspur quer durchs Gesicht einbrachte.

»Nun ist die Kriegsbemalung komplett«, lachte er und Knutsson lachte mit ihm.

16

Wir sind Großstadtindianer, hatte Lehmann gesagt.

Stina Forss stand vor den Regalen voller Bücher und Ordner. Spurensuche: ein Archiv geronnenen Lebens.

Plötzlich musste sie an den Traumfänger denken, der über dem Bett ihres kranken Vaters hing. Eine Art Indianerschmuck aus Faden und Federn. Lea und Tuva, die Töchter ihrer Cousine Maj, hatten ihn für den bettlägerigen Großonkel gebastelt. Ihr Vater war in einem Pflegeheim in Ljungby untergebracht und erwartete heute ihren Besuch. Es war ja Sonntag. Natürlich hatte sie vergessen, den Besuchstermin abzusagen. Sie fummelte ihr Handy aus der Rocktasche. Ihr Vater schlief. Die Stationsschwester klang vorwurfsvoll, zumindest meinte Forss das herauszuhören. Möglicherweise war es aber auch nur eine Projektion ihrer Schuldgefühle.

»Es tut mir leid«, sprach sie in ihr Telefon. »Morgen. Ich versuche es morgen.«

Ihre Knie wurden weich. Sie legte auf. Dann hob sie *Das Kapital* vom Fußboden auf, holte den Laptop aus dem Schlafzimmer und verstaute beides in einer Einkaufstasche aus Stoff, um es mit aufs Präsidium zu nehmen. Sie trat durch die Terrassentür aus dem Haus, das ihr wie das Museum einer aus der Mode gekommenen Lebenseinstellung vorgekommen war.

Marx.

Kommunismus.

Sollte das eine ernst zu nehmende Alternative zu dem Wahnsinn sein, der in der Welt tobte? Konnte jemand in einem so alten Schinken wirklich nach Antworten suchen? Und wer bekannte sich schon heutzutage noch dazu? Sie kannte jedenfalls niemanden.

Im Garten unter den Apfelbäumen stand ein rot getünchter Schuppen aus Holz. Er war verschlossen, aber an Dahlins Schlüsselbund, den sie in seinen Sachen auf Musön gefunden hatten, war der passende Schlüssel. Im Schatten der Bäume war es angenehm kühl, in der Luft lag der würzige Geruch von Grillfleisch. Forss öffnete die Tür des Holzhäuschens und trat ein. Sie stand in einem Bastlerschuppen. Eine große, hölzerne Werkbank dominierte den Raum, an der Wand davor hingen Werkzeuge an Haken und in Halterungen. Auf der Werkbank war eine große Bohrmaschine senkrecht in einer Halterung befestigt, daneben befanden sich ein Schraubstock, ein Lötkolben in einem Drahtständer, eine Schleif- und eine Drechselmaschine. Auf Regalen stapelten sich Kunststoffkästen mit Schrauben, Muttern, elektrischen Widerständen, Dioden und LED-Lämpchen. Das, woran Janus Dahlin gerade gearbeitet hatte, stand zentral auf der Werkbank. Forss hatte so etwas noch nie gesehen. Es sah aus wie eine Persiflage auf ein Perpetuum mobile.

Ein zweckfreier Bewegungsapparat.

Eine kinetische Versuchsanordnung.

Es gab Knöpfe zu drücken und Kurbeln zu drehen. Rädchen setzten sich in Bewegung, griffen in Zahnräder, trieben winzige Pleuelstangen an. Windräder drehten sich, Lämpchen blinkten auf, eine Metallwalze rotierte und aufgelötete Nocken brachten verschieden lange Metallstreifen zum Schwingen und die Melodie von *Last Chrismas* erklang scheppernd. Eine silbrig glänzende Flipperkugel raste durch eine spiralförmige Rutsche und löste einen Mechanismus aus, der die Uhrzeit ansagte. Zum Schluss flammte ein Feuerzeug auf, das eine Wunderkerze entzündet hätte, allerdings war das Exemplar, das in der entsprechenden Halterung klemmte, bereits abgebrannt.

Was hat das zu bedeuten, fragte sich Forss. Was warst du für ein Mensch, Janus Dahlin?

Ein linkspolitisch engagierter Geschichtslehrer, der an sinnfreien Automaten herumbastelte? Oder sollte das Kunst sein, was da vor ihr auf der Werkbank stand? Ein Bild, eine Metapher, die sie nicht verstand?

Sie verließ den Schuppen und schloss die Tür sorgfältig ab. Die Äpfel an den Zweigen waren noch nicht mehr als kleine, grüne Knubbel. Wer würde sie in einigen Monaten ernten, wenn sie reif waren?

17

Während seine Kollegen ausgeschwärmt waren, um die Feldarbeit zu verrichten, versuchte Delgado, den aktenkundigen Hintergrund Dahlins zu beleuchten. Dazu nutzte er die digitalen Archive der Polizei und der Behörden. Die Sportschützen von Humlehöjden hatte man vorläufig entlassen. Die schockierten und verunsicherten Freunde des historischen Bogenschießens waren nach Hause gefahren oder in einem anderen Hotel untergebracht worden, weit weg vom Fundort der Leiche, wo man ihnen weiterhin psychologische Betreuung zur Verfügung stellte. Den nicht Ortsansässigen, selbst den Ausländern wie dem italienischen Mönch, einem niederländischen Versicherungsvertreter und zwei deutschen Studentinnen, hatte man für Montag die Rückreise gestattet, schließlich hatte sich nach bisherigem Ermittlungsstand keiner der Turnierteilnehmer tatverdächtig gemacht. Natürlich würden sie die Angaben und Lebensläufe der dreiundfünfzig Menschen nach Verbindungen und Bezügen zu Janus Dahlin überprüfen müssen, aber die Dimensionen einer solchen Arbeit wirkten so groß und unüberschaubar, dass es Delgado schauderte und er auf eine andere, konkretere Richtung der Ermittlung hoffte. Außerdem konnten sie schließlich erst mit der Suche nach Schnittpunkten oder Querverbindungen zwischen dem Opfer und seinem Täter beginnen, wenn sie ein einigermaßen konkretes Bild von Dahlin skizziert hatten.

Delgado hackte in seine Tastatur und las:

Janus Dahlin kommt am 17.05.1960 im Krankenhaus von Linköping zur Welt. Sein Vater ist Anwalt für Verwaltungsrecht, seine Mutter Sekretärin bei Ericsson. Vier Jahre später wird ein Bruder geboren. 1979 macht er Abitur, dann folgt der Wehrdienst in einer Kaserne in Nordschweden. 1981 beginnt Dahlin ein Lehramtsstudium in Linköping: Geschichte, Englisch und Deutsch. 1983 geht er für ein Auslandssemester nach Brighton, ab 1985 auch für längere Zeit nach Hamburg. Erst viereinhalb Jahre später kehrt er nach Schweden zurück und schließt sein Studium ab. Er beginnt in einer kommunalen Mittelschule in Värnamo zu arbeiten, Ende der Neunzigerjahre wechselt er in die Erwachsenenbildung. Dort, bei *KOMVUX,* wird ihm wegen Umstrukturierungen 2008 gekündigt, seitdem arbeitet er als Aushilfslehrer. Als junger Mann wird Dahlin zweimal polizeilich auffällig: 1982 wird er bei einer Demonstration gegen Atomkraft wegen Steinewerfens verhaftet, ein Jahr danach erfolgt eine Festnahme im Dom von Linköping, wo er gemeinsam mit drei anderen Aktivisten während des Weihnachtsgottesdienstes Flugblätter mit der Parole *GOTT IST TOT* verteilt. Dann ist fast dreißig Jahre Ruhe. Erst im Frühjahr 2010 taucht Janus Dahlin wieder in einem polizeilichen Zusammenhang auf. Es kommt zu einer tätlichen Auseinandersetzung vor einem Wahlstand der Partei *Schwedendemokraten* auf dem Marktplatz von Växjö, in deren Verlauf ein Tisch mit Informationsmaterial der rechtspopulistischen Partei umgeworfen und eine Traube heliumgefüllter Werbeballons losgerissen wird. Zwei Lokalpolitiker der *Schwedendemokraten* holen sich blutige Nasen und fangen sich einen Hundebiss ein. Sie zeigen Dahlin wegen Körperverletzung und Sachbeschädigung an, Dahlin erstattet im Gegenzug Anzeige wegen Volksverhetzung. Zeugenaussagen zufolge werden Nettigkeiten wie *Kommunistensau* und *Nazischweine* ausgetauscht. Der genaue Hergang kann nicht rekonstruiert werden und die Ermittlungen werden eingestellt.

Bei dem Gedanken an die beiden vermöbelten *Schweden-*

demokraten musste Delgado grinsen. Dann hatte er eine Idee. Er googelte den Vorgang. Tatsächlich fand er im Onlinearchiv von Smålandsposten einen kurzen Bericht und ein Foto von dem demolierten Wahlstand. Er druckte das Bild aus, kritzelte einen Smiley an den Rand und legte es Anette Hultin auf den Schreibtisch. Sie hatte bei der letzten Wahl für die *Schwedendemokraten* gestimmt.

18

Sara Saale war selbst in ihrem Schmerz eine schöne Frau. Der Kummer und das Entsetzen über den Tod von Janus Dahlin legten einen Glanz auf ihre dunklen Augen, der noch nicht da gewesen war, als Ingrid Nyström das große, kühle Bürgerhaus betreten hatte. Sara Saale war überrascht gewesen, eine Polizeibeamtin an ihrer Tür zu sehen. Sie hatte sie über gebohnerte Dielen in einen Salon geführt und gebeten, einen Augenblick zu warten. Nyström hatte sich steif auf ein sehr alt aussehendes Sofa gesetzt und den imposanten Kronleuchter bewundert. Sie war sich gar nicht bewusst gewesen, dass es in Växjö Zimmer mit derart hohen Decken gab. Saale war mit einem eleganten Teeservice auf einem Tablett wiedergekommen und hatte sich Nyström mit verschränkten Beinen gegenübergesetzt.

»Ich bin hier wegen Janus Dahlin«, hatte Nyström gesagt.

Das feine, chinesische Porzellan hatte vibriert. Ein Teelöffel war zu Boden gefallen, auf einen hohen Flor, vollkommen geräuschlos. Saale hatte sofort begriffen. Auch Nyström hatte verstanden.

»Es tut mir sehr leid«, sagte sie. Und dann, nach einer langen Pause: »Er war dein Partner?«

»Er war alles«, sagte Saale tonlos.

Die Sonnenstrahlen, die ihren Weg in den Salon fanden, gliederten das Gesicht der Frau in helle und dunkle Flächen. Dreiecke, Trapeze, Halbkreise. Vollkommene Symmetrie. Dann wendete sie leicht den Kopf. Die Geometrie löste sich in Anmut auf. Ihr Schmerz war woanders, nicht in ihren Gesichtszügen. Er lag als Glanz auf ihren Augen.

»Wie?«, fragte sie.

»Wir gehen davon aus ...«, sagte Nyström. »Vieles deutet darauf hin, dass ...«

»Er wurde getötet, oder? Jemand hat ihn umgebracht.«

Sara Saale sah sie an. Ihr Blick war intensiv. Wie der einer Schauspielerin in einem altertümlichen Schwarz-Weiß-Film, dabei waren ihre Augen noch nicht einmal geschminkt.

»Ja«, sagte Nyström erstaunt, »aber woher weißt du das?«

»Es liegt an dir, glaube ich. Dein Blick, als ich die Tür geöffnet habe. Da habe ich verstanden. Du strahltest so etwas aus. Wie ein Todesbote«, sagte sie leise. Und dann: »Entschuldigung.«

Wieder stellten sich die Härchen auf Nyströms Unterarm auf, wieder rauschte das Blut in ihren Ohren. Ihre linke Brust spannte.

»Schon gut«, flüsterte sie.

Dann war es lange still. Irgendwann bemerkte Nyström, dass in einem anderen Zimmer im Haus Musik abgespielt wurde.

Violinen und ein Cello.

Vielleicht Vivaldi.

Aber es klang so weit entfernt, als käme es aus einem anderen Leben.

»Wer könnte so etwas getan haben?«

Der Satz stand im Raum, umrankt vom fernen Violinenspiel. Nyström war sich nicht mehr sicher, wer von ihnen beiden ihn ausgesprochen hatte.

»Ja, wer könnte so etwas nur getan haben?«, wiederholte sie und nippte an ihrem Tee. Er war ungenießbar bitter, Saale hatte vergessen, das metallene Ei mit den grünen Teeblättern aus der Kanne zu nehmen.

Erneut war es lange still. Die Augen der Frau füllten sich. Sie weinte lautlos.

»Wie ist es passiert?«, fragte sie schließlich. »Wie hat man Janus getötet?«

Eine Träne hatte sich in dem blonden, fast unsichtbaren Flaum auf ihrer Oberlippe verfangen und die Sonne brach sich darin. Auch auf der Oberfläche des Tees funkelte es. Das Cello klagte.

»Er wurde erschossen. Von Pfeilen getroffen. Ihm wurde Gewalt angetan. Genaueres ist noch nicht bekannt.«

»Pfeile? Gewalt?«

»Ja.«

Nyström hörte den Nachklang ihrer eigenen Stimme. Man hatte ihr beigebracht, in solchen Momenten sachlich zu sein. Dabei ging es hier doch überhaupt nicht um Sachverhalte. Es ging um ein Leben, das zu Ende war.

Und eine Angehörige, deren Seele implodierte.

Ich sollte gar nicht hier sein, dachte Nyström. Ihr Mann, ein Pfarrer sollte hier sein. Jemand, der Beistand leistete, anstatt Fragen zu stellen.

Dann fiel ihr etwas ein.

»Janus. War er ...«

Sie wusste nicht, wie sie es formulieren sollte. Saale wirkte unendlich weit entfernt. So, als sei sie längst woanders. Dort, wo die Violinen und das Cello spielten vielleicht.

Nyström hielt inne. Sie wartete lange. Fünf Minuten oder vielleicht zehn. Die Musik hatte auch sie entführt. Es war so falsch, hier zu sitzen und Fragen zu stellen. Es war gegen alles, was sie als Mensch empfand. Und dennoch war es notwendig.

»War Janus religiös? Hatte er etwas mit der Kirche zu tun? Oder mit sehr religiösen Menschen?«

Saale verharrte in ihrer Position, die Beine angezogen, das Kinn auf die Brust gepresst, die Augen halb geschlossen. Dann gab sie sich einen Ruck. Sie blickte auf.

»Janus? Nein. Im Gegenteil.«

Sie sprach jetzt schnell.

»Er hat sich als Materialist bezeichnet. Nicht im alltagssprachlichen Sinne, er war nicht auf materiellen Wohlstand aus. Er nannte sich Materialist in einem erkenntnistheoretischen und historischen Sinn.« Historisch, dachte Nyström. Schon wieder. Nostalgie und Historie. »So wie Marx den Begriff gebraucht hat. Alles ist Materie und leitet sich daraus ab. Die Welt wird nicht von Gott bewegt oder von einem höheren, menschlichen Ideal, sondern allein von ökonomischen Interessen. Ein fortdauernder Verteilungskrieg, wenn man so will. Klassenkampf.«

»Das klingt wie ein Begriff aus dem vergangenen Jahrhundert«, sagte Nyström vorsichtig.

Saale lachte abrupt auf.

»Ach, wirklich? Siehst du keine Nachrichten? Liest du keine Zeitung? Denkst du nie über Dinge nach?«

Etwas hatte sich in der schlanken Frau aufgebäumt, plötzlich war da eine Spannung in ihrem Körper, eine Energie, die Nyström vorher nicht wahrgenommen hatte. Sara Saale schwieg und Nyström ebenfalls. Auch Vivaldi war verstummt.

»Er war Atheist«, sagte Saale schließlich. »Seit ich klein

war, hatte ich immer eine Kette mit einem kleinen, silbernen Kreuz um den Hals. Als ich ihn kennengelernt habe ... Ihm zuliebe habe ich sie abgenommen.«

Sie griff nach ihrer Tasse und trank sie leer. Die unerträgliche Bitterkeit des Tees schien sie nicht zu bemerken.

»Bist du gläubig?«, fragte Nyström vorsichtig.

»Möglicherweise. Ja. Auf eine bestimmte Art. Er hat das nicht gemocht. Er fand, ich sei abergläubig. Aber er ist humorvoll damit umgegangen. Es gab anderes, das uns verband. Das wir miteinander geteilt haben.«

Die Träne balancierte immer noch auf ihrer Oberlippe, dann lief sie herunter und verschwand.

»Auch das Weltbild?«, fragte Nyström. »Das, was du Historischen Materialismus genannt hast?«

»In weiten Teilen schon. Aber ich war längst nicht so konsequent wie Janus. Ich meine, sieh dich hier um. So stellt man sich nicht gerade ein sozialistisches Kollektiv vor. Ich bin zwar Lehrerin, aber ich bin in eine reiche Familie hineingeboren worden.«

»Du bist die Tochter von Eric Saale. Von den Papierwerken«, stellte Nyström fest.

»Oberklasse«, sagte Saale nüchtern.

Noch so ein Begriff, der Nyström antiquiert vorkam. Aber war er das wirklich? Sie betrachtete die alten Möbel, die schweren Teppiche, die meterhohen Vasen, die sie aus den Showrooms der Glasmanufakturen *Kosta Boda* und *Orefors* kannte und von denen sie wusste, was sie kosteten.

»Es gibt einen Kreis von Leuten, politische Freunde. Ich bin manchmal dabei, aber nicht regelmäßig. Wir treffen uns und diskutieren. Manchmal fahren wir zu Demonstrationen nach Malmö oder Göteborg. Eine Partei sind wir nicht, eher ein loser Kreis von Freidenkern. Du solltest die anderen treffen, wenn du über Janus sprechen willst.«

»Janus und du, habt ihr zusammen gelebt?«

Das Licht fiel jetzt in einem anderen Winkel auf Sara Saales Gesicht, ihre Züge wirkten weicher.

»Manchmal«, sagte sie.

19

Anette Hultin und Göran Lindholm fanden den alten Saab mit der auffälligen Haifischmaullackierung auf dem Parkplatz des *Kafé de Luxe.* Er stand zwischen einem bonbonfarbenen, amerikanischen Straßenkreuzer mit Heckflossen und einer giftgrünen Corvette, in der zwei Plüschwürfel am Rückspiegel hingen.

»Heute ist hier Rock-'n'-Roll-Tag«, erklärte Lindholm.

Obwohl der Nachmittag bereits in den Abend überging, stand die Sonne hoch am Himmel und es war noch immer warm. Die jungen Menschen, die auf der Holzterrasse des *de Luxe* saßen und Bier oder Cider tranken, trugen T-Shirts oder Blusen, niemand hatte eine Jacke an.

»Schon wieder ein Kostümfest«, murmelte Hultin. Ihr Befremden war nicht zu überhören.

In der Tat war das Gros der Leute an den Tischen im Stil der Fünfzigerjahre gekleidet und zurechtgemacht: Viele der jungen Männer hatten Koteletten und Elvis-Tollen und zurückgekämmte Ducktail-Frisuren, die Frauen trugen Capri-Hosen oder Petticoats und ihre Haare waren überwiegend zu Pferdeschwänzen gebunden. Beinahe jeder schien an Unter- und Oberarmen tätowiert zu sein. Aus den Lautsprechern des Biergartens schepperte Eddie Cochran.

»Rock 'n' Roll ist Schwedens größte Subkultur. Größer als Techno oder Emo«, sagte Lindholm.

»Was ist denn Emo?«, fragte Hultin.

»Wo warst du eigentlich in den vergangenen hundert Jahren?«, wunderte sich Lindholm.

Sie fanden Raggar-Ronny an einem der letzten Tische. Ron Norrquist war groß und bullig und hatte seinen Arm um eine zierliche Frau mit blondiertem Haar geschlungen, die auf seinem Schoß saß und in sämtlichen Proportionen etwa halb so groß wirkte wie Ronny. *Mommy's boy* verkündete das Tattoo auf seinem Arm, ein Spruchband, das von zwei Schwalben im Schnabel gehalten wurde.

»Polizei Växjö«, stellte sich Hultin vor.

»Wir hätten da ein paar Fragen«, fügte Lindholm an und versuchte, seiner Stimme möglichst viel Bass zu verleihen.

»Hi! Ich bin Mommy«, piepste die Blonde und schob ihre Sonnenbrille ins Haar.

»Mit der abgesägten Radarfalle habe ich nichts zu tun«, sagte Ronny und hob beschwichtigend seine Arme.

20

»Wie sich herausgestellt hat, waren Ronny und Mommy tatsächlich die halbe Nacht auf Hissö«, sagte Lindholm. Die Ermittler saßen am großen, ovalen Tisch im Besprechungszimmer des Polizeipräsidiums. Es war nach acht Uhr am Abend. Hinter der getönten Panoramascheibe ging die Sonne wie ein orangefarbener Ballon über der drohenden

Doppelspitze des Doms unter. Gleich wird er aufgespießt und platzt, dachte Stina Forss. Irgendjemand hatte gekühlte Coladosen besorgt. Bis auf Nyström, die Wasser trank, klammerten sich alle dankbar an das kalte Blech. Die Klimaanlage war ausgefallen und die Fenster waren so modern und energieeffizient, dass sie sich nicht öffnen ließen. Schließlich schmückte sich Växjö seit Jahren mit der Behauptung, die grünste Stadt Europas zu sein.

»Zuerst haben sie die Burger gemampft, die sie sich aus dem McDrive in Norremark geholt hatten, dann haben sie Bier getrunken und anschließend haben sie wohl ...«

Lindholm sah konzentriert auf seinen Notizblock. So als habe er Schwierigkeiten, seine eigene Schrift zu erkennen.

»... Liebe gemacht.« Er räusperte sich.

»Wo die Liebe so hinfällt«, murmelte Hultin.

»Was?«, fragte Delgado.

»Nichts«, sagte Hultin und zog eine Schnute.

»Und haben sie etwas gesehen? Jemanden bemerkt?«, wollte Nyström wissen.

»Nichts Außergewöhnliches jedenfalls. Was sich nachts im Sommer eben so auf Hissö rumtreibt. Jugendliche auf ihren Motorrollern. Touristen in einem Wohnmobil. Und auf dem Wasser Angler.«

»Danke, Göran«, sagte Nyström. Sie rieb sich das Gesicht, ihre Augen brannten. Der erste Ermittlungstag war noch nicht einmal beendet und dennoch fühlte sie sich bereits müde. Sie wies mit einer vagen Geste auf das vollgeschriebene Whiteboard hinter sich.

»Ich versuche, noch einmal das Wichtigste zusammenzufassen: Janus Dahlin, einundfünfzig, ein Lehrer ohne feste Stelle, linkspolitisch engagiert, wird von Pfeilen erschossen und grausam misshandelt auf dem Parcours eines Turniers für historisches Bogenschießen aufgefunden. Allerdings ist der Fundort nicht der Tatort. Getötet wird Dahlin ebenso wie sein Hund auf Musön, einer Insel im Helgasee, nicht weit vom Fundort entfernt und mit einem Boot gut zu erreichen. Alles deutet darauf hin, dass der Täter von seiner Gewohnheit, morgens lange Spaziergänge zu unternehmen, wusste und ihn auf Musön in einen Hinterhalt gelockt hat. Die Tatwaffe war aller Wahrscheinlichkeit nach eine Harpune, was uns zu den Bogenschützen und ihrem Turnier zurückführt. In welchem Zusammenhang steht Dahlin zu dieser Veranstaltung? Hat einer der Teilnehmer mit dem Mord zu tun? Es muss irgendeine Verbindung geben. Das bedeutet für uns eine Menge Arbeit. Im Grunde müssen wir für jeden der Sportschützen, auch für die Auswärtigen, selbst für das Personal in Humlehöjden einen Lebenslauf, ein Portfolio erstellen und auf Verbindungen zu Dahlin untersuchen.«

»Vielleicht wollte der Täter genau das«, sagte Delgado. »Dass wir unsere ganzen *resources* in mehr als fünfzig *backgroundchecks* stecken. Wir brauchen definitiv mehr *manpower.*«

»Kannst du das nicht auch auf Schwedisch sagen?«, fragte Hultin.

»Sorry«, sagte Delgado.

»Warum sollte der Täter so etwas wollen«, fragte Nyström. »Aber natürlich sollten wir zum jetzigen Zeitpunkt nichts ausschließen. Ich werde mich bemühen, Unterstützung zu organisieren. Edman wird sich da nicht querstellen. Die Presse macht ja jetzt schon Druck. Irgendein Journalist hat vom Wasser aus ein Foto geschossen, als der Leichnam abtransportiert wurde. Man sieht die Pfeile und alles andere auch. Das Bild ist bereits in den Online-Ausgaben der Zeitungen. Edman hat für morgen Vormittag eine Pressekonferenz anberaumt.«

»Wenn er eins kann, dann ist es vor Kameras stehen und lächeln«, knurrte Knutsson.

»Dazu bekommen wir morgen früh erste Berichte von Ann-Vivika Kimsel und Bo Örkenrud. Vielleicht bringen uns die schon ein Stück weiter. Habe ich sonst noch etwas vergessen?«

»Er war sehr hilfsbereit, meinte sein Nachbar. Ein Bastler und Tüftler. Mit einem Faible für Jazzmusik«, sagte Knutsson.

Forss dachte an die CDs in Dahlins Wohnzimmer. An die seltsame Apparatur in seinem Schuppen. Die kindliche Sinnlosigkeit dieser technischen Bastelei. Den Sexfilm auf seinem Rechner. Das Foto seiner schönen Freundin über dem Schreibtisch.

»Wie kann man so etwas nur tun?«, fragte Hultin und sprach aus, was alle dachten. »Wie kann man so etwas einem anderen Menschen nur antun?«

21

Als Stina Forss bei der kleinen Hütte am See ankam, stieg Rauch aus dem windschiefen Anbau, in dem sich die Sauna befand. Der Innenraum war aufgeräumt und der Abwasch gemacht. Von Oleg und den dänischen Jungs keine Spur, allerdings parkte Olegs alter Fiat immer noch draußen in der Einfahrt. Neben dem Mülleimer standen drei leere Wodkaflaschen. Forss sah aus dem Fenster hinaus über das Wasser. Die dunkle Oberfläche war vollkommen eben. Keine zehn Kilometer entfernt war am anderen Ufer am Morgen ein Mann getötet worden. Sie atmete tief ein und langsam wieder aus. Dann zog sie ihr T-Shirt über ihren Kopf, knöpfte ihren Jeansrock auf und ließ ihn auf den Boden fallen. Sie streifte ihre verschwitzte Unterhose vom Körper. Im Kühlschrank fand sie ein Bier, das sie mit nach draußen nahm.

»Stina?«, kam Olegs Stimme aus der Sauna.

»Gleich«, rief sie.

Sie stellte die Bierdose auf der Bank vor dem Steg ab, dann nahm sie Anlauf und sprang kopfüber ins Wasser.

22

»Geben Sie Ihrem Leben eine Wendung«, hatte die junge Ärztin zu Zeuner gesagt. »Finden Sie einen Sinn! Gehen Sie raus und leben Sie!«

Sie war hübsch gewesen, auf eine rustikale Art, bestimmt ernährte sie sich von Vollkornbrot und Milchprodukten. Auf jeden Fall gehörte sie zu den Guten. Und sie hatte ja recht gehabt. Trotzdem war das mit dem Sinn und dem Leben so eine Sache. Zeuner war sich nicht sicher gewesen, ob seine Kreuzworträtsel und Sudokus dafür herhielten, aber wenigstens halfen sie ihm gegen die Nervosität.

»Ein Infarkt ist keine Erkältung, Herr Zeuner. Es ist kein Virus, den man sich einfängt, sondern das Ergebnis eines langen Prozesses. Eine kontinuierliche Aneinanderreihung falscher Entscheidungen. Sie sind als ein sehr kranker Mann zu uns gekommen«, hatte sie gesagt und ihre Wangen waren apfelrot gewesen. »Und alkoholkrank, das werden Sie Ihr Leben lang bleiben.«

Er hatte so schuldbewusst genickt, wie man eben nickt, wenn man seiner Ärztin gegenübersitzt. Er kannte die Phrasen und Beschwörungsformeln längst aus den Broschüren, die man ihm ans Bett gelegt hatte.

»Aber über den Rest bestimmen Sie selbst. Sie können jetzt da rausgehen und sich endgültig kaputtsaufen ...«

An dieser Stelle hatte sie ihr Kinn geneigt und ihn über den Rand ihrer Brille hinweg streng angeschaut.

»Oder?«, hatte er leise gefragt, weil er wusste, dass sie auf diese Frage wartete.

Sie hatte ihn lange gemustert und er ahnte, was sie gesehen hatte. Ein graues Elend in einem unförmigen Jogginganzug.

»Darauf müssen Sie selbst eine Antwort finden. Schauen Sie in Ihr Herz.«

Noch so ein Kalenderspruch. Aber ihre Augen hatten geblitzt, so als glaubte sie an ihre Worte.

Das war drei Monate her. Ein Vierteljahr, in dem er keinen Tropfen Alkohol zu sich genommen hatte. Die erste Zeit war hart gewesen: Er hatte sich durch die Tage gezittert und durch die Nächte geschwitzt. Er hatte sich zu Tode gefroren und mit Feuerwesen gekämpft. Er hatte dafür gebetet, das Bewusstsein zu verlieren. Er hatte geschlafen und sich gleichzeitig dabei beobachtet. Er war wach gewesen und hatte nicht im Ansatz begriffen, was mit ihm geschah. Einmal hatte er zwei Stunden ohne Unterbrechung geweint, ein anderes Mal hatte er einen Anfall bekommen und sich die Zugänge aus den Armen und den Katheder aus dem Penis gerissen. Und irgendwann hatte er aufgegeben. Dann war es passiert.

Helena war zurückgekehrt. Sie war zu ihm gekommen wie ein Engel. Dabei war es kein Traum, auch keine Vision, da war er sich sicher. Es war ein tiefes, inneres Erleben. Vielleicht sogar auf eine bestimmte Art und Weise religiös, auch wenn er nicht an einen Gott glaubte. Selbstverständlich konnte sie nicht wirklich da gewesen sein, nicht wirklich neben ihm am Bett gesessen haben, in der Nacht, im Krankenhaus zwischen den Schläuchen und Maschinen. Er hatte sie seit dreiundzwanzig Jahren nicht gesehen. Und doch war sie bei ihm gewesen. Er hatte sie gerochen, ihr braunes langes Haar berührt. Wie Verbandsmull hatte es sich auf seine heiße Stirn gelegt. Es war echt gewesen, es hatte stattgefunden, in ihm.

Von da an hatte ihn das Bild von Helena durch die Tage und Nächte begleitet. Wie ein Leitstern, hatte er gedacht. Viele Jahre hatte er die Gedanken an sie wie an alles andere mit Schnaps zugeschüttet. Das war ihm nun klar. Jetzt, wo der Alkohol weg war, waren die Erinnerungen an seine Gefühle wieder zurückgekehrt. Er verstand den Zusammenhang. Es war psychologisch schlüssig.

Eigentlich.

Wenn er nicht das Gefühl gehabt hätte, dass da noch mehr wäre.

Etwas, das über seinen Entzug hinausging und das dennoch mit Helena zu tun hatte.

Etwas, das er gesehen oder gehört hatte, vor Tagen, vor Wochen. Im Delirium.

Ein Name im Nebel. Eine Erinnerung an eine Erinnerung.

Nachdem er entlassen worden war, besuchte er regelmäßig die Treffen. Der dünne Kaffee, der dort in unvorstellbaren Mengen getrunken wurde, und die Geschichten der anderen ekelten ihn an, weil er sich in ihnen widerspiegelte, trotzdem fand er in der Runde auf merkwürdige Weise Halt. Er nahm an einer Wiedereingliederungsmaßnahme des Arbeitsamtes teil. Dort zeigte man ihm und anderen älteren Erwerbslosen, wie man Lebensläufe schrieb und mit Computern umging. Für einen Mann mit seinen Fähigkeiten war es erniedrigend und idiotisch. Dennoch machte er mit. Es ließ die Zeit vergehen. An den Wochenenden unternahm er lange Touren auf seinem Fahrrad im Nieselregen und versuchte, dem Ratschlag der hübschen Ärztin zu folgen.

In sein Herz sehen.

Was er sah, konnte ihm nicht gefallen.

Ein neunundfünfzig Jahre alter Mann, der den Rest eines leeren Lebens vor sich hatte. Die Erinnerung an eine alte Liebe. Und der Schatten eines Namens, der mit Helena in Verbindung stand. Das Gefühl ließ ihn nicht los. Er spürte, dass es wichtig war. In den Nächten lag er wach und lauschte dem schwachen Echo in seinem Kopf. Er forschte. Aber er kam nicht darauf. Es wurde Juni. Der Regen ging und plötzlich war der Sommer da.

Dann war der Anruf gekommen und Leonidas hatte ihm mitgeteilt, dass Janus Dahlin tot sei, auf grauenhafte Weise ermordet. Endlich verstand Zeuner. Alles fiel ihm wieder ein. Das, was sich in den letzten Wochen als vage, aber nagende Unruhe manifestiert hatte – und zwar jenseits seiner Entzugserscheinungen –, wurde zur Gewissheit. Eine andere Schlussfolgerung gab es nicht.

Der Nebel lichtete sich.

Dahinter tauchte der Name auf.

Alles ergab einen Sinn.

Er dachte an Helena und starrte auf den Hörer in seiner Hand. Leonidas hatte längst wieder aufgelegt. Er legte den Hörer zurück auf die Gabel. Sein erster Impuls war, aus dem Haus zu stürmen, eine Flasche Schnaps zu kaufen und sie sich die Kehle hinunterzuschütten. Aber das tat er nicht. Er holte stattdessen den alten Koffer unter dem Bett hervor, öffnete ihn und holte, was er brauchte, heraus. Die Waffen und das Geld.

MONTAG

1

Ingrid Nyström schlief sechs Stunden, dann stand sie auf, zog sich an und bereitete sich in der Küche ein einfaches Frühstück zu; Tee und Griesbrei mit Apfelmus. Sie schrieb einen Einkaufszettel für Anders, der meistens länger schlief als sie, was praktisch war, denn sie war morgens gerne allein. Nachdem sie gefrühstückt hatte, hängte sie im Keller Wäsche ab, füllte neue in die Maschine und schaltete sie ein. Anschließend fuhr sie aus dem kleinen Dorf Ör, in dem sie wohnte, die zwanzig Kilometer nach Växjö. Auf der linken Seite der Bundesstraße blitzte an mehreren Stellen zwischen den Bäumen der Helgasee in der Sonne auf. Kurz vor der Abfahrt zum Flughafen musste sie einem Fuchskadaver ausweichen, der auf der Fahrbahn lag. Obwohl es noch vor sieben Uhr war, war der Berufsverkehr bereits spürbar und sie brauchte eine gute halbe Stunde, bis sie auf den Parkplatz der Pathologie hinter dem Krankenhaus gelangte. Sie brachte ihren Toyota neben dem neuen VW-Beetle von Ann-Vivika Kimsel zum Stehen.

»Ich habe noch nie so einen eklatanten Fall von Übertötung gesehen. Wenn man die Finger dazuzählt, kommt man auf siebenunddreißig gebrochene Knochen. Einschließlich des Schädels. Dazu die schweren Verletzungen des Hirns, des Rückenmarks und der Organe durch die Pfeile: Herz, Leber, Milz, Magen, die linke Niere, du hast es ja selbst gesehen. Der Körper ist vollkommen zerstört, auch von innen.«

Nyström nippte an dem Tee, den Ann-Vivika Kimsel ihr eingeschenkt hatte. Während sie den Ausführungen ihrer Freundin zuhörte, betrachtete sie den gerahmten Druck von Miró, der über dem Kopf der Pathologin an der hell vertäfelten Wand hing: schwarze Flecken auf einem blauen Grund, dazwischen klaffte eine rote Linie. Wie eine Wunde. Wieder spürte sie das Ziehen in ihrer linken Brust.

»Bemerkenswert ist die Reihenfolge, in der man ihm die Verletzungen zugefügt hat. Zuerst kamen die Pfeile, zunächst nur drei. Man kann es an den Ausblutungen sehen, daran, wie das umliegende Gewebe reagiert hat. Fest steht, dass er danach noch gelebt hat. Dann kamen die Schläge, die mit einer vehementen Kraft und einem schweren, vierkantigen Gegenstand ausgeführt wurden. Er wurde zu Tode geprügelt. Erst anschließend hat der Täter die restlichen Pfeile in den Körper geschossen. Beinahe so, als wollte er noch etwas vervollständigen.«

Nyström dachte an die Abbildung des heiligen Sebastian, die Delgado ihr auf seinem Handy gezeigt hatte. Ein Szenario.

»Auf jeden Fall ist er sehr methodisch vorgegangen.«

Auch Kimsel trank von ihrem Tee. Sie hielt ihre Tasse mit beiden Händen, so als wolle sie sich daran wärmen. Sie wirkte müde und verfroren, dabei mussten es in dem Büro weit über zwanzig Grad warm sein. Nyström sah ihr an, dass sie die ganze Nacht hindurch gearbeitet hatte.

»Und als ich die Abdrücke der Schläge untersucht habe, ist mir noch etwas Ungewöhnliches aufgefallen. Ich wollte es zuerst nicht glauben, aber es war nicht von der Hand zu weisen. Ich habe schließlich sogar nachgemessen. Und es stimmte: Die Abstände der Wundmale sind in vielen Fällen exakt gleich.«

»Was bedeutet das?«

»Es gibt mehrere Abdrücke von Schlägen auf dem Körper, die genau vierundzwanzig Zentimeter auseinanderliegen. Doppelabdrücke sozusagen. Dazu kommt, dass die Ausrichtung der Kanten des Schlaggegenstands exakt parallel zueinander ist.«

»Wie kann man denn so genau zuschlagen?«

»Das habe ich mich auch gefragt. Irgendwann habe ich es dann verstanden. Die Abdrücke, die zueinanderpassen, sind nicht hintereinander entstanden, sondern gleichzeitig. Mit einem Schlag. Sie wurden mit einem scharfkantigen Gegenstand ausgeführt, der zwei Abdrücke im Abstand von vierundzwanzig Zentimetern hinterließ.«

»Aber was sollte das denn für ein Gegenstand sein?«

»Mein erster Gedanke war der an eine große Schraubzwinge oder so etwas in der Art. Aber dann ist mir noch etwas anderes eingefallen: ein Kreuz«, sagte Kimsel.

»Ein Kreuz?«

»Ja, ein Kreuz. Ich habe es selbst ausprobiert und nachgestellt, ganz provisorisch, mit zwei Linealen und etwas Tesafilm. Wenn man mit einem Kreuz in einem Fünfundvierzig-

Grad-Winkel auf einen Körper oder eine Fläche schlägt, mit dem Querbalken nach vorne, dann treffen zwei Enden auf: die Spitze der Längsachse und die eine Spitze der Querachse. Einfache Physik.«

Kimsel schwang mit ihrem rechten Arm in der Luft herum, als führte sie Übungen für einen Tennisaufschlag vor. Nyström kratzte ihren Nacken.

»Ich weiß nicht recht ...«

»Aber das ist noch nicht alles, Ingrid.«

»Was?«

Kimsel trank von ihrem Tee, als wolle sie sich die Stimmbänder befeuchten, bevor sie antwortete.

»Die Exkremente auf Dahlins Körper. Sie stammen nicht von ihm. Und sie sind mit etwas vermischt, was man quartäre Ammoniumverbindungen nennt. So etwas benutzt man für Chemietoiletten.«

»Meine Güte«, flüsterte Nyström.

»Wenn du mich fragst, haben wir es mit einem Verrückten zu tun«, sagte Kimsel, »einem verrückten Klempner oder – und nimm das bitte nicht persönlich – einem durchgeknallten Priester oder so etwas in der Art.«

2

Das Vereinsheim des Bootsclubs lag linkerhand direkt hinter der schmalen Brücke, die Evedal mit Hissö verband, und war das einzige Gebäude auf der Insel. Von der Terrasse des schlichten braunen Holzhauses aus sah man auf den lang gezogenen, südlichen Ausläufer des Helgasees, der sich wie ein leicht gebogener Finger Richtung Växjö streckte. Das Wasser schillerte in der Sonne; in der Ferne waren kleine, dicht mit Tannen oder Kiefern bewachsene Inseln zu sehen. In der Bucht vor dem Clubheim dümpelten an einem T-förmigen Stegsystem vertäut gut drei Dutzend Boote. Wie friedliche weiße Tiere, dachte Lars Knutsson, der sich im Allgemeinen keinen besonders ausgeprägten Sinn für Poesie attestierte. Doch in Anbetracht der morgendlichen Stille auf dem See ergriff ihn überraschend ein kurzer, intensiver Augenblick der Rührung. Ihm war in diesem Moment, als geriete seine Seele ins Schwingen, für eine Sekunde, oder vielleicht auch zwei, in einen Gleichklang mit etwas, das größer war als er selbst, als der ewige See, an dessen Ufer er sein Haus gebaut hatte und seit vielen Jahren lebte, ja, möglicherweise sogar größer als die weitläufigen Wälder, die den See umgaben, als alles, was er Heimat, was er Småland oder Schweden nannte. Mit einer flüchtigen Gänsehaut stellte er fest, dass auf dem Parkplatz neben dem Vereinshaus abgesehen von seinem Pick-up nur drei weitere Autos standen. Trotzdem waren nur wenige der teuren und begehrten Bootsliegeplätze in der Bucht leer. Kein Wunder eigentlich, denn wer hatte schon an einem Montagmorgen kurz vor den Sommerferien die Muße und vor allem die Zeit, mit seinem Boot auf den See hinauszufahren? Der ein oder andere erfolgreiche Selbstständige vielleicht, gut verdienende Angestellte mit ungewöhnlichen Urlaubszeiten, aber vor allem Rentner mit Geld. Der Mann in Tennisshorts mit dem stahlgrauen Schnurrbart und dem Krokodillogo auf seinem rosafarbenen Poloshirt, der aus dem Gebäude auf die Terrasse trat und sich als Dag Henriksson vorstellte, gehörte wohl zur letztgenannten Gruppe.

»Feines Wetterchen heute«, flötete Henriksson.

»Auf einem feinen Fleckchen Erde«, ergänzte Knutsson und nickte mit einem Gesichtsausdruck, der offenließ, ob er nun das Vereinsgelände, Hissö und den Helgassee oder die Gegend im Allgemeinen meinte.

»Du bist nicht im Verein, oder? Suchst du einen Platz für dein Boot? Dann muss ich dich wohl enttäuschen. Unsere Warteliste reicht mittlerweile bis 2018.«

»Ich suche einen Bootsfahrer«, sagte Knutsson. Er erklärte die Umstände.

»Am Samstagabend? Oder am frühen Sonntagmorgen?«, fragte Henriksson beflissen. »Da war ich ausnahmsweise nicht hier. Aber es gibt eine Liste, in der man sich ein- und austrägt, wenn man rausfährt. Ich nenne sie: das Logbuch.« Henriksson zwinkerte verschwörerisch. »Und wenn ich damit helfen kann, einen Zeugen ausfindig zu machen und einen Kriminalfall aufzuklären, dann werfe ich selbstverständlich gerne einen Blick hinein.«

Henriksson hielt Knutsson die Tür auf und winkte ihn mit großer Geste hinein. »Außerdem darf ich anmerken, dass wir in unserer bescheidenen Hütte seit zwei Wochen einen dieser modernen Kaffeeautomaten haben. Und ich rede hier nicht von diesen albernen Kapseln, ich rede von einem *Vollautomaten*.« Er betonte das Wort, wie er zuvor Logbuch betont hatte. »Gestiftet von einem großzügigen Sponsor, der an dieser Stelle unerwähnt bleiben soll.« Er hüstelte. »Der kann sogar *Latte macchiato*.«

»Der Sponsor?«

»Der Vollautomat!«

»Ach so. Kann der auch Kaffee?«, fragte Knutsson.

Der Milchkaffee, den Henriksson mit seiner zischenden, stöhnenden Maschine zusammenbraute, schmeckte in der Tat ausgezeichnet. Obendrein erwies sich das sogenannte

Logbuch als Volltreffer. In der Nacht von Samstag auf Sonntag war tatsächlich ein Motorboot unterwegs gewesen, von abends um elf bis morgens um acht.

»Johan Sjöfors, er geht häufig nachts angeln. Ich kenne ihn ganz gut. Johan hat viele Reusen ausgelegt, den ganzen See entlang, bis rauf nach Åby. Er räuchert auch selbst. Einmal hat er mir einen Aal geschenkt, der war vielleicht köstlich!«

»So, so«, brummte Knutsson und leckte sich Milchschaum von der Oberlippe. Dann kam ihm eine Idee.

»Verkauft ihr hier so etwas auch, Anglerzubehör und Kram für die Boote? Reusen? Angelhaken? Harpunen?«

»Harpunen? Wir sind doch nicht am Mittelmeer! Was für Fische will man denn hier mit Harpunen fangen? Haie etwa?« Henriksson lachte. Knutsson wurde rot.

»Was weiß ich. Ich meinte halt Angelzubehör im Allgemeinen.«

»Nein, wenn du so etwas brauchst, dann bist du bei uns an der falschen Adresse. Wir sind ein Bootsclub, kein Anglerverein. Du musst zum *Fischerkönig*.«

»Wer ist der Fischerkönig?«

»Der Laden heißt einfach so. Alle hier, die angeln, gehen zum *Fischerkönig*. Liegt an einem der Verkehrskreisel am Mörnersväg.«

»Mmh.«

Knutsson dachte nach. Über die Harpune und die Angelhaken, mit denen das Fleischstück auf Musön präpariert war. Und über den Nachtangler, der während der Tatzeit, die Kimsel ermittelt hatte, auf dem Helgasee unterwegs gewesen war.

»Sag mal, gäbe es vielleicht noch eine zweite Tasse von diesem wunderbaren Kaffee?«, fragte er und hielt den leeren Becher in die Luft.

Henriksson lächelte breit.

»Aber selbstverständlich!«

»Und bestünde gegebenenfalls sogar die Möglichkeit, ein kleines Gebäckstückchen ...«

»Ich habe *Amarettini bianchi* hier, aus dem Tessin«, säuselte Henriksson.

»Ein Keks tät's auch«, sagte Knutsson und beglückwünschte sich zu seinem erfolgreichen Morgen. Dieser Dag Henriksson schien gar kein so übler Bursche zu sein. Man sollte die Leute nicht immer nach der Farbe ihrer Polohemden beurteilen.

3

Nach drei Saunagängen und ebenso vielen Dosen Bier hatte Stina Forss geschlafen wie ein Baby. Am Morgen verabschiedete sie Oleg, der zurück nach Berlin musste, mit einer herzlichen Umarmung. Sie fegte die Hütte durch, stellte den Müll auf die Straße und brachte den Schlüssel zurück zu der Immobilienfirma, die das Ferienhaus am Helgasee verwaltete. Über das, was in der Geburtstagsnacht zwischen ihnen und mit den jungen Dänen passiert oder auch nicht passiert war, hatten sie nicht geredet. Das war auch nicht nötig gewesen. In ihrer seit mehr als zehn Jahren andauernden Freundschaft waren keine klärenden Gespräche notwendig. Zu Hause, in der kleinen Dachwohnung in Moheda, im Haus der Familie ihrer Cousine Maj, zog sie sich um und organisierte ihren Ermittlungstag. Nyström hatte sie offiziell vom Streifendienst befreit und der Abteilung für Gewaltverbrechen zugeteilt. Sie hatte von ihrer Chefin eine Liste mit den

Namen der politischen Freunde Dahlins bekommen, die Sara Saale zusammengestellt hatte. Sie erreichte drei der Genossen telefonisch und verabredete Gesprächstermine.

Joel Åhsberg lebte in Alvesta, einer Kleinstadt zwanzig Kilometer westlich von Växjö. Er arbeitete in der Forstwirtschaft. Um zu dem Waldstück zu gelangen, in dem Åhsberg beruflich zu tun hatte, fuhr Forss von Moheda die 126 in südlicher Richtung, passierte den Golfplatz von Alvesta und den Dansee, bog rechts auf die 25 und hielt auf den Sjöatorpasee zu, bis sie den Waldweg fand, den Åhsberg ihr beschrieben hatte. Der unbefestigte Weg war tief ausgefurcht, zwischen den sandigen Fahrrinnen wuchs hohes Gras, und nachdem zum zweiten Mal eine Wurzel oder ein Stein mit einem unguten Geräusch gegen den Unterboden ihres Polos geschlagen hatte, entschloss sie sich, den Wagen stehen zu lassen und zu Fuß weiterzugehen. Die Entscheidung erwies sich als richtig, denn der Forstweg wurde zunehmend unzugänglicher und war zweifellos nicht für PKWs, sondern für Spezialfahrzeuge mit sehr hohem Radstand gemacht. Bald hörte Forss Motorengeräusche und kreischende Sägen. Sie hatte sich unter Forstarbeitern kräftige Kerle in grob karierten Hemden vorgestellt, die mit Äxten und Handsägen den Bäumen zu Leibe rückten. Das Bild, das sie auf der Lichtung am Ende des Pfades erwartete, sah jedoch viel eher aus wie eine Szene aus *Transformers*. Rot lackierte Ungetüme mit panzerähnlichem Kettenantrieb oder Reifen, die höher waren als sie selbst, fraßen sich mit ihren Greifern, Sägen und Zangen wie überdimensionierte mechanische Insekten in das Grün. Baumstämme knickten wie Streichhölzer, splitterten, wurden emporgehoben, entastet und entlaubt. Sägespäne überall. Es roch nach frischem Harz und Abgasen. Der Lärm war ohrenbetäubend. Menschen sah Forss zunächst keine, auch wenn sie wusste, dass hinter den spiegelnden

Scheiben in den Fahrzeugkabinen jemand sitzen musste, der die riesenhaften Maschinen bediente. Irgendwann hielt eines der Weltraumfahrzeuge vor ihr inne. Eine Tür im Führerhäuschen öffnete sich und ein dünner, mittelgroßer Mann in einem ölverschmierten Overall kletterte zu ihr hinunter.

»Hej«, sagte er, »ich bin Joel.« Er nahm seine Schirmmütze und seine Lärmschutzkopfhörer ab und lange Haare fielen bis auf seine Schultern. Unter dem bis auf die Hüften heruntergekrempelten Arbeitsanzug erkannte Forss ein schwarzes T-Shirt mit einem Iron-Maiden-Aufdruck. Das Motiv zeigte einen Menschen ohne Haut, ein Skelett mit Muskeln, das allerdings eine Jeans trug und mit einer zerfetzten Großbritannienfahne in den Händen auf den Betrachter zustürmte. Forss gab dem jungen Mann die Hand und stellte sich vor.

»Gehen wir doch in den Container«, schlug Åhsberg vor. »Dort gibt es gekühlte Getränke und wir können uns unterhalten.«

Der mobile, stählerne Aufenthaltsraum der Waldarbeiter erwies sich als gemütlicher und besser ausgestattet, als er von außen ausgesehen hatte. Forss nahm auf einem bequemen Stuhl Platz, Åhsberg nahm zwei Dosen Eistee aus einem Kühlschrank und setzte sich ihr gegenüber. Auf dem Tisch zwischen ihnen standen geschnitzte Tierfiguren.

»Kunstvoll«, bemerkte Forss, »und sehr ausdrucksstark.«

»Danke«, sagte Åhsberg und lächelte. In seinen Wangen bildeten sich Grübchen. »Ist nur eine Beschäftigung für die Mittagspause.«

»Janus Dahlin ist tot«, sagte Forss schnell. »Man hat ihn ermordet.«

Åhsbergs Wangen glätteten sich. Er sah jetzt sehr jung aus. Er ist höchstens Mitte zwanzig, dachte Forss.

»Oh«, machte der Junge. Mehr sagte er nicht. Er wirkte erschrocken und noch kindlicher als vorher. So, als wären seine Augen größer geworden. Der Overall, die Ohrenschützer um seinen Hals und das gruselige T-Shirt wirkten mit einem Mal wie eine Verkleidung.

»Warum?«, fragte er schließlich. Er starrte Forss an, aber sie antwortete nicht, sondern trank von ihrem Eistee.

»Das waren irgendwelche Bonzen. Oder Neonazis. Er wäre ja nicht das erste Opfer rechtsradikaler Gewalt. Als Linker, der den Kampf aufzunehmen wagt, lebt man gefährlich im heutigen Schweden«, flüsterte er nach einer Weile. Dann war er wieder still. Auch Forss sagte nichts.

»Wir hatten da eine Art Diskussionsrunde«, sagte er irgendwann leise.

»Es ging um Politik, oder?«

»Ja. Politik ist wichtig. Gewerkschaften sind wichtig. Und Solidarität. Wenn die nicht vorhanden ist, bekommen Menschen Angst und werden schwach. Nur so kann sich hasserfülltes und fremdenfeindliches Gedankengut verbreiten. Faschismus ist das Kind des Kapitalismus.«

»Was bitte?«, fragte Forss.

»Die nutzen uns aus. Die da oben, die die Kohle haben«, sagte der Junge ernsthaft. Noch immer wirkten seine Augen riesig. »Das Kapital halt«, fügte er an. »Sie hetzen die Arbeiter gegeneinander auf und nutzen die Arbeitslosigkeit, um das Proletariat zu zerschlagen, dabei entstehen Fremdenfeindlichkeit und Rassismus.«

Kapital, Proletariat, Arbeitslosigkeit: Forss dachte an das dicke, zerlesene Buch, das sie aus Dahlins Wohnung mitgenommen hatte, Marx.

»Was habt ihr denn so gemacht, wenn ihr euch getroffen habt?«

»Na, diskutiert. Gemeinsam gelesen. Ideen entwickelt. Einmal haben wir eine Demonstration organisiert, ein anderes Mal eine Podiumsdiskussion. Politik halt.«

»Und diese Ideen, die ihr entwickelt habt, wovon handelten die?«

Åhsberg sah sie jetzt an, als würden ihr Zweige aus den Ohren wachsen. Oder als habe sie den Verstand verloren.

»Na, von Umverteilung natürlich. Von oben nach unten. Von arm nach reich. Es geht uns um Gerechtigkeit. Oder glaubst du etwa, wir leben in der besten aller möglichen Welten?«

Seine Stimme war lauter geworden als vorher.

»Wohl nicht«, sagte Forss zögerlich. Irgendwie hatte sie noch nie über diese Frage nachgedacht. »Immerhin ist Schweden doch ein Wohlfahrtsstaat.«

Åhsberg lachte auf. Es klang verächtlich. »Ach, ja?« Er griff nach seiner Getränkedose und trank sie aus, dann zerdrückte er sie und ließ sie auf den Boden fallen. »Du hast wohl in den letzten zwanzig Jahren in einem anderen Land gelebt!«

»Ja«, sagte Forss. »Stimmt.«

»Echt?«

Jetzt sah Åhsberg verdutzt aus.

»Janus Dahlin«, sagte Forss.

Der Junge sagte wieder lange nichts. Er hatte sich weit auf seinem Stuhl zurückgelehnt und sah an die Decke. Sein Blick schien leer, vielleicht dachte er aber auch nach.

»Die meisten aus unserer Runde reden viel«, sagte er endlich. Seine Stimme hatte sich verändert, war jetzt kräftiger als vorher. »Über die kaputte Welt. Über Kapitalismus und Globalisierung und die Revolution, die doch nie kommen wird. Laber, laber.« Eine fahrige Handbewegung, dann glitt ein Lächeln über sein Gesicht. »Nur Janus war da irgendwie anders. Ich meine, klar, auch er hat viel gesprochen. Er war ein guter Redner und so, rhetorisch stark. Kein Wunder, als Lehrer war er es wohl gewohnt, vor anderen zu reden. Zu argumentieren, Menschen zu überzeugen.«

Joel Åhsberg hatte sich jetzt nach vorne gebeugt und griff nach einer der geschnitzten Tierfiguren vom Tisch. Es war ein Tiger oder ein Leopard oder eine andere Raubkatze.

»Aber?«, bohrte Forss.

Von draußen, hinter der dicken Glasscheibe des Containers, hörte man den dumpfen Aufprall eines gefallenen Baumriesen, dann kreischten wieder Sägen.

»Aber Janus war irgendwie trotzdem anders als wir.«

»Inwiefern?«

»Er meinte immer alles, was er sagte. Er meinte immer alles zu einhundert Prozent ernst.« Åhsberg kratzte sich nachdenklich mit der Schnauze des Holztiers an der Schläfe. »So, als wäre er auch ein Mann der Tat, wenn es drauf ankommt.«

4

Hugo Delgado gähnte zum wiederholten Male. Er hatte bis weit in die Nacht hinein an seinem PC gesessen und ein Rollenspiel gespielt. In *World Of Warcraft* hieß er *Rune* und war ein mordender, brandschatzender Ork; in der Realität ein übermüdeter Polizeibeamter, der vor einer Herkulesaufgabe stand. Vor ihm auf seinem Schreibtisch lag eine vierseitige Liste, auf der die dreiundfünfzig Teilnehmer des Turniers für historisches Bogenschießen mit den Adressen und biografischen Kurzangaben aufgeführt waren, die sie zu Protokoll gegeben hatten. Daneben hatte er den Lebenslauf gelegt, den er am Vortag von Janus Dahlin erstellt hatte. Und nun galt es nach Gemeinsamkeiten zu suchen, nach

Parallelen, Überschneidungen, dem *missing link*, wenn es denn überhaupt einen gab. Delgado überlegte. Es gab verschiedene mögliche Vorgehensweisen. Am systematischsten wäre es, von jedem der dreiundfünfzig Bogenschützen ein detailliertes Profil zu erstellen und mit Dahlins Vita abzugleichen. Aber selbst wenn er dafür ein Team von drei, vier routinierten Datenanalytikern um sich gehabt hätte, wäre das eine Arbeit, die mehrere Tage in Anspruch nehmen würde. Und die Verstärkung, die Erik Edman am Morgen zugesagt hatte, zwei Informatiker aus der Abteilung für Wirtschaftskriminalität in Jönköping, würde nicht vor morgen eintreffen. Wenn er also einen schnellen Erfolg wollte, war es wahrscheinlich sinnlos, jetzt allein bei A anzufangen und dann im Schneckentempo die Liste abzuarbeiten. Das konnten morgen die Jönköpinger übernehmen. Nein, er brauchte eine andere Technik, etwas *Orkmäßigeres*, eine methodische Axt sozusagen: Intuition.

Und das Internet.

Er ließ den Rechner hochfahren und trank von seinem Kaffee. Dann verschränkte er die Hände, drehte die Handgelenke nach außen und drückte seine Arme durch, bis seine Finger knackten. Mit einem grimmigen Gesichtsausdruck loggte er sich bei Facebook ein.

5

Aaron Wicander sah ohne Spitzohren und silberne Langhaarperücke wie ein ganz normaler Mittvierziger aus. Der Vorsitzende des Vereins für Traditionelles Bogenschießen arbeitete für die Stadtverwaltung und empfing Anette Hultin und Göran Lindholm in seinem Büro.

»Nehmt doch Platz«, sagte er, obwohl es in dem kleinen Raum außer seinem Bürostuhl nur noch eine weitere Sitzgelegenheit gab. Hultin legte ihre Handtasche auf den freien Stuhl und lehnte sich an die Fensterbank, auf der zwei vernachlässigte Topfpflanzen vor sich hin trockneten. Lindholm blieb etwas unbeholfen in der Mitte des Zimmers stehen.

»Ich bin noch immer ganz außer mir«, sagte Wicander.

Das sah man ihm an. Er war blass und hatte Ringe unter den Augen, als habe er wenig geschlafen.

»So eine grauenhafte Sache. Und das während unserer Veranstaltung. Einfach fürchterlich!«

Er schüttelte den Kopf.

»Wie geht es denn den Teilnehmern mittlerweile?«, fragte Lindholm. Er gab sich Mühe, teilnahmsvoll zu klingen.

Wicander wiegte seinen Kopf langsam hin und her.

»Fürchterlich geht es ihnen. Uns. Viele haben gestern noch lange beisammengesessen und geredet. Keiner kann verstehen, warum die Leiche ausgerechnet auf unserem Parcours gefunden wurde. Und dann natürlich die Pfeile. Ist ja klar, dass das Assoziationen weckt. Dass man den Toten mit uns Bogenschützen in Verbindung bringt.«

»Irgendwie schon«, bekräftigte Hultin.

»Genau«, sagte Lindholm.

»Dabei begreifen wir es doch selbst nicht!«, rief Wicander und zog die Schultern hoch. Aus seiner Stimme drang in gleichen Maßen Empörung und Verletztheit. »Es ist uns ein absolutes Rätsel!«

»Und dass einer der Turnierteilnehmer tatsächlich etwas mit dem Mord an Janus Dahlin zu tun hat, findest du vollkommen abwegig?«, fragte Hultin.

»Natürlich!«, rief Wicander. Etwas auf seiner Wange blitzte auf. Ein Sonnenstrahl war auf ein Stück Silberglitter getroffen, ein Überbleibsel von seiner gestrigen Maskerade. »Wir historischen Bogenschützen sind die friedlichsten Menschen, die man sich überhaupt vorstellen kann! Wir schießen ausschließlich auf Plastiktiere!«

Er sah von Hultin zu Lindholm. Nun blitzte es auch auf seiner Nase und auf seinem Kinn.

»Ach, wirklich?«

Hultin lächelte breit. Beinahe wirkte es echt. Dann griff sie in die Innentasche ihrer leichten Leinenjacke und zog ein gefaltetes Blatt Papier heraus. Sie klappte es auf, trat einen Schritt nach vorne und legte das Blatt auf Wicanders Schreibtisch.

»Und wie erklärst du dir dann das hier?«

»Was ist das?«, fragte Wicander und schielte auf das Papier, während er gleichzeitig versuchte, Hultins Blick standzuhalten.

»Ein Artikel aus *Smålandsposten*, noch kein Jahr alt. *Eklat am Rand des Herbsttreffens der historischen Bogenschützen Växjö. Bauer klagt Turnierleitung an: Pfeile töten Kuh.*«

Wicander wurde noch blasser, insofern das überhaupt möglich war. In seinem Gesicht glitzerte nichts mehr. Er sah jetzt resigniert aus.

»Fragt Peter Quist«, sagte er schließlich.

6

Während der Pressekonferenz, die im Plenarraum des Polizeipräsidiums stattfand, schwitzte Ingrid Nyström in ihrer dotterfarbenen Seidenbluse. Hoffentlich sieht man die Flecken unter den Achseln weder im Fernsehen noch auf den Pressefotos, ging es ihr durch den Kopf. Ihr war es unangenehm, im Rampenlicht zu stehen, und die Kameras der Fotografen und Fernsehsender irritierten sie. Der Lippenstift, den sie aufgetragen hatte, fühlte sich genauso fettig und fremd an wie die übrige Schminke in ihrem Gesicht. Die Bundfaltenhose – das einzige gebügelte Kleidungsstück, das sie am Morgen in ihrem Kleiderschrank gefunden und in Anders Anzugtasche zur Arbeit getragen hatte – war zu eng geworden und kniff an den Oberschenkeln, sodass sie ununterbrochen ihr Gewicht von der einen Pobacke auf die andere verlagerte und hoffte, dass man ihr Herumgerutsche nicht als Nervosität interpretierte. Reden musste sie kaum. Dafür gab es schließlich ihren Chef Erik Edman, im Kollegium auch als »Halbvier-Erik« bekannt, denn das war die Uhrzeit, zu der er meistens das Präsidium in Richtung Golfplatz verließ und er schien im Gegensatz zu ihr seinen Auftritt vor laufenden Kameras zu genießen. Die bekannten Gesichter der Reporter der Lokalzeitung *Smålandsposten* waren natürlich anwesend, aber auch Journalisten überregionaler Blätter wie *Aftonbladet, Sydsvenskan* oder *Dagens Nyheter*. Der öffentlich-rechtliche Fernsehsender SVT2 hatte ebenso ein Kamerateam geschickt wie der Privatsender TV4. Nyström konnte sich nicht erinnern, den Presseraum schon einmal so gefüllt erlebt zu haben. Dass es jemandem gelungen war, von einem Boot auf dem Helgasee aus einen Schnappschuss des pfeilgespickten Leichnams zu machen, war der Grund für das ungewöhnlich große Medieninteresse und ein unverzeihlicher Fehler in der Polizeiarbeit, für den letztlich sie die Verantwortung trug. Obwohl die Klimaanlage auf Hochtouren lief, kam ihr die Luft in dem fensterlosen Raum warm und stickig vor. Sie bildete sich ein, ihren eigenen Schweiß riechen zu können. Edman dagegen, der neben ihr saß, strahlte die Frische und Souveränität eines ambitionierten Politikers aus.

Ja, ein Sport- oder Jagdunfall sei sehr unwahrscheinlich, man gehe von einem Gewaltverbrechen aus.

Nein, es gebe noch keinen dringend Tatverdächtigen.

Ja, die Polizei tue, was sie könne. Erfahrene und sachverständige Beamte seien im Einsatz.

Nein, Einzelheiten der Tat könnten mit Rücksichtnahme auf die laufende Ermittlung noch nicht der Öffentlichkeit mitgeteilt werden.

Routiniert sah Edman auf seine Armbanduhr.

»Eine letzte Frage noch, dann müssen wir leider wieder an die Arbeit.«

Es meldete sich die Fernsehreporterin von TV4.

»Kann die Gefährdung weiterer Personen definitiv ausgeschlossen werden?«

Edman zögerte, räusperte sich.

»Diese Frage gebe ich an die leitende Hauptkommissarin Ingrid Nyström weiter.«

Es war ganz still im Raum. Sämtliche Augenpaare und Kameras waren auf sie gerichtet. Sie beugte sich nach vorne, bis ihr Mund fast an das Mikrofon stieß.

»Ja«, sagte sie.

»Danke«, sagte Edman und strahlte in den Saal. »Über alle wichtigen Entwicklungen wird die Presse natürlich unterrichtet werden.«

Oben, in ihrem Büro, war sie froh, die verschwitzte Bluse und die enge Hose gegen bequeme Kleidung tauschen zu können. Auf ihrem Schreibtisch fand sie einen vorläufigen Bericht von Bo Örkenrud. Sämtliche Untersuchungsergebnisse schienen den Tathergang, wie sie ihn rekonstruiert hat-

ten, zu bestätigen. Janus Dahlin war nicht in H
getötet worden, sondern auf Musön. Die Kie
Blattreste auf seinem geschundenen Körper
der kleinen Insel und das Blut, das sie dort ge
konnte zweifelsfrei Dahlin und seinem Hu
werden. Darüber hinaus hatte man sowohl auf Mus
auch in Humlehöjden Schleifspuren gefunden, die wahrscheinlich vom Leichnam stammten und möglicherweise darauf hinwiesen, dass sie es mit einem Einzeltäter zu tun hatten. Allerdings war Dahlin ein so kräftiger Mann, dass er unter Umständen selbst für zwei erwachsene Menschen nicht leicht zu tragen gewesen wäre. Die Schleifspuren führten jeweils zum Ufer. An der steinigen Wasserkante hatte man auf Musön und in Humlehöjden Abriebspuren aus weißem GFK gefunden, was die These untermauerte, dass Dahlins Leichnam mit einem Boot bewegt worden war. Das half ihnen allerdings insofern nicht besonders weiter, als wohl neunzig Prozent aller Freizeitboote auf dem Helgasee aus dem mehr oder weniger gleichen, glasfaserverstärkten Kunststoff gefertigt waren und diese, wie Örkenrud in seinem Bericht ausdrücklich anmerkte, im Gegensatz zu Autolack nicht weiter spezifizierbar waren. Verwertbare Fußabdrücke waren nicht gefunden worden, dafür aber etwas viel Bedeutsameres: Auf Dahlins Körper war ein menschliches Haar sichergestellt worden, das nicht zu ihm gehörte. Ein mittellanges dunkelbraunes Haar, das im getrockneten Blut einer Pfeileintrittswunde geklebt hatte. Dahlin hatte blondes kurz geschnittenes Haar. Das war in der Tat ein erster, wirklicher Ermittlungserfolg. Sollten sie auf einen Verdächtigen stoßen, hatten sie nun eine eindeutige Identifizierungsmöglichkeit. Sie goss sich ein Glas eisgekühltes Wasser ein und trank es in einem Zug aus. Das Wasser war so kalt, dass es in ihrem Kopf und ihrer Brust

merzte. Nach wenigen Sekunden war der Schmerz in hrem Kopf weg, aber ihre Brust tat immer noch weh. Genau genommen ihre linke Brust.

Da war dieses Ziehen.

Ein Druck, ein Spannungsgefühl.

Es ging von dem Knoten aus, den sie vor anderthalb Wochen ertastet hatte. Und zwar genau an der Stelle, an der ihre Brust im letzten Winter gequetscht und verletzt worden war, als sie der Verbecher Jan-Åke Bingström brutal überfallen hatte. Und das war das Unmögliche: als wäre in ihrer Brust ein Keim des Bösen aufgegangen.

Das war ein Gedanke, den sie nicht akzeptierte.

Ein Gedanke, den Anders niemals akzeptieren würde.

Und das machte es so schwer, damit umzugehen.

Das, und die Angst davor, Krebs zu haben.

7

»Nachtangeln ist eine Philosophie«, sagte Johan Sjöfors, wischte sich mit dem Ärmel den Schweiß von der Stirn und lehnte sich auf den Spaten, der vor ihm im dunklen Boden steckte. Er und Knutsson standen im Schatten einer ausladenden Eiche und sahen auf die hügelige Landschaft und die üppige Vegetation von Råshults Reservat hinaus, einer mehr als vierzig Hektar großen Kulturlandschaft, die man zu Ehren des hier geborenen Naturforschers und Biologen Carl von Linné angelegt hatte und im Stile des 17. Jahrhunderts bewirtschaftete.

»Aber wir können uns auch drüben im Gartencafé unterhalten. Ich wollte sowieso bald Mittagspause machen. Wie es mit dir steht, weiß ich nicht, aber ich bin ziemlich hungrig«, sagte der Gärtner.

»Na, und ob!«, sagte Knutsson. Seine Augen leuchteten.

Während des Essens unter Obstbäumen – es gab Gemüsepüree, Dillkartoffeln und Omelett, alles biodynamisch in den umliegenden Ländereien angebaut, wie die Bedienung stolz anmerkte – dozierte Sjöfors über die meditative Versunkenheit während des Nachtangelns.

»Die Ruhe da draußen: Man verliert sich darin. Es kann unbeschreiblich sein. Eine vollkommene Leere, aber gleichzeitig die Anwesenheit von allem, dem Universum und so. Zen, wenn du weißt, was ich meine.«

Knutsson wusste nicht so genau, was Sjöfors meinte, aber er ahnte, dass es vielleicht etwas mit dem Gefühl innerer Erhebung zu tun haben könnte, das er selbst am Morgen im Anblick des Sees verspürt hatte. Er nickte beflissen, während er kaute.

Sjöfors fuhr fort: »Es ist beinahe so, als würden sich in einem Türen öffnen. Zu einer höheren Ebene oder so etwas. Erkennen. Erleben. Eins sein.«

Sein Blick glitt in die Ferne.

»Ach so, verstehe. Aber Fische fängst du auch?«

»Fische?«

Sjöfors wirkte für einen Moment irritiert. So als habe Knutsson mit seiner profanen Frage eine der gerade geöffneten inneren Türen zugeschlagen.

»Ja, natürlich fange ich auch Fische. Ich räuchere und esse sie auch. Wobei, eigentlich bevorzuge ich die Formulierung ›*sie dem großen Kreislauf zuführen*‹.«

Sjöfors schrieb mit seiner Gabel eine Kreisbewegung in die Luft.

»Aha«, brummte Knutsson und unterdrückte ein Aufstoßen. »Mir geht es speziell um die frühen Stunden am Sonntagmorgen. Da warst du doch mit deinem Boot draußen und hast geangelt?«

»Ja.«

»Etwa sechs Uhr. Zwischen Musön und dem östlichen Seeufer Höhe Humlehöjden. Ist dir dort etwas aufgefallen, ein anderes Boot zum Beispiel?«

»Mmh.«

Sjöfors kratzte sich am Kinn. Aus seinem Bart rieselten Schuppen auf seinen Teller, aber das schien er nicht zu bemerken.

»Schwer zu sagen.«

»Wegen der Versunkenheit? Diesem Zen?«

»Genau. Ich könnte versuchen, mich zu erinnern. Es gibt da Techniken aus dem alten Indien. Man braucht natürlich das richtige Mantra und eine bestimmte Sitzposition, Yoga, wenn du weißt, was ich meine ...«

»Natürlich«, sagte Knutsson und nickte langsam. »Und meinst du, du könntest diese Techniken gleich jetzt und hier ...?«

Sjöfors sah auf seine Armbanduhr. Gleichzeitig schraubte er nachdenklich an seinem Nasenpiercing.

»Eine halbe Stunde Pause hätte ich noch.«

»Na, prima!«, rief Knutsson und grinste breit. Dann winkte er nach der Kellnerin. »Ich trinke solange einen Kaffee und esse ein Stück von dem biodynamischen Käsekuchen.« Das heißt, *ich führe es dem großen Kreislauf zu*, dachte er und rieb sich zufrieden den Bauch.

8

Das falunrote Haupthaus, das mit seinen kleineren Nebengebäuden, der Scheune und dem weiß lackierten Futtersilo umgeben von Weideland auf einem Hügel in der welligen Landschaft um Vislanda lag, ergab ein so idyllisches Panoramabild, dass es einem touristischen Werbeprospekt über das Småland hätte entnommen sein können. Wären da nicht die auffälligen handgemalten Schilder am Wegesrand gewesen:

Stoppt das Milchmonopol!

Gegen die Milchpreissenkung!

Zum Leben zu wenig, zum Sterben zu viel!

Als Stina Forss die letzte Kurve des gewundenen Schotterwegs nahm und auf den Hof einbog, sah sie auch das Banner, das an dem Silo befestigt war und das durchgestrichene Emblem einer bekannten Großmolkerei zeigte. Als sie ausstieg, schlug ein Hund an. Aus dem offenen Scheunentor preschte ein riesenhafter Traktor auf sie zu, der in seinen Dimensionen der Forstmaschine von Joel Åhsberg in nichts nachstand. Kurz vor ihr bremste das knatternde Ungetüm ab, sodass die hochgefahrene Schaufel des Gefährts etwa dreißig Zentimeter über ihrem Kopf wippend zum Stehen kam. Forss musste schlucken. Aus dem Führerhaus des Traktors kletterte eine junge Frau in sehr kurz abgeschnittenen Jeans und derben Gummistiefeln. Sie hatte ein hübsches Gesicht mit einer spitzen Nase, das von langem, lockigem blondem Haar umrahmt wurde. Die Zipfel ihrer karierten Bluse waren unter der Brust zusammengeknotet, sodass ihr flacher Bauch zu sehen war. In der Aufmachung könnte sie für einen erotischen Landmädel-Kalender posieren, ging es Forss durch den Kopf, oder, wenn sie noch einen weiteren Knopf ihrer Bluse öffnete, für den Playboy. Aber vielleicht war Moa Matsson ja auch einfach nur warm, jedenfalls gab es außer Forss und den Kühen auf der Weide niemanden, der ihr knappes Outfit bestaunen konnte. Die Frauen gaben sich die Hand, sie hatten am Morgen telefoniert. Von Moa Matsson ging ein Geruch nach Heu, Klee und Vieh aus, eigentlich eine ganz interessante Mischung, fand Forss. Sie wies mit dem Kopf in Richtung der Protestschilder, die am Zaun an der Straße befestigt waren.

»Vislanda, die Hochburg des Widerstands gegen die Molkereikonzerne?«

Matsson lachte. Sie hob eine Faust in die Luft, eine ironische Geste.

»Revolución!«, sagte sie mit einem aufgesetzten, spanischen Akzent, dann lachte sie noch einmal, bevor sie in breitestem Småländisch weitersprach.

»Natürlich bringen die Schilder gar nichts, wer soll die hier draußen auch schon lesen, außer den anderen Bauern, und die sehen die Sache genauso. Aber irgendwas muss man ja machen, um sich nicht vollkommen hilflos zu fühlen.«

»Was ist denn das Problem mit den Milchpreisen?«, fragte Forss.

»Na ja, es gibt nach den letzten Fusionen nur noch zwei Großmolkereien in Schweden, *big player*, der eine beherrscht allein schon siebzig Prozent des Marktes. Die Preise in den Supermärkten werden gedrückt, bis alle kleinen Meiereien und Molkereien kaputt sind und aufgekauft werden können. Die Preissenkungen werden natürlich an uns Erzeuger weitergereicht, es wird jedes Jahr schlimmer und immer weniger Betriebe können sich über Wasser halten. In den vergangenen fünf Jahren ist die Zahl der schwedischen Milchbauern um ein Drittel zurückgegangen, das ist den Konsumenten kaum bewusst. Hauptsache, die Milch und der Käse sind schön billig«

»Und woher kommen dann die Molkereiprodukte im Regal, wenn immer mehr Bauern bankrottgehen?«

Matsson lachte wieder auf, diesmal klang es bitterer.

»Zum Teil aus dänischen Großbetrieben. Mit unseren fünfunddreißig Tieren hier sind wir längst zu klein, um profitabel arbeiten zu können. Sobald meine Eltern in Pension sind, geht hier für immer das Licht aus.«

»Und der Hof?«

Matsson zuckte die Schultern.

»Keine Ahnung. Vielleicht was mit Ponys, für deutsche Touristen oder so. Oder ich arbeite mit Fotos.«

»Aha«, sagte Forss. Es gehörte tatsächlich nicht viel Fantasie dazu, um sich Moa Matsson mit einer Heugabel in der Hand für ein Fotoshooting räkeln zu sehen.

»Ich habe da so ein Projekt.« Sie spielte mit einer Haarsträhne. »Ich fotografiere hier auf dem Land verrottende Telefonmasten. Das Schweden von vorgestern, sozusagen. Die Ohnmacht des Altertümlichen in der Onlinegesellschaft. Philosophisch verorte ich meine Arbeit dabei irgendwo zwischen dialektischem Materialismus und Poststrukturalismus, aber ich weiß nicht, ob man das den Fotos ansieht. Eigentlich ist es nur ein Hobby, aber die Kunsthochschule in Stockholm würde mich nehmen. Mal sehen.« Sie lächelte. »Aber du bist doch hergekommen, um über Janus zu sprechen, oder?«

Sie waren in das Hauptgebäude gegangen, hatten sich in die Küche gesetzt und Matsson hatte einen vor Kälte beschlagenen Krug mit Wasser und Birkensirup sowie zwei Gläser auf den Tisch gestellt. Die Nachricht vom Tod ihres politischen Genossen erschütterte die junge Frau merklich. Lange saß sie still auf der Küchenbank und kaute auf ihrer Unterlippe herum. Forss gab ihr Zeit. Von der Decke baumelten mehrere spiralförmige Fliegenfänger und drehten sich langsam um die eigene Achse. Obwohl es in der Küche sehr warm war, spürte Forss an ihren Beinen Zugluft. Sie trank von dem Birkensirup. Er schmeckte gleichzeitig herb und süß und schien ihren Gaumen auf eine erfrischende Art zu betäuben. An der Wand hing ein Werbekalender mit Tiermotiven. Der Monat Juni zeigte einen schleichenden Luchs.

»Einmal hat er versucht, mich anzufassen«, sagte Moa Matsson.

Sie sah Forss an. Ihre Augen hatten nicht denselben Farbton. Das eine war grün mit einem Stich ins Braune, das andere war braun mit einem Grünstich. Vielleicht lag es aber auch daran, wie das Licht in den Raum fiel.

»Ich meine, ich mochte ihn wirklich gerne, aber er war ja mit Sara zusammen. Außerdem war er alt. Und jetzt ist er tot«, sagte sie und Tränen rannen über ihr Gesicht.

9

Porno, dachte Delgado, das ist emotionaler Porno, was die Leute über sich ins Internet stellen: banal und exhibitionistisch. Kinderfotos, Urlaubsfotos, iPhone-Fotos. Sein Favorit, weil in Hunderten Variationen zu sehen: Sonnenbrand mit Sonnenbrille vor Sonnenuntergang. Wer will das alles sehen, fragte er sich, wer will diesen ganzen Mist angucken und durchlesen? Pulitzerpreisverdächtige Einträge wie »esse gerade«, »gehe shoppen« oder »bin auf Klo«?

Er hatte sich zwei falsche Facebook-Profile angelegt, ein weibliches und ein männliches, mit Porträtfotos, die er von der Seite einer Modelagentur heruntergeladen hatte, und als *Sonja, 29, Bankkauffrau* und *Lars, 35, Versicherungsmakler* hatte er im Laufe des Vormittags unter den Teilnehmern des Bogenschützenturniers acht neue Freundschaften geschlossen. Woher nehmen die Leute morgens die Zeit, in ihren sozialen Netzwerken rumzudaddeln, fragte er sich, eigentlich müssten die doch alle bei der Arbeit sein oder in der Uni oder der Schule. Insgesamt hatte er zweiunddreißig Sportschützen bei Facebook gefunden, sogar den italienischen Mönch, der unter Hobbys »Gott« angegeben hatte. Dreizehn weitere Teilnehmer fand er über Google in Zeitschriftenartikeln erwähnt, auf Webseiten von Schulen, Sportvereinen und Uniclubs. Delgado sammelte Informationen wie ein Eichhörnchen Nüsse; er hatte sich zu Janus Dahlin drei digitale Körbchen zurechtgelegt: Persönliches, Politisches, Lehrtätigkeit. Alles, was ihm irgendwie relevant und nicht allzu abwegig erschien, trug er in diesen Ordnern zusammen. Nach fünf Stunden tat ihm der Rücken weh und seine Augen schmerzten. Er machte Mittagspause, aß in der Kantine ein schlaffes Stück Hackbraten mit Kartoffelpüree und Tiefkühlgemüse, trank anschließend einen Kaffee und ging vor die Tür, um eine Zigarette zu rauchen, wobei er sich mit einem Kollegen in Uniform über den anständigen Saisonstart unterhielt, den der ortsansässige Fußballverein *Östers IF* hingelegt hatte. Danach ging er zurück in sein Büro und sah sich die Beute an, die er während des Vormittags gemacht hatte. Im Ordner »Persönliches« hatte er Folgendes gesammelt:

Nils Spångberg, 49, wohnhaft in Växjö, war ebenso wie Dahlin in Linköping geboren und aufgewachsen.

Daniel Vidarsson, 43, wohnhaft in Tingsryd, geboren in Örebro, hatte ebenfalls an der Universität von Linköping studiert, allerdings zehn Jahre später.

Louise Malmberg, 32, wohnhaft in Växjö, war 1998 für ein Jahr lang Au-pair-Mädchen in Brighton, wo Dahlin 1981 ein Auslandssemester absolviert hatte.

Tjark Björkheim, 54, wohnhaft in Öjaby, hatte eine Dachdeckerfirma, die im letzten Jahr an einem Haus am Skogstorpsvägen, der Straße, in der auch Dahlin wohnte, gebaut hatte.

Das war alles nicht so doll, dachte Delgado, außer vielleicht die Sache mit derselben Heimatstadt. Aber andererseits war Linköping ja auch nicht gerade ein Dorf, in dem jeder jeden kannte. Möglicherweise sollte man trotzdem diesem Spångberg einmal auf den Zahn fühlen. Er markierte den Namen rot. Dann klickte er sich in den Ordner »Politisches«.

Therese Lindahl, 29, wohnhaft in Hässleholm, war im vorletzten Jahr zur Kassenwärtin des Ortsvereins der Linkspartei gewählt worden.

Claudio Gonzales, 65, wohnhaft in Göteborg, unterhielt einen linken Internetblog, der auf Spanisch geschrieben wurde und sich schwerpunktmäßig mit Chile und Bolivien beschäftigte.

Jenny Purtsi, 48, wohnhaft in Lessebo, war die Schwägerin des Lokalpolitikers der *Schwedendemokraten*, Kennet Öhman, dessen Stand Dahlin umgeworfen hatte, und der einen Hundebiss und eine blutige Nase davongetragen hatte.

Letzteres war interessant, das hatte Delgado schon beim ersten Lesen gedacht, als er den stadtbekannten Populisten Öhman ganz oben in der Facebook-Freundesliste von Jenny Purtsi gefunden hatte. Er markierte die Information ebenfalls rot und setzte zwei Ausrufezeichen daneben. Schließlich nahm er sich den Ordner »Lehrtätigkeit« vor. Dort gab es nur zwei Einträge.

Henrik van Seelen, 33, wohnhaft in Värnamo, war Lehrer für Mathematik und Physik an derselben Schule, an der Dahlin bis 1999 tätig gewesen war. Allerdings war van Seelen erst seit sieben Jahren im Kollegium.

Magnus Hasselgreen, 16, wohnhaft in Växjö, ging auf die Schule, in der Dahlin seit Monaten als Vertretung arbeitete.

Das war insofern bemerkenswert, als dass bei der Befragung in Humlehöjden niemand Janus Dahlin gekannt haben wollte. Einschließlich Hasselgreen. Delgado erinnerte sich vage an einen schmächtigen Jungen in einem Ninjakostüm. Nun gut, an einer großen Schule musste vielleicht nicht jeder Schüler jeden Aushilfslehrer mit Namen oder vom Sehen kennen. Aber andererseits ... Delgado klickte noch einmal auf das Profil von Hasselgreen. Der Teenager war einer von denen, die auf Delgados Freundschaftsanfrage nicht reagiert hatten. Aber das Profilfoto war für jeden freigegeben. Ein blasser Junge in einem schwarzen Ledermantel. Delgado griff zum Telefon und wählte die Nummer der Schule. Ein Sekretär leitete ihn an den Direktor weiter, der seit Nyströms Besuch am Vortag über die Ermittlung informiert war. Es dauerte keine Minute, dann konnte er Delgados Frage beantworten. Dahlin war seit dem Winter Geschichtslehrer von Magnus Hasselgreen.

10

Peter Quist und Mona Wedén bildeten gemeinsam nicht nur zwei Drittel des Vorstands des Vereins für *Historisches Bogenschießen Växjö e. V.*, sondern waren auch privat und beruflich miteinander liiert. Quist war Inhaber und Wedén Geschäftsführerin des privaten Altenpflegedienstes *Veteranen*. Es war noch keine vier Monate her, dass Anette Hultin und Göran Lindholm während der Ermittlungen zu einem anderen Fall in demselben repräsentativen Empfangsbüro gesessen und zu der eindrucksvollen, blütenförmigen Riesenlampe aus Glas und Silber aufgeschaut hatten, die über dem Schreibtisch von Mona Wedén hing. Dieses Mal bemühte sich Hultin, die protzige Lampe zu ignorieren und sich ganz auf das Paar zu konzentrieren, das gegenüber von ihr Platz genommen hatte. Aus dem Burgfräulein und dem römischen Imperator von gestern waren heute ganz normale Geschäftsleute geworden; er trug einen modern geschnittenen Anzug und elegante braune Wildlederschuhe, sie einen knielangen Rock und eine Bluse. Ihre Perlenohrstecker waren in Glanz und Größe genau auf ihre Halskette abgestimmt.

»Wir stehen noch immer unter Schock«, sagte Quist.

»Absolut«, fügte Wedén an. »Wir sind vollkommen außer uns. Oder können wir uns beruhigen? Wisst ihr etwa schon, wer der Mörder ist?«

»Wir sammeln Spuren. Gehen Hinweisen nach«, antwortete Hultin, nestelte den Ausdruck des Zeitungsartikels aus ihrer Handtasche und legte ihn vor sich auf den Schreibtisch.

»Was soll das?«, fragte Quist.

»Was ist das?«, fragte Wedén.

»Das Treffen der historischen Bogenschützen im letzten Herbst«, sagte Hultin.

»*Bauer klagt Vereinsführung an*«, las Lindholm.

»*Pfeile töten Kuh*«, zitierte Hultin.

Quist und Wedén warfen sich einen Blick zu.

Dann sagte Quist: »Aber das sind doch alte Kamellen ...«

Wedén fügte an: »Das hat doch nichts mit diesem Mord …«

Wieder sahen sie sich an, diesmal länger. Dann seufzte Quist und Wedén verzog ihren sorgfältig geschminkten Mund.

»Also, wir wissen von nichts«, versuchte es Quist.

»Ich erinnere mich an gar nichts«, flötete Wedén, drückte ihr Kreuz durch, schob ihre umfangreiche Brust nach vorn und feuerte mehrere Augenaufschläge in Richtung Lindholm.

Jetzt war es Hultin, die seufzte. Sie wandte sich zu Lindholm.

»Sollen wir auf dem Revier weitermachen?«

»Blaulichtfahrt«, bekräftigte er.

»Hast du die Nummer dieses Journalisten?«

»Ja, die habe ich gespeichert. Ich sehe die Schlagzeile schon vor mir: *Geschäftsführung von Pflegedienst blockiert Mordermittlung.*«

Er fingerte sein Handy aus der Hosentasche und begann auf dem Display herumzustreichen.

»Stopp!«, rief Quist und schlug mit der flachen Hand auf die Schreibtischplatte. »In Herrgottsnamen, wir erzählen es ja!«

Lindholm lächelte und legte sein Handy zur Seite, Hultin lehnte sich weit in ihrem Stuhl zurück.

Die Geschichte, die Stück für Stück ans Licht kam, war folgende: An einem Samstag im Oktober des letzten Jahres hatte der Verein einen 3-D-Parcours in der Nähe von Furuby aufgebaut, gut zwanzig Kilometer südöstlich von Växjö. An der Sport- und Kostümveranstaltung hatten vierundzwanzig Bogenschützen teilgenommen, am Abend war gemeinsam gegrillt worden und es hatte eine Mittelalter-Rockband gespielt.

»Der Leadsänger konnte sogar Feuer spucken!«, betonte Wedén.

Während das Fest in vollem Gange gewesen und der Met in Strömen geflossen war, war der Bauer, von dem man die Ländereien für den Parcours und die Festlichkeiten gemietet hatte, angestürmt gekommen und hatte wutentbrannt damit gedroht, sofort alle Sportschützen von seinem Grund und Boden zu werfen. Wahnsinnige hätten mit Pfeil und Bogen auf seine Kühe geschossen, zwei wertvolle Milchkühe seien verletzt, eine dritte hätte der Tierarzt gerade einschläfern müssen.

»Wie der damals ausgeflippt ist!«, sagte Quist. »Wegen einer ollen Kuh!«

Dem Vereinsvorstand war es schließlich gelungen, den völlig aufgebrachten Mann halbwegs zu beruhigen, wobei auch die beträchtliche Entschädigung, die man dem Landwirt anbot, eine gewisse Rolle gespielt haben mochte. Die verletzten Kühe waren ein Unfall, das Resultat einer tragischen Verwechslung mit den Kunststofftieren, die einem angetrunkenen Schützen im Zwielicht der frühen Dämmerung widerfahren sein musste. Ärgerlich sei allein gewesen, dass der schockierte Tierarzt bereits die Polizei und die Presse informiert hatte, sagte Quist und sah die Ermittler abwartend an. Wedén fummelte an ihrer Perlenkette.

»So viel wissen wir bereits«, sagte Hultin. »So ähnlich steht es in dem Zeitungsbericht und auch in unseren Akten. Nur, das war nicht die ganze Wahrheit, oder? Was ist an dem Herbstabend in Furuby wirklich passiert?«

Quist massierte sein eckiges Kinn. Wedén räusperte sich, dann begann sie zu erzählen. Ihre Stimme klang dunkler und ernsthafter als vorher, so als habe die rundliche Frau ihren Miss-Piggy-Habitus mit einem Mal abgeschüttelt.

»Es gibt da einen Jungen bei uns im Verein, der anders ist. Er hat ein, na ja, etwas problematisches Verhältnis zu Gewalt. Zu Tieren. Die Sache mit den Kühen ... so etwas ist vorher schon passiert. Einmal waren es Eichhörnchen, ein anderes Mal eine Katze.«

»Die unschöne Geschichte mit den Fröschen«, warf Quist ein.

»Genau. Und das sind nur die Sachen, von denen wir wissen. Wir haben uns natürlich so unsere Gedanken gemacht. Mit den Eltern gesprochen. Ihnen geraten, einen Psychologen zu kontaktierten. Wir haben nach Lösungen gesucht ...«

»Aber warum habt ihr das um Gottes willen nicht der Polizei gemeldet? Warum habt ihr geschwiegen?«, rief Hultin.

Wedén warf Quist einen schnellen Blick zu.

»Wir haben eine interne Lösung vorgezogen.«

»Wie heißt der Junge?«, fragte Lindholm.

»Magnus«, sagte Wedén. »Magnus Hasselgreen.«

Hultin schnaubte empört.

»Doch wohl nicht der Sohn von Tomas Hasselgreen?«

Quist nickte stumm.

»Wer ist Tomas Hasselgreen?«, fragte Lindholm.

»Ich kenne ihn aus meinem Leichtathletikverein«, sagte Hultin. »Er arbeitet bei der Kommune und berät die Angehörigen von pflegebedürftigen Senioren. Und wenn ich mich nicht sehr irre, dann ist er derjenige, der den beiden feinen Herrschaften da drüben ihre lukrativen Aufträge zuschanzt.«

11

Ingrid Nyström empfing den Vater und den Bruder von Janus Dahlin im Krankenhaus. Neben der pathologischen Abteilung, in der der Leichnam aufbewahrt wurde, hatte man für Angehörige, die einen Toten zu identifizieren hatten, ein sogenanntes Trauerzimmer eingerichtet, einen hellen, in Beigetönen eingerichteten Raum, in dem gerahmte Poster mit botanischen Motiven und christlichen Sinnsprüchen an den holzvertäfelten Wänden hingen. Kent Dahlin war ein großer schlanker Mann Anfang siebzig mit zurückgekämmtem weißem Haar; sein Sohn Frederik war Ende vierzig, nur unwesentlich kleiner, dafür aber kräftiger. Er trug eine ähnliche Frisur wie sein Vater und einen ähnlichen taubengrauen Anzug, außerdem hatten beide weiße Hemden an. Nur in der Farbwahl der Krawatten schienen Vater und Sohn einen komplementären Geschmack zu haben: die eine war hellgrün, die andere rostrot. Nyström gab beiden Männern zur Begrüßung die Hand und brachte ihr Beileid zum Ausdruck, dann gingen sie hinüber in die Pathologie. Die eigentliche Identifizierung dauerte keine Minute. Ann-Vivika Kimsel hob das weiße Laken an, Kent und Frederik Dahlin nickten knapp, dann war der Moment vorüber. Nyström hatte sie vorher in wenigen Worten über den schlimmen Zustand des Leichnams in Kenntnis gesetzt, doch weder Vater noch Sohn zeigten beim Anblick ihres verstorbenen Kindes beziehungsweise Bruders eine erkennbare Reaktion. Stattdessen: Gesichter wie aus Stein. Aber das musste nichts heißen, wusste Nyström. Trauer konnte viele Nuancen haben. Was ihr allerdings auffiel, war, dass Kent und Frederik vor der Totenbahre weit auseinanderstanden. Oft suchten Angehörige in solchen Augenblicken intuitiv körperliche Nähe zueinander.

Anschließend nahmen sie im Trauerzimmer Platz. Nyström besorgte ein Tablett mit Kaffee, Keksen und Mineralwasser. Die Männer schenkten sich von den Getränken ein, nach Gebäck war niemandem zumute. Beide tranken ihren Kaffee schwarz und ohne Zucker. Nyström hielt sich an das Wasser. Sie wandte sich an Kent Dahlin.

Der alte Mann saß mit geradem Rücken auf seinem Stuhl. Eine militärisch anmutende Sitzhaltung, die auf ein hohes Maß an Selbstdisziplin schließen ließ, dachte Nyström.

»Wie war dein Verhältnis zu Janus?«, fragte sie.

Die Antwort kam schnell.

»Es gab keins«, sagte der alte Mann. Seine Stimme war leise, aber fest und bestimmt.

»Wir haben Janus seit beinahe zwanzig Jahren nicht gesehen«, fügte Frederik an.

»Und das war gut so«, sagte Kent.

»Leider«, sagte Frederik.

»Und warum ...?«

»Weil er ein Spinner war!«, fuhr es aus dem Vater heraus. Er kniff seine Augen zusammen. Das steinerne Gesicht von Kent Dahlin bekam einen Riss. Was dahinter zum Vorschein kam, war Verbitterung.

»Er ...« Frederik suchte nach Worten. »Er hat sich von uns entfernt. Von seiner Familie. Das fing schon an, als er ein Jugendlicher war. Von Papa und Mama und später auch von mir. Er hat nicht gutgeheißen, wer wir sind. Was wir machen. Mutter hat es das Herz gebrochen.«

Nyströms Blick wanderte zwischen Vater und Sohn hin und her.

»Wie meinst du das?«, fragte sie. »*Was wir machen. Wer wir sind.*«

»Wir sind Anwälte«, sagte Frederik. »Dahlin, Bildt & Runeberg, vielleicht hast du schon einmal von der Kanzlei gehört?«

»Nein, ich glaube nicht.«

»Eine der bedeutendsten Kanzleien Mittelschwedens«, sagte Kent. Sein Gesicht geriet immer mehr in Bewegung. Nyström fühlte, dass sie einen Nerv getroffen hatte. Vielleicht den neuralgischen Punkt einer traurigen Familienbiografie.

»Und womit arbeitet ihr? Ich meine, Anwälte sind doch nicht per se schlecht. Menschen brauchen Anwälte. Woher kam Janus' Abscheu?«

Die Männer sahen sich lange an.

»Menschen brauchen auch Lobbyarbeit«, sagte Frederik dann. »Stromintensive Industrie braucht Lobbyarbeit. Stahlhütten, Aluminiumwalzwerke, Papierindustrie. Sie schafft Arbeitsplätze in Schweden. Und die kommen wiederum den Menschen zugute. Uns allen.«

»Was heißt das genau?«

»Wir beraten seit vierzig Jahren die schwedische Atomindustrie«, sagte Kent.

»Oh«, sagte Nyström.

Sie dachte an Oskarshamn, gerade einmal hundert Kilometer entfernt. Und an Forsmark, wo es vor sechs Jahren beinahe zu einer nuklearen Katastrophe gekommen war und eine Kernschmelze im letzten Augenblick verhindert wurde. Dabei hatte Schweden 1980 als erstes Land überhaupt den Atomausstieg beschlossen. Aber das war politisch längst wieder rückgängig gemacht worden. Vielleicht auch wegen der Arbeit von Menschen wie Kent und Frederik Dahlin.

»Janus hat das verurteilt«, sagte Frederik. »Deshalb hat er schon vor langer Zeit den Kontakt zu uns abgebrochen.«

»Weil er ein politischer Wirrkopf ist. Ein Spinner«, sagte

der Vater. Wieder passierte etwas in seinem Gesicht. Falten gerieten in Bewegung. Seine Worte gingen in ein Wimmern über, dann flossen Tränen über sein Gesicht und Speichel rann über sein zerfurchtes Kinn. Sein Kopf, sein Körper bebte. Frederiks Mundwinkel zuckte. Kurz schnellte seine Hand vor in Richtung des Vaters, dann zog er sie wieder zurück, als gäbe es um den alten Mann eine unsichtbare Mauer, jahrzehntealt. Nyström dachte plötzlich an Sara Saale und ihren Schmerz. Sie hatte Janus Dahlin auf eine andere Weise geliebt. Auf eine nahe, eine gute Weise.

Aber wer war sie schon, die Familienverhältnisse der Dahlins zu verurteilen?

Das stand ihr nicht zu.

Sie trank von ihrem Mineralwasser. Mit einem Mal fühlte sie sich kraftlos und resigniert.

12

Auf der Autofahrt zurück nach Växjö dachte Lars Knutsson über die Yogaübungen nach, die Johan Sjöfors durchgeführt hatte, um seine Erinnerung zu stimulieren; unglaubliche Verrenkungen, bei denen Sjöfors Ohrläppchen von seinen Zehen berührt wurden. Knutsson selbst hatte dagegen schon Schwierigkeiten, beim Fußnägelschneiden seine Zehen mit den Händen zu erreichen. Genutzt hatten Sjöfors Bemühungen indessen wenig: Mehr als die verschwommene Ahnung, möglichweise noch das ein oder andere Boot auf dem Wasser oder campende Touristen am Ufer gesehen zu haben, hatte seine Erinnerungstechnik nicht zutage gebracht. Der kleine Ausflug nach Råshult hatte Knutsson also lediglich ein biodynamisches Mittagessen und ein schlechtes Gewissen in Bezug auf seine Unbeweglichkeit beschert, das allerdings schon wieder verblasste, als er einen der Verkehrskreisel des Mörnersvägs verließ und auf den Parkplatz des *Fischerkönigs* einbog. Er stellte seinen Wagen ab und betrat das Geschäft. Hier gab es alles, was das Anglerherz begehrte: Ruten, Rollen, Schnur. Netze und Reusen. Neonfarbene Schwimmer und Posen. Blinker, Wobbler und Gummifische in hundertfachen Variationen. Das Geschäft war gut gefüllt und alle drei Verkäufer waren in Beratungsgesprächen. Knutsson blätterte in einem Angelmagazin, bis er an der Reihe war. Auf einem der abgedruckten Fotos hielt ein Mann, der eine große Ähnlichkeit mit Ministerpräsident Frederik Reinfeldt hatte, aber laut Bildunterschrift Jan-Kalle Seghers hieß, einen 15-Kilo-Karpfen in die Kamera. Was für ein dicker Johnny, dachte Knutsson und pfiff anerkennend durch die Zähne. Sofort verspürte er den Impuls, sich gleich hier eine neue Karpfenrute samt Bissanzeiger und allem Pipapo zu kaufen, dann fiel ihm das teure Equipment ein, das er sich vor Jahren zugelegt hatte und das seitdem in seinem Bootsschuppen mehr oder weniger ungenutzt vor sich hin staubte.

Als die Nummer über dem Verkaufstresen aufblinkte, die er beim Eintreten neben der Tür gezogen hatte, klappte er das Heft zu und stellte es zurück ins Regal. Er trat auf einen jungen Verkäufer zu, der wie seine beiden Kollegen eine grüne Schirmmütze mit eingesticktem Kronen-Logo trug.

»Fördert die Glatzenbildung«, sagte Knutsson und zeigte auf das Käppi.

»Was?«, fragte der Junge.

»Egal«, sagte Knutsson. Er zeigte seinen Polizeiausweis, griff in die Sporttasche, die zu seinen Füßen stand, und holte etwas heraus. Der Pfeil aus Aluminium war fünfundsiebzig Zentimeter lang und in einem durchsichtigen Kunststoffbeutel der Asservatenkammer eingepackt. Er hatte eine blutverkrustete, aufgeschraubte Spitze mit Widerhaken und am Ende eine Öse.

»So etwas verkaufen wir hier nicht«, beeilte sich der Junge zu sagen. »Das dürfen wir gar nicht«, fügte er hinzu. »Harpunenfischerei ist illegal und der Verkauf ist nur an Leute erlaubt, die eine Lizenz haben.«

»Das ist klar«, sagte Knutsson und gab sich Mühe, seine Überraschung zu verbergen. Er war bisher davon ausgegangen, dass man eine Harpune an jeder Ecke erwerben konnte. Und auf jeden Fall beim *Fischerkönig*.

»Aber mal angenommen, jemand wollte ohne Lizenz eine Harpune kaufen, vielleicht weil er sie außerhalb Schwedens benutzen will, beim Tauchen auf den Malediven zum Beispiel, wo würde er denn fündig werden?«

»Ist das hier ein Test?«, fragte der Junge.

»Nein«, sagte Knutsson mit Nachdruck. »Das ist die Bitte eine polizeiliche Untersuchung zu unterstützen.« Er wandte den Kopf schnell nach links und rechts, dann beugte er sich so weit über den Tresen, wie es sein Bauch zuließ, und flüsterte: »Der Pfeilmörder von Humlehöjden.«

»Ach so«, flüsterte der Junge zurück. Seine Augen hatten sich geweitet. Natürlich hatte er davon in der Zeitung gelesen. Er zwinkerte Knutsson verschwörerisch zu.

»Zum Beispiel in Norwegen«, sagte er dann. »Dort ist Harpunieren erlaubt und da werden die Dinger auch verkauft. Oder in Dänemark. Oder sonst so ziemlich überall auf der Welt. Im Internet natürlich. Man bekommt sie also, wenn man will. Die Sache ist eher, dass man sie in unseren heimischen Gewässern kaum gebraucht. Zum einen benötigt man zum Harpunieren eine gute Sicht: klares Wasser und viel Sonnenschein, hierzulande eher selten. Zum anderen sind Angeln oder Netze viel effektiver, da die meisten Fische natürlich scheu sind, vielleicht mal abgesehen von Barschen, aber dafür ist so ein Mordsding hier völlig überdimensioniert. Wenn du mich fragst: Harpunen sind eher etwas fürs Mittelmeer.«

Er hob den Pfeil in seiner Verpackung vorsichtig hoch.

»Ist das hier einer von den Pfeilen, die in dem Leichnam gesteckt haben?«, fragte er ehrfurchtsvoll.

Knutsson nickte. Dann nahm er dem Jungen den Pfeil aus der Hand und legte ihn zurück auf den Tresen. Er hatte das vage Gefühl, dass er das mit dem Pfeilmörder vielleicht nicht hätte sagen sollen.

»Für einen solchen Pfeil braucht man eine Harpune mit fünfzig Zentimetern Rohrlänge. Drucklufttechnik. An der Öse hinten am Pfeil wird normalerweise die Leine befestigt, mit der man dann die Beute einholt. Falls man getroffen hat, natürlich.«

»Natürlich«, sagte Knutsson. Dann fiel ihm etwas anderes ein. Er kramte erneut in seiner Sporttasche und förderte einen zweiten Kunststoffbeutel zutage, der die Angelhaken enthielt, die in dem präparierten Fleischstück auf Musön gefunden worden waren.

Dem Jungen genügte ein kurzer Blick.

»Ganz normale Drillingshaken, brüniert, Größe vier. Verkaufen wir täglich x-fach.«

»Ach so«, sagte Knutsson.

»Kann ich sonst noch irgendwie behilflich sein?«, fragte der Junge. »Bei der polizeilichen Ermittlung und so ...«, fügte er mit leiser Stimme an.

»Nein, danke«, sagte Knutsson. »Dass heißt, doch. Ja. Eine Frage hätte ich da tatsächlich noch. Wer genau ist eigentlich dieser *Fischerkönig*?«

»Das war der Spitzname des Typen, der diesen Laden ursprünglich einmal eröffnet hat. Der ist aber schon vor Jahren nach Kanada ausgewandert.«

»Bestimmt, um Lachse zu fangen«, brummte Knutsson.

»Nein«, sagte der Junge. »Soweit ich weiß, hat er drüben eine Yogaschule aufgemacht.«

13

Stina Forss hatte sich einen Mathematiker anders vorgestellt: vergeistigter, vielleicht verhuschter, auf jeden Fall unscheinbarer, aber das war natürlich ein idiotisches Vorurteil, das sah sie in dem Moment ein, in dem Martin Högvall ihr die Tür öffnete und sie hereinbat. Högvall hatte die physische Präsenz eines Leistungsschwimmers oder eines Kampftauchers, dachte Forss. Obwohl er sie anlächelte, spürte sie die aggressive Ausstrahlung des Mannes, die nichts mit der Breite seiner Schultern, nichts mit seinen kantigen Gesichtszügen zu tun hatte. Sein Händedruck war überraschend sanft, konnte aber die Feindseligkeit, die in seinem Blick lag, genauso wenig überspielen wie seine höflichen Worte. Etwas in ihr reagierte auf diese Ambivalenz.

Högvall blieb in der geöffneten Tür stehen, während sie eintrat, sodass sie sich nahe an ihm vorbeidrängen musste. Er roch nach Zedernholz und Kernseife. Sein Haus war dunkel und klein. Vielleicht wirkte es auch nur so, weil Högvall die Statur eines Riesen hatte. Auch ins Wohnzimmer fiel kaum Licht, obwohl die Sonne draußen im Zenit stand. In einer halben Woche war der hellste Tag des Jahres, ging es Forss durch den Kopf. Möglicherweise war das Haus nach Norden ausgerichtet. Aber warum sollte man so bauen?

»Ich weiß, dass Janus tot ist«, sagte Högvall und sah sie an. Seine Pupillen waren klein und wirkten merkwürdig oval, wie bei einer Katze. Vielleicht lag es an der Art, wie das wenige Licht in den niedrigen Raum fiel.

»Es kam in den Nachrichten. Mord, so heißt es.«

»Ja«, sagte Forss. Sie wusste nicht, was sie sonst sagen sollte. Sie versuchte Högvall zu fixieren, seinen Blick einzufangen, doch sie sah immer weniger, als würde das Licht in dem Raum schwinden. Vor ihr saß eine Silhouette aus Zedernholz und Seife. Nur da, wo seine Augen waren, gab es ein Glitzern.

»Sex«, sagte sie. »Was hatte Janus Dahlin für ein Sexding am Laufen?«

Der Dunkle schwieg. Es kam ihr vor wie eine Ewigkeit. Das einzige Helle im Raum war ihr ärmelloses Shirt. Es leuchtete. Wenn sie an sich heruntersah, konnte sie sehen, wie sich ihre Brustwarzen unter dem Stoff abzeichneten.

»Er hat in der Gegend rumgefickt«, sagte Högvall schließlich. »War immer heiß, trotz seines Alters. Oder vielleicht gerade deswegen. Wer weiß? Ich habe keine Ahnung. Es geht mich auch nichts an.«

»Sara Saale?«

»Sie waren ein Paar, das ist richtig. Sie war sein Hafen, sozusagen. Aber er war ein Streuner, auf seine Art. Ein Erotomane, wenn man so will.«

»Und wusste sie von seinen Eskapaden?«

»Ich denke, ja. Sara ist ... eine kluge Frau.«

»Eine offene Beziehung?«

»So könnte man es nennen.«

»Weißt du noch von anderen Frauen?«

Sie hörte den Schatten, der ihr gegenübersaß, atmen.

»Vielleicht.«

»Auch Schülerinnen von ihm?«

»Nein! So war er nicht!«

Es kam mit Vehemenz. Dann:

»Vielleicht war es zwanghaft. Aber er hatte Grenzen.«

»Wo lagen die?«

Wieder sagte Högvall lange nichts. Schließlich:

»Ich arbeite nicht mit der Polizei zusammen.«

»Warum nicht?«

»Weil ... ihr gehört dazu.«

»Wozu?«

»Das System. Eure Aufgabe ist es, das System aufrechtzuerhalten.«

»Meine Aufgabe ist es, den Mörder von Janus Dahlin zu fassen.«

»Es geht immer um das System.«

»Ach ja?«

»Ja.«

Forss seufzte. Die merkwürdige sexuelle Spannung war weg. Plötzlich war sie gelangweilt und durstig.

»Was arbeitest du eigentlich?«, fragte sie.

»Ich bin Mathematiker«, sagte er. Es klang verärgert. »Das habe ich bereits am Telefon erzählt.«

»Ja. Aber was tust du als Mathematiker? Was ist deine Mathematik?«

»Ich beobachte und analysiere.«

»Was?«

»Wertpapiere.«

»Oh«, sagte Forss. Ihre Stimme hatte einen Unterton. »Das ist ja nicht gerade systemerhaltend.«

»Nein«, sagte Högvall. Er beugte sich nach vorne. Nun

konnte sie wieder sein Gesicht sehen. Hübsche Lippen. »Das ist es ganz und gar nicht. Das System, wie wir es kennen, ist kurz vorm Zusammenbruch.«

»Aha«, sagte Forss. »Und woher weißt du das?«

»Ich habe es ausgerechnet«, sagte er.

14

Ingrid Nyström musterte lange ihre drei Mitarbeiter auf der anderen Seite des Schreibtischs. Ihr war alles andere als wohl bei dem Gedanken, einen sechzehnjährigen Jungen festzunehmen, als Tatverdächtigen in dem grausamsten Mordfall, mit dem sie je zu tun gehabt hatte. Mit sechzehn, da war man doch fast noch ein Kind. Ein Mensch, dessen Entwicklung gerade erst begonnen hatte. Es war noch gar nicht so lange her, dass ihre Tochter Anna sechzehn gewesen war. Und davor Marie und Sophie.

Andererseits: Die Indizien sprachen gegen Magnus Hasselgreen. Die Tierquälereien, die oft ein Hinweis auf schwere, psychische Störungen waren. Die Tatsache, dass er bei der Befragung in Humlehöjden verschwiegen hatte, dass Dahlin sein Lehrer war. Überhaupt seine Anwesenheit am Fundort des Leichnams. Seine Erfahrung im Umgang mit Pfeilwaffen. Die martialischen Fotos auf seiner Facebook-Seite, die beklemmend an die bekannten Selbstinszenierungen von Amokläufern erinnerten.

»Ich kann dein Zögern verstehen, Ingrid. Aber er ist es«, sagte Delgado.

»Er muss es sein«, bekräftigte Hultin.

»Wirklich alles spricht dafür«, sagte Lindholm.

Durch das Panoramafenster in Nyströms Rücken fiel der Schein der hochstehenden Sonne auf die Gesichter der drei jungen Ermittler. Hultin und Lindholm blinzelten, Delgados olivfarbene Haut leuchtete. Obwohl es draußen an die dreißig Grad sein musste, fröstelte Nyström. Seit Mittag arbeitete die Klimaanlage in der oberen Etage wieder, war jedoch viel zu kühl eingestellt.

»Hugo und Anette, ihr beiden holt ihn zum Verhör«, sagte sie. »Bringt die Eltern mit. Kein Blaulicht, kein Rollkommando und um Gottes willen so, dass kein Journalist davon Wind bekommt. Das Letzte, was diese Ermittlung gebrauchen kann, ist das Foto eines Teenagers in Handschellen auf einer Titelseite.«

15

Als Stina Forss von Högvalls Hof fuhr, war es noch früh am Nachmittag. Die Begegnung mit dem Mathematiker hatte etwas in ihr ausgelöst, etwas Körperliches. Etwas, was sie schon lange nicht mehr gespürt hatte. Etwas, das wenig mit den freundschaftlichen Gefühlen zu tun hatte, die sie zum Beispiel für Oleg empfand.

Es war etwa drei Jahre her, dass sie Sebastian kennengelernt hatte, in einem verregneten Sommer in Berlin. Die Stadt lag seit vier Monaten hinter ihr und Sebastian auch. Das hatte sie endgültig entschieden, in einem finalen Moment der Erkenntnis. Zu viel war geschehen, zu viel Gewalt hatte sie Sebastian angetan. Die Vase, die sie ihm ins Gesicht geschleudert hatte, die bescheuerte, finnische Designervase, drei Kilo gewelltes Glas und Wasser und Gladiolen, ausgerechnet Gladiolen, wie in einem dieser melodramatischen Songs von Morrissey. Diese Attacke und Sebastians Krankenhausaufenthalt waren der Schlusspunkt einer Reihe von unkontrollierten Wutausbrüchen gewesen, die ihre Beziehung zu ihm in eine Sackgasse geführt hatte, aus der es keine Umkehr gab, ebenso wenig wie aus ihren gescheiterten Beziehungsversuchen vorher. Ihr war nur die Flucht geblieben, wie immer. Deshalb war sie nun wieder hier, im Land, in dem sie aufgewachsen war. In dem ihr Vater lebte.

Nein, dachte sie. Das stimmte nicht. Hier war das Land, in dem ihr Vater starb. Im Begriff war zu sterben. Und bevor das geschah, musste sie verstehen. Sein brutales Erbe begreifen, das sie jeden Morgen sah, wenn sie in den Spiegel schaute.

Ihr schiefes Gesicht.

Das hängende Augenlid.

Die Narben auf ihrem Hals.

Seit gestern lag ein Brief von Sebastian in einem braunen Umschlag ungeöffnet auf der Kommode in ihrem Flur. Ein Brief, den sie nicht öffnen, nicht lesen würde. Sie wusste auch so, was darin stand. Sie kannte seine Bitten, sein Flehen. Aber es gab kein Zurück. Nicht zu ihm, nicht nach Berlin.

Es gab nur ein Vorwärts.

Sie traf eine Entscheidung. Von Rydaholm in der Nähe des Furensees nach Ljungby war es nur ein kleiner Umweg. Links und rechts der Landstraße wechselten sich dichte Nadelwälder und Weiden ab. Zweimal entdeckte sie Pferdekoppeln, häufiger grasende Kühe. Kurz dachte sie an das, was Moa Matsson über die fallenden Milchpreise erzählt hatte. Im Radio spielte ein Sender aus Växjö Hits aus den

Siebzigern und Achtzigern, zwischen den Songs wurden Autohäuser und Landmaschinen beworben und eine aufgedrehte Moderatorin plauderte mit Anrufern über Pläne für das kommende Mittsommerwochenende, meistens ging es um Alkohol. Als Bonnie Tylers *Total Eclipse Of The Heart* angespielt wurde, schaltete sie das Radio aus. An der Windschutzscheibe des Polos platzten Insekten wie reifes Obst. Sie hinterließen hässliche gelbe Flecken, die auch der Scheibenwischer nicht wegbekam.

Auf dem Parkplatz des Pflegeheims standen wenige Fahrzeuge. Sie stellte ihren Wagen unter den ausladenden Ästen einer Kiefer ab. Am Eingang nickte sie der Frau hinter der Glasscheibe zu. Man kannte sie. Seit drei Monaten kam sie einmal in der Woche her, meistens sonntags. Die Flure mit den petrolfarbenen Linoleumböden waren leer. Wie immer roch es nach Reinigungsmitteln und menschlichen Ausscheidungen. Der weiche Boden dämpfte das Klackern ihrer hochhackigen Schuhe und auch sonst alle Geräusche von außerhalb. Das Heim Skatabo war ein Ort der Stille. Eine Endstation. Kjell Forss hatte die Zimmernummer vierundzwanzig. Stina Forss klopfte, dann öffnete sie die Türe und trat in den Raum. Die orangefarbenen Vorhänge waren vor die geöffneten Fenster gezogen und bewegten sich leicht; gedämpftes, farbiges Licht, das keine Schatten warf, fiel ins Zimmer und färbte den weißen Wollteppich vor dem Bett ihres Vaters gelb. Sie stellte die Schale mit den Erdbeeren, die sie unterwegs gekauft hatte, auf dem Tisch in der Zimmermitte ab und setzte sich auf den Stuhl neben das Bett. Ihr Vater schlief, sein Gesicht war zur Wand gedreht. Der breite Rücken hob und senkte sich gleichmäßig unter dem Laken. Die fleischige Narbe über seinem Ohr glänzte; die schmutzfarbenen Bartstoppeln auf seiner Wange knisterten wie Sandpapier, wenn sie mit dem Finger darüberfuhr. Neben den Medikamenten auf dem Nachttisch standen unter einer Plastikhaube die Reste des Mittagessens. Auf der Unterseite des matten, halb durchsichtigen Kunststoffs hatten sich Tropfen aus Kondenswasser gebildet. Warum räumte denn niemand das Essen ab, fragte sie sich, es war doch schon längst Nachmittag. Lange blieb sie so sitzen, die Hand auf der Wange des Mannes, der sie und ihre Mutter geprügelt hatte. Sie streichelte den warmen, sterbenden Körper ihres Vaters. Und obwohl sie sich wie jedes Mal Mühe gab, in sich hineinhorchte und inbrünstig hoffte, empfand sie überhaupt nichts.

16

Als schließlich alle einigermaßen zur Ruhe gekommen waren, ihren Platz gefunden und sich gesetzt hatten, zählte Nyström zehn Personen im Raum, sich selbst inbegriffen. Ihr gegenüber am langen, ovalen Tisch im Besprechungszimmer saß Magnus Hasselgreen, flankiert von seinen Eltern, einem Anwalt und einer Mitarbeiterin des Jugendamtes. An den Längsseiten hatte ein Jugendpsychologe Platz genommen, außerdem Delgado, der Protokoll führte, Knutsson, den sie als erfahrenen Kollegen schätzte, Hultin und auch ihr Chef, Edman, der der Öffentlichkeit möglichst schnell einen Täter präsentieren wollte. Magnus Hasselgreen war ein schmächtiger Junge mit gesenktem Blick. Sein lückenhafter Bartflaum mühte sich, seine pickelige Gesichtshaut zu verbergen. Er trug ein helles Hemd, das zu groß für ihn war, und hatte die Haare zu einem Scheitel gekämmt, der sich allerdings schon in der Auflösung befand. Nyström hatte, was Kleidung und Frisur des Teenagers betraf, eine Blitzaktion der Mutter in Verdacht, damit der Junge möglichst seriös wirkte. Karin Hasselgreen selbst hatte sich jedenfalls in Schale geworfen, eine anämische Frau Mitte vierzig, deren schickes Kostüm viel zu warm für die Jahreszeit war. Ihr Mann dagegen, Tomas Hasselgreen, Typ Ausdauersportler mit einem verhärmten Gesichtsausdruck, trug Jeans und teuer aussehende Laufschuhe. Knut Karlsson, der Anwalt der Familie, der auch Strafverteidiger war und den Nyström seit Jahren aus verschiedenen Prozessen, bei denen sie ausgesagt hatte, kannte, räusperte sich.

»Was genau wirft die Polizei meinem Mandanten vor? Wessen soll sich Magnus schuldig gemacht haben?«

Nyström sah die misstrauischen Blicke der Eltern. Der Junge selbst hatte noch immer seinen Kopf gesenkt.

»Zuerst einmal geht es hier weder um Vorwürfe noch um Schuld. Es geht um Fragen.«

»Um Ungereimtheiten«, fügte Hultin an.

»Warum er gelogen hat«, brummte Knutsson.

»Also doch ein Vorwurf!«, rief der Anwalt.

»Das sind Vorverurteilungen!«, schrie der Vater und zeigte auf Knutsson.

Die Mutter legte einen Arm um den Jungen.

»Alles der Reihe nach«, sagte die Frau vom Jugendamt.

»Nicht in dem Ton«, fauchte Knutsson.

»Sachte, sachte«, bemühte sich der Psychologe zu beschwichtigen.

Alle redeten durcheinander. Eine Minute verging, zwei. Delgado hielt sich demonstrativ die Ohren zu, Hultin verdrehte die Augen und legte dem schimpfenden Knutsson eine Hand auf die Schulter. Der Psychologe redete auf Tomas Hasselgreen ein. Irgendwann wurde es Nyström zu bunt.

»Ruhe, verflixt noch mal!«, rief sie und ließ ihre Hand auf den Tisch krachen.

Alle sahen sie an. Tatsächlich wurde es ruhig im Raum.

»Wie wollen wir jetzt verfahren?«, fragte Anwalt Karlsson.

»Also ...«, hob Nyström an.

»Ich möchte mit der Kommissarin sprechen.« Die Stimme von Magnus Hasselgreen war klar und hell. Zum ersten Mal hatte er aufgesehen. Von seinem Kopf stand eine gegelte Haarsträhne ab, wie eine Antenne. Sein Gesicht glühte.

»Allein«, sagte er.

Zu diesem Zeitpunkt war es 18.54 Uhr. Im Westen stand die Sonne noch immer hoch über der Domkirche. Der Himmel war wolkenlos.

17

Als man sich schließlich auf die Rahmenbedingungen geeinigt hatte, war es 19.57 Uhr. Eine Stunde voller Feilschen und Diskutieren. Der Anwalt hatte gezetert und immer wieder auf die Eltern und die Polizisten eingeredet. Der Psychologe und die Sozialarbeiterin vom Jugendamt hatten ernste Bedenken geltend gemacht. Die Mutter hatte einen Weinkrampf bekommen und Tomas Hasselgreen hatte seinen Sohn beschworen, um Gottes willen den Mund zu halten, was Knutsson wiederholt dazu provoziert hatte, verbal auf den Vater loszugehen. Edman hatte mit dem Hinweis Feierabend gemacht, man möge ihn doch bitte verständigen, wenn es neue Ergebnisse gäbe, Delgado hatte sich zurück an seinen Rechner gesetzt, Hultin hatte sich bemüht, Knutsson im Zaum zu halten und Nyström hatte vermittelt, beschwichtigt und juristische Feinheiten erläutert. Nur Magnus Hasselgreen war still gewesen und hatte mit gesenktem Blick abgewartet. Verständigt hatte man sich endlich auf Folgendes: Ingrid Nyström würde mit Magnus Hasselgreen ein Gespräch unter vier Augen führen. Dabei sollte es sich um einen informellen Austausch handeln. Es war ausdrücklich kein Verhör und keine der möglichen Aussagen des Jungen würde protokolliert oder juristisch verwendet werden. Sollte die Polizei nach diesem Gespräch ein offizielles Verhör wünschen, würde dieses anschließend im Beisein des Anwalts, des Psychologen und eines Elternteils vorgenommen. Die Atmosphäre im Besprechungszimmer war extrem angespannt, Karin Hasselgreen schluchzte noch immer, ihr Mann kaute auf seinen schmalen Lippen herum, Anwalt Karlsson hatte in seinem weißen Hemd schallplattengroße Schweißflecken unter den Armen. Lars Knutsson futterte eine 300-Gramm-Tüte Erdnüsse leer und Anette Hultin nippte unablässig an einem Energydrink. Jeder rechnete damit, dass der Junge etwas Entscheidendes zur Ermittlung zu sagen hatte, wahrscheinlich ein Geständnis. Um 20.03 Uhr verließen alle bis auf Ingrid Nyström und Magnus Hasselgreen den Raum. Bevor sich die Türe schloss, drängte sich noch einmal Delgado herein. Er reichte Nyström einen Zettel.

»Aus den Tiefen des Internets«, flüsterte er, dann war er wieder draußen.

Nyström warf einen Blick auf das Papierblatt. Delgado war gut. Das, was er gefunden hatte, konnte in der Tat nützlich sein. Sie rückte ihren Stuhl zurück und faltete die Hände vor sich auf der Tischplatte. Magnus saß ihr gegenüber, seine Frisur war endgülig in Auflösung begriffen. Er beugte sich vor und trank von der Cola, die man ihm hingestellt hatte. Dann kramte er in seiner Hosentasche. Er beförderte eine Dose Kautabak heraus und sah Nyström fragend an. Sie nickte. Er steckte sich einen Streifen Priem in den Mund und schob ihn mit der Zunge in die Backentasche. Dann ließ er wieder seinen Kopf hängen und sah auf den Boden. Sie fragte, ob seine Eltern von dem Tabak wüssten. Er schüttelte den Kopf. Sie fragte, ob seine Eltern überhaupt oft mit ihm reden würden. Wieder verneinte er. Sie wartete eine Weile. Man konnte sehen, dass es in ihm arbeitete. Er schob sich die Haare hinter die Ohren. Aber noch blieb er still. Er war noch nicht so weit. Sie versuchte es anders. Sie fragte, ob er früher einmal ein Haustier gehabt hatte. In seinem Gesicht geschah etwas, eine Erinnerung. Ja, sagte er, einen Hund, einen Mischling, Bellman. Der sei aber bei einem Unfall gestorben, als er noch sehr klein gewesen war. Unter ein Auto gekommen. Nyström tastete sich weiter heran. Sie fragte nach den Tieren. Warum Magnus auf sie geschossen habe. Diesmal reagierte nicht nur sein Gesicht, sondern sein ganzer Körper. Er rang mit sich und kratzte die unreine Haut unter seinem fusseligen Bärtchen. Sein Blick war immer noch auf den Boden gerichtet. Schließlich fand er Worte.

»Am Anfang ist doch alles nur ein blödes Spiel gewesen.«

Er und zwei Kumpel. Sie hatten Krieg gespielt, sich im Wald mit Matsch und Stöckern beworfen. Später mit Froschlaich. Monate darauf eine Wette, eine Mutprobe. Wer traute sich, Frösche aufzublasen? Wer traute sich, sie an Bäume zu nageln? Irgendwann gab es ein bisschen Ärger, Mitschüler hatten gepetzt, Elterngespräche wurden geführt. Im Jahr darauf hatte er eine Armbrust bekommen, dann den historischen Bogen. Er solle seine Aggressionen kanalisieren, haben seine Eltern gesagt. Das habe er dann auch getan, das mit dem Kanalisieren. Er jage gern, sagte er. Wie ein Indianer, mit Pfeil und Bogen. Vögel, Kaninchen, Eichhörnchen. Meistens treffe man ja eh nicht, fügte er hinzu, aber manchmal halt schon.

Was das für ein Gefühl sei, fragte Nyström. Zu treffen?

Wieder kratzte er seine Pickel auf. Ein gutes, antwortete er. Irgendwie ein ziemlich gutes Gefühl. Nyström dachte an den Zettel, den Delgado ihr gereicht hatte. Den Ausdruck aus einem Chat von Mitschülern von Magnus Hasselgreen.

»In der Schule nennen sie dich *Das Knie*. Warum?«

Erschrocken sah er zu ihr auf. Zum ersten Mal blickte er ihr direkt in die Augen. Sie waren blau.

»Woher weißt du ...?«

Dann knickte sein Hals wieder ein und sein Kinn sackte zurück auf die Brust. Er sprach nicht weiter, aber sie verstand auch so. Magnus Hasselgreen sah nicht auf den Boden, er sah auf sein Knie. Er konnte Menschen nicht in die Augen sehen, wenn er sprach. Wenn er redete, dann sah es so aus, als redete er mit seinem Knie.

Ein junger Mensch ohne Selbstbewusstsein.

Ein gebrochenes Rückgrat.

Ein demütigender Spitzname.

»Und Janus Dahlin?«, fragte sie vorsichtig.

Wieder zögerte er lange. Die Haarantenne wippte auf seinem Kopf. Nyström verspürte den starken Impuls, den Jungen in den Arm zu nehmen und an sich zu drücken. Gleichzeitig stand sie unter Hochspannung. Er war jetzt ganz kurz davor, auch wenn sie nicht genau wusste, wovor. Aber sie ahnte, dass es etwas Großes, Wichtiges war. Magnus griff nach der Coladose und trank. Dann sprach er, ohne aufzublicken.

»Er, also Janus, war ganz okay. So als Lehrer, meine ich. Er war ganz witzig und alles. Bei ihm stand ich in Geschichte auf einer Zwei. Das war doppelt so gut wie vorher bei der alten Inger Willander, dabei habe ich mich gar nicht mehr angestrengt. Es war einfach so, dass er gut erklären konnte und interessanten Unterricht machte. Jedenfalls mochte ich ihn eigentlich. Bis zu dem Tag, als er das mit dem Namen aufgeschnappt hatte.«

»Dem Knie.«

»Ja. Irgendjemand hat es in die Klasse gerufen und viele haben gelacht und er musste auch lachen, weil er es verstanden hat und das wohl irgendwie witzig fand.«

»Das sollte einem Lehrer nicht passieren.«

»Nein, das sollte es nicht.«

»Und dann?«

Der Junge atmete laut aus.

»Es war so erniedrigend. Es fühlte sich so scheiße an. Ich meine, es reichte ja schon, wenn die Ärsche aus der Klasse ... Aber ein Lehrer? Dann habe ich es halt getan.«

Der Satz stand im Raum, ausgesprochen von seiner leisen, hellen Stimme.

»Du hast Janus Dahlin getötet?«

Zum zweiten Mal sah der Junge auf. Entgeistert starrte er sie an. Einer der Pickel auf seiner Wange blutete.

»Um Gottes willen, nein! Ich habe diese peinliche Zeichnung in die Türe vom Schulklo geritzt.«

»Was für eine Zeichnung?«

»Na, die von Dahlin, wie er ein Knie in die Fresse kriegt.

Kill Dahlin, with a kick of a knee in the face.

Das habe ich daruntergeschrieben. Die anderen haben sich totgelacht, als sie es gesehen haben, Fotos mit ihren Handys gemacht und gleich rumgeschickt. Da stand ich erst recht wie ein Idiot da.«

»Warum?«

»Es war gar nicht so einfach, mit einem normalen Schlüssel in den Lack der Tür zu ritzen. Das Knie ist mir etwas missraten. Eigentlich ziemlich. Es sieht halt eher aus wie ein …«

Das letzte Wort sprach er so leise aus, dass Nyström es nicht verstand.

»Bitte?«, fragte sie.

»Wie ein Pimmel«, flüsterte er.

»Oh«, sagte sie.

»Ja«, sagte er und es sah tatsächlich aus, als spräche er mit seinem Knie. »Und jetzt rate mal, wie ich seitdem genannt werde.«

»Oh«, sagte Nyström noch einmal. Dann stand sie auf, umrundete den Tisch und legte dem Jungen einen Arm um die Schulter.

Die Uhr an der Wand zeigte zwanzig Minuten nach neun.

18

Zeuner war spät aufgebrochen und die Nacht durchgefahren. Als er die mächtige Brücke zwischen Dänemark und Schweden überquerte, stand die Sonne bereits über dem Meer und brachte den Sund zum Glühen. In dem Moment, in dem die Straße anhob und eine leichte Kurve machte, sah es für einen Augenblick so aus, als fahre er direkt in die Sonne hinein. Zum ersten Mal seit langer Zeit fühlte er sich auf eine unbestimmte Weise gut. Er fühlte sich erhaben, denn er hatte endlich wieder einen Auftrag. Der Klassiksender spielte etwas Theatralisches, vielleicht Sibelius. Er drehte lauter und spürte nicht einen Funken Müdigkeit in seinem trockenen, alten Körper.

Wenige Stunden später hatte er sein Ziel erreicht. Er brauchte ein bisschen Zeit, um sich zu orientieren, dann begann er, seinen Plan umzusetzen. Er begann damit, Helena zu retten.

Die anderen finden.

Den Köder auslegen.

Das Zeichen setzen.

DIENSTAG

1

Als das Telefon klingelte und Ingrid Nyström aufwachte, zeigte das Display des Radioweckers auf ihrem Nachttisch 2.13 Uhr. Während sie sich aufrichtete und über den Rücken ihres Mannes nach dem Hörer griff, stellte sie nicht ohne Verwunderung fest, dass sich die roten Leuchtziffern des Weckers so deutlich auf Anders' haarlosem Hinterkopf spiegelten, dass sie erkennen konnte, wie die Anzeige auf 2.14 Uhr umsprang. Im Flüsterton nahm sie das Gespräch an. Es war Hultin. Sie klang sehr aufgeregt. Es hatte Schüsse gegeben, in der Innenstadt. Sie sprach von einer Maschinenpistole. Sofort war Nyström hellwach. Im Halbdunkel des Zimmers zog sie sich an, zwei Minuten später saß sie im Auto. Der Himmel über den Wäldern war noch nicht hell, aber es war auch nicht wirklich Nacht. Eher, als habe sich ein flüchtiger Schatten über das weite Ultramarin gelegt. Den Mond sah sie nicht, vielleicht war er schon untergegangen oder noch nicht auf. Vielleicht war es auch Neumond.

Der Aufruhr war nicht zu übersehen. Vor der Domkirche in der Linnégatan standen zwei Streifenwagen, Blaulicht klatschte rhythmisch an die Fassade der jahrhundertealten Kathedrale und brach sich im Laub der hohen Linden und Buchen. Zwei uniformierte Polizistinnen waren in Gespräche mit neugierigen und aufgebrachten Anwohnern verwickelt, die sich Bademäntel oder Trainingsjacken über ihre Schlafanzüge geworfen hatten. Eine Frau stand in Hausschuhen da, ein Mann war sogar barfuß. Hultin diskutierte mit einem Reporter von *Smålandsposten*, der verlangte, hinter die Absperrung aus dem blau-weiß gestreiften Plastikband gelassen zu werden, um Fotos machen zu können. Nyström kannte den Mann vom Sehen. Natürlich hatte die Presse schon von dem Vorfall Wind bekommen, die Redaktion der Zeitung befand sich keine fünfzig Meter entfernt auf der anderen Straßenseite. Ein Stück weiter, auf der südlichen, dem Växjösee zugeneigten Seite der Kirche erkannte sie Delgado und zwei weitere Kollegen in Uniform. Sie standen auf Höhe des dritten Fensters an der karminrot getünchten Fassade und schienen etwas zu begutachten, das sich an oder auf der Wand befand. Einer der Streifenpolizisten leuchtete mit einer leistungsstarken Stabtaschenlampe ins Zwielicht. Der Lichtkegel glitt am Mauerwerk entlang. Nun war sie nah genug, um selbst zu sehen. Im roten Putz waren Einschusslöcher. Unregelmäßig gezackte weiße Krater. Viele, vielleicht fünfzig oder mehr. Sie bildeten ein Muster. Einen Stern. Fünfzackig, mit durchgezogenen Linien.

Hultin kam auf sie zugelaufen, in der Hand hielt sie ein Funkgerät.

»Es hat noch woanders geknallt. In der Filiale von der Nordea-Bank in der Kronobergsgatan.«

Die Straße lag parallel zur Linnégatan und die Bankfiliale, von der Hultin gesprochen hatte, war zu Fuß keine drei Minuten von der Domkirche entfernt. Der Reporter folgte ihnen. In der Kronobergsgatan bot sich ein ähnliches Bild wie vor der Kathedrale. Ein Streifenwagen hatte vor der Bank geparkt und die Beamten hatten notdürftig ein Absperrband vor der Fassade des Gebäudes gespannt. Davor stand eine kleine Traube von Menschen und redete durcheinander. Auf einem Stück Mauerwerk neben dem Eingang formten Einschusslöcher einen fünfzackigen Stern.

»Noch einer«, sagte Delgado.

Der Blitz einer Fotokamera flammte hinter ihnen auf und tauchte die Szenerie für den Bruchteil einer Sekunde in grelles Licht.

2

Nachdem die verschreckten und schlaftrunkenen Anwohner so gut es ging beruhigt worden waren, lösten sich die Grüppchen vor der Bank und der Domkirche nach und nach auf und die Leute kehrten wieder in ihre Wohnungen zurück. Niemand hatte etwas Auffälliges gesehen und außer den dröhnenden Maschinenpistolensalven auch nichts Ungewöhnliches gehört. Nyström hatte die beiden Tatorte sichern lassen und Örkenruds Team angefordert, zudem fuhren verstärkt Streifenwagen in der Innenstadt Patrouille. Viel mehr konnte sie im Moment nicht tun. Nichts deutete darauf hin, dass jemand bei dem seltsamen Anschlag körperlich zu Schaden gekommen war. Die Polizisten fanden in der Nähe der Bank und der Kathedrale weder Blut- noch andere Spuren, stattdessen zwei Obdachlose, einen im Linnépark hinter der Kirche unter den Bäumen auf einer Bank, den anderen im Eingang eines teuren Küchenartikel-Geschäfts in der nahen Fußgängerzone. Beide schliefen einen Rausch aus. Delgado hatte die Idee gehabt, das Videomaterial der Kamera zu überprüfen, die oberhalb des Geldautomaten in der Wand des Bankgebäudes montiert war, und war dabei, jemand Zuständigen ans Telefon zu bekommen.

»Ich verstehe das nicht«, sagte Hultin. »Ich meine, was soll das? Wer ballert mit einem Automatikgewehr oder einer MP mitten in der Nacht auf eine Kirche? Und eine Bank? Und dann diese Sterne oder was das sind. Wie krank ist das denn? Hast du schon einmal mit einer Uzi oder so etwas Ähnlichem geschossen, Ingrid?«

Nyström schüttelte den Kopf. Jetzt, wo das Adrenalin weg war, nahm sie die unglaubliche Müdigkeit in ihrem Körper wahr. Ihre Muskeln schmerzten.

»Ich schon. In der Armee haben wir regelmäßig mit automatischen Waffen trainiert.«

Nyström fiel ein, dass Hultin vor ihrer Zeit bei der Polizei eine Offiziersausbildung abgeschlossen hatte. Sie war in einem Leistungssport-Kader gewesen, Leichtathletik, Siebenkampf. So lange, bis ihr Mann, Trainer und Vorgesetzter sie vor Jahren für eine andere Frau verlassen hatte, wie man hörte, für eine Teamkollegin mit bosnischen Wurzeln. Warum die Kollegen, die darüber tratschten, immer die Herkunft dieser Frau betonten, blieb Nyström allerdings ein Rätsel. Als ob der Verlust, den Hultin hatte erleiden müssen, weniger schmerzhaft gewesen wäre, wenn ihr Exmann mit einer Schwedin oder Dänin durchgebrannt wäre.

»Und wenn du mich fragst, war hier ein ausgebildeter Schütze am Werk. Mit so einer Waffe schießt du nicht mal eben so ein präzises Muster in die Wand. Dazu gehört Können und vor allem Übung. Das riecht nach einem militärischen Hintergrund. Oder organisierter Kriminalität.«

»Mmh ...«, machte Nyström. »Wo bekäme man überhaupt so eine automatische Waffe?«

»Ich kenne Berichte von Auseinandersetzungen zwischen Rockerbanden, wo Maschinenpistolen und andere Automatikwaffen aufgetaucht sind. Das war allerdings in Mittelschweden, in Karlstad und Eskilstuna. Malmö fällt einem natürlich ein. Und Göteborg. Wahrscheinlich ist alles eine Frage der richtigen Kontakte. Und des Geldes natürlich.«

»Wahrscheinlich«, sagte Nyström. »Für das entsprechende Geld gibt es mittlerweile so ziemlich alles in Schweden.«

3

»Die Frage ist doch, ob die Vorfälle miteinander zu tun haben«, sagte Knutsson. »Zuerst der Mord an Dahlin, der wie ein gefolterter Märtyrer an den Baum gefesselt war, und zwei Tage später diese seltsamen Zeichen an der Kirche und der Bank.«

Um neun Uhr am Morgen waren alle im Besprechungszimmer versammelt. In der Nacht hatte Nyström Hultin und Delgado nach Hause geschickt. Beide wohnten in der Innenstadt und hatten es nicht weit. Sie selbst hatte entschieden, durchzuarbeiten. Sie hatte sich gemeinsam mit dem Wachdienst der Bankgesellschaft die Aufnahmen der Kamera angesehen. Erfolglos. Zu der fraglichen Zeit war niemand in der Nähe des Geldautomaten gefilmt worden. Dann hatte sie Bo Örkenrud und zwei seiner Kollegen bei der Sichtung der Tatorte begleitet, doch außer einer Unmenge an Patronenhülsen hatten sie wenig Aufschlussreiches gefunden. Aufgelesene Zigarettenkippen, Fasern, Haare: Das alles konnte von überall her stammen.

»*Si vis pacem, para bellum*«, hatte Örkenrud gesagt, als er auf dem Boden gekniet und die Patronenhülse, die zwischen den Enden seiner langen Pinzette klemmte, betrachtet hatte.

»Wie bitte?«, hatte Nyström gefragt.

»Das ist Lateinisch. *Wenn du den Frieden willst, bereite dich zum Krieg*. Flavius Regetius, wenn ich mich nicht irre. Irgend so ein alter Römer. Der Ausdruck *Parabellum* ist noch übrig geblieben von seinem Spruch. Und so heißen die kleinen Biester hier, 9 x 19 Millimeter. Sie werden auch 9-mm-Luger genannt, nach dem Ingenieur, der sie vor mehr als hundert Jahren entwickelt hat. Die Parabellum ist die Standardmunition für viele Pistolen und Maschinenpistolen. Für eine Uzi zum Beispiel oder die berühmte MP5 von Heckler und Koch.«

»Aha«, hatte Nyström gesagt, in die aufgehende Sonne geschaut und dem Gezwitscher der Vögel im Linnépark gelauscht.

Nun stand Knutssons Frage im Raum. Sie war so müde, dass sie kaum noch denken konnte, trotz der zweiten Thermoskanne grünem Tee, die vor ihr stand. Die anderen hielten sich an Kaffee.

»Lasst uns systematisch vorgehen. Haben die beiden Taten etwas gemein?«, fragte Stina Forss.

»Ja, das Seltsame«, sagte Hultin.

»Eine unheimliche Aura«, meinte Delgado. »Da ist ein

religiöses Element. Ein gestellter Märtyrertod. Und auf der anderen Seite diese fünfzackigen Sterne. Pentagramme. Teufelszeichen. An einer Kirche, wohlgemerkt.«

»Und was ist mit der Bank?«, gab Nyström zu bedenken. »Warum die Bank? Glauben und Geld. Wie soll das zusammenpassen?«

»Keine Ahnung«, sagte Knutsson. »Ich habe jedenfalls ein Konto bei Nordea.«

»Und du gehst nur Weihnachten in die Kirche«, stichelte Delgado.

Alle lachten, sogar Nyström musste lächeln.

»Ha, ha«, sagte Knutsson.

»Das Risiko«, schlug Lindholm vor.

Alle sahen den jungen Mann an.

»Wie meinst du das, Göran?«

Ihm fuhr Farbe ins Gesicht.

»Nun, ich habe darüber nachgedacht. Beide Male geht der Täter, wenn wir diesen MP-Schützen denn so nennen wollen, ein extrem hohes Risiko ein. Ich meine, Dahlin wird im Freien getötet. Vorher foltert man ihn. Das kostet alles Zeit. Zwar ist Musön nicht mehr für Fußgänger zu erreichen, nachdem die Treidelbrücke gekappt worden ist, aber trotzdem könnte ja ein Boot vorbeifahren. Oder Spaziergänger auf Hissö Dahlins Schreie hören. Aber damit nicht genug. Der Leichnam wird auf ein Boot gebracht und über den See gefahren. Auch da läuft man Gefahr, gesehen zu werden. Und das Riskanteste steht noch bevor. Der Täter muss den Toten ans östliche Seeufer schaffen, auf diesen Parcours schleifen und an einen Baum binden. Das alles obwohl er weiß, dass dort bald ein Sportturnier beginnt und sich ein Haufen Menschen in der Nähe tummeln. Also, wenn das kein beträchtliches Risiko ist. Und der Schütze von letzter Nacht handelte ebenfalls sehr waghalsig. Mit einem automatischen Gewehr in der Innenstadt herumzulaufen und zweimal damit zu schießen ... dazu gehört schon eine gewisse Chuzpe.«

»Eine was?«, fragte Knutsson.

»Mut, Dreistigkeit«, erklärte Delgado. »Ein jiddisches Wort.«

»Kann man auch auf Schwedisch sagen«, brummte Knutsson und verschränkte seine Arme auf seinem Bauch.

»Genau«, sagte Hultin und es blieb offen, ob sie damit Knutsson zustimmte oder Lindholms Ausführung.

Forss meldete sich zu Wort.

»Ich finde, an dem, was Göran sagt, ist eine Menge dran. Beide Taten, auch wenn sie sich natürlich darin unterscheiden, dass bei der ersten ein Mensch getötet wurde und es sich bei der zweiten im Grunde nur um Sachbeschädigung handelt, zeugen von einer sehr ausgeprägten Handlungsbereitschaft. Von unbedingtem Willen. So etwas tut man nicht mal einfach so. Man braucht ein starkes Motiv.«

»Und was könnte das für ein Motiv sein? Abgesehen von totalem Wahnsinn und völliger Geisteskrankheit natürlich, meine ich«, fragte Hultin und blies sich die Fransen ihres Ponys aus dem Gesicht.

»Wo ist da der Unterschied?«, fragte Delgado.

»Wir haben den Leichnam von Dahlin alle gesehen. Dazu kommt, was Kimsel und Örkenrud in ihren Berichten geschrieben haben. Eine dramatische Übertötung. Ein Maß an Gewalt, das weit über das Ziel, jemandem das Leben zu nehmen, hinausgeht. Das Schlagen und Brechen von Knochen. Das Opfer soll leiden, Schmerzen empfinden. Die Exkremente am Körper, eine maximale Demütigung. Darum ging es dem Täter: Vernichtung, Leid, Erniedrigung. Und das Ganze in einem besonderen dramaturgischen Rahmen. Ein Mord, inszeniert wie ein frühchristliches Martyrium, wie die

Legende um den heiligen Sebastian. Wir finden also einerseits Hass, einen starken Vernichtungswillen, anderseits verlangt die Umsetzung dieser radikalen Auslöschungsfantasie ein Höchstmaß an Kontrolle. Eine akribische Vorbereitung und einen genauen Zeitplan. Hass und Kontrolle, das sind zwei Komponenten, die nur in ganz wenigen Fällen zusammentreffen.«

»Und es führt von der Frage vom Wie zum Wo.« Nyström knüpfte an Forss' Gedanken an.

»Warum macht sich der Täter die Mühe? Nimmt, wie Göran ausgeführt hat, das Risiko auf sich und bringt Dahlins Leichnam über den See auf den Parcours der Bogenschützen? Damit muss er doch etwas wollen! Der Fundort der Leiche gehört zu seiner Inszenierung. Aber warum? Ich finde keine andere Antwort, als dass es eine Verbindung zu einem der Schützen geben muss, auch wenn sich Magnus Hasselgreen als Sackgasse entpuppt hat.«

»Noch ist die DNA-Analyse seines Haars nicht abgeschlossen«, merkte Hultin an.

Delgado konterte: »Er hat eine plausible Geschichte, er hat ein Alibi – und außerdem: Du hast das arme Würstchen doch gesehen. Ein Mobbingopfer. Meinst du wirklich, dass er seinen Lehrer abschlachtet, weil dem ein blöder Spitzname rausgerutscht ist?«

»Abschlachten? Also wirklich!«, sagte Nyström. »Ein bisschen mehr Respekt vor dem Toten, bitte!«

»Entschuldigung«, sagte Delgado, aber es klang nicht besonders kleinlaut.

Hultin grinste. Wie immer, wenn Delgado etwas auf den Deckel bekam. Der zeigte ihr seinen Mittelfinger.

»Es reicht jetzt«, sagte Nyström. »Tragt euren Rosenkrieg woanders aus.«

Das saß. Beide zogen ein Gesicht. Hultin und Delgado waren im letzten Jahr für einige Monate ein Paar gewesen, was jeder im Präsidium mitbekommen hatte. Genau wie das unrühmliche Ende der Geschichte.

»Das mit diesem Sankt Sebastian«, sagte Forss schnell, um die Situation zu überspielen, »wer von euch hätte das erkannt? Wer hätte den Bezug zu dem Heiligen hergestellt?«

Knutsson zuckte mit den Achseln, Lindholm schüttelte den Kopf. Hultin und Delgado schmollten.

»Keiner«, sagte Nyström. »Niemand von uns. Auch niemand von den Bogenschützen, bis auf diesen Mönch.«

»Kein Wunder, der ist ja auch katholisch«, knurrte Knutsson.

»Das bin ich auch«, sagte Delgado.

»Aber nur auf dem Papier«, zischte Hultin verächtlich.

»Ruhe jetzt«, rief Nyström.

»Genau. Der Italiener«, sagte Forss. »Das unterscheidet ihn mit Ausnahme von Hugo, dessen Eltern aus Südamerika kommen, von fast allen anderen hier. Ich meine, beinahe jeder Schwede ist protestantisch. Und in der protestantischen Kirche spielt die Heiligenverehrung so gut wie keine Rolle. Ein katholischer Mönch dagegen kann wahrscheinlich die meisten Heiligen und Märtyrer rauf und runter beten.« Dann, an Delgado gewandt: »Gab es eigentlich vorher im Internet eine Teilnehmerliste von dem Turnier?«

Er zog seinen Laptop zu sich heran und tippte darauf herum. Es dauerte keine zehn Sekunden, dann sagte er: »Bingo.«

Nyström fragte: »Worauf willst du hinaus, Stina?«

Die kleine Frau schob sich eine Strähne ihres drahtigen, rostbraunen Haars aus dem mit Sommersprossen übersäten Gesicht.

»Was, wenn das der Grund ist?«, fragte sie. »Was, wenn er den Leichnam Dahlins nur deshalb zu dem Turnier bringt, weil er sichergehen will, dass es wenigstens einen gibt, der seine Inszenierung versteht? Der sein Werk richtig interpretieren kann. Eine Art Übersetzer, sozusagen.«

»Das wäre doch verrückt«, sagte Hultin leise.

»Da hast du ausnahmsweise recht«, sagte Delgado.

In diesem Moment ging die Tür auf und Per Rydberg, der an der Rezeption Dienst hatte, trat in den Raum.

»Ingrid, die Kollegen aus Lessebo haben gerade angerufen. Es gibt einen weiteren Toten. Und die Umstände sind wohl alles andere als normal.«

4

Der schwere Volvo raste mit Blaulicht den Kalmarvägen hinunter, der später zur Landstraße 25 wurde. In südöstlicher Richtung ging es durch die Orte Furuby und Hovmantorp hinein in den dichten Fichtenwald, ins Herz des sogenannten Glasreichs, wo seit vier Jahrhunderten Glas geblasen wurde, weil es hier seit jeher alles im Überfluss gab, was dazu vonnöten war: Quarzsand, Brennholz und Wasser. Ingrid Nyström musste an die teuren Vasen denken, die im Wohnzimmer von Sara Saale standen. Die Glashütten Kosta-Boda und Orrefors hatten es mit wertvollen Spitzenprodukten zu Weltruhm gebracht, produzierten allerdings auch Zier- und Gebrauchsgegenstände, die aus dem Geldbeutel einer normalen Polizistin zu bezahlen waren, wie das Set Weingläser in Nyströms Küchenschrank oder die sogenannten *Schneebälle*, schwere, gläserne Teelichthalter mit einer rauen Oberfläche, in denen sich das Licht auf eine besondere Weise brach.

Lessebo lag fünfunddreißig Kilometer von Växjö entfernt, zwischen den Seen Öjen und Läen. Außer einem antiken Papierwerk, wo noch heute Papier von Hand geschöpft wurde, gab es in dem Dreitausendseelendörfchen wenig Aufsehenerregendes. Die Touristenströme zog es fünfzehn Kilometer weiter, nach Kosta, wo die berühmten Glashütten, ein Design-Hotel sowie ein Outlet-Shoppingcenter lockten.

Hultin, die am Steuer saß, schaffte die Strecke in zwanzig Minuten, was angesichts der schmalen Straße und der hohen LKW-Dichte eine beachtliche Leistung darstellte. Außer ihr und Nyström befanden sich noch Lars Knutsson und Stina Forss im Wagen, ein zweites Auto mit einem schlecht gelaunten, übermüdeten Örkenrud und seinem Team sowie Ann-Vivika Kimsel folgte ihnen. Delgado und Lindholm waren im Präsidium geblieben.

Das Haus, in dem der Tote gefunden worden war, lag in einem Wohngebiet, in dem die Grundstücke sehr großzügig geschnitten waren. Wenn es in Lessebo etwas im Überfluss gab, dann war es Platz. Vor dem gelb gestrichenen Holzhaus standen ein unbesetzter Streifenwagen und ein Postfahrrad mit einer angehängten Tasche voller Briefe. Drei Erwachsene, wahrscheinlich Nachbarn, und einige Kinder auf Fahrrädern hatten sich vor dem Haus versammelt, betraten jedoch nicht das Grundstück. Die Fassade des Hauses war schmutzig, der Anstrich so schorfig und verwittert, dass sich einzelne Holzleisten bereits bogen. Auch die Dachrinne war schadhaft, hatte sich zu Teilen gelöst und stand vom Dach ab. Sie gingen die Auffahrt entlang auf den Eingang zu. Das Moos und das Unkraut in den Fugen der groben Steinplatten war schon lange nicht mehr entfernt worden. Die Haustür stand offen. Ein uniformierter Beamter trat heraus, Nyström kannte ihn flüchtig. Er war blass und wirkte angespannt.

»Geradeaus durch. Er ist im Wohnzimmer.«

»Habt ihr schon einen Namen?«

»Olof Andersson. Ein Briefträger.«

»Ist das sein Fahrrad auf dem Bürgersteig?«

»Nein. Das gehört Amina Ducaj. Das ist die Zustellerin, die ihn gefunden hat. Er selbst war Landbriefträger.«

Er sah in vier fragende Gesichter.

»Also, richtig Land, meine ich. Weit draußen. Mit dem Auto.«

Nyström nickte.

»Ist sie noch hier? Amina Ducaj?«

»Nein. Wir haben sie zum Arzt gebracht. Ihr ging es nicht gut ... Aber seht selbst.«

Er wies ins Haus und sie traten ein.

5

Während die anderen durch den schmalen, niedrigen Flur in der Tiefe des Hauses verschwanden, blieb Forss im Eingangsbereich stehen. Sie konnte am besten denken, wenn sie allein war. Sie griff in ihre Handtasche und holte Plastikhandschuhe heraus, die sie überstreifte. Als Erstes untersuchte sie die Garderobe, ein Kunststoffungetüm in zwei verschiedenen Grüntönen. Fiese Siebzigerjahre, dachte sie. Dort hingen zwei Postjacken, eine dicke, gefütterte für den Winter, ein leichter Blouson für die wärmeren Monate. Ein Wollmantel. Eine helle Windjacke. Ein Knäuel Schals in verschiedenen Farben. Ein Blaumann mit weißen und hellblauen Farbspritzern. Auf der Hutablage befanden sich eine Pudel- und eine Baskenmütze. Ein einzelner Arbeitshandschuh. Unter den Jacken stand ein Schuhregal, ein billiges Produkt aus Kunststoffrohren, deutlich neuer als die Garderobe. Darauf: Winterstiefel, Trekkingsandalen, zwei Paar Sneaker von Nike, Schlittschuhe.

Sie sah sich weiter um. Schlichte weiße Tapeten, ein Schlüsselbrett, kein Wandschmuck. Unter der Decke einfache Strahler, von Ikea oder aus dem Baumarkt. Rechts vom Flur ging eine Tür ab, die Küche. Auch hier wirkte die Einrichtung veraltet, eine Einbauküche und Kacheln in einer Farbe, von der man heutzutage Kopfschmerzen bekam.

Der Einrichtungsleitspruch der Siebzigerjahre fiel ihr ein. Mehr ein Witz, eigentlich.

Mit gelb und braun – kannst' nichts versaun. Hatte ihr mal ein Architekt erzählt. An der Wand eine orangefarbene Keramikuhr und ein Makramee-Zopf. Der gleiche Werbekalender, den sie auch schon in der Küche von Moa Matsson gesehen hatte. Juni, ein schleichender Luchs. Es roch nach Gebratenem. Auf dem Herd eine blaue Stahlpfanne, darin in einer Ecke ein hoher weißer Fettrand, von dem eine Scholle abgebrochen war. Wie Eis von einem Gletscher, dachte Forss. Sie sah in den Kühlschrank, auch das ein altes Modell mit eckigem Griff. Husqvarna. In Deutschland kannte man nur Crossmotorräder von dieser Firma. Im Kühlschrank: ein Teller mit Fleischbällchen, abgedeckt mit Cellophanfolie. Ein Glas Gurken. Eine Porreestange, Möhren, Kartoffeln. Eine angebrochene Flasche Weißwein. Käse, Butter, Joghurt, Milch.

Sie hörte Schritte und Gemurmel im Flur. Örkenrud und seine Leute. Die Deckenlampe war eine Art Messingring, der sie an eine Springform für Kuchen erinnerte. Darin eingelassen Plastikkristalle in Grün und Rot. Falsche Jade, falsche Rubine. Meine Güte, dachte sie.

Auf der anderen Seite des Flurs befand sich eine Art Arbeitszimmer. Was ihr sofort ins Auge sprang: Auf dem Schreibtisch stand ein Macbook. Das mit dem großen Bildschirm. Der erste Gegenstand, den sie im Haus fand, der erstens neu und zweitens teuer war. Daran angeschlossen waren eine Festplatte, eine Keyboardtastatur, ein Synthesizer und zwei Aktivboxen mit gelb-schwarzen Membranen, die ebenfalls sehr teuer wirkten. Sie drückte den On-Knopf. Der Laptop fuhr mit dem markanten Sound hoch. Dann wurde ein Password verlangt. Natürlich. Über dem Eingabekästchen und unter dem Apfellogo ein kreisrundes Foto. Der Benutzer, vermutlich. Olof Andersson. Ein Mann um die fünfzig mit schmalem Gesicht. Traurige hellbraune Augen, wie zwei Haselnüsse. Sie klappte den Rechner wieder zu. Abgesehen von einem billig wirkenden Schreibtischstuhl, der mit fadenscheinigem, grellem Stoff bezogen war, der nach Neunzigerjahren aussah, war das Zimmer leer. Keine Regale, kein Wandschmuck. Dieselbe schlichte weiße Tapete wie im Flur. In der Schreibtischschublade: Heftzwecken, Kugelschreiber, Kleinkram. Einer plötzlichen Eingebung folgend zog sie die Schublade ganz heraus. Nein, da war nichts. Ebenso wenig unter der Schublade, unter dem Lampenschirm, hinter dem Schreibtisch, unter der Sitzfläche des Drehstuhls. Forss seufzte, dann sah sie aus dem Fenster. Eine Brachfläche, Gras, das lange nicht gemäht worden war. Verwilderte Büsche, überwiegend Ginster. Eine nahezu zugewachsene Vogeltränke. Weiter hinten der Waldrand, Fichten im Sonnenschein. Sie ging zurück in den Flur, der sie zu den anderen ins Wohnzimmer leitete. Auf halbem Weg kam ihr Knutsson entgegen.

»Verdammter Mist«, zischte er und drängte seinen massigen Körper schnell an ihr vorbei. Sie trat durch den Türrahmen. Vor ihr öffnete sich ein überraschend großer Raum.

Im Zentrum: ein Sessel mit dem Körper des Toten.

Dem, was davon übrig war.

Darum herum kniende Menschen in violetten Overalls.

Irgendwo abgewandt Nyström und Hultin.

Ein Aquarium hinter dem Körper. Nur, dass es kein Wasser zu beinhalten schien, sondern etwas Rotes. Rotes Wasser. Dann sah sie den Kopf. Er *schwebte* zwischen den Pflanzen. Auf dem Luftblasenstrahl des Luftfilters hob und senkte er sich, die Haare hatten sich in dem Wasserkraut verfangen, waren mit ihrer Umgebung eins geworden. Aus dem offenen Mund schwamm ein Fisch, ein Neonsalmler, kam es ihr in den Sinn, eine kognitive Übersprungshandlung, sie hatte keine Ahnung, welcher Teil ihres Gehirns diesen Namen, diesen Fachbegriff hervorgespuckt hatte.

Ihr Blick sprang zurück zu dem Sessel. Dahin, wo der Kopf einmal gewesen war. Am Hals ein sauberer Schnitt. Aorta, Vene, Halswirbelknochen, Rückenmark. Ihr Bewusstsein spuckte all diese Worte aus, Dinge, die sie vor langer Zeit einmal gelernt hatte. Im Biologieunterricht, beim Erste-Hilfe-Kurs, auf der Polizeihochschule.

Sie sah die fehlenden Hände.

Die völlig zertrümmerten Beine.

Das Blut hatte einen Großteil des hellen Veloursessels schwarz gefärbt, nur an den Rändern franste der Fleck rosa aus.

Die weiße Haut des Körpers hob sich in einem starken Kontrast davon ab. Nur das Schamhaar des Mannes war ebenfalls schwarz.

6

Nyström ging aus dem Haus heraus, zurück ins Tageslicht. Es fühlte sich an, als würde sie aus der Hölle treten. Genau so empfand sie es. Sie hatte noch nie in ihrem Leben etwas gesehen, was annähernd so grauenhaft gewesen war. Dieser fürchterliche enthauptete Körper, dem man die Hände, die Persönlichkeit, alles Menschliche genommen hatte. Der entstellte Kopf im Aquarium. Die Unmenge an Blut. Die Übertötung. Immer wieder dachte sie an den Begriff, den Ann-Vivika Kimsel in Bezug auf den Zustand von Janus Dahlins Leichnam benutzt hatte. Sie spürte den plötzlichen Drang zu beten, so als müsse sie diesem von Gott verlassenen Ort etwas entgegensetzen.

Sie sprach stumme Gebete. Wortmuster, die sie seit fünfzig Jahren in sich trug. Sie dachte an Anders, an die Töchter, an ihre Enkelkinder. Lieber Gott, dachte sie, gib mir Kraft! Gib mir die Kraft, das hier zu überstehen, dem hier gewachsen zu sein. Schenke mir die Gabe zu begreifen, welche Kräfte hier am Werk sind. Zu verstehen, was hier geschieht. Die richtigen Schlüsse zu ziehen. Die nötigen Schritte einzuleiten. Das hier zu beenden. Und Gott: Bitte mach, dass ich keinen Brustkrebs habe.

Sie fühlte eine Hand auf ihrer Schulter. Die kehlige Stimme von Stina Forss, die immer klang, als habe die kleine Frau viele Jahre lang intensiv geraucht. Jetzt erst nahm sie wahr, dass sie sich hingesetzt hatte. Ihr Hintern war feucht und ihre helle Hose hatte Grasflecken.

»Entschuldigung, was hast du gesagt?«

»Ich will eine Waffe.«

»Bitte?«

»Ich will eine Dienstwaffe. Das ... da drinnen ... Zwei Morde in drei Tagen, einer grausamer als der andere ... Wenn das überhaupt möglich ist. Fakt ist, dass zwei Mörder frei herumlaufen. Oder einer, was wahrscheinlich noch beunruhigender wäre, wenn man weiter darüber nachdenkt. Wer sagt, dass es dabei bleibt? Wer sagt, dass wir es nicht mit einem regelrechten Blutrausch zu tun haben? Ingrid, du hast mich gebeten, euch bei der Ermittlung zu unterstützen. Das möchte ich auch tun, denn das ist es, was ich am besten kann. Worin ich gut bin. Worin ich jahrelange Erfahrung habe. Im Gegensatz zu irgendwelchen stupiden Verkehrskontrollen. Ich helfe euch. Gerne. Aber um meine Arbeit machen zu können, brauche ich eine vernünftige Ausrüstung und dazu gehört um Himmels willen noch mal eine Dienstwaffe.«

Nyström erhob sich. Die Frauen standen voreinander. Der Scheitel von Forss ging Nyström gerade einmal bis zum Kinn, aber die Deutschschwedin hatte ein Funkeln in ihren zusammengekniffenen grünen Augen, vor dem man Angst bekommen konnte. Willenskraft, dachte Nyström, sie war selten einem Menschen mit so viel Willenskraft begegnet.

»Ja«, sagte sie. Ihre Stimme klang kraftlos. »Du bekommst deine Waffe.«

7

Auch Knutsson hatte sich zunächst einmal sammeln müssen. Er war seit mehr als dreißig Jahren Polizist, aber so etwas hatte er noch nicht erlebt. Einmal, er war noch ein junger Mann gewesen, da war er an einen Tatort gekommen, wo ein Vater im Vollrausch seine Familie erschlagen hatte. Das war schlimm gewesen und er hatte lange mit den Bildern zu kämpfen gehabt, die sich in seine junge Seele eingebrannt hatten, Abdrücke des Bösen. Aber das hier, erst der Tote am See, nun der kopflose Leichnam, war schlimmer, eine Steigerung. Dies hier war kein Zornausbruch im Suff, kein Amoklauf, keine Übersprunghandlung. Hier verfolgte jemand einen teuflischen Plan, davon war Knutsson überzeugt. Und das machte ihm Angst.

Die Häuser in der Straße waren alle beinahe baugleich, auch wenn die anderen deutlich gepflegter waren als das von Olof Andersson. Er und Hultin hatten sich die Befragung der Nachbarn nach Straßenseiten aufgeteilt. Ann-Vivika Kimsels vorläufige Ermittlung des Todeszeitpunkts hatte ergeben, dass Andersson in den frühen Morgenstunden ermordet worden war. Zwischen vier und sechs Uhr, hatte sie gesagt. Auch wenn die Häuser in der Straße relativ weit voneinander entfernt standen, gab es natürlich die Möglichkeit, dass einer der Nachbarn etwas Entscheidendes gesehen oder gehört hatte. Außerdem war in diesem frühen Stadium der Ermittlung jede Information über das Opfer ein Gewinn, denn außer der Tatsache, dass Andersson Landbriefträger gewesen war, wussten sie so gut wie nichts über ihn.

Die Söderbergs waren eine junge Familie mit zwei Kindern, die sich unmittelbar vor dem Aufbruch in den Urlaub befanden. Hin- und hergerissen zwischen dem Stress, die letzten Dinge einzupacken und nichts Wichtiges zu vergessen, die quengelnden Kinder zu beschäftigen und die beunruhigenden Geschehnisse auf dem Nachbargrundstück zu verfolgen, wirkten die Eltern, die sich in ihren weißen Freizeithosen und bunten Hemden modisch bereits auf die Strände der Balearen oder eines anderen fernen Ferienziels eingestellt hatten, über Knutssons Auftauchen gleichermaßen genervt und dankbar.

»Was ist denn bei Olof eigentlich los?«, wollte der Vater wissen.

»Hoffentlich nichts Schlimmes?«, fragte die Mutter.

Knutsson sah zu den Kindern, die auf den Koffern im Flur herumturnten. Sie waren vielleicht drei und fünf Jahre alt.

»Habt ihr zehn Minuten Zeit?«, fragte er das Ehepaar. »Unter sechs Augen?«

Die Söderbergs blickten gleichzeitig auf ihre Armbanduhren.

»Fünf Minuten«, sagte die Mutter.

»Vier«, sagte der Vater.

Sie setzten sich in das Wohnzimmer. Knutsson gab sich Mühe, sich so behutsam auszudrücken, wie es eben ging, was ein hoffnungsloses Unterfangen war. Wie sollte man auch beiläufig erklären, dass der Nachbar ermordet worden war? Die Söderbergs waren schockiert, aufgelöst. Und nein, sie hätten in der Nacht nichts Ungewöhnliches bemerkt. Andersson sei ein Nachbar, von dem man nicht allzu viel mitbekomme. Er habe schon in dem Haus nebenan gelebt, als sie vor vier Jahren hierhergezogen seien. Einmal habe er sich eine Luftpumpe fürs Fahrrad ausgeliehen, ein anderes Mal eine Bohrmaschine. Man habe sich gegrüßt auf der Straße oder von Garten zu Garten, aber im Grunde wisse man nichts über ihn. Ihm sei wohl seine Ruhe wichtig gewesen, jedenfalls habe er auf sie den Eindruck gemacht, nicht übermäßig auf Kontakt aus zu sein. Daran, dass Andersson jemals Besuch von anderen Menschen bekommen habe, konnten sie sich nicht erinnern. Er sei halt sehr früh morgens mit dem Postwagen losgefahren und am frühen Nachmittag wieder zurückgekommen. Manchmal, vor allem am

Wochenende, habe man Musik gehört. Oder eher seltsame Töne, wie die Frau sich ausdrückte.

Am Ende des Gesprächs wirkten beide unschlüssig, ob sie überhaupt noch in der Lage waren, jetzt in den Urlaub aufzubrechen.

»Wo nebenan doch so etwas Entsetzliches passiert ist«, sagte der Mann.

Knutsson dachte an die Meute aus Journalisten, die früher oder später in die ruhige Straße in Lessebo einfallen würde.

»Tut euch selbst und den Kindern einen Gefallen und fahrt!«, sagte er.

8

Anette Hultin schwitzte stark und das war alles andere als normal. Sicher, es war warm, weit über zwanzig Grad, aber üblicherweise reagierte ihr Körper auf solche Temperaturen nicht mit Schwitzen. Sie war eine durchtrainierte Sportlerin und konnte locker zwanzig, dreißig Minuten joggen, bevor sie zu schwitzen begann. Aber seit dem Moment, in dem sie das Wohnzimmer von Olof Andersson betreten hatte, transpirierte sie stark. Ihre Unterwäsche war nass und klebte am Körper, ein unangenehmes Gefühl. Sie versuchte das Bild des geköpften Menschen in dem blutgetränkten Sessel zu verdrängen, aber es gelang ihr nicht. So oft sie für einen Moment die Augen schloss, war das grauenhafte Szenario wieder da. Sie setzte sich für einen Moment auf eine der Stufen vor dem Eingang von Anderssons Haus. Noch immer standen die Kinder mit ihren Fahrrädern auf dem Bürgersteig und sahen herüber, eins hatte einen Lederball auf dem Gepäckträger seines rot und goldfarben lackierten Mountainbikes und trug das Trikot der Fußballnationalmannschaft. Die Erwachsenen hatten sich zurückgezogen.

»Ist der Postbote wirklich tot?«, rief ihr der Junge mit dem Trikot nach einer Weile zu. Er war der älteste. Die anderen sahen ihn bewundernd an.

Sie stand auf und ging zu den Kindern hin.

»Es ist leider ein schlimmer Unfall passiert«, sagte sie.

»Bist du seine Freundin?«, fragte ein Mädchen.

Hultin versuchte zu lächeln.

»Nein, ich bin eine Polizistin.«

»Aber du hast ja gar keine Uniform!«, sagte der Junge.

Die anderen Kinder lachten. Dann stemmten sie sich wie auf ein Kommando in die Pedalen und radelten die Straße hinab. Hultin sah ihnen nach, bis sie um die Ecke gebogen waren. Dann wischte sie sich mit dem Ärmel ihrer Bluse den Schweiß von der Stirn und machte sich an die Befragung der Nachbarn.

9

Forss ging aus dem Garten in das Haus zurück. Das Wohnzimmer ließ sie zunächst aus, dort war noch die Spurensicherung am Werk und der Leichnam wurde gerade abtransportiert. Die Hände von Olof Andersson hatte man ebenfalls im Aquarium gefunden. Sie betrat das Badezimmer. Die Kacheln und die sanitären Einrichtungen waren babyblau und ähnlich altbacken wie die Kücheneinrichtung, jedoch noch nicht alt genug, um schon wieder schick zu sein. Entweder hatte Andersson ein Faible für die Siebziger gehabt, oder es war ihm schlichtweg egal gewesen, wie er lebte. Dem schludrigen Gesamteindruck und dem Fehlen jeglicher persönlichen Note zufolge traf wohl eher Letzteres zu, dachte sie.

Auf dem Waschbeckenrand lag ein Elektrorasierer, das Kabel steckte in der Steckdose oberhalb des verspiegelten Badezimmerschränkchens aus rosafarbenem Kunststoff. Ein Stück Seife. Im Waschbecken Zahnpastareste und Haare. Sie öffnete die Spiegeltüren. Verbandszeug, ein Deo, eine Vorratspackung Duschgel. Feuchtigkeitscreme, ein Nagelknipser – dem aufgeklebten Plättchen zufolge ein Souvenir aus Mallorca – und Medikamente. Die meisten Namen der Präparate sagten ihr nichts, aber sie erkannte einige Wirkstoffe: Diazepam, Tetrazepam, Bromazepam. Das waren Tranquilizer. Downer. Sie fand Betablocker, wahrscheinlich gegen Bluthochdruck, und Diclophenac, ein Mittel gegen Gelenkschmerzen. Sie schloss die Schranktüren wieder. Auf der Ablage über dem Waschbecken stand ein ausgewaschenes Senfglas, in dem eine abgenutzte Zahnbürste lehnte. Sie warf einen Blick in die Badewanne. Das Leitungswasser musste sehr eisenhaltig sein, es hatte im Laufe der Zeit bräunliche Ablagerungen auf der hellblauen Keramik hinterlassen. Wahrscheinlich hatte Andersson im Garten eine Grundwasserpumpe. So etwas fand man auf dem Land sehr oft. Sie verließ das Bad und ging ins Schlafzimmer. Im Laufe der Jahre hatte ihre Erfahrung sie gelehrt, dass der Raum, in dem man schlief, besonders viel über einen Menschen erzählen konnte. Vielleicht lag das auch an der Menge an Zeit, die man dort verbrachte. Schlafzimmer sind die Nester, die wir uns bauen, dachte sie.

Nach dieser Theorie musste Andersson ein einsamer, farbloser Vogel gewesen sein. Die gleiche, nichtssagende Tapete wie im übrigen Haus, kein Wandschmuck, ein schmales, einfaches Bett, verwaschene Bettwäsche. An einer Wand ein unschöner, gelblicher Wasserfleck, vielleicht die Folge der defekten Dachrinne, die sie draußen gesehen hatte. Ein Nachttisch, auf dem ein halb volles Glas Wasser stand. Ein Bücherregal. Dostojewski, Strindberg, ein Krimi, ein Sachbuch über Aquaristik. Auf dem Boden vor dem Bett ein aufgeschlagenes Comicheft, *Captain America*. In der Nachttischschublade eine Armbanduhr und eine Taschenlampe. Ein Kleiderschrank, der muffig roch und in dem mäßige Ordnung herrschte. Zerknitterte Hemden, Pullover in gedeckten Farben, Jeans und Baumwollhosen, ein Anzug. Eine Schublade mit Socken, eine mit Unterwäsche. In der untersten Schublade – noch mehr Comics. Acht Stapel, jeweils etwa zwanzig Zentimeter hoch. Forss blätterte die Hefte durch. Ausnahmslos amerikanische Superhelden der beiden großen Verlage Marvel und DC. Das ganze Zeug, das seit Jahren im Kino eine Renaissance erfuhr: *Spiderman*, *Hulk*, *Batman*, *Die Fantastischen Vier*. *Wolverine* und *Iron Man*. Da hat sich jemand seine kindliche Seite bewahrt, dachte Forss. Hinter den Schubladen ein Sack mit aussortierter Wäsche. Sie schüttete sie auf den Fußboden. Löchrige Socken, fadenscheinige Unterwäsche, zwei verschlissene Trainingsjacken aus synthetischen Stoffen, wie sie schon lange nicht mehr getragen wurden; eine blaue mit weißen Streifen von Adidas und ein No-Name-Produkt, braun mit einem gelbroten Doppelstreifen. Sie stopfte das Zeug zurück in den Sack und schloss die Schranktür.

10

Amina Ducaj, die Briefzustellerin, die Olof Andersson gefunden hatte, war eine drahtige Frau mittleren Alters mit langem schwarzem Haar und einer auffällig geschwungenen Nase. Ihre Augen waren rot, als hätte sie geweint, und ihre Gesichtsfarbe war fahl. Sie trug noch immer ihre Postuniform, in der Hand hielt sie ein zerknülltes Papiertaschentuch. Nachdem Nyström geklingelt hatte, war sie von Ducaj in den Garten gebeten worden, wo unter einem Sonnenschirm Gartenmöbel mit Polsterauflagen standen. Eine etwas jüngere Frau, die sich Nyström als Aminas Schwester Razija vorstellte, war bei ihr. Es war noch nicht lange her, dass sie von der Arztpraxis zurückgekehrt war, zu der die Polizei sie gebracht hatte. Dort hatte man ihr ein Beruhigungsmittel gegeben und ihre Schwester benachrichtigt, die sie nach Hause begleitet hatte. So etwas wie einen Psychologen gab es in Lessebo nicht und bis nach Växjö zu fahren, hatte sie unter keinen Umständen gewollt. Nyström erkundigte sich vorsichtig, ob es in Ordnung sei, wenn sie einige Fragen stelle. Amina Ducaj nickte langsam. Überhaupt wirkten ihre Bewegungen verhalten. Das konnte an den angstlösenden Medikamenten liegen, die sie bekommen hatte, oder daran, dass sie noch unter Schock stand. Wahrscheinlich an beidem, dachte Nyström. Amina Ducaj streichelte mit einer sich mechanisch wiederholenden Bewegung den Hund, der gleich auf ihren Schoß gesprungen war, nachdem sie sich gesetzt hatte. Ein sandfarbener Pudel mit einem beschädigten Ohr. Nyström wusste, dass es wichtig war, der Frau Zeit zu geben, auch wenn es ihr schwerfiel. Obwohl sie sich wahnsinnig müde fühlte, zehrte die Anspannung an ihrem Nervensystem, als hätte sie zu viel Kaffee getrunken. Während sie Mühe hatte, ihren trägen, übersäuerten Körper auf den Beinen zu halten, jagten ihr die Gedanken im Zickzack durch den Kopf. *Backgroundcheck*, dachte sie. Und eine umfassende Fallanalyse. Wir müssen einen Vergleich mit den Todesumständen von Dahlin anstellen. Und wir brauchen eine zweite Pressekonferenz, bevor die Spekulationen aus dem Kraut schießen, spätestens morgen. Wir brauchen Zeugen. Nachbarn, Freunde, Verwandte. Ein Motiv. Die Obduktion. Eine Dienstwaffe für Stina Forss. Und sie sollte ihre Mitarbeiter motivieren. Wie war es generell in dieser Situation um ihre Führungsqualitäten bestellt? Womit hatte sie es hier überhaupt zu tun? Ein Fall? Zwei Fälle? Nicht zu vergessen, diese Schießerei in der Innenstadt. Merkwürdige Zeichen. Und wie sollte sie um Gottes willen in dem ganzen Chaos am Wochenende die Mittsommerfeier für ihre Familie organisieren? Die Mädchen würden mit den Kindern kommen und das ganze Haus würde voll sein und alle würden erwarten, dass sie eine Riesentafel mit selbst gekochtem Essen ...

»Es begann wie ein ganz normaler Morgen«, sagte Amina Ducaj. Sie sprach nicht besonders langsam, aber ihre Stimme leierte, als wäre ihre Zunge schwer. »Eigentlich war alles wie immer. Ich bin um fünf Uhr aufgestanden, habe gefrühstückt und mich fertig gemacht. Dann bin ich zu Fuß zum Postgebäude. Pelle von der Nachtschicht war noch da. Wie immer. Er macht die Vorsortierung: meine Tasche für die kleine Route, mit dem Fahrrad; Olofs Ladung für die große Route, mit dem Auto. Pakete und Päckchen nimmt Olof natürlich auch, alles was nicht aufs Rad geht. Komisch war allerdings schon, dass er noch nicht dort war, wenn ich jetzt darüber nachdenke. Normalerweise beginnt er eine Viertelstunde vor mir. Vielleicht ist er ja krank, hat Pelle gesagt, aber angerufen und Bescheid gesagt hatte Olof nicht.

Oder er verspätet sich, habe ich zu Pelle gesagt. Es kam schon mal vor, dass sich Olof verspätete, aber eigentlich nicht sehr oft.«

Noch immer streichelte sie den Pudel, aber ihr Blick schweifte umher, durch den Garten, wo eine Lärche stand, auf der Spatzen herumhüpften.

»Jedenfalls bin ich dann pünktlich los, ich musste ja meine Runde schaffen. Dass Olof zu Dienstbeginn nicht da war, habe ich wohl bald wieder vergessen. Bis zu dem Zeitpunkt, an dem ich vor seinem Haus stand. Es liegt eigentlich in der Mitte meiner Tour.«

»Wie spät war es da?«

Amina Ducaj überlegte.

»Das müsste so um Viertel nach acht gewesen sein. Vielleicht halb neun.«

»Und wie hast du ... ? Wie kam es, dass ...?«

»Die Tür stand offen. Das war natürlich ungewöhnlich. Zuerst dachte ich ja noch, er habe sich wirklich verspätet, sei dann in der Hektik vielleicht ohne Schlüssel aus dem Haus und schließlich noch einmal schnell wieder rein. Das hätte die offene Tür erklärt. Ich bin also an die Tür und habe gerufen. Seine Post hatte ich in der Hand, diese Comichefte, die bekam er im Abo. Was soll ich sie in den Briefkasten neben dem Eingang werfen, wenn er sowieso noch zu Hause ist, habe ich gedacht. Dort verknicken sie doch nur. Da kann ich sie ihm besser gleich in die Hand drücken. Ich habe also nach ihm gerufen.«

Sie stockte. Ihr Blick hatte sich bei den Spatzen in der Lärche verfangen.

»Aber er hat nicht geantwortet«, sagte Nyström.

»Nein.«

»Und dann hast du dir Gedanken gemacht und bist ins Haus?«

»Ja.«

»Und dann hast du noch mal gerufen?«

»Ja.«

»Bis du ihn schließlich im Wohnzimmer gefunden hast?«

Amina Ducaj nickte. Sie begann zu weinen, die Erinnerung überwältigte sie. Ihr Körper bebte. Der Pudel sprang erschrocken von ihrem Schoß. Razija legte ihrer Schwester die eine Hand auf den Rücken. Mit der anderen fasste sie nach Aminas Handgelenk.

»Er hätte doch im Garten sein können«, schluchzte sie. »Warum war er denn bloß nicht im Garten und hat die Blumen gegossen?«

Weil er gar keine Blumen hatte, dachte Nyström. Und auch sonst wenig Schönes, vielleicht mal abgesehen von seinem Aquarium. Aber das sagte sie natürlich nicht. Sie sagte gar nichts, sondern wartete auf Amina Ducaj. Darauf, dass der innere Kompass der Frau sie an den grauenhaften Erinnerungen entlangführte. Dorthin, wo die wichtigen Dinge waren, die sie über Andersson wusste. Wenn es sie denn gab.

Razija nahm eine Zigarette aus der Schachtel, die auf dem Tisch lag, und zündete sie an. Dann reichte sie sie ihrer Schwester. Nyström hatte wenig Umgang mit Rauchern, sie kannte die Geste aber aus Kinofilmen. Dort war es ihr immer sehr pathetisch vorgekommen. Jetzt fand sie sie zärtlich, liebevoll. Amina zog dankbar den Rauch ein. Still rauchte sie die Zigarette. Nyström kniff sich in den Oberschenkel. Sie durfte ihrer Müdigkeit nicht nachgeben. Sie musste aufmerksam bleiben. Jedes Wort konnte wichtig sein. Von entscheidender Bedeutung, dachte sie. Oder vollkommen nebensächlich.

»Er hatte ja gar keine Blumen«, sagte Amina leise. »Wir waren im letzten Jahr einmal bei ihm zu Hause gewesen, um seinen fünfzigsten Geburtstag zu feiern. Pelle, ich und zwei andere Kollegen aus Kosta. Es war eine Art Überraschungsfest. Wir wussten ja, dass er sonst keine Freunde hat. Er lebt ja so zurückgezogen. Jedenfalls, dieses Fest, es war ein Reinfall. Die Stimmung war fürchterlich. Er hat sich so unwohl gefühlt. So, als würde er gar nicht Geburtstag haben. So, als habe er die Aufmerksamkeit nicht verdient. Dabei war es sein Fünfzigster! Nach zwei, drei Stunden sind wir wieder gegangen. Wir hatten Geld gesammelt und Pelle hatte extra Wein und Bier gekauft, aber noch nicht mal der Alkohol konnte die Atmosphäre auflockern. Es war uns hinterher allen irgendwie peinlich, am meisten Olof selbst. Ich weiß auch nicht, warum er so ist. So wenig selbstbewusst und sozial. Vielleicht liegt es an seinem Sprachfehler.«

»Ein Sprachfehler?«, fragte Nyström.

»Ja. Er nuschelte. Manchmal verwechselte er auch die Artikel. Baute die Sätze merkwürdig. Das mag jetzt komisch klingen und es ist bestimmt nicht abwertend gemeint, ich habe ihn auf eine Art sehr gemocht, aber manchmal habe ich mich wirklich gefragt, ob er als Kind nicht auf den Kopf gefallen ist. Oder bei der Geburt zu wenig Luft bekommen hat. Wenn du weißt, was ich meine.«

»Du meinst, er wirkte bisweilen ein wenig zurückgeblieben?«

»Ja. Ich meine nicht schwachsinnig oder so. Eher ein bisschen langsam.«

Plötzlich fiel Nyström etwas ein.

»War er religiös?«, fragte sie.

»Nein, nicht dass ich wüsste.«

»Weißt du, ob er Gewerkschaftsmitglied war?«

Amina drückte den Zigarettenstummel aus. Sie hatte die Zigarette beinahe bis zum Filter hinuntergeraucht. Dann sah sie Nyström in die Augen.

»Das ist merkwürdig, dass du danach fragst. Olof ist der einzige Briefträger, den ich kenne, der kein Gewerkschaftler ist, mal abgesehen von den studentischen Aushilfen jedenfalls. Im Gegenteil, obwohl wir ihn manchmal geradezu bedrängt haben, in die Gewerkschaft einzutreten, hat er sich mit Händen und Füßen dagegen gewehrt.«

11

»Das sieht nicht gut aus«, sagte Delgado.

Er sah auf das Foto, das Hultin ihm ins Präsidium gemailt hatte. Es zeigte den Leichnam Anderssons. Das, was von ihm übrig geblieben war.

»Oh«, sagte Lindholm. Alle Farbe war aus seinem Gesicht gewichen.

»Ja«, sagte Delgado. »Oh.«

»Ich glaube, ich brauche jetzt ganz dringend einen Kaffee«, presste Lindholm hervor und verschwand schnell im Flur.

»Für mich auch bitte!«, rief Delgado ihm hinterher.

Einige Minuten später kam Lindholm mit zwei dampfenden Tassen zurück. Sein Atem roch auffällig nach Pfefferminz. Delgado ließ den Umstand, dass sich sein Kollege offensichtlich hatte übergeben müssen, unkommentiert. Er sah noch immer auf das fürchterliche Foto auf dem Bildschirm seines Computers und massierte sich die Stirn, dann griff er nach der Tasse, die Lindholm ihm entgegenhielt. Der junge Mann hatte seine Gesichtsfarbe teilweise wiedergefunden.

»Beschreib mir, was du siehst«, sagte Delgado.

Lindholm blies auf seinen Kaffee, dann räusperte er sich.

»Einen Mann ohne Kopf?«, schlug er vor.

»Genauer. Beschreib es genauer«, drängte Delgado.

»Ich weiß nicht, Hugo ...«

»Versuch es!«

»Eine Enthauptung ...«

Enthauptung schrieb Delgado in das Eingabefenster von Google.

»... abgeschlagene Hände ...«

Delgado tippte.

»... zertrümmerte Beine ...«

Delgado schrieb auch das.

»Mehr!«, forderte er.

Lindholm stöhnte auf.

»Da ist nicht mehr!«

Delgado brummte etwas und drückte auf Enter.

Die erste Seite, die angezeigt wurde, war ein Zeitungsartikel über den Drogenkrieg in Mexiko.

Die zweite Seite war eine Sammlung von Berichten über Menschenrechtsverletzungen und Misshandlungen von politischen Gefangenen in Unrechtsregimen.

Die dritte Seite war ein Volltreffer.

Sie lasen gleichzeitig.

»Fuck«, sagte Delgado.

»Oh, mein Gott«, sagte Lindholm.

12

Nachdem Knutsson die Söderbergs so lange bearbeitet hat-te, bis sie ihm versprochen hatten, auch wirklich in den Urlaub zu fahren und so vor dem zu erwartenden Auflauf von Sensationsjournalismus zu fliehen, wandte er sich den anderen Nachbarn zu. Als er am nächsten Haus klingelte, wurde ihm so rasch geöffnet, dass er den Verdacht hegte, der kleine, ältere Mann, der da im Morgenmantel vor ihm stand, habe direkt hinter der Tür gestanden und nur auf das Signal gewartet. Karl Franzén führte Knutsson in sein Wohnzimmer. Dem Ermittler fiel auf, dass das Haus denselben Grundriss hatte, wie das von Andersson und auch das der Söderbergs. Nur erwartete ihn hier weder ein kopfloser Leichnam noch Batterien von gepackten Koffern, sondern ein raumgreifendes Miniaturwunderland, eine elektrische Eisenbahnanlage, die auf Tischen in der Mitte des Zimmers montiert war und weit mehr als die Hälfte des Raumes füllte.

»H0«, sagte Franzén.

»Wie bitte?«

»Die Spurbreite heißt so«, erklärte der Mann und der Stolz in seiner Stimme war nicht zu überhören. »H0. Maßstab 1:87. Von Märklin. Echte Qualitätsarbeit. Die sind die besten.«

»Beeindruckend«, flötete Knutsson. Er bemühte sich, charmant zu sein. Bei Spinnern und Fanatikern wirkt die Masche immer noch am besten, dachte er, auch wenn er sich noch nicht sicher war, welchem der beiden Lager er Franzén zuordnen sollte. Dass ein erwachsener Mensch, dessen Wohnzimmer wie die Spielwarenabteilung eines Kaufhauses eingerichtet war, nicht mehr alle Sinne beieinander haben konnte, stand für ihn außer Frage.

»Und so detailreich! Die Züge, die Bahnhöfe, die ganzen Brücken, Berge und Seen, sogar kleine Kühe gibt es, fantastisch!«, heuchelte er.

»Nicht wahr?«, freute sich Franzén und rieb sich die Hände. »Kaffee?«

»Hast du einen Vollautomaten?«, fragte Knutsson hoffnungsfroh.

»Besser!«, grinste Franzén. »Pass auf!«

Der Alte griff nach einer Schaffnermütze, die an einem Haken an der Wand hing, und setzte sie auf sein schütteres Haar. Dann ging er zwei Schritte auf die Anlage zu und machte sich an einem Pult mit unzähligen Schaltern, Reglern und Bedienelementen zu schaffen.

»Ich bin nicht ganz unvorbereitet, muss ich gestehen. Ich habe natürlich mitbekommen, dass bei Andersson der Teufel los ist. War ja nur eine Frage der Zeit, bis einer von euch hier auftaucht. Achtung, los geht's!«

Er blies in eine Pfeife, die er aus der Tasche seines Morgenmantels genestelt hatte.

In dem Moment setzte sich einer der Miniaturzüge in Bewegung, eine Lok mit einem Anhänger, einem flachen Waggon. Darauf: zwei Espressotassen. Der Zug fuhr eine Kurve, nahm eine Anhöhe, überquerte auf einer Brücke eine Schlucht und kam dann an einem Bahnhof zum Stehen. Franzén drückte auf Knöpfte. Knutsson traute seinen Augen nicht. Aus der Luke eines Miniaturlagerhauses schwenkte eine Art Ausleger über den Waggon mit den Tassen. Aus einem winzigen Schornstein stob Dampf auf. Knutsson hörte ein Brodeln und Zischen. Dann schoss ein brauner Strahl Kaffee aus einer Düse, die sich in dem Ausleger befand, und füllte die erste Tasse akkurat bis zur Mitte. Franzén ließ seinen Zug ein Stückchen vorfahren, dann wurde die zweite Tasse gefüllt. Wieder setzte sich die Lok in Bewegung und fuhr durch Felder und Wäldchen in einem Bogen zu der Stelle, wo der verdatterte Knutsson stand.

»Voilà!«, strahlte Franzén. »Der Espresso-Express! Milch oder Zucker?«

13

Hultins Befragung der Nachbarn begann nicht sonderlich ergiebig. Die Leute, die sie zu Hause antraf, kannten Olof Andersson kaum. Zwei ältere Frauen erzählten unabhängig voneinander, dass er im letzten Jahr auf einem Straßenfest gewesen sei – allerdings nur für eine halbe Stunde. Er habe eine Tasse Kaffee getrunken und ein Stück Kuchen gegessen, dann sei er wieder in sein Haus zurückgeschlurft. Ein anderer Nachbar berichtete, dass er Andersson mehrfach Hilfe bei der Reparatur der kaputten Dachrinne angeboten habe, jedoch habe der Briefträger jedes Mal höflich, aber bestimmt abgelehnt. Auch konnte sich keiner der Anwohner daran erinnern, dass Andersson jemals Besuch empfangen habe. Es verdichtete sich das Bild, dass er sehr zurückgezogen gelebt und wenig Kontakt zu seinen Mitmenschen gesucht hatte.

Als sie das letzte Haus der Straße erreichte, sah sie aus den Augenwinkeln den Schatten eines Kindes um die Ecke verschwinden. Auf der Auffahrt lag ein Fahrrad auf den Pflastersteinen, das Hinterrad drehte sich noch. Sie erkannte es wieder. Es war das rotgoldene Mountainbike, das dem kleinen Frechdachs von vorhin gehörte. Sie klingelte und eine hochschwangere Frau Mitte zwanzig öffnete ihr. Sie schmunzelte.

»Bist du die Polizistin?«

Hultin nickte.

»Pontus denkt, du willst ihn verhaften. Ich glaube, er hat sich im Wäschekorb verkrochen, wie immer, wenn er etwas ausgefressen hat.«

Hultin lächelte.

»Vielleicht lassen wir ihn dort für einen Augenblick.« Mit einem Blick auf den beachtlichen Bauchumfang der jungen Mutter meinte sie: »Sollen wir uns irgendwo hinsetzen?«

Die Frau bejahte. Sie führte Hultin auf die Terrasse, wo unter einem Sonnenschirm Gartenstühle mit geblümten Polsterauflagen standen. Hultin erzählte vom gewaltsamen Tod Anderssons.

»Ein Mord? Hier bei uns in Lessebo?«

Die Frau hielt sich eine Hand vor den Mund. Die andere Hand lag auf ihrem Bauch.

»Natürlich haben wir noch keine abschließenden Ermittlungsergebnisse, aber im Moment scheinen die gerichtlich verwertbaren Indizien auf ein Gewaltverbrechen hinzudeuten.«

Wie redete sie? Hultin merkte, dass sie Phrasen benutzte. Wie ein Schutzschild, dachte sie. Ein Schutz für die Mutter, ihr ungeborenes Kind und auch für den liebenswürdigen, kleinen Kerl im Wäschekorb. War das nicht ihre Aufgabe als Polizistin? Die Menschen, die Familien zu beschützen? Schwedische Werte? Oder ging es hier um etwas anderes? Wehrte sie etwas ab, das vor allem mit ihr selbst zu tun hatte? Behütete sie etwas in sich selbst? Etwas, das der Anblick der Schwangeren in ihr ausgelöst hatte? Eine Hoffnung, einen Wunsch? War es wirklich richtig gewesen, dass sie sich im letzten Herbst für die Abtreibung entschieden hatte? Die kurze, heftige Beziehung zu Hugo Delgado war ein Fehler gewesen, sie war anstrengend gewesen und hätte keine Zukunft gehabt. Und ein Kind, das ohne Vater aufwächst ...?

Hultin musste sich zwingen, sich von ihren Gedanken loszureißen.

»... wie gesagt, ich kannte ihn kaum. Morgens ist er mit seinem Postwagen zur Arbeit und nachmittags kam er zurück. Aber darüber hinaus?«

Die junge Frau hatte jetzt beide Arme um ihren Bauch geschlungen.

Schutz, dachte Hultin erneut. Sie hat dazu jedes Recht der Welt.

»Und wie soll es jetzt weitergehen für uns hier in der Straße? Ist die Lage bedrohlich? Schweben wir in Gefahr?«

»Die polizeiliche Ermittlungssituation ist momentan dergestalt, dass ich wirklich nicht ...«

Sie biss sich auf die Zunge. »Ich will dich nicht beunruhigen, aber am besten fahrt ihr für ein paar Tage ... Gibt es Verwandte?«

»Ich habe eine Schwester in Kalmar, aber ...«

»Vielleicht wäre das was«, sagte Hultin bestimmt.

Sie stand auf. Dann fiel ihr eine Sache ein, die sie beinahe vergessen hatte.

»Du hast nicht zufällig heute Nacht etwas Ungewöhnliches bemerkt? Jemanden auf der Straße? Andere Geräusche? In den frühen Morgenstunden?«

Die Frau wirkte aufgebracht, erschrocken. Gleichzeitig aber auch konzentriert. Hultin tat es leid. Gerne hätte sie ihr die Aufregung, die Angst erspart.

»Ich schlafe schlecht. Je näher die Geburt rückt, desto schlimmer wird es. Auch gestern war das so. Also heute morgen, ganz früh. Ich bin auf die Toilette, mehrmals. Und wenn man sich hinsetzt, dann ist da dieser Spalt in den Jalousien, fast genau auf Augenhöhe. Eigentlich wollte ich das schon lange reparieren, aber irgendwie ist es ja auch ganz praktisch und unterhaltsam – rauszuschauen, während man, nun ja, sein Geschäft macht. Selbst gesehen wird man ja nicht, es ist wie gesagt nur ein schmaler Spalt. Jedenfalls gestern Nacht – da war dieses weiße Ungetüm, das durch die Straße fuhr.«

»Ein Ungetüm?«

»So ein Campingwagen. Ein Wohnmobil. Und ich dachte noch: Was machen Touristen um diese Uhrzeit in einem Wohngebiet in Lessebo? Die Armen müssen sich hoffnungslos verfahren haben.«

14

Am Ende ihres Rundgangs durch den Bungalow war Forss wieder in dem Arbeitszimmer gelandet. Der Raum, in dem der Laptop stand, das Keyboard und die Boxen. Sie setzte sich auf den Schreibtischstuhl, zog das Macbook zu sich heran und klappte den Schirm auf. Dann ließ sie den Rechner hochfahren. Das Foto von Andersson erschien, das Passwort wurde abgefragt. Forss legte ihren rechten Zeigefinger an ihre Nasenspitze. Sie zählte bis zehn. Dann tippte sie ein:

Landbriefträger

Das Eingabefeld erzitterte. Das Passwort war falsch. Natürlich, dachte sie. Das war eine dumme Idee gewesen. Sie fasste sich an ihr linkes Ohrläppchen. Zählte wieder von zehn herunter. Dann schrieb sie:

Neonsalmler

Erneut zitterte das Eingabefeld. Sie drehte an ihrem Ohrring. Sie zählte, dann tippte sie:

Batman

Nichts.

Spiderman

Ebenfalls nichts.

The Amazing Spiderman

Falsch.

Hulk, Captain America, Wolverine, Iron Man

Alles falsch.

Sie kratzte sich am Kinn. Dann hatte sie eine andere Idee. Sie schrieb:

Bruce Wayne

Das war Batmans bürgerlicher Name. Nichts geschah.

Peter Parker

So hieß Spiderman mit wirklichem Namen. Wieder falsch. Forss grunzte. Dann tippte sie:

Bruce Banner

Der Schirm öffnete sich. Treffer, dachte sie. Bruce Banner, der brave Wissenschaftler, der grün anlief, wenn er seine Wutattacken bekam. Der in seinem rasenden Zorn zum Hulk wurde. Interessant, dachte sie. Aus all seinen Comics wählt Olof Andersson ausgerecht den Hulk als Identifikationsfigur. Er hätte Gerechtigkeit zur Auswahl gehabt. Geschicklichkeit, Macht. Den Weltfrieden. Aber er hatte sich einen Charakter ausgesucht, der vor allem für eins stand: unkontrollierbare Rage. Sie klickte sich durch die Items. Es war merkwürdig. Der Rechner wirkte vollkommen unpersönlich, beinahe so, als wäre er fabrikneu. Sie fand keine Fotos, keine Texte, keine persönlichen Dokumente. Die meisten der Standardprogramme waren augenscheinlich nie benutzt worden, noch nicht einmal Word. Dann fand sie ein Programm zur Musikproduktion mit Hunderten von abgespeicherten Audiofiles. Die Dateien trugen alle denselben Namen und waren durchnummeriert, *Stiller001* bis *Stiller163*. Sie klickte einen der Tracks an. Aus den angeschlossenen Stereolautsprechern drang filigranes Knistern. Dann Geräusche wie von einem tropfenden Wasserhahn. Schließlich setzte eine ruhige Basslinie ein. Elektronische Musik. Eine Art Techno, aber in Zeitlupe. Sie hörte in weitere Stücke hinein. Ähnliche Rhythmen, ähnliche Geräusche. Sie schloss für einen Moment die Augen, versuchte die Musik zu spüren. Es dauerte, aber dann war es da. Die Melodien hatten karge Oberflächen, waren von einer flüchtigen, schwer zugänglichen Schönheit. Seltsame, synthetische Musik, wie sie Forss zuvor noch nie gehört hatte. Sie musste an Räume voller Maschinen denken, die nachts lebendig werden, wenn die Menschen zur Tür hinaus und schlafen gehen. Ein rhythmisches Knacken, Zirpen und Klackern. Aus irgendeinem Grund dachte sie auch an die merkwürdige Apparatur im Geräteschuppen von Janus Dahlin. Dann war da der Name, den Olof Andersson sich oder seiner Musik gegeben hatte. Stiller. Ja, die Musik war still auf eine Art. Unabhängig von der Lautstärke, mit der man sie abspielte. Aber *stiller* als was? Stiller als der Tod? Hatte Andersson sein Ende kommen sehen? Wohl kaum. Forss kaute an ihrem Daumennagel. In der Schule hatte sie einmal ein Buch gelesen, das so hieß. Von dem Schweizer Schriftsteller Max Frisch. Aber worum es da gegangen war, hatte sie vergessen. Außerdem fiel ihr eine Rockband ein, die so hieß. Und ein lustiger amerikanischer Schauspieler. Sie schaltete die Musik aus. Sie wurde aus Olof Andersson nicht schlau. Ein zurückgezogen lebender Landbriefträger, der in einer heruntergekommenen Bude gehaust, Comics gelesen und elektronische Musik produziert hatte. Das passte alles nicht recht zusammen. Und nun war der Mann tot, auf die grausamste Weise ermordet worden, die man sich nur vorstellen konnte.

15

Ingrid Nyström hatte Pelle Alving, den Postangestellten, der in Lessebo die Nachtschicht hatte, aus dem Schlaf geklingelt. Jetzt saß ihr der Mann seit einer Viertelstunde in einem Jogginganzug gegenüber. Die Nachricht vom Tod seines Kollegen machte ihn fassungslos.

»Warum?«, fragte er wieder und wieder, »warum sollte jemand Olof töten wollen? Den stillen Olof?«

»Ja«, sagte Nyström. »Warum?«

»Sag du es mir!«, bellte Alving unvermittelt. »Du bist doch die Polizistin!«

Sie ließ ihm seinen Zorn. Sie wusste, wie unterschiedlich Menschen mit ihrer Trauer, mit dem Schock umgingen.

»Wir stehen noch ganz am Anfang«, sagte sie behutsam.

Alving hatte sein Gesicht mit den Händen bedeckt. Sehnen und Adern traten unter seiner Haut hervor, als seien sie aus dickem Draht. Über seinem Kopf surrten winzige Fruchtfliegen, die Küche roch nach reifem Obst, so als habe jemand vor Kurzem Pflaumen eingekocht.

Alving nahm die Hände von seinem Gesicht und legte sie auf die Tischplatte. Sie wirkten riesig. Er sah Nyström in die Augen.

»Scheiße, ich mochte ihn. Ich mochte ihn wirklich. Auch wenn keiner wusste, wer er war.«

In Nyströms Kopf arbeitete es.

»Wie meinst du das? *Wenn keiner wusste, wer er war?*«

»Ich meine, wer er wirklich war. Als Mensch. Hinter seiner Mauer. Da hat er keinen hineingelassen. Aber da war was, das habe ich gespürt. Ich mochte ihn. Ich mochte ihn wirklich.«

»Woher kam das, wenn er sich so eingekapselt hat? Deine besondere Zuneigung zu ihm?«

Alvings Augen weiteten sich.

»Ich bin nicht schwul oder so was. Falls du das denkst.«

»Das geht mich nichts an«, sagte Nyström schnell. Kurz dachte sie an ihre Tochter Anna. »Und es wäre ja auch okay.«

»Klar wäre das okay«, sagte Alving. »Aber so ist es nicht. Es ist anders. Seit meine Frau verstorben ist, bin ich ziemlich alleine hier draußen. Lessebo ist nicht gerade der Mittelpunkt der Welt, wenn du verstehst, was ich meine. Und wenn man nicht von hier stammt, macht es das auch nicht gerade einfacher. Und ohne Kinder ... Freunde können da guttun. Mal mit jemandem reden, ein Bier trinken.«

»Und Olof war so ein Freund?«

»Nein. Das ist es ja eben.«

Nyström hob eine Augenbraue. Alving fuhr sich durchs Haar.

»Er ... konnte nicht.«

»Konnte nicht?«

»Ja. Er brauchte jemanden, genauso wie ich, das spürte man. Einmal waren wir angeln. Da hat er es zugelassen. So etwas wie Freundschaft. Nähe. Und das meine ich nicht körperlich! Er hat mir von der Musik erzählt, die er macht. Wie gerne hätte ich die gehört, vielleicht war er ein richtiger Künstler.«

»Aber?«

»Am nächsten Tag bei der Arbeit war er wieder wie ausgetauscht. Wie eingefroren. So, als wär unser Ausflug ein großer Fehler gewesen. Als hätte er nie stattgefunden. Dabei ist es geblieben. Ich weiß bis heute nicht, was sich hinter seinen Mauern befindet.«

Seine Augen waren feucht. Eine der Fruchtfliegen war auf seiner Stirn gelandet, aber er schien es nicht zu bemerken oder es störte ihn nicht.

»Glaubst du, dass er religiös war?«

Wenn Alving die Frage verwunderte, dann zeigte er es nicht. Er schüttelte den Kopf.

»Nicht, dass ich wüsste. In die Kirche gegangen ist er nicht. Jedenfalls nicht hier in Lessebo.«

16

»Sag bitte, dass das nicht wahr ist«, sagte Delgado. Sein dunkles Gesicht glänzte vor Schweiß.

Auf dem Ausdruck aus dem Online-Lexikon, den er in der Hand hielt, stand es schwarz auf weiß.

Sankt Adrianus oder Adrian von Nikomedien (Hadrian von Nikomedia) war ein römischer Offizier und christlicher Märtyrer, der nach der Legende am 4. März 306 in Nikomedia unter dem römischen Kaiser Galerius Valerius Maximianus, einem erbitterten Gegner des Christentums, durch das Abschlagen der Hände, das Zertrümmern der Beine auf einem Am-

boss und anschließende Enthauptung den Tod fand. Sankt Adrianus ist Schutzpatron der Soldaten, Waffenhändler, Wachen, Schmiede und Metzger. Er hilft gegen Seuchen wie die Pest und gegen Epilepsie.

»Wir haben einen zweiten toten Märtyrer«, sagte Lindholm.

»Ein Doppelmord«, krächzte Delgado. Seine Stimme war kaum mehr als ein Flüstern.

17

Lars Knutsson nippte an seinem Espresso, es war bereits der zweite, den ihm Kalle Franzén serviert hatte. Bald hatte sich herausgestellt, dass Franzén jemand war, der viel zu erzählen hatte, wenn auch bis jetzt wenig davon Olof Andersson betroffen hatte. Anscheinend bekam er nicht allzu oft Besuch. Seine anfängliche Jovialität war abgeblättert wie alte Farbe und darunter kam ein trauriger Mann zum Vorschein, den Arbeitslosigkeit über die Jahre verbittert hatte.

»Als die Bahn mit den Privatisierungen begann, wurden Leute wie ich von einem Tag auf den anderen überflüssig. Dreiundzwanzig Jahre Lokführer im Güterverkehr und plötzlich soll meine Arbeit nichts mehr wert sein. Hast du eine Ahnung, wie sich das anfühlt?«

Knutsson brummte etwas in seinen Bart, das vage Zustimmung signalisieren sollte. Franzén erzählte von der Aufgliederung des ehemaligen Staatsbetriebs. Den Preiserhöhungen und Personalentlassungen. Dem schlechter werdenden Streckennetz und den verwaisten Bahnhöfen. Dem bedingungslosen Glauben an Rentabilität und Rendite. Das meiste kam Knutsson entfernt bekannt vor. Bestimmt hatte er einiges darüber in den Nachrichten gehört oder in der Zeitung gelesen. Doch wenn er ehrlich war, zappte er bei solchen Meldungen im Fernsehen gerne weiter oder schlug in der Zeitung eine Seite um. Er hörte und las nicht gerne von Dingen, die ihm Unbehagen bereiteten, vor allem nicht von der Zersetzung des schwedischen Sozialstaats, an den er fest glaubte und den er als richtig empfand. Aber gab es nicht dennoch auch globale Zwänge, internationale Spielregeln, die Schweden die Marschrichtung vorgaben? Jedenfalls klang es so, wenn man den Politikern zuhörte. *Alternativlos* war so ein Wort, das man sehr häufig hörte in letzter Zeit, fand er. Trotzdem verstand er nicht, weshalb das alles dazu führen sollte, dass Bahnstrecken eingestellt wurden. Oder Menschen wie der traurige Kalle Franzén arbeitslos wurden.

»Hast du denn schon einmal überlegt, eine Umschulung zu machen? Zum Beispiel zum Postboten oder so?«

Vorsichtig versuchte er das Gespräch in Richtung des toten Andersson zu lenken.

»In meinem Alter?«, fragte Franzén. Er klang entrüstet. »Ich bin achtundfünfzig! Mit der Arbeitswelt da draußen habe ich schon vor langer Zeit abgeschlossen.«

Stattdessen hast du dir hier drinnen deine eigene Welt gebaut, dachte Knutsson. Im Maßstab 1:87. Er hatte Mitleid mit dem Mann. Dann dachte er wieder an das, was zwei Häuser weiter passiert war.

»Olof Andersson ist tot«, sagte er unvermittelt. »Man hat ihn ermordet.«

Franzén reagierte langsam, verzögert.

»Und ich dachte, ihr wärt wegen eines Einbruchs gekommen«, sagte er schließlich.

Dann verhärtete sich seine Miene.

»Zigeuner«, sagte er, »das waren bestimmt die Zigeuner!«

»Wie meinst du das?«

Knutsson wand sich auf seinem Stuhl. Er wusste, dass er etwas anderes entgegnen sollte. Die Wortwahl des Mannes verbessern, Sinti und Roma, hieß es ja wohl richtig, wo kam man denn da hin, wenn man den Leuten ihre dummen Vorurteile, ihre Fremdenfeindlichkeit, ihren Alltagsrassismus durchgehen ließ? Arbeitslosigkeit hin oder her. Aber da redete Franzén schon weiter, die Stimme jetzt aufgekratzt, die Augen aufgerissen.

»Ich habe sie gesehen heute Nacht, in so einem typischen Zigeunergespann!«

»Wie bitte?«

Knutssons sah vor seinem inneren Auge eine Szene wie aus einem Ingmar-Bergman-Film: ein altertümlicher Planwagen, auf dem Kutschbock eine Frau mit Kopftuch, neben ihr ein Südländer mit goldenen Ohrringen.

»Ein alter Mercedes, Siebzigerjahre. Mit einem dieser Wohnwagen hinten dran, ebenfalls uralt. Das reinste Zigeunergefährt, und das um vier Uhr morgens in unserer Straße!«

18

Sie saßen seit so vielen Stunden im Besprechungszimmer, dass Ingrid Nyström jedes Zeitgefühl verloren hatte. Die

Müdigkeit klebte an ihr wie ein Neoprenanzug, presste sie wie eine zu enge Haut. Vielleicht schrumpfe ich, dachte sie, vielleicht schrumpfe ich unter dem Druck einfach zusammen, bis ich nicht mehr da bin. Für einen Moment war das ein beinahe tröstender Gedanke, dann schob sie ihn zur Seite. Erneut war in der oberen Etage des Präsidiums die Klimaanlage ausgefallen, die Raumtemperatur musste bei dreißig Grad liegen, der Sauerstoff schien lange verbraucht. Hinter der getönten Panoramascheibe zog die Abendsonne in einem weiten Bogen über die Stadt und leuchtete die erschöpften Gesichter der Kollegen mit der Unbarmherzigkeit eines Bühnenscheinwerfers aus. Die Schatten im Zimmer veränderten sich, wurden länger und dunkler, das Gespräch stagnierte. Sie traten auf der Stelle. Es gab so vieles, das sie aufhielt, so vieles, das sie am Weiterkommen hinderte. Und damit meinte sie nicht die vielen Rätsel, vor denen sie standen. Die tausend offenen Fragen und Ungereimtheiten der Ermittlungen. Sie meinte die inneren Hürden. Die mentalen und emotionalen Grenzen, an die jeder im Team stieß.

Den Schock und das Entsetzen über die grauenhaften Taten.

Und da war natürlich die Angst davor, dass es weitergehen würde.

Dass die Pfeile, der abgetrennte Kopf, die abgeschnittenen Hände, die zertrümmerten Gliedmaßen, dass das alles noch nicht das Ende war.

Ein Doppelmord, hatte Delgado gesagt und manches sprach dafür, dass er recht hatte. Da war der nicht zu leugnende Ritualcharakter der Taten. Die religiöse Aufladung der Morde. Die massive Übertötung. Das Kalkül. Die Wahl der Opfer, die sie bisher nicht verstanden. Doppelmord, einmal ausgesprochen, stand das Wort im Raum, so drückend und unerträglich wie die schwüle, verbrauchte Luft.

Noch konnte man natürlich hoffen, dass es bei den beiden Toten blieb. Zwei einzelne Morde, singuläre Beziehungstaten. Vielleicht die Rache einer Frau, die von Dahlin und Andersson vergewaltigt worden war. Oder die Vergeltung eines um den Anteil an einer Beute betrogenen Gangsters. Womöglich ein politisches Verbrechen. Man konnte sich alles vorstellen, denn im Grunde musste Nyström sich eingestehen, dass sie über den Täter – wenn es denn überhaupt ein Einzeltäter war – bisher so gut wie gar nichts wussten. Na schön, es gab Zeugen, die ein Wohnmobil oder einen Wohnwagen in der Nähe des einen Tatorts gesehen haben wollten, aber was hieß das schon in einer Region, in der es im Sommer nur so von Campingtouristen wimmelte? Sie hatten die zurückgelassenen Harpunenpfeile und die Angelschnur, mit der Dahlin gefesselt worden war, die Haken, mit denen das Fleischstück auf Musön präpariert gewesen war, aber das waren Dinge, die man in jedem Fachgeschäft oder, wie im Fall der Pfeile, problemlos im Internet bekommen konnte, Hinweise ohne Wert. Einzig und allein das Haar, das man auf Dahlins Leichnam gefunden hatte, war bisher von Nutzen gewesen – als Ausschlusskriterium des Verdächtigen Magnus Hasselgreen, an dessen Schuld sie allerdings eh zu keinem Zeitpunkt geglaubt hatte. Die Spurenlage war erbärmlich, auch wenn die Ergebnisse der Auswertung des zweiten Tatorts noch ausstanden. Und zusätzlich, als wär das alles noch nicht genug, waren da noch die merkwürdigen Zeichen, die sie an der Domkirche und der Filiale der Nordea-Bank gefunden hatten und die möglicherweise in einem Zusammenhang mit den beiden Morden standen. Es fühlte sich an, als sei es Ewigkeiten her, dass sie in den frühen Morgenstunden im hohen Gras neben den roten Kirchenmauern gestanden und die Einschusslöcher betastet hatte, dabei war das alles heute, alles an ein und demselben Tag passiert.

Wir brauchen ein Bindeglied, dachte sie. Wir brauchen als Erstes das, was Janus Dahlin und Olof Andersson miteinander verbindet. Sankt Sebastian und Sankt Adrianus, im Tod waren die beiden Männer zu Heiligen geworden, zu Märtyrern. Aber es musste darüber hinaus etwas geben, das sie im Leben verbunden hatte. Das sie mit dem Täter verbunden hat, eine Gemeinsamkeit, so unterschiedlich sie auf den ersten Blick wirkten. Da war Dahlin, der politisch engagierte Aushilfslehrer, der, obwohl er augenscheinlich in einer beruflichen Sackgasse gelandet war, ein volles, ja vielleicht sogar erfülltes Leben führte. Er unterhielt eine Art offene Beziehung zu einer klugen, schönen und reichen Frau, Sara Saale. Er hatte sexuelle Affären mit anderen Frauen. Er hatte politische Freunde und Genossen. Er hatte seinen Hund und einen Bastelschuppen. Irgendwie stellte sie sich ihn als einen in die Jahre gekommenen Lebenskünstler vor. Einen kämpferischen Althippie, der eigentlich nicht mehr richtig in die moderne Zeit passte und doch irgendwie seinen Weg im Leben gefunden hatte. Dagegen Andersson: ein Landbriefträger, der sich in einem baufälligen Haus in einem Provinzstädtchen eingeigelt hatte. Dem jede soziale Aktivität, jeder Kontakt zu seinen Mitmenschen unangenehm war. Ein einsamer Wolf, der Comics las und seltsame Musik komponierte. Was hatten diese beiden so verschiedenen Männer gemein? Göran Lindholm hatte darauf hingewiesen, dass sie in etwa gleich alt seien. Das stimmte zwar, aber hatte es auch eine Bedeutung? Dahlin stammte aus Linköping, seinen Werdegang hatten sie mittlerweile sehr gut rekonstruiert. Andersson war ihren Unterlagen zufolge in Landskrona geboren und aufgewachsen, bevor er als junger Mann in Malmö in den Postdienst eingetreten war. Nach Lessebo war er Anfang der Neunzigerjahre gezogen. Verwandtschaft gab es keine, Andersson war ein Einzelkind gewesen, seine Eltern waren schon lange tot, als letzter Verwandter war in den Achtzigern ein Onkel gestorben. Wenn sich die Biografien der beiden also irgendwo gekreuzt hatten, dann war es am wahrscheinlichsten in den vergangenen Jahren in Växjö oder der näheren Umgebung passiert. Diesen Berührungspunkt galt es zu finden – wenn es ihn denn überhaupt in der Wirklichkeit gab, und nicht nur in der Fantasie eines Wahnsinnigen. Sie mussten im Leben der beiden Männer jedes Blatt, jeden Stein umdrehen. Dazu würde morgen endlich die angeforderte Verstärkung kommen, zwei IT-Experten aus Jönköping, die Delgado bei der Arbeit am Computer unterstützen sollten. Nyström sah zu dem Mann mit den südamerikanischen Wurzeln hinüber. Vor ihm auf der Tischplatte lag eine Armee aus selbst gedrehten Zigaretten, die er gedankenverloren hin und her rollte. Neben Hugo Delgado saß Lars Knutsson, er hatte die Hände auf dem Bauch verschränkt. So sitzt er oft, dachte Nyström. Wie ein Fels, dem nichts etwas anhaben kann. Dennoch nahm sie die ungewohnte Nervosität wahr, die er heute ausstrahlte, ein unregelmäßiges Zucken seiner fleischigen Finger. Er wirkte wie ein Mann, der viel zu viel Kaffee getrunken hatte. Göran Lindholm schwitzte. Seine schwere, modische Brille rutschte immer wieder bis auf seine Nasenspitze hinab, was sein eulenhaftes Aussehen unterstrich. Die Ärmel seines karierten Hemds waren hochgekrempelt. Vielleicht sollte das Tatkraft zum Ausdruck bringen oder ihm war einfach nur zu heiß. Anette Hultin hatte einen starken Sonnenbrand. Auf ihrer roten Nase löste sich bereits die Haut. Sie sah erschöpft aus. Und dann war da Stina Forss. Ihre Sommersprossen leuchteten. Irgendetwas lag da in ihren Gesichtszügen, den Mundwinkeln. Nyström war sich nicht sicher, aber es wirkte wie ein versonnenes, ja, beinahe zufriedenes Lächeln. Sie sah auf ihre Armbanduhr, es war bereits Viertel nach acht. Es gab nichts mehr, was noch zu sagen gewesen wäre. Sie beendete die Besprechung und schickte alle nach Hause.

»Schlaft so viel wie nötig. Und kommt morgen so früh zurück, wie es euch möglich ist«, sagte sie zum Abschied.

Auf dem Flur traf sie Erik Edman. Er hatte am Beginn der Besprechung teilgenommen, war aber immer wieder aus dem Raum gestürzt, um Telefonate zu führen. Die letzten zwei Stunden hatte er ganz gefehlt.

»In mein Büro«, zischte er. Sie bemerkte rote Flecken in seinem sonst so hübschen und gepflegten Gesicht. »Jetzt!«

Aus irgendeinem Grund schien die Klimaanlage in dem geräumigen Arbeitszimmer ihres Chefs zu funktionieren. Sofort wurde ihr kühler, ein angenehmes Gefühl. Sie setzte sich auf einen der eleganten Besucherstühle vor den Schreibtisch. Edman, der sie vor sich hergeschoben hatte, umrundete sie und ließ sich dann ihr gegenüber auf seinen lederbezogenen Drehstuhl fallen. Sofort zog er sich an den Schreibtisch heran und richtete seinen Oberkörper auf, eine Geste, die unter anderen Umständen vielleicht bedrohlich gewirkt hätte, aber Edman war eher schmal gebaut und Nyström überragte ihn im Stehen um mindestens fünf Zentimeter.

»Du hast ein Riesenproblem, Ingrid.«

Er starrte sie an und sie starrte zurück.

»Wir haben zwei fürchterliche Morde. In drei Tagen. Natürlich ist das ein Problem. Für uns alle hier.«

»Das meine ich nicht!«

Edman ließ seine manikürte Hand auf der Schreibtischkante trippeln.

»Es geht um das, was du gesagt hast!«

Ihr Gesicht war ein Fragezeichen. Plötzlich merkte sie, dass sie fror. Was hatte sie gesagt?

»Was habe ich gesagt …?«

»Gestern, auf der Pressekonferenz, verdammt noch mal!«

Jetzt fiel es ihr wieder ein. Die Frage der Journalistin.

Kann die Gefährdung weiterer Personen ausgeschlossen werden?

Sie hatte die Frage bejaht. Sie hatte die Öffentlichkeit in Sicherheit gewiegt. Aber sie hatte sich geirrt, sie hatte die Situation falsch beurteilt. Eine fatale Fehleinschätzung, wie sich jetzt herausgestellt hatte. Ein zweiter Mann musste sterben, war auf bestialische Weise getötet worden.

»Oh«, sagte sie leise.

»Oh«, höhnte Edman, »oh, oh, oh! Nur hilft uns dieses Oh nicht viel weiter. Man ist nicht gerade begeistert über deine Performance hier. Der Stadtrat ist not amused. Der Staatsanwalt ist not amused. Und die stellvertretende Landespolizeichefin ist absolut not amused!«

»Mmh«, machte Nyström.

»Ich erwarte, dass du das wieder geradebiegst, gleich morgen früh auf einer zweiten Pressekonferenz. Dass du deine eklatante Fehleinschätzung allein auf deine Kappe nimmst. Ich will obendrein die Begriffe *unerwartete Entwicklung* und *heiße Spur* hören. *Ermittlungserfolg* wäre auch nicht schlecht.«

Die Flecken in Edmans Gesicht hatten die Farbe von reifen Johannisbeeren angenommen.

»Aber es gibt keine heiße Spur. Wir haben überhaupt keinen Ermittlungserfolg«, warf Nyström ein.

Edman funkelte sie an.

»Dann sorg dafür, dass es einen gibt! Es ist schließlich deine Karriere, um die es hier geht, Ingrid!«

19

Als sie nach Hause kam, stellte Stina Forss erleichtert fest, dass ihre Cousine Maj und sämtliche Mitglieder der Familie Lundin bereits ins Bett gegangen waren und sie sich nach dem langen Tag in Ruhe etwas zu essen machen konnte, ohne in höflich gemeinte Gespräche verwickelt zu werden. Am liebsten hätte sie sich sofort hingelegt, aber das ungute Gefühl in ihrem Magen erinnerte sie daran, dass sie tagsüber fast nichts gegessen hatte. Sie schaute in den Kühlschrank. Zwischen Marmeladengläsern und Milchpackungen fand sie einen zugedeckten Teller mit kalten Pfannkuchen, die Reste vom Abendessen der Lundins, extra für sie aufbewahrt, wie das von Maj beschriftete Zettelchen besagte. Das machte sie verlegen. Nein, es *störte* sie sogar. Sie starrte den Teller an und spürte, wie die Pfannkuchen sie mehr und mehr provozierten. Sicher, es war nett gemeint. Es war rücksichtsvoll und fürsorglich und bestimmt schmeckten die Pfannkuchen prima, wie alles, was Maj kochte und briet und backte ganz prima, nein, geradezu fantastisch schmeckte. Und es war ihr ein Rätsel, wie Maj es hinbekam, neben ihrem anstrengenden Beruf als Krankenschwester im Schichtdienst auch noch ein lebendiges Familienleben zu organisieren, zwei Kinder zu erziehen und nebenbei den Großteil des Haushalts zu schmeißen. Nur: Sie selbst hatte überhaupt keine Lust auf solch ein Familienleben. Auf die Erwartungen und Verpflichtungen, die damit verbunden waren. Sie wollte kommen und gehen können, wie es ihr passte. Weder ihre seelische Verfassung noch ihre berufliche Situation ließen Platz für etwas anderes. Gerade deswegen war sie doch hier, im ländlichen Schweden, am Arsch der Welt. Sie ließ die Pfannkuchen unberührt stehen und griff nach einer Joghurtpackung.

»Hej, Stina.«

Majs Stimme hatte sie erschreckt.

Sie hob den Blick und presste ein Lächeln hervor.

»Hej.«

»Es gibt Pfannkuchen für dich im Kühlschrank.«

»Ah, ja.«

Sie wusste nicht, was sie sonst dazu sagen sollte.

»Soll ich sie für dich rausholen?«

»Nein, danke, mir ist gerade nicht nach Pfannkuchen.«

»Sicher nicht? Wir haben extra welche für dich gemacht. Wir wussten ja nicht, dass du erst so spät nach Hause kommst. Du hast ja nicht Bescheid gesagt und ...«

»Nein, ich ... ich will jetzt nur Joghurt und ...«

Forss merkte, wie die Wörter stockten und wie hart ihre Stimme klang.

»Okay, schon gut, ich will dir nichts aufdrängen. Ich dachte nur ... vielleicht könnten wir einen Abend demnächst oder am Wochenende oder so auch mal zusammen essen. Schließlich wohnen wir gemeinsam unter einem Dach.« In Majs Stimme lag eine Unsicherheit, die für sie ungewöhnlich war. »Du warst ja das ganze Wochenende weg und danach bist du immer so spät nach Hause gekommen und deshalb haben wir ja immer noch nicht richtig deinen Geburtstag gefeiert. Oder eigentlich überhaupt nicht. Lea und

Tuva wollen so gerne einen Kuchen für dich backen und sie haben auch ein Geschenk ...«

Forss spürte, wie ihr die Luft wegblieb und ihre Haut zu kribbeln begann. Sie kannte diese Zeichen. Nicht jetzt, bloß nicht jetzt, dachte sie. Sie kannte das Gefühl so gut. Das Letzte, was sie wollte, war hier auszurasten. Sie machte die Augen zu und zählte bis zehn, so wie sie es der Therapeut gelehrt hatte. Dann weiter bis zwanzig.

»Maj«, sagte sie mit zittriger Stimme. »Ich kann das nicht. Ich kann das jetzt wirklich nicht.«

»Warum ...?«

»Ich bin mitten in einer Mordermittlung.«

»Mordermittlung? Ich dachte, du bist bei der Verkehrsabteilung.«

»Nein, seit Sonntag nicht mehr.«

Sie bemühte sich ruhig zu klingen.

»Aha, das hast du aber gar nicht erzählt.«

»Nein, wir haben uns auch nicht gesehen.«

»Stimmt.«

Maj setzte sich auf den Stuhl gegenüber von Stina und sah ihr in die Augen.

»Ich weiß, dass es eigentlich viel zu spät ist für die Frage, aber ich stelle sie trotzdem. Warum lässt du uns so wenig an deinem Leben teilhaben, Stina? Du wohnst schon seit Monaten bei uns, aber wir haben kaum etwas zusammen unternommen. Die Male, die wir gemeinsam gegessen haben, kann ich an einer Hand abzählen, du bist kein einziges Mal mit uns und dem Boot auf den See hinausgekommen und meine Eltern haben dich immer noch nicht gesehen, obwohl sie ständig nach dir fragen. Und Tuva und Lea himmeln dich an, ohne dass du sie eines Blickes würdigst oder ihnen mal eine halbe Stunde deiner kostbaren Zeit opferst!«

Forss erstarrte, ihr wurde heiß. Sie hatte keine Ahnung gehabt, dass sie Maj so enttäuscht hatte. Sie war davon ausgegangen, dass es in Ordnung war, das Zimmer bei den Lundins zu mieten, ohne sich wirklich am Familienleben zu beteiligen. Sie wollte nicht in etwas hineingezogen werden und eigentlich hätte sie sich längst eine eigene Wohnung in der Stadt besorgen können, aber irgendwie hatte sie es nicht als so drängend empfunden. Etwas an dem Arrangement hatte ihr gefallen. Es war bequem.

»Ich hätte es auch nett gefunden, deinen Freund aus Berlin kennenzulernen«, setzte Maj fort.

»Welchen Freund?« Forss sah Sebastian vor sich und spürte Stiche in der Brust, im Bauch, im Unterleib.

»Na, deinen Freund, der zu deinem Geburtstag gekommen ist.«

Oleg? Warum wollte Maj Oleg treffen?

»Er ist nur mein Kumpel, mehr ist da nicht.«

Sie klang wie eine fauchende Katze, fand sie. Aber sie konnte es nicht ändern.

»Na ja, mich interessiert halt dein Leben in Berlin. Ich kann mir so wenig vorstellen, wie du dort gelebt hast.«

Das geht dich auch gar nichts an, dachte Forss, aber zum Glück rutschten ihr die Wörter nicht raus. Sie fühlte sich dazu gedrängt, sich zu öffnen und Dinge darzulegen, die höchst privat waren. Ihr ganzes Leben in Berlin gehörte dazu. Es gehörte ihr und niemandem sonst.

»Hör mal, Maj«, versuchte sie ihre Irritation zu verbergen, »ich verspreche dir, für euch alle zu kochen, und ich möchte auch gerne deine Eltern einladen. Nur, solange ich in dieser Ermittlung stecke, werde ich nicht viel hier sein, und Tuvas und Leas Kuchen muss ein wenig warten. Es tut mir leid, wenn ich nicht die bin, die du erwartest hast.«

Maj sah sie einen Moment an.

»Okay«, sagte sie dann leise und erhob sich von ihrem Stuhl.

20

Ingrid Nyström parkte den Wagen auf dem Hof vor ihrem Haus und stieg aus. Obwohl die Müdigkeit in ihren Gliedern brannte, hielt sie etwas davon ab hineinzugehen, sich ein kleines Abendessen zuzubereiten und dann endlich zu schlafen. Auf der Veranda brannte Licht, ansonsten war das Haus dunkel, was darauf hindeutete, dass alle bereits ins Bett gegangen waren. Ihre älteste Tochter Marie war heute mit ihren drei Kindern gekommen. Das fiel Nyström erst jetzt wieder ein und sie hoffte, Anders habe ihr nicht übel genommen, dass sie sich nicht mal gemeldet hatte, um zu sagen, dass sie sehr spät nach Hause kommen würde. Aber dazu war einfach keine Zeit gewesen. Es war nicht das erste Mal und bestimmt auch nicht das letzte und zum Glück konnte Anders damit umgehen. Die Nacht war warm und es dämmerte. Sie warf einen Blick auf ihre Uhr, es war schon nach elf. Sie hatte nur zwanzig Minuten vom Präsidium in Växjö hinaus nach Ör gebraucht. Vor Wut war sie viel zu schnell gefahren. Das Gespräch mit Edman hatte sie gekränkt. Seine Art und seine Haltung. Als würde sich die Ermittlung nicht um zwei tote Menschen drehen, sondern um ihre Karriere. Eine Karriere, die sie gar nicht hatte haben wollen. Wie angenehm es wäre, dachte sie, wenn Berg immer noch ihr Chef wäre. Wenn er und nicht sie die Pressekonferenz morgen halten müsste. Sie blickte in den sternenklaren Himmel und atmete tief ein. Sommer, dachte sie. Am Wochenende war schon Mittsommer und sie fragte sich, ob sie dieses Jahr überhaupt in der Lage sein würde, es zu genießen.

Das einfache, aber gute Essen, die Blumen, die Musik.

Das Zusammensein.

Die Familie.

Sie liebte das Mittsommerfest, aber es schien ihr so weit weg. Wie aus einer anderen Realität, aus einem andern Leben. Bei den Feierlichkeiten am Mittsommer gab es keinen Platz für grausame Morde. Oder gerade doch? Sie musste an die Fernsehkrimis denken, die Anders so gerne sah. In dem Genre war Mittsommer wohl anders aufgeladen als in ihrer Welt, aber es war nicht auszuschließen, dass dieses Jahr an Mittsommer wirklich ein Mord geschehen würde. Eine grauenhafte Vorstellung.

Sie schaute hinunter auf die Wiesen und Weiden neben dem frei stehenden Haus und folgte ihrem Impuls, dorthin zu gehen, zu den Feldblumen und den Steinen. Könige der Steine, so hatte man früher die Bauern in Småland genannt. Mit harter körperlicher Arbeit hatten sie die großen Brocken vom Acker schaffen müssen und links und rechts der Felder zu Mauern aufgetürmt, bevor sie mit dem Pflug die Erde bearbeiten konnten. Nyströms Blick glitt entlang der jahrhundertealten Steinmauern bis zum Waldrand. Heutzutage war es schwer, sich vorzustellen, wie jeder dieser Millionen Steine mit bloßen Händen zurechtgelegt worden war. Hier draußen auf den Weiden und Feldern, weit weg von Büchern und Museumsräumen, lag die Geschichte der einfachen Männer Smålands. Und natürlich die der Frauen. Bestimmt hatte es auch die Königinnen der Steine gegeben. Aber davon redete man nicht. Sie fragte sich, ob Edman denselben abwertenden Ton benutzt hätte, um Berg zurechtzuweisen. Irgendwie konnte sie es sich schwer vorstellen. Dafür hatte Berg zu viel Integrität besessen. Er hätte es nicht zugelassen. Aber sie? Warum bemerkte sie ihre eigene Wut erst auf dem Weg nach Hause?

Es geht hier um deine Karriere, Ingrid.

Zum Teufel mit der Karriere! Sie riss mit der Hand eine Gemeine Schafgarbe aus dem Boden. Der Stiel war so robust und zäh, dass die Wurzeln mit hochkamen. Zwischen den Fingern rieb sie die Blume langsam zu Krümeln. Sie hatte sich so schutzlos gefühlt. Beinahe nackt. Und dann der Knoten in ihrer Brust. Warum war sie nicht schon längst zu einem Arzt gegangen? Warum hatte sie das immer weiter aufgeschoben? Und tat es noch. Sie kannte die Antworten. Jetzt konnte sie nicht. Wenn sie das Ergebnis schwarz auf weiß bekäme, konnte sie die Ermittlung hinschmeißen. Entweder Krebs oder ein Doppelmörder. Beides würde sie nicht meistern können. Sie bückte sich und pflückte eine Margerite. Eins nach dem anderen zog sie die Blütenblätter ab und flüsterte dabei. Gutartig, bösartig, gutartig, bösartig.

Als sie damit fertig war und das letzte Blütenblatt abgerissen hatte, war sie noch wütender als zuvor. Sie warf die kahl gerupfte Blume auf den Boden. Wie verrückt hatte die Angst sie eigentlich bereits gemacht? Versuchte sie sich mit Hokuspokus zu beruhigen? Zu ängstlich, um zum Arzt zu gehen, zu feige, um mit Anders zu reden, aber sich in einer lauen Sommernacht dem Aberglauben hingeben? Hatte sie den Kontakt zu sich selbst und der Realität verloren? Es war höchste Zeit, schlafen zu gehen. Bevor sie umdrehte und wieder Richtung Haus ging, warf sie einen letzten Blick auf die Feldmauer, die von Flechten überwuchert war. Die Königinnen der Steine, dachte sie. Auf einmal fühlte sie sich mit ihren Vorfahren sehr verbunden. Für die Ahnen war der Aberglaube eine Strategie gewesen, mit Schwierigkeiten umzugehen, gewachsen aus der Not. Vielleicht machte er das Leben manchmal ein wenig einfacher. Sie bückte sich und brach den Stil einer weiteren Margerite. Von Westen her kam ein kühler Nachtwind auf.

21

Ich hätte es verhindern können, dachte Zeuner.

Aber das hatte er nicht getan, im Gegenteil. Er hatte es nicht nur zugelassen, nein, er hatte sogar darauf gewartet, dass es passierte. Er hatte Andersson geopfert. Ein Bauernopfer, gestorben für ein höheres Ziel, für sein Ziel, das letzte, das ein alter Narr wie er noch hatte: Helenas Rettung.

Und sein Plan war aufgegangen, er hatte die Fährte des Racheengels aufnehmen können, wenn auch zu einem hohen Preis.

Hätte es andere Wege gegeben? Eine Möglichkeit, Anderssons Leben zu schonen? Sicher, musste er sich eingestehen. Natürlich. Alle Möglichkeiten der Welt. Er hatte beides in seiner Hand gehabt, Anderssons Leben und Helenas Sicherheit. Aber wenn er ehrlich war, wenn er wirklich in die Tiefen seines Herzens blickte, so wie es ihn die Ärztin in der Klinik während seines Entzugs gelehrt hatte, musste er sich eingestehen, dass Helenas Sicherheit nicht das war, was er in Wahrheit wollte.

Er wollte viel mehr als ihre Rettung.

Er wollte sie.

Er wollte sie zurück.

Der grausame Engel, der ihm den Weg wies, würde seine Arbeit nicht unvollendet lassen, das war jetzt sicher. Helena brauchte einen Beschützer und er würde für sie da sein, würde für sie kämpfen, so wie er sich wünschte, schon damals um sie gekämpft zu haben. In der Zeit, bevor er alles verloren hatte.

Auf dem Boden neben dem geköpften Leichnam hatte er das Manifest des Todesengels gefunden. Wörter, die wohl als Ergänzung zu der hastig verrichteten Inszenierung dienen sollten, beinahe so, als hätte der Rächer Angst bekommen, die Botschaft seiner Tat könnte nicht verstanden werden. Nun waren seine Aufzeichnungen in Zeuners Händen gelandet. Neugierig hatte er die eng beschriebenen Seiten durchgeblättert. Die hektische Handschrift war kaum zu entziffern gewesen, aber einzelne Sätze waren ihm in dicken Blockbuchstaben entgegengesprungen:

Wer als Märtyrer lebt, muss auch als Märtyrer sterben.

Milch wird fließen, Blut muss fließen.

Schmerz bedeutet Reinigung.

Der letzte Satz in dem Notizbuch lautete: *Ich habe sie erkannt. Sie ist der Anfang, aber ich muss den ganzen Weg bis zum Ende gehen.*

Der grausame Engel würde Zeuner den Weg weisen, er brauchte nur der Spur aus Blut zu folgen. Er musste beinahe lächeln. Ausgerechnet er, der letzte Soldat des Sozialismus, glaubte an einen Engel.

Bevor er das schwere Wohnwagengespann startete, nahm er mehrere lange Schlucke aus der Flasche, die er sich am Morgen in einem staatlichen Alkoholladen besorgt hatte. Es brannte in seinem Mund, seinem Hals, seiner Seele. Ein reinigendes Feuer, das nichts vom dummen, alten Zeuner übrig ließ.

MITTWOCH

1

Stina Forss wachte auf. Ihr Zimmer lag im Zwielicht. Es war die dunkle Stunde vor der Morgendämmerung. Sie blinzelte. Die Dinge um sie herum, der Nachttisch, die Lampe, der Stuhl, auf dem ihre Kleidung lag, hatten Konturen, aber keine Farbe. Es ist die graue Stunde, dachte sie. Trotzdem waren da Farben, nicht um sie herum, aber in ihr, vor ihrem inneren Auge, herübergerettet aus einem Traum. Braun, Gelb, Rot. Sie hatte sie von der anderen Seite des Schlafs mitgebracht, ja, sie war aufgewacht davon. Oder hatte ihr Nervensystem auf etwas anderes reagiert? Ein ungewöhnliches Geräusch? Den Stich einer Mücke? Sie griff nach dem Wasserglas, das auf ihrem Nachttisch stand, und trank. Die Farben verblassten bereits wieder.

Braun, Gelb, Rot.

Sie sprach sie aus, um an ihnen festzuhalten. Wir geben den Dingen Namen, um sie an uns zu binden, dachte sie. Wie Kindern. Kurz dachte sie auch an Sebastian und seinen Brief, der auf der Kommode im Flur lag, noch immer ungeöffnet. Sein Brief in einem braunen Umschlag. Doch sein Name ging nicht über ihre Lippen. Sie wollte nicht festhalten, sie wollte loslassen. Das hatte sie vor vielen Monaten entschieden, ein Entschluss, der kein Wenn und kein Aber zuließ. Und erst recht kein Zurück. Oder?

Sie stand auf, es ging ganz von allein, die Schritte in den Flur und zurück. Schon war sie wieder in ihrem Bett. Den braunen Umschlag legte sie neben sich, auf das Kopfkissen. Sie ahnte, nein, sie wusste, was darin stand. Sebastians Bitte.

Berlin.

Ihr altes Leben, ihre alten Freunde.

Die Lebendigkeit der großen Stadt.

Und vor allem: Nähe. Seine Hände, sein Körper, seine Stimme. Verstanden werden, geborgen sein.

Das alles war in dem Umschlag. Er lag ganz nah. Es wäre so leicht ihn zu öffnen. Sebastians Bitte nachzugeben und alles rückgängig zu machen. Sie griff nach dem Couvert. Das braune Papier war rau und warm. Sie schloss die Augen.

Braun, Gelb, Rot.

Das innere Bild. Die verblassenden Farben aus ihrem Traum formten ein Streifenmuster.

Sie öffnete die Augen. Ihr Atem setzte für einen Moment aus. Sie hatte verstanden. Wahnsinn, dachte sie. Wenn es stimmt, ist es der reine Wahnsinn. Wieder sprang sie aus dem Bett. Sie zog sich etwas an, ohne darauf zu achten, was. Sie huschte die Treppe hinab, schlüpfte in ihre Schuhe. Schon saß sie in ihrem Auto. Sie startete den Wagen und wendete. Die Uhr auf dem Armaturenbrett des Polos zeigte zwanzig nach vier.

Um zehn vor fünf bog sie in die Auffahrt von Janus Dahlins Haus. Eine Elster flüchtete vor dem Wagen, schrie erbost auf und hüpfte zur Seite. Forss stieg aus dem Wagen. Mit wenigen Schritten war sie an der Tür. Den passenden Schlüssel hatte sie noch immer in ihrer Handtasche. Sie schloss auf, trat ein und schaltete das Licht im Flur an. Sie ging direkt auf die Garderobe zu. Das, wonach sie suchte, war tatsächlich da. Es hing an einem Haken unter einem verstaubten Motorradhelm. Sie griff nach dem Kleidungsstück, löschte das Licht und warf die Tür hinter sich zu. Dann stieg sie wieder in ihren Wagen und fuhr in östliche Richtung aus der Stadt hinaus. Über der Landstraße zwischen den hohen Tannen und Fichten ging die Sonne auf, ein riesiger Feuerball. Ihre Anspannung nahm zu, in ihren Adern pochte Adrenalin. Sie gab Gas und überholte einen Sattelzug, der Baumstämme geladen hatte. Die Landstraße hob und senkte sich. Um halb sechs hatte sie Lessebo und das Haus von Olof Andersson erreicht. Sie stieg aus dem Auto. Die Luft roch nach frischem Tau und Kiefernharz. Sie brach das Siegel der Spurensicherung. Für dieses Haus hatte sie keinen Schlüssel, aber die Heringe taten ihren Dienst, das Schloss schnappte sofort auf. Sonnenstrahlen fielen durch die offene Tür auf die karge Garderobe des Landbriefträgers.

Sie ging durch den Flur in das Schlafzimmer. Öffnete den Kleiderschrank, in dem Andersson seine Comics aufbewahrt hatte. Dahinter lag der Sack mit alter, aussortierter Wäsche. Ihr Unterbewusstsein hatte sie nicht betrogen. Sie fand Anderssons Trainingsjacke in der Mitte des Haufens. Und in ihrer anderen Hand hielt Stina Forss die passende Hose dazu, Dahlins Hose; beide Kleidungsstücke hatten denselben, vergilbten Braunton und an der Seite jeweils einen gelben und einen roten Streifen. Sie gehörten zweifelsfrei zusammen.

»Wahnsinn«, sagte Forss. Diesmal sprach sie es laut aus.

2

Ingrid Nyström hatte viel länger geschlafen, als sie es vorgehabt hatte. Sie hatte den Wecker auf halb sechs gestellt, jetzt war es beinahe acht. Irgendwie musste sie das Signal überhört haben. Mein Körper nimmt sich, was er braucht, dachte sie, trotzdem ärgerte sie sich. Es gab so vieles, was zu tun war. Eilig duschte sie und zog sich etwas Leichtes an, die digitale Wetterstation auf dem Nachttisch ihres technikbegeisterten Manns zeigte bereits eine Außentemperatur von neunzehn Grad. Es würde im Verlaufe des Tages heiß werden.

Als sie nach unten in die Küche kam, glich der Raum einem Schlachtfeld. Darin tobten ihre Enkel, der sechsjährige Marcus und seine beiden vierjährigen Schwestern, die Zwillinge Elise und Thea. Wie es aussah, hatten sie sich allein Frühstück gemacht. Milch, Kakao und Joghurtspuren zogen sich vom Kühlschrank zum Küchentisch und wieder zurück. Eine umgekippte Cornflakespackung lag in einer Wasserlache und alle drei Kinder hatten großflächig Marmelade um ihre Münder verteilt. Mit beherzten Handgriffen sorgte Nyström für Ordnung, räumte die Spülmaschine ein, wusch die Kindermäuler und bereitete sich selbst ein Frühstück.

»Wo sind denn die anderen Erwachsenen?«, fragte sie und gab sich Mühe, die Kleinen ihren Ärger nicht spüren zu lassen.

»Opa ist im Garten«, klärte Marcus sie auf.

»Und Mama schläft«, krähten Elise und Thea im Chor.

»Dürfen wir zu den Nachbarn, mit den Katzen spielen?«, fragte Marcus.

»Na klar. Ab mit euch.« Nyström scheuchte die jubelnde Horde aus der Küche.

Als sie schließlich draußen in ihren Wagen stieg, um zur Arbeit zu fahren, knallte sie die Autotür mit solcher Wucht zu, dass Anders es hinten bei seinen Bohnen und Zucchini mit Sicherheit hören konnte, zumindest hoffte sie das. Dann fuhr sie mit so viel Gas vom Hof, dass der Kies bis an das Garagentor spritzte.

Der Vormittag war voll mit Terminen. Für zwölf Uhr hatte Edman eine zweite Pressekonferenz anberaumt und sie hatte sich geschworen, dieses Mal besser vorbereitet zu sein. Dazu wollte sie sämtliche Ermittlungsakten noch einmal durchgehen und sich ein Skript zusammenstellen. Darüber hinaus hatte sie Besprechungen mit Bo Örkenrud, Ann-Vivika Kimsel und dem Staatsanwalt Joakim Börjlind vereinbart, außerdem sollte sie die IT-Experten aus Jönköping begrüßen und ein Telefonat mit der stellvertretenden Polizeichefin führen. Edman zufolge erwog man in Stockholm bereits, die Reichskriminalpolizei hinzuzuziehen. Das war das Letzte, was sie im Moment wollte: Wichtigtuer aus der Hauptstadt, die ihr den Fall entrissen. Die schlechten Erfahrungen, die sie mit Stockholmer Beamten im Zuge der Ermittlungen um den wirren Amateurpiloten und später in der Boulevardpresse als »Smålandflieger« bekannt gewordenen Oskar Zetterberg gemacht hatte, der sein Leichtbauflugzeug in die Spitzen des Växjöer Doms gesetzt hatte, waren ihr noch in allzu deutlicher Erinnerung. Nun, es lag allein an ihr, die Landespolizeiführung von ihren Qualitäten zu überzeugen und das klare Signal zu senden, dass sie die Lage unter Kontrolle hatte. Nur, hatte sie das wirklich?

Sie fuhr die Landstraße 30 in südliche Richtung. Kurz nach der Ausfahrt zum Flughafen hatte sie eine plötzliche Eingebung. Eigentlich war es eher ein emotionaler Impuls. Sie bog trotz des Zeitdrucks in das Wohngebiet von Öjaby ab. Sie wusste nicht, ob sie ihren ehemaligen Chef Gunnar Berg zu Hause antreffen würde – seit seinem schweren Unfall im Frühjahr, der ihn in den Vorruhestand gezwungen und sie selbst auf die Chefposition befördert hatte, reihten sich seine gesundheitlichen Rehabilitationsmaßnahmen aneinander – trotzdem versuchte sie es und hatte Glück. Gunnar Berg und seine Frau Ruth saßen unter einem geblümten Sonnenschirm im Garten und frühstückten. Beide freuten sich offensichtlich über den unangekündigten Besuch und Nyströms Befürchtung zu stören, verschwand schnell. Die Bergs waren überaus herzlich. Man plauderte, Ruth versorgte sie mit einer Tasse Tee und frischem Orangensaft, dann zog sie sich unter Vorwänden ins Haus zurück; sie spürte, dass Nyström mit ihrem Mann etwas Dienstliches besprechen wollte – auch wenn Gunnar gar nicht mehr im Dienst war.

»Gut siehst du aus!«, sagte Nyström.

Es war Wochen her, dass sie Berg das letzte Mal gesehen hatte, und in der Tat erinnerte nur noch wenig an den blassen grauen Mann im Rollstuhl, den sie und Anders Anfang Mai in einem Reha-Zentrum für Nierenkranke in Göteborg besucht hatten. Berg lächelte.

»Man tut, was man kann. Wenn es gut läuft, stehe ich diesen Sommer schon wieder auf dem Golfplatz. Ich habe schließlich ein Handicap zu verteidigen!«

Nyström lachte. Bergs mangelndes Golftalent war legendär. Trotzdem hatte man ihn vor kurzer Zeit zum Präsidenten des Golfclubs gewählt, eine Verneigung vor seinem Lebenswerk als moralische Institution Växjös und beliebtem Chef der Kriminalpolizei. Berg war ein Mann, der große Fußstapfen hinterlassen hatte, in vielerlei Hinsicht.

Sie sah den Gehstock, der an seinem Gartenstuhl lehnte. Er bemerkte ihren Blick.

»Ganz wie früher wird's wohl nie wieder werden.« Er hob die Schultern. »Aber sei's drum, ich bin dreiundsechzig, da hat wohl jeder seine Gebrechen. Alles in allem habe ich eine Menge Glück gehabt. Und schau dich hier um, das reinste Paradies!«

Er schmunzelte. Es war dieses wissende, selbstironische Lächeln, aus dem Nyström nie wirklich schlau geworden war. War Berg hier in seiner Gartenidylle glücklich? Oder vermisste er die Arbeit bereits? Vielleicht wusste er es selbst nicht genau.

Auf dem Gartentisch lagen zwischen Tassen und Gläsern drei verschiedene Tageszeitungen. Er wusste also über die Eckpunkte der Todesfälle Bescheid. Natürlich.

»Erzähl mir davon«, sagte er und ließ die Rückenlehne seines Comfortgartenstuhls nach hinten gleiten.

Und sie erzählte.

Berg war ein guter Zuhörer. Er unterbrach sie kaum, hakte nur dort nach, wo er etwas ausführlicher wissen wollte oder nicht genau verstand. Zum Schluss stellte er einige Fragen. Dann sagte er lange nichts. Schließlich stellte er die Rückenlehne wieder gerade und nahm einen Schluck von seinem Orangensaft. Er sah Nyström an.

»So etwas wie diesen Mörder gab es hier wohl noch nicht, Ingrid. Aber das ist auch nicht wichtig. Wichtig ist, dass du weißt, dass er Fehler macht. Er hat schon längst welche begangen, auch wenn ihr sie jetzt noch nicht sehen könnt. Sie machen Fehler, Ingrid, sie machen alle Fehler. Findet die Fehler! Und falls er wirklich noch ein drittes Mal zuschlagen sollte, wird er weitere Fehler machen. Sie werden sich häufen, zu einem ganzen Fehlerberg und wenn es so weit ist, dann wirst du da sein und ihn dir schnappen. Geh nicht jeden Weg selbst. Dreh nicht jeden Stein allein um. Dafür hast du deine Leute. Du musst das Spielfeld als Ganzes im Auge haben. Die Partie lange offen halten. Es ist nie gut, nur in eine Richtung zu marschieren. Spar dir deine Kräfte. Du selbst musst nur einen einzigen Zug machen, und zwar den entscheidenden. Achte darauf, Edman auf Abstand zu halten und Stockholm ebenso. Das sind Politiker, keine Polizisten.«

»Ja«, sagte Nyström. »Ja, ich weiß.«

Berg lächelte schief.

»Natürlich weißt du.«

»Danke.«

»Und noch was, Ingrid. Diese Stina Forss mag ja eine fähige Ermittlerin sein, aber sie ist dir schon einmal auf der Nase herumgetanzt. Ich kann dir nur raten, tu dir selbst einen Gefallen und halte sie an einer kurzen Leine.«

3

Stina Forss hatte von Olsson, der die Waffen- und Asservatenkammer verwaltete, auf Nyströms Anweisung hin eine Dienstpistole erhalten – was mit der Auflage verbunden war, in den nächsten vier Wochen zwölf Stunden angeleitetes Schusstraining zu absolvieren. Und sie hatte einen provisorischen Arbeitsplatz im dritten Stock des Präsidiums, in dem die Kriminalpolizei ihre Räumlichkeiten hatte, zugewiesen bekommen. Aufgrund von Platzmangel hatte man sie in Knutssons Büro einquartiert. Der umständliche Ermittler benutzte seinen Computer nur, wenn es nicht zu vermeiden war, und nahm dort, wo es möglich war, mit einem vorsintflutlichen Faxgerät vorlieb, das er auf einem zweiten Arbeitstisch stehen hatte. Auf dem Rückweg aus Lessebo hatte sie an einem namenlosen Waldsee gehalten und war eine halbe Stunde geschwommen. Die Frische des dunklen Wassers hatte die letzte Müdigkeit aus ihrem Körper vertrieben. Zurück in Växjö hatte sie in einer Bäckerei in der Fußgängerzone gefrühstückt, dann hatte sie sich im Keller des Präsidiums in der Schießanlage eine Stunde lang mit der Handfeuerwaffe vertraut gemacht, bevor sie nach oben an ihren neuen Arbeitsplatz gegangen war. Als Knutsson gegen neun in das Zimmer gestampft kam, saß sie am Schreibtisch, vor sich hatte sie den braunen Trainingsanzug liegen.

»Warst du so früh schon joggen?«, fragte er.

»Mmmh …?«

Seine dröhnende Stimme riss sie aus ihren Gedanken.

»Was machst du da?«

»Nachdenken.«

Sie erzählte von dem nächtlichen Fund. Knutsson schien wenig beeindruckt.

»Tja, dann hatten die beiden wohl den gleichen Trainingsanzug. Ist das Puma?«

»Nein. Das ist es ja gerade. Es ist gar nichts. Weder Puma noch Adidas, noch Nike oder irgendwas anderes.«

»Vielleicht was Finnisches?«, schlug Knutsson vor. »Die haben da oben ihre ganz eigenen Marken und Bräuche und …«

»Nö«, sagte Forss. »Nicht Finnisch, nicht Dänisch, gar nichts. Kein Markenemblem, kein Etikett, nichts, was einen Hinweis auf die Herkunft geben könnte. Nur hier, auf der Brust, siehst du die kleinen Löcher? Da war einmal etwas, ein Aufnäher, aber der ist vor langer Zeit entfernt worden. Ich meine, hast du schon einmal solche unmodischen Trainingsanzüge gesehen?«

»Ich weiß nicht. So ähnliche vielleicht, als ich klein war. Ich meine, Braun, Gelb, Rot – und dann der Schnitt. Ganz klar Siebzigerjahre, würde ich sagen.«

»Gelb und Braun – kannst nichts versaun«, murmelte Forss. Dann lauter: »Das Seltsame ist, dass ich diesen Anzug kenne. Dass ich so einen schon einmal gesehen habe, meine ich.«

»Und wo?«

»Das ist das Problem. Ich kann mich nicht erinnern.«

Knutsson überlegte kurz. Dann fiel ihm etwas ein: »Es gibt da diese speziellen Techniken. Yoga oder so.«

4

Die Spurensicherung hatte ihre Räumlichkeiten neben der Asservatenkammer im Keller des Präsidiums. Ingrid Nyström kam nicht oft hinunter in das laborähnliche Großraumbüro, in dem Bo Örkenrud mit seinem Team arbeitete und das wegen seiner niedrigen Deckenhöhe und den fehlenden Fenstern von manchen Kollegen scherzhaft *die Grotte* genannt wurde. Sie fand Örkenrud vor einem Computermonitor, neben ihm standen verschiedene Mikroskope, die zum Teil mit Rechnern verkabelt waren. Örkenrud wirkte aufgekratzt und gleichzeitig erschüttert – ungewöhnlich für den sonst so besonnenen Mann mit der kräftigen Statur eines Eishockeyverteidigers. Sie begrüßten sich. Der Schlafmangel hatte auch bei ihm Spuren hinterlassen, ein Schatten aus Bartstoppeln lag auf seinem Gesicht. Nyström konnte sich nicht erinnern, Örkenrud jemals zuvor unrasiert gesehen zu haben, dabei stand es ihm ganz gut, fand sie.

»Was für ein Massaker«, sagte er. »Was für ein gottverdammtes Massaker. Auch was die Spurenlage angeht. Aber wir haben Material ohne Ende gefunden. Massig DNA, aber vor allem Fingerabdrücke. Im Blut auf dem Körper des Leichnams, auf den Glasscheiben des Aquariums, auf dem Holz des Sessels, in dem der Tote saß. Natürlich habe ich die Ergebnisse sofort mit den Datenbanken abgeglichen.«

»Und?«

»Nichts. Niemand, der in Schweden jemals polizeilich registriert worden ist. Die Interpol-Abfrage läuft noch. Haare und Hautschuppen sind bereits unterwegs zur Analyse nach Linköping. Edman hat denen anscheinend richtig Dampf gemacht. Wenn es eine Übereinstimmung mit der Haarprobe vom Fall Dahlin gibt, erfahren wir es angeblich bis spätestens morgen. Nun ja, man darf gespannt sein, wie schnell die wirklich sind, wenn es um einen *high priority case* geht. Sonst warten wir ja immer wochenlang auf die Ergebnisse.«

»*High priority case?*«

»Zitat Edman.«

»Und was sagt dein Gefühl, Bo?«

Örkenrud hob seine Schultern und ließ sie wieder fallen.

»Mit Gefühlen ist das so eine Sache. Aber wenn du direkt fragst: Einerseits spricht sehr vieles dafür, dass es sich um denselben Täter handelt. Zwei so bestialische Taten in mehr oder weniger unmittelbarer zeitlicher und räumlicher Nähe.

Beide Morde zur selben Uhrzeit begangen. Und dann dieses Märtyrerding, das ihr herausgefunden habt. Das sind schon viele Parallelen.«

Er stockte, kaute auf seiner Lippe.

»Ich höre da ein Aber heraus.«

Ein flüchtiges Lächeln glitt über sein Stoppelgesicht.

»Aber es gibt auch Unterschiede«, sagte er.

»Und zwar?«

Nyström hörte ihrer Stimme die Ungeduld an.

»Da ist zum einen der *modus operandi*. Der Mörder von Janus Dahlin hat die große Bühne gesucht. Eine dramatische Inszenierung, die bis ins kleinste Detail geplant war. Er hat Dahlins Gewohnheiten ausgekundschaftet, tage- oder womöglich wochenlang. Er hat auf der Insel einen Hinterhalt arrangiert, ihn zu Tode gefoltert, die Bootsfahrt hinüber nach Humlehöjden vorbereitet, um ihn von diesen verrückten, verkleideten Bogenschützen finden zu lassen. Wer weiß, vielleicht hat Stina tatsächlich recht mit ihrer Annahme, dass er auf die Reaktion von diesem italienischen Gebetsbruder spekuliert hat. Er hat sogar Fleisch mit Angelhaken präpariert, um den Hund außer Gefecht zu setzen. Das alles folgte einem akribischen Plan. Struktur und Sadismus, Hand in Hand. Bei Andersson ist dagegen alles eine Nummer kleiner.«

»Wie meinst du das?«

»Weniger spektakulär. Ich weiß nicht, wie ich es anders ausdrücken soll.«

»Bo! Man hat ihm den Kopf und die Hände abgetrennt und in ein Aquarium geworfen!«

»Ja, ja, aber das meine ich nicht. Ich meine etwas anderes. Den Rahmen des Spektakels von mir aus. Die Manege, seine Bühne. Sie ist kleiner gewählt. Dieselbe Brutalität, aber auf einem niedrigeren Podest. Manches wirkt so zufällig. Da ist die Kollegin, die ihn findet, weil sie seine Comichefte nicht zerknicken will und deshalb ins Haus geht. Genauso gut hätte vorher ein x-beliebiger Nachbar oder ein neugieriges Kind auf die offene Tür reagieren können. Es ist so vollkommen willkürlich. Wo sind hier die Bogenschützen, wo ist hier der Mönch? Und dann dieses kleinbürgerliche Wohnzimmer. Wie passt das zu der Legende vom heiligen Adrianus? Verstehst du, was ich meine? Es gibt da Brüche. Dinge, die nicht recht zusammenpassen.«

»Und was ziehst du daraus für Schlussfolgerungen?«

Örkenrud sah Nyström lange nachdenklich an.

»Ich habe den Eindruck, der Täter wird hektisch. So, als laufe ihm plötzlich die Zeit davon.«

»Vielleicht ist das der Fahndungsdruck«, sagte Nyström. »Möglicherweise spürt er, dass wir ihm schon auf den Fersen sind. Vielleicht dichter, als wir selbst es wissen.«

Örkenrud kaute wieder auf seiner Lippe.

»Vielleicht«, sagte er schließlich. »Da ist noch was, Ingrid. In Anderssons Haus gibt es Einbruchspuren, ein Kellerfenster wurde aufgehebelt. Danach hat man versucht, die Spuren zu vertuschen, aber sie sind für ein geschultes Auge ganz eindeutig.«

»Was ist daran ungewöhnlich? Dann wissen wir jetzt doch wenigstens, wie der Täter unbemerkt zu Andersson vordringen konnte.«

»Es ist nur so, dass der Einbrecher Handschuhe getragen hat. Die Abdrücke sind deutlich. Wer immer das war, dem war offensichtlich daran gelegen, keine individuellen Spuren zu hinterlassen, während Anderssons Mörder darauf überhaupt keine Rücksicht genommen hat. Abdrücke ohne Ende. Wie ich bereits sagte, der Tatort war ein Paradies für jeden Forensiker.«

»Mmh«, machte Nyström. »Das ist in der Tat ein wenig

seltsam. Wieso lässt er seine anfängliche Vorsicht so unnötig schleifen und zieht seine Handschuhe aus? Vielleicht gerät er während seines Mordens in eine Art Rausch? Einen Blutrausch?«

»Vielleicht«, sagte Örkenrud.

5

Göran Lindholm verbrachte den Vormittag damit, Delgado und den beiden IT-Experten aus Jönköping zu assistieren und Datensätze in Masken einzutragen. Obwohl er im Allgemeinen relativ fit im Umgang mit Computern war, verstand er kaum etwas von dem, was er da eigentlich genau tat, und die drei Kollegen ließen keine Gelegenheit aus, seine Unerfahrenheit mit Frotzeleien und spitzen Bemerkungen zu kommentieren. Im weitesten Sinne ging es wohl darum, die Personendaten aus den Umfeldern von Dahlin und Andersson miteinander abzugleichen, zu sieben und zu filtern. Delgado und die Jönköpinger führten Fachgespräche, benutzten Ausdrücke wie *Despotiv, Matrix* und *Rasterfahndung*.

»Rasterfahndung«, dozierte Delgado. »Rechtlich bis heute umstritten, jedoch höchst effektiv. Von den Amis nach dem 11. September perfektioniert, aber ursprünglich in Deutschland erfunden, im Kampf gegen die RAF.«

»Die Royal Air Force?«, fragte Lindholm verwundert.

Die drei Männer lachten.

»Die Rote Armee Fraktion, du Witzbold«, sagte Delgado. »Eine linksextremistische Terrorgruppe. Noch nie von Andreas Bader und Ulrike Meinhof gehört? Es gab doch kürzlich diesen Kinofilm.«

»Habe ich nicht gesehen«, sagte Lindholm kleinlaut.

Die Männer grinsten noch immer.

Lindholm verkniff sich daraufhin weitere Nachfragen und stellte seine Ohren so gut es ging auf Durchzug. Er war froh, als er gegen ein Uhr Mittagspause machen konnte. Wegen der immer noch defekten Klimaanlage machte er einen Bogen um die Präsidiumskantine, außerdem wollte er nicht Gefahr laufen, mit den drei Computernerds und selbst ernannten Experten in Ermittlungsgeschichte zu Mittag essen zu müssen – der Nachmittag mit dem Trio würde noch lang genug werden. Eigentlich war Delgado ein sehr umgänglicher Kollege, aber in der Gegenwart dieser IT-Hirnis aus Jönköping war er im Laufe des Vormittags zu einem echten Idioten mutiert. Noch immer angefressen marschierte Lindholm hinüber zur Stadtbibliothek, die nur wenige Hundert Meter vom Präsidium entfernt lag. Die Cafeteria dort war für ihr preiswertes Lunchbüfett bekannt und wurde mittags von vielen städtischen Angestellten frequentiert. Er entschied sich für einen großen Salat und fand einen Platz am Fenster mit Aussicht auf die Västra Esplanaden. Unter den Bäumen fuhren drei hübsche Mädchen auf Fahrrädern vorbei, ihre hellen Kleider flatterten verheißungsvoll im warmen Wind. Kurz dachte er an das bevorstehende Mittsommerwochenende. Eigentlich hatte er geplant, mit seiner Clique auf einem Campingplatz direkt am Meer in Halmstad zu feiern. Ein überaus guter Plan, vor allem, weil auch Sonja zugesagt hatte. Sonja, mit ihren tollen karelischen Augen. Sonja, mit dem guten Musikgeschmack. Sonja, die sich letzten Monat von Frerk getrennt hatte. Sonne, Meer und jede Menge Alkohol, eine bessere Mischung konnte man sich gar nicht vorstellen, um einander bei Fachgesprächen über die Songs von *Arcade Fire* oder *Vampire Weekend* näherzukommen. Außerdem wollte er ihr den selbst gezeichneten Entwurf für eine Tätowierung zeigen, einen Seelöwen, den er sich auf die Wade stechen lassen würde, sobald er das Geld dafür zusammenhatte. Doch so wie die Dinge im Moment standen, war das Wochenende in Halmstad in akuter Gefahr. Die Ermittlung, in der sie steckten, nahm kein Ende und es war nicht einmal ausgeschlossen, dass es noch weitere Tote geben könnte. Schwer vorstellbar, dass er am Wochenende wirklich frei haben würde. Es sei denn, dachte er, der Fall ist bis dahin gelöst. Er kaute seinen Salat. Dann hatte er eine Idee.

Die Bibliotheksangestellte zeigte ihm die Abteilung mit den Büchern zum Thema Religion. Nachdem er sich ein wenig orientiert hatte, fand er bald ein Nachschlagewerk über frühchristliche Märtyrer. Zuerst suchte er nach dem heiligen Sebastian. Er fand mehrere Abbildungen von Ölgemälden, die meisten aus der Renaissance. Allen Kunstwerken war gemein, dass sie Sebastian aufrecht stehend, an Bäume oder Säulen gefesselt zeigten. Immer war sein nackter oder nur notdürftig von einem Lendenschurz bedeckter Körper von Pfeilen durchbohrt. Sein Gesichtsausdruck spiegelte entrücktes Leid.

Marter.

Lindholm erkannte Janus Dahlin wieder. Das, was in seinem Gesicht gestanden hatte. Das, was ihm angetan worden war.

Lindholm las:

Sankt Sebastian ist ein bekannter Heiliger, der Schutzpatron der Sterbenden, Gärtner, Bürstenbinder, Eisenhändler, Soldaten, Kriegsinvaliden, Büchsenmacher, Eisen- und Zinngießer. Der Steinmetze, Leichenträger und Brunnen. Beschützer gegen die Pest und Seuchen. Sankt Sebastian war nach dem

Zeugnis des heiligen Ambrosius Mailänder, ist aber möglicherweise in Narbonne geboren. Seine Überreste liegen in der Kirche S. Sebastiano fuori le Mura in Rom, in der Via Appia, begraben. Er war zur Zeit von Papst Gaius Hauptmann der Prätorianergarde am kaiserlichen Hof Diokletians. Dort verheimlichte er seinen christlichen Glauben, aber seine Stellung erlaubte ihm, seinen christlichen Glaubensgenossen in den Gefängnissen Roms beizustehen, ihnen Mut zuzusprechen und weitere Römer zu bekehren. Der Legende nach ließ ihn Kaiser Diokletian, als er von Sebastians Glauben erfuhr, an einen Baum binden und von numidischen Bogenschützen erschießen. Sebastian wurde zunächst für tot gehalten und am Hinrichtungsort liegen gelassen, wo er von der Witwe des Märtyrers Castulus gefunden und schließlich gesund gepflegt wurde. Nach seiner Genesung trat er Diokletian erneut gegenüber und bekannte sich zum Christentum. Der Kaiser ließ ihn daraufhin im Hippodrom des Palastes Domus Augustana auf dem Palatin zu Tode prügeln und die Leiche in die Cloaca Maxima, den größten Abwasserkanal Roms, werfen. Sebastian erschien dann der Christin Lucina im Traum und wies ihr den Ort. Sie holte den Leichnam heraus und bestattete ihn im Coemeterium an der Via Appia.

Unter dem Informationstext stand noch ein Gedicht.

Sankt Sebastian

Wie ein Liegender so steht er; ganz
hingehalten von dem großen Willen.
Weitentrückt wie Mütter, wenn sie stillen,
und in sich gebunden wie ein Kranz.

Und die Pfeile kommen: jetzt und jetzt
und als sprängen sie aus seinen Lenden,

eisern bebend mit den freien Enden.
Doch er lächelt dunkel, unverletzt.

Einmal nur wird seine Trauer groß,
und die Augen liegen schmerzlich bloß,
bis sie etwas leugnen, wie Geringes,
und als ließen sie verächtlich los
die Vernichter eines schönen Dinges.

Der Dichter hieß Rainer Maria Rilke. Lindholm las das Gedicht mehrmals. Er war sich nicht sicher, ob er es verstand. Aber er fand, dass es eine sehr unheimliche Wirkung hatte. Dann suchte er im Inhaltsverzeichnis nach dem heiligen Adrian. Der Abschnitt im Buch war etwas länger als bei Sankt Sebastian, jedoch gab es keine Abbildungen zu Sankt Adrian. Vielleicht war das, was ihm der Legende nach widerfahren war, zu grausam, um gemalt zu werden.

Der heilige Adrianus war Offizier der römischen Armee und lebte zur Zeit der Kaiser Diokletian und Maximian. Um das Jahr 300 ließ Maximian zwei Dutzend Christen verhaften und folterte sie. Adrianus wurde Zeuge dieser Geschehnisse und fragte die Märtyrer, aus welchem Grund sie so unerträgliche Qualen erduldeten. Sie antworteten ihm: »Wir erdulden all das, um die unaussprechliche Seligkeit zu gewinnen, die Gott denen bereitet, die um Seinetwillen leiden.« Daraufhin erfasste Adrians Seele die göttliche Gnade und er wurde erleuchtet. Er verlangte, man möge seinen Namen zu denen der Märtyrer hinzufügen, woraufhin er festgenommen und gefesselt ins Gefängnis geworfen wurde. Am andern Tag wurde ihm der Gerichtstermin mitgeteilt und er erhielt die Erlaubnis, seine Frau Nathalia zu benachrichtigen. Als diese ihn kommen sah, glaubte sie, er habe den Erlöser verraten, verriegelte die Tür und rief ihm die Worte des Herrn zu: »Wer mich verleugnet vor den Menschen, den werde ich verleugnen vor meinem Vater, der in den Himmeln ist.« Doch als Adrianus ihr den wahren Grund seines Kommens mitteilte, öffnete sie die Tür weit, umarmte ihn und beschloss, mit ihm zum Gericht zu gehen. Einige Tage später wurde Adrianus dem Kaiser vorgeführt und auf sein mutiges Bekenntnis hin so schwer geschlagen, dass seine Eingeweide hervortraten. Dann trug man ihn ins Gefängnis zurück, denn er konnte nicht mehr gehen. Nathalia schnitt sich die Haare und legte Männerkleider an, sodass es ihr gelang, sich ins Gefängnis zu schmuggeln, um ihren Mann und die anderen Märtyrer zu pflegen, obwohl der Kaiser befohlen hatte, ihnen jede Pflege zu versagen. Als Maximian vernahm, dass man seinen Befehl umgangen hatte, wurde er so zornig, dass er allen im Schraubstock die Beine zerquetschen, und Adrianus die Hände abhacken ließ. Unter dieser Folter gaben sie alle den Geist auf. Am nächsten Tag wurde er enthauptet. Danach sollte er mit 23 anderen Märtyrern verbrannt werden. Als die Scharfrichter begannen, ihre Körper anzuzünden, erhob sich ein gewaltiger Gewittersturm, der das Feuer auslöschte und die Scharfrichter durch Blitze tötete. Christen bargen Adrians Leichnam und bestatteten ihn am Stadtrand von Byzanz. Nathalia sollte wieder verheiratet werden und floh nach Byzanz in die Nähe von Adrians Grab und nahm eine Hand Adrians, die sie fand, zu sich. Als sie starb, wurde sie ebenfalls bei den Märtyrern beerdigt. Der heilige Adrianus ist Schutzpatron der Soldaten, Waffenhändler, Wachen, Schmiede und Metzger. Er hilft gegen Seuchen wie die Pest und gegen Epilepsie.

Mein Gott, dachte Lindholm, das ist alles ganz schön harter Tobak. Vor seinem inneren Auge flammte das Bild von Anderssons verstümmeltem Körper auf.

Der Kopf in dem Aquarium.

Die fehlenden Hände, die zertrümmerten Beine.

Barbarisch wie im tiefsten Mittelalter. Nein, das stimmte nicht. Es stand doch alles im Text. Barbarisch wie im alten Rom. Er holte seinen Notizblock aus der Hosentasche. Er blätterte. Er schrieb, er unterstrich, er kreiste ein. Dann las er:

Sankt Sebastian: Hauptmann der Prätorianergarde, Kaiser Diokletian, Schutzpatron der Eisenhändler, Soldaten, Kriegsinvaliden.

Sankt Adrian: Offizier der römischen Armee, Kaiser Diokletian und Maximian, Schutzpatron der Soldaten, Waffenhändler, Schmiede.

Es gab unverkennbar Parallelen. Nur was waren die Parallelen zwischen Janus Dahlin und Olof Andersson?

6

Der ausgefurchte, verwachsene Forstweg in der Nähe des Sjöatorpasees, vor dem Stina Forss' Polo vor zwei Tagen hatte kapitulieren müssen, bereitete Knutssons überdimensioniertem Pick-up keine Probleme. Wie ein Panzer preschte der Dodge Ram durch Schlaglöcher und Unterholz, tief hängende Fichtenzweige peitschten gegen die Windschutzscheibe, der PS-starke Motor brüllte, heulte, gurgelte. Knutsson machte die Querfeldeinfahrt sichtlich Spaß.

»Starke Karre«, lobte Forss und hielt sich am Griff über dem Seitenfenster fest.

»Das Leben ist zu kurz, um kleine Autos zu fahren«, grinste Knutsson.

»Wie viel schluckt der denn so?«

Knutssons Grinsen erstarb.

»Themawechsel.«

Der dichte Wald lichtete sich. Sie hielten inmitten des Science-Fiction-Parks. Zwischen den riesenhaften Forstwirtschaftsmaschinen wirkte selbst der Geländewagen klein und verloren. Sie fanden Joel Åhsberg, den jungen Genossen Dahlins, in dem Wohncontainer, wo der Waldarbeiter gerade eine Frühstückspause machte. Heute trug er das T-Shirt einer anderen Heavy-Metal-Band, Slayer. Als Motiv zeigte es eine Art Dämon mit schmerzverzerrtem Gesicht.

»Ich habe es vorhin in der Zeitung gelesen, es gibt einen zweiten Mord«, sagte der blasse Junge. Seine langen Mähne roch intensiv nach Haarspülung. Honig und Mandel, dachte Forss.

»Waren es deiner Meinung nach wieder die Bonzen?«, fragte sie. »Oder doch eher die Nazis?«

Åhsberg zuckte die Schultern. Falls er die Ironie in Forss' Stimme bemerkt hatte, ließ er es sich nicht anmerken.

»Keine Ahnung«, sagte er. »Woher soll ich das denn wissen?«

Knutsson klatschte ein Foto von Olof Andersson auf den Esstisch. Es war auf der Feier zu seinem fünfzigsten Geburtstag entstanden, die seine Kollegen für ihn organisiert hatten. Andersson blickte verkniffen in die Kamera, in der Hand ein Weinglas. Er hielt es so weit von sich gestreckt, als enthielte es Gift.

»Kennst du den Mann?«

Åhsberg legte sein angebissenes Butterbrot beiseite und griff nach dem Foto.

»Ist das der zweite Tote?«

»Ja, er heißt Olof Andersson. Aus Lessebo, wie du wahrscheinlich schon gelesen hast.«

Der Junge sah sich die Fotografie lange und konzentriert an. Dann schüttelte er den Kopf.

»Ich bin mir sicher, dass ich diesen Mann noch nie gesehen habe.«

7

»Ich bin mir sicher, dass ich diesen Mann noch nie gesehen habe.«

Moa Matsson schüttelte langsam den Kopf. Die hübsche Frau mit den verschiedenfarbigen Augen hatte einen Ölfleck im Gesicht. Als Forss und Knutsson auf den Bauernhof in der Nähe von Vislanda gefahren waren, war Matsson gerade dabei gewesen, den Luftfilter an einem Traktor zu reinigen. Sie reichte Knutsson das Foto zurück. Sie standen in einer alten Scheune. Dort, wo die groben Bretter Lücken ließen, schnitten Wände aus Sonnenlicht in den hohen Raum. Es roch nach Heu und Staub.

»Wie, sagtet ihr, hat er geheißen?«

»Olof Andersson«, antwortete Forss.

»So heißt mein Tennislehrer«, sagte Matsson. »Aber der ist Mitte dreißig und lebt in Alvesta.«

»Der ist es nicht«, brummte Knutsson.

»Nein, natürlich nicht. Es war nur so ein Gedanke«, sagte Matsson.

»Lasse?«

»Ja?«, sagte Knutsson und sah zu Forss.

»Könntest du mir einen Gefallen tun? Ich habe meine Handtasche im Wagen vergessen. Wenn du sie holen würdest ...«

»Ja, also ... Klar.«

Er sah irritiert aus.

»Danke«, sagte Forss.

Knutsson stapfte aus der Scheune.

Forss sah Matsson an.

»Was du mir vorgestern erzählt hast, über dich und Janus Dahlin ...«, begann sie.

»Es ging von ihm aus!«, sagte die junge Frau schnell. »Ich wollte das nicht!« Ihr Mund stand offen, ihre Unterlippe zitterte.

»Ich weiß.«

»Es ist nur alles so schwer, wenn plötzlich jemand stirbt. Ermordet wird. Wenn ein Freund ermordet wird. Denn das war er, ein Freund. Trotz der Sache mit dem Anfassen. Er hat sich entschuldigt. Und er hat es auch so gemeint, dass habe ich wirklich gespürt. Ich hatte ihm vergeben.«

In ihren Augen standen Tränen.

»Ich weiß. Trotzdem muss ich dich etwas fragen. Auch wenn es wehtut. Okay?«

»Okay.«

Matsson wischte sich mit der Hand über die Augen, ihr Mascara verschmierte.

»Warst du jemals bei Janus Dahlin zu Hause?«

»Ja. Mehrmals. Dreimal glaube ich. Einmal war es wegen irgendwelcher Vorbereitungen zu einer Demonstration. Wir haben mit mehreren Leuten Banner gemalt, gegen die Erweiterung der EU-Verträge. Das ist schon einige Jahre her. Ein anderes Mal haben wir alle gemeinsam Flugblätter geschrieben, ich weiß nicht mehr, worum es da genau ging. Ja, und dann gab es noch dieses dritte Mal.«

Sie stockte.

»Das war der Abend, an dem er mich berührt hat. Im letzten Dezember, kurz vor Weihnachten. Aus irgendwelchen Gründen waren wir nur zu zweit. Es gab etwas zu besprechen, aber alle anderen hatten kurzfristig abgesagt. Er hat mir Wein angeboten, die Wohnung gezeigt. Nicht, dass sie besonders spektakulär gewesen wäre, eher ein wenig unaufgeräumt, eine Junggesellenbude halt, aber ich habe gemerkt, dass er sich Mühe gegeben hat, nett zu mir zu sein.«

»Ein bisschen zu nett«, sagte Forss.

»Ja.« Matsson lachte kurz auf. Dann war sie wieder ernst.

»Wart ihr auch in seinem Schuppen?«, fragte Forss.

»Ja«, sagte Matsson. »Genau. Da waren diese seltsamen Maschinen, diese komischen Konstruktionen. Quatschmaschinen, habe ich sie genannt. Und gelacht habe ich wohl auch, wir hatten schließlich schon eine ordentliche Menge Wein getrunken. Aber der Moment war merkwürdig, wenn ich jetzt daran zurückdenke.«

»Inwiefern?«

»Janus war ganz ernst in diesem Augenblick. Fast so, als wäre er beleidigt, dass ich mich amüsierte. Dabei dachte ich, das wäre der Sinn dieser Maschinen. Dass man sich amüsiert. So wie mit Spielzeug. Aber er hat etwas Rätselhaftes gesagt, es klang sehr pathetisch. Und das bei Janus, dem sonst jedes Pathos zuwider war.«

»Was hat er gesagt?«

»Er sagte: *Diese Maschinen sind meine Entschuldigung an die ungesühnten Toten dieser Welt.*« Sie seufzte, aber ohne Ironie. »Jetzt ist er wohl selbst einer. Ein ungesühnter Toter.«

»Was könnte er damit gemeint haben?«, fragte Forss.

»Ich weiß es nicht. Ich habe ihn damals gefragt, ob ich

diese Maschinen fotografieren darf. Du weißt ja, für mein Fotoprojekt, Poststrukturalismus und so.«

»Die Ohnmacht des Altertümlichen in der Onlinegesellschaft«, zitierte Forss.

»Genau. Jedenfalls war seine Antwort auf meine Frage mindestens so seltsam wie sein Spruch über die Toten.«

Draußen näherten sich dumpf Knutssons Schritte. In den Wänden und Säulen aus Sonnenlicht stieg langsam Staub empor, der dunklen Decke der Scheune entgegen.

»Was hat er denn gesagt?«

»*Diese Maschinen repräsentieren mein Innerstes, Moa.*«

8

Anette Hultin verbrachte die späten Vormittagsstunden in Lessebo und marschierte mit einem Foto von Janus Dahlin in Olof Anderssons Nachbarschaft von Haustür zu Haustür. Echte Fußsoldatenarbeit, dachte sie. Die Menschen, von denen sie viele bereits am Vortag befragt hatte, wirkten beunruhigt oder wie betäubt. Längst hatte sich herumgesprochen, was mit ihrem Nachbarn geschehen war. Auf das Bild von Janus Dahlin reagierte indes niemand. Keinem kam der Lehrer bekannt vor. Wenn es zwischen den beiden toten Männern eine Verbindung gab, dann hatte sie nicht aus häufigen, gegenseitigen Besuchen bestanden.

»Olof und Besuch?«, fragte die junge Frau, die gegenüber von Andersson wohnte. »Nicht, dass ich mich erinnern kann.«

Ein anderer Nachbar, ein älterer Herr mit Eisenbahnermütze, gab zu Protokoll, dass er Andersson ein einziges Mal in Begleitung einer anderen Person gesehen habe.

»Das muss im Frühjahr gewesen sein, an einem dieser ersten warmen Tage im April. Da hat er mit jemandem im Garten gesessen und Kaffee getrunken. Aber das war nicht der Mann von dem Foto hier. Das war eine Frau gewesen. Eine schick gekleidete Frau.«

»Sicher?«, fragte Hultin.

»Sicher!«, sagte der Nachbar und nickte eifrig. Das goldene Emblem auf seiner Mütze blitzte in der Sonne. Er hat es frisch poliert, ging ihr durch den Kopf. Seine Einladung auf einen Espresso lehnte sie ab. In einer Pizzeria im Ortskern aß sie zu Mittag, dann fuhr sie zu Amina Ducaj, der Briefzustellerin, die Anderssons Leichnam gefunden hatte. Die Frau stand sichtlich unter Medikamenteneinfluss, ihr Blick war träge, ihre Zunge schwer. Doch Hultin bemerkte auch etwas anderes. Schwarze Haare, dunkler Teint. Und dann der Name, Ducaj. Die kommt aus Osteuropa, dachte sie, Balkan. Etwas in ihr verhärtete sich. Um die Briefträgerin herum sprang ein agiler Pudel, der ununterbrochen kläffte. Der Wesensunterschied zwischen der sedierten Frau und dem lebhaften Tier wirkte auf Hultin grotesk. Sie versuchte, ihre Wut loszulassen, aber ganz gelang es ihr nicht. Auch wenn sie wusste, dass es unprofessionell war. Sie zeigte Ducaj das Foto von Dahlin. Die Frau schüttelte den Kopf. Bedächtig, wie in Zeitlupe. In ihrem Mundwinkel steckte eine Zigarette, an der die Asche immer länger wurde, bis sie auf das Revers ihres rostfarbenen Morgenmantels fiel. Ducaj schien es nicht einmal zu bemerken. Ihr glasiger Blick fixierte Hultin.

»Wer trägt jetzt eigentlich die Post aus, wo Olof tot ist und ich krankgeschrieben bin?«

9

Die Königin der Steine, dachte Ingrid Nyström, jedenfalls fühlte sich jeder Muskel, jede Faser ihres Körpers so an, versteinert. In der Pressekonferenz hatte es begonnen. Während Edman milde lächelnd und seine manikürten Hände betrachtend neben ihr gesessen hatte, waren die Fragen der Journalisten wie Granateinschläge auf sie niedergegangen. Sie hatte sich gewehrt, so gut es ging, Ausweichmanöver durchgeführt, Deckung gesucht, Gegenoffensiven gestartet. In die Knie gegangen war sie nicht, aber sie hatte einiges einstecken müssen. Ein Journalist eines überregionalen Boulevardblatts hatte ihr später zugeraunt, dass sie damit rechnen könne, ihr Foto am nächsten Tag in der Zeitung zu sehen. An die Bildunterschrift wollte sie erst gar nicht denken. Sie war nass geschwitzt und ihre Nackenmuskeln waren völlig verspannt, das Resultat ihrer inneren Abwehrhaltung. Anschließend führte sie ein Telefonat mit der stellvertretenden Landespolizeichefin. Sie erfuhr, dass man sich in Stockholm bereits Sorgen mache, ob sie dem ungewöhnlichen und komplexen Fall gewachsen sei, schließlich arbeite sie ja erst seit wenigen Monaten in leitender Position. Nyström spürte, dass sie wütend wurde. Sie gab ihr Bestes, um den Eindruck zu vermitteln, jeden Aspekt der Untersuchung unter Kontrolle zu haben. Obwohl sie beinahe eine Stunde lang sprach, hatte sie hinterher das Gefühl, die entscheidenden Dinge nicht wirklich auf den Punkt gebracht, sondern sich in Entschuldigungen und Rechtfertigungen verheddert zu haben. Das Ergebnis des unerfreulichen Gesprächs war ein Ultimatum: Sollte binnen einer Woche kein dringend Tatverdächtiger ermittelt werden, würde sich die Reichskrim in den Fall einschalten und Nyström die Verantwortung entziehen. Als sie schließlich auflegte, war auch ihre Schultermuskulatur vollkommen hart. Dann hatte sie eine Unterredung mit dem Staatsanwalt Joakim Börjlind. Im Grunde war Börjlind ein ruhiger, kluger Mann, mit dem sie seit vielen Jahren gut zusammenarbeitete, aber der grausame Doppelmord hatte offensichtlich auch ihm zugesetzt. Er kam Nyström ungewöhnlich nervös und fahrig vor und er verbarg seine Enttäuschung über die mageren Ermittlungsergebnisse nur notdürftig. Als sie sein Büro am frühen Nachmittag verließ, war ihr gesamter Rücken so steif, dass sie Schwierigkeiten hatte, die Treppe hinauf zu ihrer Abteilung zu nehmen, und sie dachte zum ersten Mal seit Einweihung des Präsidiums ernsthaft darüber nach, den Fahrstuhl zu nehmen, entschied sich dann aber dagegen, weil sie davon überzeugt war, dass ihr ein bisschen Bewegung guttun würde. Ihr Mittagessen bestand aus einem Apfel und einer Birne, dazu trank sie mehrere Gläser Leitungswasser und machte einige gymnastische Übungen. Dann sortierte sie Meldungen und Notizen, die sich im Laufe des Vormittags auf ihrem Schreibtisch gesammelt hatten, und brachte die Akten auf den neuesten Stand. Um fünfzehn Uhr hatte sie einen Termin bei Ann-Vivika Kimsel in der pathologischen Abteilung des Krankenhauses. Sie war froh, an die frische Luft zu kommen und ging die wenigen Hundert Meter zu Fuß. Die Luft war warm, aber aus Richtung des Växjösees kam eine frische Brise auf. Nyström umarmte ihre Freundin zur Begrüßung. Es tat ihr gut, den vertrauten Geruch von Nikotin und teurem Parfüm zu atmen, der Ann-Vivika umgab, seit sie sich erinnern konnte. Etwas in ihr löste sich, die innere Verspannung ließ für den Moment nach. Sie setzten sich in Ann-Vivikas Arbeitszimmer. Die warmen Holztöne und naturbelassenen Stoffe, mit denen die Ärztin ihr Büro eingerichtet hatte, setzten einen bewussten Kontrapunkt zu der kühlen Halle aus weißen Fliesen und Edelstahl, in der sie den unangenehmeren Teil ihrer Arbeitszeit verbrachte. Ann-Vivika goss ihnen beiden gekühlten Tee ein. Sie sah ernst aus und übermüdet. Sie begann das Gespräch mit einem tiefen Seufzer.

»Was soll ich dir erzählen, Ingrid? Du hast den Leichnam ja gesehen. Unvorstellbare Gewalt, weit über den Tod hinaus.«

»Woran ist er gestorben?«

»Letztendlich an einem Herzinfarkt, so merkwürdig sich das vielleicht anhören mag, wenn man den zugerichteten Körper gesehen hat.«

»Ein Infarkt?«

»Ja, aber das ist bei näherer Betrachtung gar nicht so ungewöhnlich. Du musst bedenken, dass er nicht mehr der Jüngste war, außerdem erfüllte er andere Voraussetzungen: Er hatte Arteriosklerose, leichtes Übergewicht und seine Lunge war die eines langjährigen Rauchers, der erst vor Kurzem den Absprung geschafft hat. Außerdem hat er sich zu wenig bewegt und regelmäßig sedierende Medikamente eingenommen. Wenn man das alles zusammennimmt, war er für einen Herzinfarkt prädestiniert. Unter der Folter ist es dann geschehen. Das war für sein geschädigtes Herz-Kreislauf-System einfach zu viel.«

Nyström schluckte.

»Folter. Die Verletzungen hat man ihm also beigebracht, als er noch lebte?«

»Zum großen Teil. Er wurde zunächst geschlagen.«

»Mit einem Kreuz wie Dahlin?«

»Nein, mit einem weicheren Gegenstand. Einer Rute oder etwas Ähnlichem.«

Ann-Vivika blätterte in ihren Unterlagen.

»164 Schlagspuren habe ich gefunden. Dann hat der Täter

ihm die Hände abgetrennt, mit einer Axt oder einem Beil, würde ich vermuten.«

»Konnte sich Andersson nicht wehren?«

»Er war gefesselt. Auch diese Striemen habe ich an seinem Körper entdeckt.«

»Fesseln haben wir am Tatort nicht gefunden.«

»Nein, die gehörten in diesem Fall wohl nicht zu der Inszenierung.«

Nyström nippte an ihrem Tee. Ihre Freundin sah blass aus, ihr dunkles Haar schimmerte.

»Schließlich wurden ihm die Beinknochen zertrümmert, mit einem stumpfen, schweren Gegenstand, vielleicht mit der Rückseite einer Axt. Ganz zum Schluss dann die Entfernung des Kopfes, aber da war er bereits tot.«

»Wie lange hat er gelitten, denkst du? Wie lange wurde er gefoltert, bis sein Herz aufhörte zu schlagen?«

»Das ist schwer zu sagen, Ingrid. Eine Stunde, womöglich länger.«

Nyström dachte an das, was Bo Örkenrud ihr am Morgen gesagt hatte.

Ich habe den Eindruck, der Täter wird hektisch. So als laufe ihm plötzlich die Zeit davon.

Das schien nicht zu dem zu passen, was Ann-Vivika herausgefunden hatte. Oder doch? Eine Inszenierung, aber kleiner und weniger detailliert als bei Dahlin? Wie schon bei ihrem letzten Besuch vor zwei Tagen rutschte ihr Blick auf den großen, gerahmten Druck von Miró, der über dem Kopf ihrer Freundin an der vertäfelten Wand hing, und blieb daran hängen: schwarze wuchernde Flecken auf einem blauen Grund, dazwischen klaffte eine schreiend rote Linie. Wie eine Wunde, dachte sie. Wieder spürte sie das Ziehen in ihrer linken Brust, ein Schmerz, stärker noch als am Vortag.

»Ingrid?«

Ihr Name kam von irgendwo. Weit entfernt, aus einer anderen Galaxie. Sie kniff die Augen zusammen, öffnete sie wieder. Ann-Vivika blickte sie erschrocken an.

»Ist alles in Ordnung mit dir?«

Die Worte kamen wie von selbst, genau wie Nyströms Tränen.

»Ich glaube, ich habe Krebs.«

10

»Das war ein Trick vorhin, oder? Ich meine, als du mich zum Wagen geschickt hast?«, knurrte Knutsson.

»Ja, Lasse, das war ein Trick.«

»Clever, Stina, äußerst clever«, nickte er. »Der große, böse Bulle schüchtert die Zeugin ein, klopft sie weich, bis der gute Bulle den bösen wegschickt, Vertrauen aufbaut und schließlich die Zeugin knackt. So von Frau zu Frau.«

»Ich habe niemanden *geknackt*, Lasse. Außerdem bist du gar kein böser Bulle.«

»Nein?«

»Nein«, lachte Forss. »Ganz und gar nicht. Du bist sogar ziemlich liebenswert, finde ich.«

»Aha«, sagte Knutsson. Danach schwieg er, bis sie das Grundstück von Martin Högvall erreicht hatten, dem attraktiven Mathematiker, der das Ende des Systems errechnet haben wollte, was auch immer er damit meinte. Sicher war, dass er und seine Genossen für das Ende dessen, was man Kapitalismus nannte, gekämpft hatten. Sie dachte an die selbst gemalten Schilder auf Moa Matssons Grundstück.

Große Konzerne, die die kleinen Höfe in Schweden vor die Hunde gehen ließen, um ihren Profit zu steigern. Sie dachte an das, was sie jeden Tag in den Nachrichten sah, las und hörte. Die Finanzmärkte, die ganze Staaten vor sich hertrieben und ausbluten ließen. Sie dachte an rücksichtslose Banken und die Ohnmacht der Politik. Das Wort Schuldenkrise.

Die Schuldenkrise ist eine Verteilungskrise. Hatte auf einem Aufkleber in Dahlins Wohnung gestanden. Forss hatte drei Tage darüber nachgedacht. Es erschien ihr einleuchtend. Jedem geschuldeten Euro, jeder geschuldeten Krone stand logischerweise derselbe Geldbetrag auf der Plusseite gegenüber. Massenweise Geld, das irgendjemandem gehörte. Reichtümer, in abartiger Höhe. Waren das alles Fehlentwicklungen, von Gier und Geiz befeuerte Irrtümer eines an sich guten Systems? Oder lag der Fehler viel tiefer, im Fundament, im Bauplan der kapitalistischen Wirtschaftsordnung? Und wenn das so sein sollte, was für Schlussfolgerungen musste man daraus ziehen?

Martin Högvall gab sich ihnen gegenüber noch missmutiger als bei Forss' erstem Besuch. Er blieb in der Tür stehen und bat die Ermittler nicht in sein Haus.

»Was wollt ihr denn nun schon wieder? Ihr stört. Ich arbeite.«

»Er arbeitet daran, die internationalen Finanzmärkte zum Einsturz zu bringen«, spottete Forss, obwohl sie dachte, dass die Idee vielleicht gar nicht so schlecht wäre.

»Aha«, sagte Knutsson.

»Ha, ha«, sagte Högvall. Er hatte die Arme vor seiner imposanten Brust verschränkt. »Also?«

»Es gibt einen zweiten Toten, Olof Andersson. Wir glauben, dass es derselbe Täter sein könnte, der auch Janus Dahlin ermordet hat«, sagte Forss.

»Ich hab's schon im Internet gelesen. Die Nachrichtenseiten sind voll davon.«

Högvall sah gelangweilt aus. Knutsson reichte ihm das Foto.

»Kennst du diesen Andersson?«

Högvall brauchte keine zwei Sekunden. Er schüttelte den Kopf.

»Nie gesehen, den Mann. Und auch der Name sagt mir nichts. War's das?«

Forss nickte, Knutsson kratzte seinen Bart. Högvall trat einen Schritt zurück und warf die Tür mit Schwung zu.

»Sympathisches Kerlchen«, sagte Knutsson.

»Immerhin hat er hübsche Lippen«, sagte Forss. »und er hat das Ende des Systems errechnet.«

»Was für ein System?«, fragte Knutsson.

»Ach, vergiss es«, sagte Forss. »Lässt du mich deinen Wagen zurück in die Stadt fahren?«

»Warum nicht?«, sagte Knutsson mit einem verdatterten Gesichtsausdruck und dann leise, mehr zu sich selbst: »Schließlich ist das Leben zu kurz, um kleine Autos zu fahren.«

11

»Doppelschichten«, ächzte Pelle Alving. Der Mann in der Postuniform sah gerädert aus. »Anders geht es im Moment nicht. Irgendjemand muss den Laden schließlich am Laufen halten, jetzt wo meine Kollegin vorläufig ausfällt und Olof ...«

Er ließ den Satz unvollendet, stattdessen wuchtete er ein großes Paket von einem hohen Stapel auf einen Packwagen. Der Schweiß lief ihm über die Stirn.

»Zum Glück sind schon Semesterferien und ich konnte zwei ortskundige Studentinnen auftun, die vorläufig eingesprungen sind, sonst würde uns hier alles um die Ohren fliegen. Stell dir vor, ganz Lessebo ohne Post, das gäbe vielleicht einen Aufstand! Andererseits würden die Leute dann vielleicht einmal merken, was sie an uns haben.«

Hultin zeigte ihm das Foto von Dahlin. Alving unterbrach seine Arbeit. Er sah sich das Bild lange und konzentriert an. Dann gab er es Hultin zurück.

»Den kenne ich nicht. Olof hat auch nie einen Janus Dahlin erwähnt. Ich glaube ehrlich gesagt auch nicht, dass er überhaupt Freunde hatte.«

»Ein Nachbar von ihm hat eine Frau erwähnt, die zu Besuch war.«

»Eine Frau?«

»Ja.«

»Mmh. Jedenfalls eine Freundin oder so etwas hatte er meines Wissens nicht. Kann ich mir nicht vorstellen. Vielleicht eine Verwandte? Eine Schwester oder Cousine?«

»Eigentlich hat er gar keine nahen Angehörigen. Jedenfalls keine, von denen wir wissen.«

Hultin blätterte in ihren Notizen. Sie stieß auf etwas, das sie in Ingrid Nyströms Aufzeichnungen gefunden hatte.

»Die Kollegin Amina Ducaj hat von einem Sprachfehler gesprochen. Von Olofs undeutlicher Aussprache. Von grammatikalischen Fehlern. Sie sagte, sie habe den Eindruck gehabt, er sei manchmal etwas langsam gewesen, im Denken, meine ich.«

»Blödsinn!«

Alving ließ seine Riesenhand auf die Arbeitsplatte knallen. Die Venen unter seiner Haut traten hervor. Da war sie, die Wut, von der Nyström geschrieben hatte.

»Olof war kein Idiot! Er hat ganz einfach wie jemand gesprochen, der nicht von hier war!«

»Wie meinst du das? Nicht aus Lessebo? Nicht aus Småland?«

Alving sah sie an, als hätte sie den Verstand verloren.

»Nein, nicht aus Schweden natürlich!«

12

Sara Saale bat Forss und Knutsson in ihr großes, kühles Haus. Forss schlüpfte aus ihren Ballerinas, Knutsson kämpfte sich aus seinen Trekkingsandalen: Das schimmernde, nach teuren Ölen duftende Parkett hätte jede Art von Schuhwerk als Vergewaltigung empfunden. Sie folgten der großen, schlanken Frau in den Salon, wo sie in hell bezogenen Sesseln Platz nahmen. Forss bemerkte als Erstes die großformatigen, abstrakten Ölgemälde an den Wänden; qualitativ hochwertige Malerei, die nichts gemein hatte mit der amateurhaften Pinselei, die in Dahlins Wohnung hing. Allein die Rahmung der drei blaugrauen Informel-Bilder in dem lichtdurchfluteten Raum war wahrscheinlich teurer gewesen als der Gegenwert von Dahlins kompletter Inneneinrichtung. Sie waren ein ungleiches Paar gewesen, dachte Forss, wahrscheinlich nicht nur, was ihre finanziellen Möglichkeiten anging.

»Was kann ich für euch tun?«, fragte Saale mit unkonturierter Stimme. »Oder habt ihr seinen Mörder bereits gefasst?«

Sie sah aus wie der Geist einer sehr attraktiven Frau, fand Forss. Das beinahe durchsichtig wirkende Abbild einer außergewöhnlichen Schönheit. Hatte Dahlins Ableben das bewirkt? Diese Transparenz, das Durchscheinen ihrer Haut? Hatte sein Tod auch etwas in ihr verlöschen lassen? Den Glanz ihrer dunklen Augen? Eine so schöne Frau, dachte Forss, und trotzdem hatte sich Dahlin sexuell herumgetrieben. Warum, um alles in der Welt? Er war zwanghaft, hatte sein Freund Högvall gesagt. Trotzdem konnte sie das nicht verstehen. Aber sollte ausgerechnet sie einen Getriebenen verurteilen?

»Nein«, sagte Knutsson. »Leider nicht.« Sein Bass hallte in dem hohen Raum. »Aber du hast es bestimmt schon gehört, es gibt ein zweites Opfer, einen weiteren Toten – wir gehen davon aus, dass es sich um denselben Mörder handelt.«

Knutsson schien in den Tiefen des italienischen Möbelstücks zu versinken.

»Oh«, sagte Sara Saale. »Nein, davon habe ich nichts gehört.«

Ihre Stimme klang, als käme sie von einem beschädigten Tonband. Als wäre sie vor langer Zeit aufgenommen worden.

»Was bedeutet das?«

Sie sah weder zu Knutsson noch zu Forss, während sie sprach. Ihr Blick war woanders. Vielleicht nach innen gerichtet oder weit zurück in eine Vergangenheit ohne Schmerz.

»Das wissen wir leider noch nicht«, sagte Forss. »Darum sind wir hier und müssen dich stören.«

»Stören?«, fragte Saale und lachte tonlos. Es klang vollkommen unheimlich. »Wobei denn stören?«

Weder Knutsson noch Forss wussten, was sie darauf antworten sollten. Aus einem Nebenzimmer klang leise klassische Musik, ein Piano, vielleicht Debussy, möglicherweise aber auch nicht, was wusste Forss schon von Klassik?

»In deiner Trauer«, sagte sie schließlich vorsichtig.

»Ach so«, sagte Saale und wischte sich Tränen aus den großen grauen Augen. Sie trug eine Art seidenen Hausanzug in schwarz. Ihre nackten Füße bohrten sich in die Fransen eines hellen Lederteppichs.

»Kennst du diesen Mann? Es ist der zweite Tote, Olof Andersson. Könnte Janus ihn gekannt haben?«

Knutsson wühlte sich aus dem Sessel und legte das Foto auf die Platte des niedrigen Glastischs. Saale beugte sich vor, um zu sehen. Ihre halbe Brust fiel aus dem unzureichend geknöpften Seidenoberteil, eine blasse Geisterbrust, aber Saale schien das nicht zu registrieren. Forss war Knutsson dafür dankbar, dass er ostentativ in eine andere Richtung sah. Ja, die Ölgemälde waren wirklich sehr interessant. Dann ließ Saale sich wieder in das Sofa zurückfallen, auf dem sie saß, und auch ihr Busen rutschte wieder an seinen Platz.

»Nein«, sagte ihre Tonbandstimme. »Ich habe diesen Mann noch nie gesehen. Und ich erinnere mich auch nicht, dass Janus jemals diesen Namen erwähnt hat. Anders Olofsson?«

»Olof Andersson«, korrigierte Knutsson.

»Nein, auch den nicht.«

»Trotzdem«, sagte Forss, »vielen Dank für deine Hilfe.«

»Welche Hilfe denn?«, flüsterte Saale. Wieder griffen ihre Zehen nach den Lederfransen. Knutsson machte Anstalten aufzustehen, doch Forss' Arm hielt ihn zurück. Da war noch etwas, das spürte sie. Etwas, das sie erfahren mussten, etwas Wichtiges. Es war irgendwo in Sara Saale, irgendwo in dieser schönen, verlorenen Frau und es wollte hinaus. Forss lehnte sich in ihrem Sessel zurück und Knutsson gehorchte ihrem strengen Blick. Die Klavieraufnahme perlte im Nebenzimmer; fröhliche Musik aus einer anderen Zeit, Champagnermusik, vollkommen fehl am Platze und doch merkwürdig tröstend wie das Versprechen darauf, dass irgendwann alles gut werden würde. Schließlich sprach Sara Saale weiter. Ihre Stimme klang vorsichtig, tastend.

»Er hat so schlecht geschlafen. Jedenfalls, wenn er bei mir übernachtet hat und nicht zu Hause oder bei einer seiner vielen ...« Sie schluckte. »Er hatte bisweilen diese schweren Träume, dann hat er sogar geweint im Schlaf, mit den Zähnen geknirscht, manchmal sogar geschrien vor Angst oder Entsetzen oder Gott weiß was.«

Gedankenverloren massierte sie eine Stelle unter ihrem rechten Auge.

»Was hat ihn denn so belastet?«, fragte Forss.

»Ich weiß es nicht. Ich habe mir natürlich Sorgen gemacht. Auf ihn eingeredet. Gefleht, gebettelt, mit mir darüber zu sprechen. Aber das wollte er nie. Er hat es kleingeredet. Abgeblockt. Das hat zu vielen Streitereien geführt. Einmal habe ich sogar damit gedroht, die Beziehung zu beenden.«

Saales Füße verkrampften sich.

»Wie hat er darauf reagiert?«

»Er hat Angst bekommen. Er ist ein wenig aufgetaut. Ich habe ihm gesagt, dass ich keine Beziehung zu einem Mann möchte, der Geheimnisse vor mir hat. Und damit meinte ich nicht seine Liebschaften. Die taten natürlich weh, aber trotzdem konnte ich damit leben. Aber ich konnte es nicht aushalten, dass ihn etwas von innen heraus zerfraß. Da war etwas, das ganz tief in ihm saß und das nur nachts in seinen

Albträumen nach außen drang. Ein Dämon, mit dem er rang.«

Ihr Finger wanderte von ihrem Jochbein zu den Augenbrauen. Ohne sich dessen bewusst zu sein, bürstete sie die feinen Härchen gegen den Strich.

»Der Psychologe hat uns geraten, seine Träume aufzuschreiben.«

»Der Psychologe?«

»Nach unserer großen Krise konnte ich ihn dazu bewegen, dass wir zu einem Paartherapeuten gehen. Das war meine Bedingung, damit es mit uns weitergeht. Er hat zugestimmt, wenn auch widerwillig. Aufgeschrieben hat er jedoch nichts. Das habe ich dann getan.«

»Seine Träume notiert?«

»Nein, das ging ja wohl nicht. Aber zumindest das, was er im Schlaf gesprochen hat. Soweit ich es gehört habe. Und verstanden. Vieles war ja auch auf Deutsch.«

»Auf Deutsch?«, entfuhr es Forss. Knutsson brummte etwas. Sie sahen sich an.

»Ja, auf Deutsch. Ich verstehe kaum Deutsch. Aber ich erkenne es natürlich, wenn ich es höre.«

»Wovon hat er denn gesprochen?«

»Wie gesagt, ich verstehe Deutsch so gut wie gar nicht. Aber ein Wort war dabei, das klang wie ein Name. Es tauchte immer wieder auf, wenn er Deutsch sprach. Daran hatte er sich regelrecht festgebissen.«

»Ein Name?«, fragte Forss.

»Es klang wie ein Name, fand ich.«

»Und der wäre?«

Saale sah auf.

»Das weiß ich nicht aus dem Kopf. Es war ja wie gesagt auch kein schwedisches Wort. Aber ich habe es aufgeschrieben. Soll ich meine Aufzeichnungen holen?«

»Das könnte in der Tat hilfreich sein«, sagte Forss.

Saale erhob sich. Sie schwebte aus dem Zimmer, ihre nackten Füße machten auf dem Parkett keine Geräusche. Vielleicht ist sie wirklich schon ein Geist, dachte Forss. Nach einer Minute war Saale wieder da. In der Hand hielt sie einen kleinen Block.

»Åsterode«, las sie und schaute die Beamten an. »Oder so ähnlich.«

»Wer ist Åsterode?«, fragte Knutsson.

»Osterode. Nicht wer. Sondern wo. Ein Ort«, sagte Forss langsam. »Eine Stadt im Harz. In der Mitte Deutschlands.«

»Er wollte leider nie über dieses Osterode sprechen«, sagte Saale und setzte sich wieder. »Was das anging, war er verschlossen, auch dem Therapeuten gegenüber. Nach der vierten oder fünften Sitzung sind wir auch nicht mehr hingegangen, es brachte ja nichts. Aber ich hatte immer den Eindruck, dass damals irgendetwas passiert sein musste. In seiner Studienzeit in Deutschland, meine ich. Irgendetwas, das ihn nicht losgelassen hat. Eine Art Trauma, vermute ich. Wenn ich versucht habe, ihn darauf anzusprechen, hat er vollkommen dichtgemacht. Ich habe es irgendwann akzeptiert. Das Einzige, was er auf meine Bitten hin getan hat, war, sich eine Aufbissschiene zu besorgen, damit er sich vom nächtlichen Knirschen nicht die Zähne ruiniert.«

»So eine Schiene habe ich auch«, sagte Forss leise, aber sie war mit ihren Gedanken bereits woanders. Was wusste sie über Osterode im Harz? Marco Bode kam von dort, der ehemalige Fußballnationalspieler. Das wusste sie, weil sie früher häufig in Sebastians Werder-Bremen-Almanach geblättert hatte, der in ihrer gemeinsamen Berliner Wohnung auf der Heizung neben dem Klo gelegen hatte. Erstaunlich, was für unnützes Wissen das menschliche Hirn zu speichern imstande war, dachte sie. Sonst fiel ihr nichts zu Osterode ein. Dennoch hämmerte die Frage in ihrem Kopf: Was machte eine Kleinstadt im Harz in den Albträumen von Janus Dahlin?

Sara Saale sagte jetzt nichts mehr. Mit den Händen hielt sie ihre schmalen Schultern umklammert. So als friere sie, dabei hatte es in dem Raum weit über zwanzig Grad. In ihrem dunklen Haar schimmerte jetzt ein Netz aus Licht. Forss musste sich von der Betrachtung Saales losreißen. Sie dachte, dass sie selten eine schönere Frau gesehen hatte. Sie stieß Knutsson an.

»Wir gehen dann jetzt mal«, brummte er.

»Vielen Dank für deine Hilfe«, sagte Forss.

Aber Saale reagierte nicht. Sie war bereits in ihre Geisterwelt zurückgekehrt.

13

Am Abend versammelte sich das Team im Besprechungszimmer, auch Halbvier-Erik Edman sowie die beiden IT-Experten aus Jönköping nahmen an der Sitzung teil. Die Klimaanlage funktionierte wieder und lief auf Hochtouren. Irgendjemand hatte eine Familienpackung Wassereis spendiert und bis auf Ingrid Nyström lutschten alle daran herum. Der Geruch von künstlichem Erdbeeraroma erfüllte den Raum. Hugo Delgado nestelte an seinem Laptop, der über einen Beamer Grafiken und Diagramme an die Wand warf.

»Rasterfahndung«, begann er in salbungsvollem Tonfall. Göran Lindholm verdrehte die Augen. »Der Segen einer komplizierten Ermittlung. Umstritten, aber durchaus zielführend.«

»Komm auf den Punkt«, unterbrach ihn Anette Hultin.

Lindholm nickte zustimmend.

»Geduld, Geduld, meine Lieben!«

Delgado hob die Hände, die Parodie einer beschwichtigenden Geste. Hultin schnaubte sich eine blonde Haarsträhne aus dem Gesicht.

»Also gut, dann halt die Kurzfassung: Wir haben die Rechner mit massenweise Material gefüttert. Alle habhaften Informationen über sämtliche Personen, die bisher in irgendeinem Zusammenhang in der Ermittlung aufgetaucht sind. Geburtsdaten, Adressen, Arbeitsverhältnisse aus den Registern. Persönliches aus dem Internet und so weiter. Ich habe damit bereits vorgestern begonnen, aber mithilfe von Freddy und Kalle konnte ich das Ganze auf ein ganz anderes Niveau hieven. Außerdem hat sich ja nach dem Mord an Andersson der Personenkreis vergrößert und die daraus resultierende Menge an möglichen Querverbindungen vervielfacht. Ziel unserer digitalen Operation ...«

Lindholm stöhnte.

»... war die Suche nach dem *missing link*, der fehlenden Verbindung zwischen Janus Dahlin und Olof Andersson. Nun, vielleicht sind wir fündig geworden. Jedenfalls konnten wir zwei verdächtige Personen einkreisen.«

»Wen?«, fragte Edman.

»Da wäre zum einen Jenny Purtsi.«

»Wer ist das?«, wollte Knutsson wissen.

»Jenny Purtsi ist die Schwägerin von Kennet Öhman.«

»Diesem Rechtspopulisten?«, fragte Nyström.

»Genau. Kennet Öhman ist Lokalpolitiker und aktives Mitglied der *Schwedendemokraten*. Er war einer der beiden

Halbnazis, deren Infostand auf dem Marktplatz vor zwei Jahren demoliert worden ist. Von Janus Dahlin. Es gab blutige Nasen und böse Worte.«

»Ich erinnere mich, das stand in der Zeitung«, sagte Knutsson.

»Nur weil sie *Schwedendemokraten* sind, sind sie noch lange keine Nazis«, blaffte Hultin.

»Ach, nein?«, höhnte Delgado. »Mit Hakenkreuzfahnen durch die Straßen zu marschieren kann man ja auch so machen, aus Spaß.«

»Das war in den Neunzigern, Hugo, lange bevor sie eine ernst zu nehmende Partei wurden. Junge verwirrte Burschen.«

»Die jetzt erwachsen geworden sind, die ihre Bomberjacken gegen Anzüge getauscht haben und plötzlich mitreden dürfen. Wach auf, Anette! Sie sind nicht harmlos!« Delgado sprach laut mit aufgeregter Stimme.

»Sind Hakenkreuze nicht verboten?«, fragte Stina, die sich vage an Fernsehbilder aus ihrer Kindheit von bedrohlichen Szenen mit schwarz vermummten Krawallmachern erinnern konnte.

»Nein, in Schweden wird immer noch so getan, als gäbe es das Böse nur woanders«, höhnte Delgado. »Dass die *Schwedendemokraten* mit ihren nationalsozialistischen Wurzeln ein anderes Kaliber sind als die rechtspopulistischen Parteien in Dänemark und Norwegen, blenden viele aus, Anette miteingeschlossen.«

»Ach, leck mich«, Hultin war ruckhaft aufgestanden. »Als müsste ich mich hier rechtfertigen, wen oder was ich wähle. Wir leben hier in einer Demokratie, schon vergessen?«

»Schluss jetzt!«, rief Nyström. Sie warf beiden strenge Blicke zu. »Setz dich bitte wieder hin, Anette. Und Hugo, du hörst auf, sie zu provozieren. Mir sind die *Schwedendemo-*

kraten auch nicht geheuer, aber hier ist nicht der Ort, um eure politischen Differenzen auszutragen. Außerdem verstehe ich noch nicht, worauf du hinauswillst. Was hat diese Geschichte mit den Morden an Dahlin und Andersson zu tun?«

Delgado seufzte.

»Zwei Dinge. Erstens: Jenny Purtsi war eine Teilnehmerin am Turnier der historischen Bogenschützen. Übrigens eine Elbin mit goldenem Stirnband, falls es jemanden interessiert oder sich jemand an sie erinnern sollte. Zweitens: Sie wohnt in Lessebo, nur eine Straße von Andersson entfernt, Luftlinie höchstens sechzig Meter vom Tatort. Die Wahrscheinlichkeit, dass sie beide Männer kannte, liegt demnach bei 98,7 Prozent.«

»Sagt dein Computer«, ätzte Hultin.

»Mmh«, sagte Edman. »Klingt nach einem ernst zu nehmenden Anhaltspunkt. Mein Vorschlag: einkassieren und hart verhören.«

»Erik!«

Nyströms Augen funkelten vor Wut.

»Ja?«

»Ich leite diese Ermittlung. Ich gebe die Anweisungen. Ich sage, was wir tun oder nicht tun. Wenn dir das nicht passt, dann sage es hier und jetzt. Suspendiere mich. Such dir einen anderen Hauptkommissar. Oder übernimm selbst das Ruder und begib dich in die Schusslinie. Aber solange du das nicht tust, halte dich um Gottes willen in meiner Besprechung mit meinem Team mit deinen gut gemeinten Ratschlägen zurück!«

Sie atmete laut aus. Alle blickten sie an. Außer Edman, der in die Betrachtung der manikürten Nägel seiner gespreizten Finger versunken zu sein schien. Es war vollkommen still im Raum.

Das war nicht sie, die da gesprochen hatte. Die da vor allen Mitarbeitern ihren Chef angeschrien hatte. Das musste jemand anderes gewesen sein. Das Geschwür in ihrer Brust. Oder eine andere Ingrid. Eine neue Ingrid. Eine wütende Ingrid, die sich endlich, *endlich* um ihre lebensbedrohende Krankheit kümmerte. Die darüber zu sprechen begonnen und einen Arzttermin gemacht hatte. Die den Dingen ins Auge sah.

Es war vollkommen still im Raum, eine Ewigkeit, vielleicht eine halbe Minute oder länger.

Edman räusperte sich.

»Entschuldigung, es war nur eine Anregung«, sagte er leise. Und dann: »Gibt es noch mehr von dem Wassereis?«

Knutsson hielt ihm die Schachtel hin. Stina Forss ergriff das Wort. Sie wandte sich an Delgado.

»Und zum anderen?«

»Wie bitte?«

»Du sagtest vorhin zum einen. Diese Jenny Purtsi. Und *zum anderen*?«

»Ach so. Ja. Zum anderen gibt es da einen Aushilfsbriefträger, Sture Rube. Er fährt in den Sommermonaten die Route, auf der Dahlins Haus liegt. Und vor einigen Jahren war er die Urlaubsvertretung von dieser Amina Ducaj, Anderssons Kollegin. Das heißt, dass er Andersson gekannt haben muss und wahrscheinlich auch Dahlin.«

»Kennen wir seinen Aufenthaltsort?«

»Er wohnt in Växjö. Die von der Post sagten, dass er heute ganz normal zur Arbeit gekommen sei.«

»Klingt ja nicht gerade nach einem verrückten Doppelmörder.«

»Das muss doch nichts heißen.«

»Und was macht diese Purtsi?«

»Die ist Bankangestellte. War heute auch bei der Arbeit.«

»Bei Nordea, wo die komischen Schusszeichen gefunden wurden? Diese Sterne?«

»Nein, bei Svedbank in der Storgatan.«

»Schade.«

Nyström unterbrach das Durcheinander.

»Wir unterhalten uns mit beiden hier auf der Wache, gleich morgen früh. Hugo, du kümmerst dich um diese Purtsi, Anette, du nimmst dir Sture Rube vor.« Nach den unschönen Erfahrungen mit dem armen Magnus Hasselgreen wollte sie dieses Mal nichts überstürzen. »Was haben wir sonst noch?«

Lindholm hob den Arm. Nyström nickte ihm zu. Er hielt einen kleinen Vortrag über das, was er über die beiden Märtyrer Sebastian und Adrian gelesen hatte. Abschließend trug er das Gedicht von Rilke vor, auch wenn ihm das ein bisschen peinlich war.

Es wurde still im Raum und als er fertig war und den Blick hob, sah er in fragende Gesichter.

»Klingt unheimlich«, befand Hultin in einem Versuch, ihrem jungen Kollegen beizuspringen, auch wenn sie nicht verstanden hatte, worauf Lindholm hinauswollte. »*Die Vernichter eines schönen Dinges*.«

Delgado gluckste: »*Schönen Dings*.«

Hultin verzog ihr Gesicht.

»Du bist so widerlich, Hugo!«

»Ich dachte mir, damit könnte Dahlin gemeint sein«, sagte Lindholm. »Er wurde schließlich vernichtet. Und irgendwie attraktiv war er ja offensichtlich auch. Ich meine, mit seinen ganzen Frauengeschichten und so. Irgendwas müssen sie ja an ihm gefunden haben.«

»Gute Überlegung«, lobte Nyström.

»Also doch ein Mord aus Eifersucht?«, fragte Edman.

»Aber wie passt dann Andersson in dieses Bild?«, warf Delgado ein.

»Rainer Maria Rilke ist ein bekannter deutscher Dichter«, sagte Forss.

»Deutsch?«, fragte Knutsson. »Dahlin hat angeblich im Schlaf auf Deutsch geredet, berichtet seine Freundin Sara Saale. Wohl, weil er dort mal studiert hat, in Deutschland. Sie vermutet, ihm sei dort etwas Schlimmes widerfahren, etwas Traumatisches oder so. In Österförde im Herz.«

»Osterode im Harz«, verbesserte Forss und erläuterte den anderen, was Sara Saale ihnen erzählt hatte.

»Ein linker Lehrer mit deutschen Albträumen. Das wird ja immer schöner«, meinte Freddy, der Computermann aus Jönköping.

»Und ein einzelgängerischer Postbote mit einem seltsamen Musikgeschmack«, fügte sein Kollege Henrik an.

»Und beide hatten den gleichen Jogginganzug«, murmelte Forss und rieb sich die Augen. Ihr Blick fiel durch die Panoramascheibe auf die müden Weiden. Der Westwind hatte nachgelassen und die Abendsonne tauchte den Parkplatz in oranges Licht. Über dem Imbiss kreisten die Krähen. Es war 20.37 Uhr und noch immer über zwanzig Grad.

14

Der Peilsender tat zuverlässig seinen Dienst. Zeuner brauchte nur dem roten Blinken auf dem Display an seinem Armaturenbrett zu folgen. Der Kurs des Racheengels führte nach

Norden, immer weiter nach Norden. Linköping, Södertälje, Stockholm. Dann Gävle, Hudiksvall, Örnsköldsvik, immer weiter die Küste hinauf. Links von ihm lag endloser Nadelwald, rechts der Bottnische Meerbusen, dahinter irgendwo Finnland. Er folgte der Fährte nunmehr seit sechzehn Stunden, hielt nur, um zu tanken und Alkohol zu kaufen. Im *Systembolaget* in Uppsala hatte er sich eine neue Flasche Wodka besorgt, doch das war lange her, bald würde er Nachschub brauchen. Mehr als tausend Kilometer waren sie seit Lessebo bereits gefahren, aber die Straße schien kein Ende zu haben. Das ganze Land schien kein Ende zu haben. Er warf einen Blick auf die Karte. Umeå, Skellefteå, Luleå hießen die nächsten Städte, danach hörte das Meer auf und das Land wuchs mit Finnland zusammen. Dann ging es nur noch nach Norden weiter. In die wahre Wildnis, Kiruna. Und nach der Taiga die Tundra. Oder war es umgekehrt?

Er wusste nicht, wohin der Engel wollte. Aber das war auch egal. Er musste nichts weiter tun, als dem roten Blinken zu folgen. Dem tropfenden Blut. Denn es genügte zu wissen, wen der Engel wollte, an welche Tür er als Nächstes pochen würde, um sein Werk zu vollenden.

Er dachte an das Manifest des Rächers.

Es war nicht Helena.

Dafür war es noch zu früh.

Aber es gab noch eine andere Frau.

Die Schutzpatronin des Geldes.

Es entbehrte nicht einer gewissen Ironie, wo doch alles in einer Bank seinen Ursprung genommen hatte. Zeuner hatte versucht, die Aufzeichnungen des Todesengels zu entziffern. Vieles war im Zwielicht geblieben, aber manches hatte er begriffen:

Den großen Verlust.

Die langen Jahre in der Dunkelheit.

Den Weg aus dem Wahn ins Licht.

Es gab durchaus Parallelen zu ihm selbst, wenn er ehrlich war.

DONNERSTAG

1

Stina Forss wachte auf. Ihr Handy klingelte. Sie tastete nach dem Gerät, das neben ihr auf dem Nachttisch lag, und sah auf das Display.

Nyström stand da.

Vier Uhr dreiundzwanzig.

Es musste etwas passiert sein, ein dritter Toter, sie wusste es sofort. Noch bevor sie das Gespräch annahm, spürte sie eine seltsame Aufregung. Ihre Atmung, ihr Puls beschleunigten sich. Es war kein unangenehmes Gefühl.

Fünfundvierzig Minuten später saß sie in der übersichtlichen Wartehalle des Växjöer Flughafens. Die meisten Bahnhöfe sind größer als das hier, dachte sie. Nyström kam mit zwei Bechern Kaffee auf sie zu und setzte sich ohne etwas zu sagen neben sie. Der Gesichtsausdruck ihrer Chefin war abwesend, ja stumpf. So, als wäre sie geistig gar nicht richtig da. Forss fragte sich, ob Nyström tatsächlich Kaffee trinken wollte oder ob sie sich vertan hatte. Sonst trank sie doch immer nur Tee. Die Ermittlung geht an ihre Substanz, dachte Forss. Sie sieht aus, als ob sie nicht mehr lange durchhalten würde. Als stünde sie kurz vor einem Zusammenbruch. Vielleicht benötigt sie deshalb einen Kaffee. Nyström nippte vorsichtig am dampfenden Becher und ließ ihren Blick durch die Panoramascheibe über die Start- und Landebahn gleiten.

»Danke für den Kaffee«, sagte Forss leise, hob ihren Pappbecher und lächelte Nyström schief an. Sie bekam keine Reaktion. Als der Flugbegleiter am Gate alle Passagiere aufforderte, an Bord zu gehen, stand Nyström auf, stellte ihren beinahe noch vollen Becher auf eins der niedrigen Tischchen neben den Schalensitzen und nahm wortlos ihren kleinen Rollkoffer. Forss leerte ihren Latte macchiato in einem Zug, presste den leeren Pappbehälter zusammen und warf ihn in den Mülleimer, bevor sie ihrer Chefin hinterhereilte.

Das Flugzeug war klein und nur zur Hälfte gefüllt. Forss fand es erstaunlich, dass es überhaupt mehrmals täglich eine Flugverbindung zwischen Växjö und Stockholm gab. Sie konnte sich schwer vorstellen, dass so viele Menschen auf der Strecke verkehrten, dass es sich für die Fluglinie rechnete. Die meisten Mitreisenden sahen wie Geschäftsleute aus, in Krawatte und Anzug, in Blusen und schicken Röcken. Es gab aber auch Familien und Rentner auf dem Weg in den Urlaub, sie würden von Stockholm-Arlanda weiterfliegen nach Thailand, in die Türkei, nach Mallorca.

Nyström saß am Fenster und starrte hinaus auf die Wolken. Nach Flugangst sah es nicht aus, eher nach Gleichgültigkeit. Langsam wurde Forss das Schweigen unangenehm. Nicht, dass sie die ganze Reise Small Talk führen wollte, aber so verschlossen hatte sie ihre Chefin noch nicht erlebt. Ein seltsames Gefühl breitete sich in ihr aus. Hatte Nyströms Verhalten mit ihr zu tun? Hatte Nyström ihr etwa die alte Geschichte mit der Schusswaffe noch immer nicht verziehen? Aber warum dann der plötzliche Stimmungsumschwung? Warum hatte Nyström sie dann überhaupt zu der Ermittlung dazugeholt? Weshalb flog sie jetzt mit der Hauptkommissarin nach Nordschweden und nicht Anette Hultin oder Lars Knutsson? Ihr Unbehagen schlug in Wut um. Fuck you, dachte sie. Wenn du so kleinkariert bist, dann hast du echt einen Schaden. Sie fischte aus ihrer Jackentasche Kopfhörerstöpsel heraus und machte auf ihrem Handy Musik an. *Slayer, Reign in Blood*. Blutherrschaft. Trashmetal, mehr Härte ging nicht. Sie stellte die Lautstärke hoch, machte die Augen zu und summte den englischsprachigen Text mit.

Engel des Todes
Herrscher des Königreiches der Toten
Berüchtigter Schlachter
Engel des Todes

Die Platte war wirklich ein Meisterwerk.

Als die Flugbegleiterin ihr Kaffee anbot, lehnte sie ab. Kurz danach senkte sich das Flugzeug für die Zwischenlandung in Arlanda. Als sie an einem Bistrostand auf den Anschlussflug nach Skellefteå warteten, wandte sich Nyström ihr endlich zu und lächelte müde.

»Vielleicht ist es gar nicht so schlecht, mal kurz aus Växjö wegzukommen. In Nordschweden war ich noch nie.«

2

»Ja, willkommen in Skellefteå. Ich bin Hauptkommissar Tomas Raipanen.«

Der Mann in dem kurzärmligen Hemd gab ihnen die Hand.

»Ich hoffe, die Reise hier herauf war nicht allzu beschwerlich.«

»Danke. Wir mussten leider einige Zeit in Arlanda auf den Anschluss warten, aber sonst ging alles problemlos.«

Nyström bemerkte ihren breiten, småländischen Dialekt. Er hört sich ländlich an, auf eine unangenehme Weise provinziell, dachte sie. Nicht, dass sie hier gerade in einer Metropole gelandet waren, im Gegenteil, aber der Klang der Sprache ihres nordschwedischen Kollegen war so klar und rein im Vergleich zu ihrem bäuerlich anmutenden Schwedisch. Die Könige und Königinnen der Steine, dachte sie, in ihrer Sprache waren sie das wohl immer noch.

»Gut, dass ihr so zügig kommen konntet. Das ist eine so unglaubliche Sache, die wir gestern Nacht da draußen gefunden haben. Wir wollen das alle immer noch nicht so richtig wahrhaben, dass so etwas bei uns hier oben passieren kann. Dass so etwas in den Drogenkriegen in Mexiko vorkommt oder in manchen Bürgerkriegsregionen in Afrika, das lesen wir in der Zeitung, aber hier in Schweden ...«

Der kleine Mann mit den eckigen Koteletten schüttelte den Kopf. Er sah mitgenommen aus.

Sie gingen durch eine kleine, sterile Wartehalle nach draußen. In der Taxihaltebucht stand ein roter Volvo, der sich mit einem Piepen und einem Lichtsignal aufschloss, als Raipanen auf seinen Schlüssel drückte.

»Wir fahren erst einmal in unser Präsidium, dort könnt ihr

euch ein wenig frisch machen. Die Kollegen, die mit mir in Norsjö am Tatort waren, und ich, wir sind gespannt zu hören, was ihr aus Växjö zu berichten habt. Danach werden wir rausfahren, aber es ist ein ganzes Stück, etwa achtzig Kilometer.«

Die weiten Strecken und die großen Distrikte der nordschwedischen Polizei waren Nyström in der Theorie nicht neu, aber was sie in der Realität bedeuteten, begann sie erst jetzt zu ahnen. Die Landstraße war in schlechtem Zustand, mehrmals musste Raipanen abrupt ausweichen, um die vielen Schlaglöcher zu umfahren.

»Der letzte Winter war wie immer hart. Wir hatten viel Schnee. Was für eine Überraschung hier oben. Die Bürokraten in Stockholm haben einfach keine Ahnung, was es bedeutet, die Infrastruktur unter solchen Bedingungen in Schuss zu halten. Das Geld, das wir zugeteilt bekommen, reicht vorne und hinten nicht. Seit der Bahnhof vor vielen Jahren stillgelegt wurde, bleibt uns ja nicht viel anderes übrig, als zu fliegen.«

»Der Bahnhof wurde stillgelegt?«, fragte Nyström.

»Angeblich rechnet er sich nicht. Dass hier oben auch Leute leben müssen, interessiert doch bei der Eisenbahn keine Sau.«

Es ist wirklich eine andere Welt hier oben, dachte Nyström. Eine Welt, die ihr und so vielen anderen Schweden unbekannt war. Von allem, was nördlich von Stockholm oder vielleicht noch gerade von Uppsala lag, hatte sie nur ein diffuses Bild. Rechts und links der Straße lagen von Wald begrenzte Felder. Graue verwitterte Holzhütten waren darauf zu erkennen, die meisten sehr heruntergekommen, viele in sich zusammengesackt. Gab es hier oben überhaupt noch Landwirtschaft? Irgendwie kam es ihr so vor, als würden die windschiefen Hütten aus einer längst vergangenen

Zeit stammen und wegen Landflucht und Modernisierung langsam verrotten. Dabei war die Besiedlung Norrlands ein recht junges Phänomen in der Geschichte, abgesehen von den Samen, die als Nomaden aber nicht sesshaft gewesen waren. Wenn sie sich nicht irrte, waren die nordschwedischen Küstenstädte erst im Laufe der Industrialisierung entstanden, als arme Arbeiter und deren Familien hier angesiedelt wurden, um Rohstoffe abzubauen. Vor allem Holz: die großen Sägewerke, in denen die Arbeiter Ende des vorletzten Jahrhunderts gestreikt hatten. Die Wiege der sozialistischen Bewegung. Soweit sie wusste, waren die Sozialdemokraten immer noch recht stark hier. Aber ob es noch Sägewerke gab? Sie dachte kurz an den Reichtum von Sara Saale. Altes Geld, aus Holz gemacht. Gab es hier oben noch ursprünglichen Wald? Richtigen Urwald, in dem die Bäume nicht in Reihen standen?

»Was sagst du dazu?«

Raipanen warf ihr hinter seinem Lenkrad einen fragenden Blick zu. Dann sah er wieder auf die Straße.

»Oh, Entschuldigung, ich habe gerade nicht zugehört, was hast du gefragt?«

»Ob du denkst, dass es möglich ist, die Reichskriminalpolizei herauszuhalten, jetzt, wo man davon ausgehen kann, dass das Opfer mit euren beiden Toten zusammenhängt.«

Nyström überlegte. Sie war es nicht gewohnt, mit Kollegen aus anderen Distrikten über solche brisanten Probleme zu reden, woher denn auch? Noch war der Fall ihr nicht weggenommen worden. Oder besser gesagt, die Fälle. Die Frage irritierte sie. Was sollte sie jetzt dazu sagen? Sie dachte an Gunnar Bergs Rat, sich nicht vorzeitig auf eine Ermittlungsrichtung festzulegen.

»Darüber will ich nicht spekulieren. Solange wir keine eindeutige Verbindung zwischen den Toten feststellen können, möchte ich noch nicht davon ausgehen, dass die Morde unbedingt miteinander zu tun haben. Wenn die Reichskrim das anders sieht, denke ich, dass sie einen Fehler begeht.«

»Stimmt, wir sollten keine vorschnellen Schlüsse ziehen. Ich fühle mich nur gerade etwas überfordert. Ihr solltet zuerst den Leichnam sehen.«

Raipanens Stimme klang müde.

Nyström sah ihren Kollegen an und dabei stiegen ihr beinahe die Tränen in die Augen. Mit Erstaunen stellte sie fest, dass er sich traute, das auszusprechen, was sie in den letzten Tagen gefühlt hatte: Überforderung. Sie realisierte, dass sie hier jemanden hatte, mit dem sie auf Augenhöhe war, der mit derselben Verantwortung wie sie dastand, mit denselben Qualen und Ängsten. Abgesehen davon, dass er wahrscheinlich keinen Tumor in seiner Brust hatte.

»Wir schaffen das schon«, sagte sie leise und drehte sich zu Forss um, die auf der Rückbank saß. Doch die junge Frau hatte von dem Gespräch nichts mitbekommen. Sie hatte Kopfhörer in den Ohren, sah aus dem Seitenfenster und kaute trotzig auf ihrer Unterlippe. Plötzlich wusste Nyström nicht mehr, ob es wirklich klug gewesen war, statt der ranghöheren Anette Hultin oder dem loyalen Lars Knutsson die komplizierte Deutschschwedin mitgenommen zu haben.

3

Das Polizeipräsidium von Skellefteå lag in der Strandgatan, unten am Fluss und direkt neben der Bundesstraße E4, die quer durch die Stadt verlief. Gegenüber, auf der anderen

Flussseite, konnte man den kleinen Hochschulcampus sehen. Als Nachbarstadt von Umeå, einer der größten Universitätsstädte Schwedens, hatte Skellefteå es nicht einfach, sich akademisch zu behaupten. Jetzt, im Sommer, wirkte der Campus wie ausgestorben. Raipanen stellte Nyström und Forss seinen Kollegen vor, zwei jüngeren Männern und einer Frau mittleren Alters. Alle gaben sich die Hand, es wurden Zimtschnecken serviert und frischer Kaffee. Mittlerweile war es früher Nachmittag. Nyström fiel auf, dass die Kaffeetassen nicht zueinanderpassten, an einer fehlte sogar der Henkel. Dafür schmeckten die Gebäckstücke richtig gut. Selbst gebacken. Jemand machte einen Witz über das gute Wetter, ein anderer über das bevorstehende Mittsommerfest. Polizisten-Small-Talk, man lachte. Wir wärmen uns auf, dachte Nyström, wir tänzeln drum herum. Weil wir noch nicht bereit sind, in den Ring zu treten. Weil das, was darin ist, zu schrecklich ist, um es zu begreifen. Wir sind wie Boxer, die sich vorbereiten, Luftschläge abfeuern, auf der Stelle hüpfen. Statt uns die Hände zu bandagieren, die Handschuhe zu schnüren, trinken wir Kaffee, essen Süßgebäck und plaudern über das Wetter. Das ist der Schutz der Polizisten.

Schließlich schob Raipanen das Service beiseite und legte eine Akte auf den Tisch. Die heitere Stimmung verschwand so schnell, wie sie gekommen war. Er blätterte darin, dann las er vor.

»Frederika Hakelius, 46 Jahre, verheiratet, zwei Kinder.«

»Eine Frau?«, fragten Nyström und Forss synchron.

»Ja«, sagte Raipanen.

»Das ist gegen alle Wahrscheinlichkeit«, sprudelte es aus Forss heraus. »Das spricht gegen alles, was man über Serientäter weiß. Es kann sich nicht um denselben Mörder handeln!«

Nyström sah zu Raipanen. Er hob beschwichtigend die Hand.

»Ich weiß, ich weiß. Ich kenne die Theorien. Aber ganz so unbedarft sind wir hier oben auch nicht. Ich habe euch nicht ohne Grund hierhergebeten. Seht euch das bitte an.«

Er schob einen Ausdruck über den Tisch, sodass die beiden Ermittlerinnen ihn sehen konnten.

»Was ist das? Wer ist das?«

»Das ist eine mittelalterliche Abbildung der heiligen Korona, eine frühchristliche Märtyrerin. Manchmal wird sie auch heilige Stephana genannt. Die Schutzpatronin des Geldes, der Fleischer und Schatzgräber.«

»Noch eine Heilige? Das wäre wirklich eine Serie. Wir hätten tatsächlich einen Serientäter. Und das in Schweden«, sagte Nyström.

»Wie ihr hier seht, wird die heilige Korona mit zwei Palmen dargestellt.«

»Was hat es damit auf sich?«, fragte Nyström.

Raipanen sah zu seinen Kollegen. Dann räusperte er sich.

»Nun ja, in Schweden wachsen bekanntlich keine Palmen. Aber Eschen. Vereinzelt sogar hier oben in Skellefteå. Junge Eschen sind außerordentlich biegsam.«

»Ja, aber was ...«

Der Ausdruck in den Gesichtern der vier norrländischen Kollegen ließ Nyström innehalten.

»Hier sind die Fotos von Frederika Hakelius. Ich wollte euch auf den Anblick vorbereiten.«

Er schob Nyström und Forss eine Mappe zu. Forss öffnete den Aktendeckel. Beide Frauen legten ihre rechte Hand auf den Mund. Wieder synchron.

»Oh, mein Gott«, sagte Nyström.

Forss linkes, herabhängendes Augenlid zitterte. Sie flüsterte etwas, auf Englisch. Etwas, das Nyström nicht begriff.

»Angel of Death
Monarch to the kingdom of the dead
Infamous butcher
Angel of Death.«

»Was?«, fragte Nyström.

»Nichts«, sagte Forss. »Nur ein Lied.«

4

Für die achtzig Kilometer bis zum Tatort nach Norsjö brauchten sie mehr als eine Stunde. Die breite Landstraße führte gerade Richtung Westen. Nyström saß vorne und folgte mit aufmerksamem Blick der vorbeirauschenden Landschaft. Hier hatte sie ihren Urwald. Hoch und dicht standen die Tannen am Wegrand, Kilometer um Kilometer. Da und dort zweigten kleinere Straßen nach rechts und links ab und Schilder mit Ortsnamen zeugten davon, dass irgendwo tiefer im Wald Dörfer und Ortschaften lagen, in denen Menschen lebten oder einmal gelebt hatten. Für Nyström fühlte es sich an wie das Ende der Welt. Sie versuchte sich die Ortsnamen zu merken: Långbäck, Svanström, Svanfors. Ein Bach, ein Strom, ein Wasserfall. Wälder und Wasser, das war Norrland. Um Skellefteå herum schien es auch Sümpfe gegeben zu haben, die Namen der Orte wiesen darauf hin: Burträsk, Bodaträsk, Varuträsk. Wilde Natur, die von der Zivilisation gezähmt worden war. Sie mochte die Namen und den melodischen nordschwedischen Akzent, mit dem sie ausgesprochen wurden. Der Klang passte zur Landschaft.

»Wir fahren auf dem sogenannten Silberweg, die Strecke zwischen Skellefteå und Bodö in Norwegen«, sagte Reipanen, der hinter dem Steuer neben ihr saß. »In den Rönnskärwerken in Skellefteå werden Silber und andere Metalle verarbeitet und in Boliden, wo wir gleich vorbeikommen, liegt eins der größten Erzfelder Schwedens. Hier ist die Wiege des schwedischen Reichtums.«

Boliden, der Name war Nyström bekannt, aber sie hatte dabei immer nur an das Unternehmen gedacht, nie an einen Ort.

»Leider haben sie alle ihren Hauptsitz in Stockholm, dorthin fließt das Geld. Und unsere ehrgeizige Jugend gleich hinter her. Wir bluten aus. Das ist wohl das Traurige in der Provinz.«

Nyström dachte nach. Im Vergleich zu Boliden war Växjö die reinste Metropole und das Motto der Stadt, *Växjö wächst*, zeugte von einer optimistischen Wachstumserwartung, die tatsächlich viele junge Familien anzog. In den kleineren Kommunen in Småland sah es da schon anders aus.

»Auch bei uns müssen die dünn besiedelten Landstriche um ihr Überleben kämpfen«, sagte sie. »Mittlerweile gibt es ganze Dörfer, in denen Dänen und Deutsche die Häuser gekauft haben und die nur im Sommer belebt sind. Früher hat es mich wütend gemacht, aber nun denke ich, es ist gut, dass sich überhaupt jemand um die alten Häuser kümmert.«

»Ja, ich habe selbst ein kleines Sommerhaus nördlich von Skellefteå, draußen am Meer. Da ist es auch so ähnlich. Aber Furugrund ist ein sehr besonderer Ort. Am Ende des 19. Jahrhunderts blühte er wegen des Sägewerks auf, um in den Zwanzigerjahren, als der sogenannte Sägewerkstod die nordschwedischen Küstenstädte traf, wieder zu schrumpfen. Ganz starb die Ortschaft aber nicht aus, der Hafen war noch da und über eine Seilbahn wurde bis in die Fünfzigerjahre Papiermasse dorthin transportiert und verschifft. Noch heute kann man unten im alten Hafen Reste von Papierstapeln sehen. Ich sitze dort gerne im Sommer am Strand und lasse die hellen Nächte vorbeigleiten. Das hat beinahe was Magisches.«

»Das klingt schön«, sagte Nyström. »Es ist mir schon peinlich, wie wenig ich mich nördlich von Stockholm auskenne.«

Sie überquerten einen großen Fluss, der viel Wasser führte. Die Luft, die zum offenen Autofenster hineinströmte, war anders als in Småland, frischer, fand sie, vielleicht sogar wilder, wenn man so etwas über Luft überhaupt sagen konnte. An einer Kreuzung bremste Raipanen und wies sie auf Kratzspuren an einem Fichtenstamm hin.

»Bären«, sagte er mit seiner trockenen, melodischen Stimme und gab wieder Gas.

5

Forss saß auf der Rückbank und blätterte die Unterlagen durch, die ihnen die Norrländer zur Verfügung gestellt hatten. Die Tote, Frederika Hakelius, war eine erfolgreiche Unternehmerin gewesen, die mit ihrer Familie in Skellefteå gelebt und dort eine namenhafte Werbeagentur betrieben hatte. Zu ihrem Kundenkreis gehörte unter anderem eine Möbelfirma, ein Erstligaeishockeyteam sowie das Regionalbüro einer großen Partei. Ihre Firma erzielte einen Umsatz von mehr als 30 Millionen Kronen pro Jahr und zählte siebzehn Angestellte. In der Nähe von Norsjö hatte die Familie Urlaub gemacht, sie besaß dort ein Sommerhaus. Die Eltern ihres Mannes Peter, eines Bauingenieurs, stammten aus der Gegend. Die Kinder waren elf und dreizehn Jahre alt. Forss versuchte, die Informationen zu verarbeiten. Mit dem in Einklang zu bringen, was sie über Dahlin und Andersson wusste. Nach Überschneidungen zu suchen. Einem verbindenden Element. Dem vielbeschworenen Missing Link. Wenn es denn überhaupt einen gab und der Tod von Hakelius tatsächlich in Zusammenhang mit den Växjöer Doppelmorden stand. Sie war skeptisch. Sicher, da war die Art und Weise, wie Frederika Hakelius gestorben war. Natürlich ähnelte das dem Tod dieser Märtyrerin, der heiligen Korona oder Stephana. Aber ein Beweis war das lange noch nicht. Da war zum einen die unumstößliche Tatsache, dass Hakelius eine Frau war. Sollte der Täter tatsächlich das Muster geändert haben, nachdem er mit Dahlin und Andersson zwei Männer getötet hatte? Hatte er überhaupt ein Muster, in dem Sinne, in dem psychopathische Serientäter ein Muster haben? Nichts an diesen Taten wies auf einen Lust- oder Triebtäter hin. Es gab nur das bizarre, religiös anmutende Ritual: frühchristliche Märtyrer.

Zum Zweiten war da der beträchtliche räumliche Abstand zwischen Småland und Västerbotten. Sollten sie es wirklich mit ein und demselben Täter zu tun haben, dann musste er seit vorgestern Nacht weit über tausend Kilometer zurückgelegt haben. Das war natürlich möglich, sprach aber nicht dafür, dass sich jemand seine Opfer zufällig suchte, wie es meistens bei Serienmorden der Fall war. So bestand, soweit sie wusste, in über achtzig Prozent aller untersuchten Serienmorde keine Verbindung zwischen Täter und Opfern. Wenn es also derselbe Täter war, dann hatten sie es höchstwahrscheinlich mit einer Ausnahme zu tun und es gab eine Verbindung zwischen dem Mörder und seinen Opfern. Nur worin bestand sie?

Außerdem mussten sie die Möglichkeit eines Trittbrettfahrers in Betracht ziehen. Gar keine so unrealistische Variante. Der *Märtyrermörder* ging spätestens seit der gestrigen Pressekonferenz durch sämtliche Medien und konnte Nachahmer auf den Plan gerufen haben. Es waren auch Fälle bekannt, in denen Täter bekannte Mordszenarien nachstellten, um die Tat einem bekannten Serienmörder anzuhängen und ihre eigenen Motive zu verbergen. All das mussten sie in Betracht ziehen.

Forss blätterte weiter in der Akte. Dann sah sie das Foto der Frau. Die Haare auf ihren Armen stellten sich auf. Sie spürte einen metallischen Geschmack im Mund. Das Bild zeigte nicht den Leichnam von Frederika Hakelius, sondern eine Porträtaufnahme. Eine gut aussehende Geschäftsfrau in Bluse und mit Perlenkette. Sie erkannte sie sofort, auch wenn sie auf dem Bild fünfzehn, zwanzig Jahre älter war: Es war eindeutig die Frau aus dem Sexvideo, das sie auf Dahlins Laptop gefunden hatte. Es gab nicht den Hauch eines Zweifels.

6

Der Himmel hatte sich zugezogen, dennoch war es weiterhin um die dreißig Grad warm. Eine feuchte, sumpfige Hitze, die Nyström benommen machte. Das Licht hatte sich verändert; weder Sonne noch Tageszeit waren auszumachen, über ihren Köpfen dräute ein schwefeliges, unbewegtes Grau. Gnitzen und Gewittertierchen umgaben sie, aufdringlich, kaum abzuschütteln. Auf ihrem Arm schlug sie mehrere der Viecher platt, sie blieben am Schweiß auf ihrer Haut kleben. Auch Forss und Raipanen waren aus dem Volvo ausgestiegen. Sie standen auf einer zerfurchten, schottrigen Straße, vor ihnen ein Laubwaldhain, die Bäume jung, keiner höher als zehn, zwölf Meter. Am Straßenrand standen bereits mehrere Autos, darunter ein Streifenwagen.

»Es geht ein Pfad durch das Wäldchen, etwa zweihundert Meter. Er führt zu einem kleinen See, dort steht auch das Ferienhaus der Familie. Ich dachte, ihr wollt erst den Tatort sehen, bevor wir den Ehemann treffen.«

»Ja«, sagte Nyström, »in Ordnung.«

Das schwüle Wetter bereitete ihr Kopfschmerzen, auch ihr Magen rumorte. Mein Körper wehrt sich, dachte sie. Er rebelliert gegen das, was vor uns in diesem Wäldchen liegt. Etwas, das so unmenschlich, so furchtbar war, dass man es nicht begreifen konnte. Weder mit dem Körper noch mit dem Verstand. Und dann war da noch das Ziehen in ihrer Brust, das immer stärker wurde. Ich sollte gar nicht hier sein, dachte sie. Ich sollte jetzt nicht durch diesen norrländischen Wald stapfen, in der Erwartung, gleich einen der grauenerregendsten Tatorte der schwedischen Kriminalgeschichte zu betreten, sondern in einer freundlich eingerichteten Praxis in Kristianstad sein und den Termin bei dem Spezialisten wahrnehmen, den Ann-Vivika für mich arrangiert hat. Dass es beim desolaten Zustand des öffentlichen Gesundheitswesens tatsächlich geklappt hatte, von heute auf morgen einen Termin für eine Mammografie zu bekommen, grenzte an ein Wunder und war allein Ann-Vivikas Bemühungen zu verdanken: durch Herumtelefonieren, Überredenskunst und dem Einfordern eines alten Gefallens bei einem ehemaligen Studienkollegen und Exliebhaber.

Ja, sie war Ann-Vivika dankbar gewesen.

Ja, sie hatte eine immense Erleichterung gespürt.

Ja, sie hatte sogar einen Weg gesehen, endlich mit Anders sprechen zu können – nach der Untersuchung.

»Wir sind gleich da«, sagte Raipanen.

»Wer hat sie gefunden?«, fragte Forss.

»Der Schwiegervater. Sie ist vor dem Abendessen von der Hütte durch das Wäldchen zum Auto gegangen, um eine Tasche mit Büchern zu holen, die sie am Nachmittag vergessen hatte. Als sie nach einer halben Stunde nicht zurückkam, machten sich die anderen Sorgen. Der Schwiegervater ist dann losgegangen, um nach ihr zu sehen, und hat sie gefunden. Er steht unter Schock, wir haben ihn ins Krankenhaus gebracht. Seine Frau ist mit den beiden Enkelkindern in der Stadtwohnung. Nur Frederikas Mann ist noch hier. So, da vorne ist es.«

Wieder hatte sich das Licht verändert. Die Bäume standen dicht, Eichen, Eschen, junge Birken. Flechten bedeckten die Stämme wie Ausschlag, in seltsamen Farben: Rosa, Hellblau, mattes Grün. Nyström blieb stehen. Sie schloss die Augen, massierte mit beiden Händen ihr Gesicht, ihre Schläfen. Dann sah sie hinauf. Es war ganz anders als auf dem Foto. Ein Foto ist ein Foto. Aber das hier war echt. Das hier war wirklich da.

Der Körper hing zwischen zwei geneigten Bäumen gespannt, hoch über ihren Köpfen. Er war aufgerissen, vom Schritt bis zur Mitte des Bauches. Die Beine waren grotesk auseinandergespreizt, Darmschlingen hingen herunter, Organe. Der Oberkörper war in einem unnatürlichen Winkel nach vorne gekippt, die hängenden, blutgetränkten Haare verbargen das Gesicht.

Nyströms Magen pumpte Säure nach oben, sie schmeckte Erbrochenes in ihrem Mund, aber es gelang ihr, es wieder herunterzuschlucken.

Ihr Hals brannte.

Ihr Herz brannte.

Ihr Hirn stand in Flammen.

»Oh, Fuck«, sagte Forss.

Das Gesicht der kleinen Frau glänzte vor Schweiß.

»Der Täter hat es genau wie in der Legende von der heiligen Korona gemacht«, hörte sie Raipanens Stimme. »Nur, dass er statt Palmen Eschen verwendet hat. Extrem stark, extrem biegsam. Die Spurensicherung sagt, es muss alles seit Langem vorbereitet gewesen sein. Er hat Ösen mit Schraubgewinden im Boden versenkt, sodass er die beiden Bäume mithilfe von Seilwinden weit genug herunterbiegen konnte. Spitze an Spitze, bis auf den Boden. Eine Spannkraft, die dem eines mittelalterlichen Katapults entspricht. Er musste dann nur noch auf sein Opfer warten. Er hat sie in einem günstigen Moment überwältigt und an die Baumwipfel gefesselt. Je ein Bein an einen der zwei Bäume. Dann hat er die Haltevorrichtung gelöst, sodass die Eschen hochgeschnellt sind. Wie gesagt, es sind starke, biegsame Bäume.«

Er winkte den Männern in den Overalls auf dem Hubsteiger zu.

»Ihr könnt sie jetzt herunternehmen.«

Dann wandte er sich wieder Nyström und Forss zu.

»Ich denke, es war wichtig, dass ihr das gesehen habt.«

7

Peter Hakelius war ein Mann mit eckigem Körper und weichem Gesicht. Er saß in der Küche des Ferienhauses an einem Tisch und hatte ein Glas Wasser vor sich. Von ihrem Eintreten schien er keine Notiz zu nehmen. Forss wunderte sich, dass Hakelius in einer mit Ausrüstung bestückten Anglerweste dasaß. Die federbewehrten Haken und Spinner, die bunten Wobbler und Blinker an der Brust des Mannes wirkten fehl an diesem Ort, in dieser Situation. War Hakelius etwa am Morgen nach dem Tod seiner Frau fischen gewesen? War das tatsächlich seine Art, mit der Trauer, mit dem Schock umzugehen? Dann begriff Forss: Der Mann saß noch in denselben Sachen dort, die er am Vorabend getragen hatte. Er hatte sich nicht umgezogen, wahrscheinlich hatte er noch nicht einmal geschlafen. Er saß dort still und seine derbe Hand umfasste das Wasserglas. Als er schließlich aufsah und die drei Polizisten zur Kenntnis nahm, erkannte Forss seinen Blick wieder. Auch Sara Saale hatte so geschaut. Und viele andere Angehörige von Ermordeten, denen Forss im Laufe der Jahre begegnet war.

Menschen, die zu begreifen beginnen, wie unwiederbringlich ihr Verlust ist.

Verlorene.

Seelen aus Holz.

Raipanen stellte Nyström und Forss vor. Hakelius nickte ihnen vage zu, dann war sein Blick wieder auf das Wasserglas gerichtet. Oder zurück, nach innen, in eine glückliche Vergangenheit. Oder in eine Zukunft, die niemals kommen würde. Sie setzten sich zu Hakelius an den Tisch. Es war ein schöner teurer Tisch. Eine weiße Ellipse mit beschichteter Oberfläche, ein Designstück von Bruno Mathsson. Forss wusste, was solch ein Tisch kostete. Und auch die italienischen Stühle, auf denen sie saßen, weiße Kunststoffschalen mit farbigen Rückenlehnen. Überhaupt waren Flur und Küche, wahrscheinlich das ganze Häuschen mit Geld und Geschmack eingerichtet: dänische Filzkugelteppiche und exzentrisch geformte Garderobenhaken, französisches Kochgeschirr in markantem Orange, als Küchenlampe die berühmte Artischocke von Poul Hennigsen. Wenn das Feriendomizil der Familie schon derart exklusiv eingerichtet war, wie mochte dann erst der Hauptwohnsitz in der Stadt aussehen?

Nyström begann behutsam zu sprechen.

»Wir sind einen weiten Weg hierhergekommen. Von Växjö bis nach Norsjö, mehr als tausend Kilometer. Wir haben das gemacht, weil wir einen Verdacht hatten. Und dieser Verdacht scheint sich bestätigt zu haben. Das, was man deiner Frederika angetan hat, ist wahrscheinlich keine Einzeltat, kein einzelnes Verbrechen.«

Hakelius sah sie an.

»Was bedeutet das?«, fragte er.

»Nun, wie die Dinge stehen, müssen wir im Moment davon ausgehen, dass wir es mit einer Serie von Morden zu tun haben. Drei Morden um genau zu sein. Drei Morden und einem Täter.«

»Ein Serienmörder?«

»Ja. Danach sieht es vorläufig aus. Es begann vor fünf Tagen in Växjö. Ein Mann wurde getötet, Janus Dahlin, ein Lehrer. Er wurde mit Pfeilen erschossen und gefoltert. Alles an der Tat erinnert an die Legende eines frühchristlichen Märtyrers, die des heiligen Sebastian. Vielleicht hast du davon in den Nachrichten gehört?«

»Nein, wir bekommen hier draußen kaum etwas mit. Wir verzichten in den Ferien bewusst auf Medien und ...«

Seine Stimme erstarb. Seine starken Finger massierten das Glas.

»Dann gab es ein zweites Opfer, Olof Andersson, ein Landbriefträger. Er wurde in Lessebo getötet, einem Städtchen nicht weit von Växjö entfernt. Auch hier ein äußerst brutales

Vorgehen. Und wieder der Verweis auf einen Märtyrer, dieses Mal der heilige Adrian.«

»Und was hat Frederika damit zu tun?«

Das Glas quietschte. Das weiche Gesicht von Hakelius bekam Kanten, Ecken, Risse. Der Schmerz schnitzte sie hinein. Und auch in seine Stimme:

»Warum hängt sie aufgerissen, entzweigerissen in den Bäumen? Wie ein Kadaver oder ein totes Sück Vieh? Was hat sie mit euren Lehrern und Landbriefträgern gemein? Ich kenne diese Männer nicht. Frederika kennt diese Männer nicht.«

Das Glas in seiner Faust zerbarst. Wasser lief über den Tisch, Blut über Hakelius Hand. Raipanen reichte ihm ein Trockentuch von der Spüle.

»Sie kannten einander«, sagte Forss schließlich. »Janus Dahlin und Frederika. Sie hatten ein Verhältnis, vor vielen Jahren. Es gibt einen Film auf Dahlins Laptop, der sie zeigt. In einer intimen Situation.«

»Frederika?«

»Ja. Es ist Jahre her. Deine Frau ist sehr jung auf diesen Aufnahmen. Sie hatte damals dunkles Haar.«

Sie reichte ihm ihr Handy. Ein *Screenshot* aus dem Video, das Delgado ihr vor einer halben Stunde geschickt hatte. Keins mit Po und Busen. Nur ein Gesicht.

»Ja, das ist Frederika. Wie jung sie damals war. Solange ich sie kenne, hatte sie kein dunkles Haar. Frederika ist blond, naturblond.«

»Wann habt ihr euch denn kennengelernt?«, fragte Nyström.

»'94 muss das gewesen sein. Im Herbst '94. Drei Jahre später haben wir geheiratet.«

Forss blätterte in ihren Notizen.

»Der Film ist datiert. 1991. Ein Videoband, das später digitalisiert worden ist.«

»Warum macht er das, dieser Dahlin? Warum bewahrt er Frederika auf seinem Laptop auf? Nach so langer Zeit? Selbst wenn sie irgendwann einmal ein Paar gewesen sein sollten? Das ist doch krank.«

Er presste die bandagierte Hand an seine Schläfe.

»Sie hat ihn nie erwähnt?«

»Nein. Nie. Wir haben nicht viel über unsere vorherigen Beziehungen gesprochen. Das wollte sie nicht. Irgendwie hatte ich immer das Gefühl, sie habe schlechte Erfahrungen gemacht. Da wollte ich dann nicht weiter nachbohren. Und wenn ich jetzt darüber nachdenke: Ja, ich habe sie einmal mit dunklem Haar gesehen, allerdings nur auf einem Foto, das von vor unserer Zeit stammt. Ich habe damals sogar einen Spruch gemacht, Black Beauty, habe ich sie genannt, um sie ein bisschen aufzuziehen, aber das wollte sie gar nicht hören. Es war eine von diesen Mauern, gegen die ich gestoßen bin.«

Durch das Tuch, das um seine verletzte Hand gewickelt war, drang Blut.

»Mauern?«, fragte Forss. »Was für Mauern?«

Hakelius war jetzt wacher, präsenter als zuvor. So als habe der Schmerz der Schnittverletzung ihn aufgeweckt oder zumindest für einen Moment aus seiner Agonie gerissen.

»Es gab Orte, da ließ sie niemanden herein. Nicht einmal mich. Innere Orte, Stimmungen, Gefühlslagen. Ich weiß nicht, wie ich es anders beschreiben soll. Gebiete ihrer Seele, die sie nicht teilen wollte oder konnte. Nicht mit mir, nicht mit den Kindern. Ja, sogar reale Orte.«

»Reale Orte?«

Hakelius wies mit seiner umwickelten Hand auf ein gerahmtes Bild an der Wand. Es war die Replik eines Kupferstichs einer Stadtansicht.

»Dort ist so einer ihrer geheimen Orte: Stuttgart. Bad Cannstatt, um genau zu sein.«

»Bad Cannstatt. Stuttgart. In Deutschland?«

Forss und Nyström sahen sich an.

»Genau. Sie ist ja teilweise dort aufgewachsen, im Ausland, hat dort einen Teil ihrer Kindheit verbracht. Ihr Vater war Ingenieur und einige Jahre bei Porsche, bevor er dann später wieder zu Saab zurückgekehrt ist. Stuttgart ist also ein Stück Heimat für sie. Dennoch waren wir in unserer ganzen Ehe nicht einmal dort. Keine Urlaubsreise dorthin, nichts. Sie hat es schlicht und ergreifend nicht gewollt, obwohl es mich natürlich sehr interessiert hätte. Aber dieser ganze Teil ihrer Jugend war tabu. Ein geheimer Ort. Das meinte ich damit.«

»In Deutschland also«, sagte Forss nachdenklich. Dann hatte sie einen Gedanken. »Sagt dir die Stadt Osterode vielleicht etwas? Das liegt im Harz.«

»Nein, nie gehört.«

»Und ihre Eltern?«, fragte Raipanen. »Haben die etwas über ihre Zeit in Deutschland erzählt?«

»Nein. Wie denn auch? Meine Schwiegereltern habe ich nie getroffen. Sie sind bei einem Verkehrsunfall gestorben, lange bevor ich Frederika kennengelernt habe.«

»Sprach sie noch immer Deutsch?«, fragte Nyström.

»Oh, ja. Sie hatte ja sogar einen leichten deutschen Akzent.« Unvermittelt streifte ein Lächeln Hakelius' Gesicht. Alle Kanten wurden rund, als berühre ihn eine schöne Erinnerung. »Einmal, ich glaube es war letztes Jahr, waren wir essen, in unserem Lieblingsrestaurant in Skellefteå. Am Nebentisch saßen deutsche Touristen und die haben wohl pausenlos gelästert: über das schlechte Wetter in Nordschweden, das Essen im Restaurant, die angeblich so unfreundlichen Leute. Sie dachten halt, es könnte sie niemand verstehen. Irgendwann ist Frederika dann der Kragen geplatzt. *Wenn hier alles so schrecklich ist, dann fahrt doch zurück ins Rheinland!* Hat sie denen gesagt. Auf Deutsch. Die haben vielleicht blöd aus der Wäsche geguckt!«

Raipanen schmunzelte. Nyström und Forss sahen sich wieder an. Sie verstanden beide. Es entstand ein Netz aus Bedeutungen. Es wurde dichter und dichter, auch wenn die Maschen noch grob waren, auch wenn sich noch nichts Handfestes darin verfing. Doch sie spürten, dass sie sich annäherten.

Einem Zentrum.

Dem Fang.

»Ich will jetzt zu meinen Kindern«, sagte Peter Hakelius und Tränen rannen über die Furchen seines Gesichts.

8

Als Lars Knutsson am späten Nachmittag nach Hause kam, war er erschöpf und genervt. Er mochte es ganz und gar nicht, wenn allzu viel Ungewöhnliches auf einmal geschah. Wenn die Dinge nicht ihre angestammten Wege gingen. Wenn Chaos herrschte. In seiner Welt gehörte alles an seinen festen Platz. Und davon konnte im Moment ja wohl keine Rede sein: die fürchterliche Mordserie, der verdammte Presserummel mit Fernsehübertragungswagen vor dem Revier und dreisten Journalisten, die ihn bis zum Parkplatz verfolgten, die hohe Anzahl Überstunden, der Stress. Jeder schien verrückt zu spielen. Dazu kam, dass Ingrid Nyström wegen der Spur in Nordschweden den ganzen Tag abwesend gewesen war und Stina Forss, die Neue, die sich entgegen seinen Befürchtungen eigentlich ganz beachtlich schlug, gleich mitgenommen hatte. Vor morgen Nachmittag würden sie nicht zurück sein. Dabei ging im Präsidium alles drunter und drüber. Halbvier-Erik machte mit seiner glatten, aber gleichzeitig nervösen und vorwurfsvollen Art alle ganz irre, Anette Hultin schmollte, weil nicht sie mit nach Norsjö genommen worden war, und Hugo Delgado spielte sich, eskortiert von seinen Jönköpinger Computerheinis, zum Chef der Ermittlung auf. *Rasterfahndung*, wenn er solch einen Quatsch schon hörte, rollten sich ihm die Fußnägel hoch. Sollte Hugo doch den jungen Lindholm dafür einspannen, seinen merkwürdigen Internetindizien nachzugehen. Im Fall des armen Magnus Hasselgreen hatte man ja gesehen, wohin das führen konnte. Und die heutigen Verhöre von Jenny Purtsi, der Schwägerin des Rechtspopulisten Öhman, sowie von Sture Rube, dem Aushilfsbriefträger, waren bestenfalls *ergebnisoffen* ausgefallen, wie Hugo es schönfärberisch formuliert hatte. Nichts war dabei herausgekommen. Njet. Nada.

Nein, das führte alles zu nichts. Da mussten andere Methoden her. Gute, alte Polizeiarbeit. Klinkenputzen, Leute befragen, Zeugen finden. Spuren sichern. Wenigstens hatte es heute einen Fortschritt gegeben: Das kriminaltechnische Labor in Linköping hatte herausgefunden, dass das Haar, das man auf Dahlins Leichnam gefunden hatte, mit den DNA-Spuren des Tatorts in Lessebo übereinstimmte. Andersson und Dahlin waren von demselben Täter ermordet worden, so viel stand nun zweifelsfrei fest.

Aber wie hätte Knutsson heute für diese polizeiliche Grundlagenarbeit um Gottes willen noch die Zeit finden sollen? Er hatte den ganzen Tag damit zu tun gehabt, Aussagen durchzugehen, Hinweise aus der Bevölkerung aufzunehmen und Journalisten abzuwimmeln. Außerdem war es ja nicht so, dass sich die Kripo nur mit den beiden Toten rumschlagen musste. Oder den dreien, wenn man die ermordete Frau in Norrland dazuzählen wollte. Es gab natürlich noch die ganz normale Alltagsarbeit, die Einbrüche, Überfälle, Diebstähle. Ganz zu schweigen davon, dass morgen das Mittsommerfest gefeiert würde, Schwedens Sauforgie Nummer eins, was wie jedes Jahr zu einem explosionsartigen Anstieg von Schlägereien, Randale, Unfällen, Körperverletzungen und Vergewaltigungen führen würde. Polizeiarbeit satt. Na, dann mal Prost, dachte sich Knutsson und öffnete ein eiskaltes Leichtbier, das er aus dem üppig gefüllten Kühlschrank gefischt hatte. Auf diesen Moment hatte er sich den ganzen schwitzigen Tag lang gefreut. Er leerte die Flasche in wenigen Zügen. Wonne ließ seinen schweren Körper erzittern. Er stieß laut auf. Öffnete die Kühlschranktüre erneut, griff nach einer zweiten Flasche. Stopp! Schnell noch die Cellophanfolie von dem Teller gelüftet, ein, zwei, drei Hackfleischbällchen gemopst, in die Backentasche geschoben und dann die Kühlschranktür wieder geschlossen. Kauen, trinken, köstlich! Durch das Wohnzimmer, von der offenen Terrassentür her, roch es verheißungsvoll nach Sommeressen. Seine Sinne regten sich. Er streifte den Stress ab wie einen schweren Rucksack. Folgte dem Duft von glühendem Fichtenholz, geräuchertem Fisch, frischem Thymian. Auf der Terrasse, die einen freien Blick auf den Helgasee bot, Lachen, Stimmen. Was gab es schöneres als das eigene Zuhause? Jetzt waren die Nachbarn herübergekommen, Hans und Ulla, ihre Tochter Elin, die mittlerweile eine richtige Frau geworden war, sehr ansehnlich. Und der etwas schluffige, junge Mann mit dem Fusselbart, der den Arm um sie gelegt hatte, das musste wohl ihr Freund sein.

»Da kommt ja unser Kommissar Wallander«, lachte Elin. »Schön, dass du da bist, Lasse. Auch ein Glas?«

Bevor er protestieren konnte, hatte er einen Sektkelch in der Hand, darin etwas Rötliches, Blubberndes.

»Guck nicht so komisch. Das ist Aperol Spritz«, sagte Elin. »Das trinkt man heutzutage in der Großstadt.«

»Spritz. Aha. Na dann.«

»Elin und Christer waren gerade auf großer Europatour«, erklärte Ulla.

»Interrail?«, fragte Knutsson.

»Wer macht denn heute noch Interrail?«

Elin verdrehte die Augen.

»Wir sind geflogen. Barcelona, Rom, Berlin, Prag, Budapest«, zählte sie auf. »In sechs Tagen!«

»Wow«, sagte Knutsson und nippte an seinem Getränk.

»Das ist übrigens Christer. Wir haben uns an der Uni kennengelernt.«

Der Fusselbart grinste. Man gab sich die Hand. Fester Druck. Schien ganz nett zu sein, der Fusselbart, dachte Knutsson, auch wenn er es ehrlich gesagt ein wenig affig fand, wie der junge Mann seine Trainingsjacke um die Hüfte gebunden hatte. Außerdem war es doch an einem Abend wie diesem viel zu warm für diese braune Trainingsjacke mit den gelbroten Streifen.

9

Anette Hultin hatte den Tag damit verbracht, Frauen zu suchen, die mit Janus Dahlin eine Affäre gehabt hatten. In der Kontaktliste seines Handys hatten sie mehr als dreißig weibliche Namen gefunden und ihr war die undankbare Aufgabe zugefallen, all diese Frauen anzurufen, peinliche Fragen zu stellen und die Art ihrer Bekanntschaft zu dem Lehrer zu sondieren. Mehrere Frauen, darunter eine Stadträtin, hatten mitten im Gespräch aufgelegt, insgesamt elf hatten eine sexuelle Beziehung zu Dahlin eingestanden. Hultin hatte diese Frauen aufgesucht und unangenehme Gespräche geführt. Gebracht hatte das alles wenig, die meisten waren Zufallsbekanntschaften gewesen, waren ein- oder zweimal mit Dahlin im Bett gewesen und wussten dementsprechend wenig über den Mann und sein Leben zu erzählen. Nett sei er gewesen, sagten die meisten, aber was hieß das schon, nett? Am interessantesten hatte Hultin die Aussage einer dreiundsechzigjährigen Bürokauffrau gefunden, die gemeint hatte, Janus Dahlin habe seine Verzweiflung mit Begehren verwechselt. Unter dem Strich war die Ausbeute dieser Unterhaltungen dünn gewesen, jedoch hatten sie in Hultin ein merkwürdiges, irritierendes Gefühl ausgelöst. Ihr erschien die Wahl von Dahlins Partnerinnen vollkommen willkürlich. Die Frauen, mit denen sie gesprochen hatte, waren alt oder jung, hübsch oder unattraktiv, gebildet oder einfältig, es gab keinen Typ, kein Muster, keine Linie, sie hatte den Eindruck, dieser Mann habe mit jeder Frau geschlafen, die sich auf ihn eingelassen habe.

Selbst nachdem Hultin Feierabend hatte, hielt ihre Irritation an, gleichzeitig fühlte sie sich aufgekratzt. Ausgerechnet heute hatte sie selbst eine Verabredung. Nach dem Abendessen duschte sie lange, rasierte sich die Beine und schminkte sich sorgfältig – man wusste ja nie. Nur weil es ein Internet-Date war und sie den *dunklen Gentleman* Mitte dreißig, wohnhaft in Växjö, Angestellter im öffentlichen Dienst, Nickname Sixpack78 auf einer dieser Onlinekontaktbörsen kennengelernt hatte, musste es ja nicht automatisch ein Reinfall werden. So wie mit BigPelle, Petshopboy80 oder leider auch Samuel, der zwar tatsächlich so gut ausgesehen hatte, wie sein Foto verhießen hatte, aber dafür mit 32 Jahren noch bei seinen Eltern wohnte. Wie abtörnend war das denn, bitte schön?

Neuer Anlauf, neues Glück. Heute also Sixpack78. Sie war zwar wahnsinnig müde, auch mitgenommen von den furchtbaren Geschehnissen bei der Arbeit, und der Tarnname ihrer Verabredung war ehrlich gesagt nicht gerade der Inbegriff von Seriosität, barg dafür aber ein Versprechen, und ein bisschen Ablenkung konnte ja wohl niemandem schaden. Und falls sogar mehr dabei herauskommen sollte, umso besser. Sie musste ja nicht unbedingt als letzter Single Växjös in die Geschichte eingehen, vor allem nicht, wenn in ihrem Bekanntenkreis die Babys in den letzten Jahren nur so herausgekullert waren. Und bevor ihre Freundinnen und Freunde anfingen, sie zu bedauern oder Verkupplungsessen zu schmeißen, nahm sie die Angelegenheit lieber selbst in die Hand. Fotos waren noch nicht ausgetauscht worden, aber sie hatte sich mit dem vermeintlichen Bauchmuskelkönig zwei, drei Mal geschrieben und zugegebenermaßen hatten die Worte *dunkler Gentleman* ihre Wirkung auf den so lange brachliegenden Teil ihrer Seele und vor allem ihres Körpers entfaltet. Fantasien waren in Gang gesetzt worden.

Dunkel, wie in dunkler Bartschatten?

Dunkel, wie in tiefbraune Augen?

Dunkel, wie in geheimnisvolle Vergangenheit?

Auf jeden Fall galt es, dieser Dunkelheit auf den Grund zu gehen, noch heute Abend, ironischerweise in der hellsten aller Nächte des Jahres, dachte sie, jedenfalls kalendarisch gesehen, denn gefeiert wurde Mittsommer ja erst morgen. Verabredet waren sie im Bishop's Arms, ihrem Lieblingspub in der Fußgängerzone, da kannte man sie, da fühlte sie sich sicher. Sie war ja keine Anfängerin.

Sie entschied sich für ein leichtes Sommerkleid in Weiß und Rot, das ihre blonden Haare gut zur Geltung brachte. Hochhackige Schuhe, schließlich war Mr Internet angeblich 1,84 Meter. Obwohl man damit vorsichtig sein musste, es hatte sich schon mancher Dating-Riese als Rumpelstilz entpuppt, im *real life*. Also keine Plateaus, sondern moderate Keilabsätze. Sie legte Parfüm auf und ein leichtes Jäckchen über den Arm, dann spazierte sie durch die warme Abendluft. Pusteblumenflocken trieben vor ihr her. Sie lächelte. Von den schweren Gewittern über Nordschweden, die sie auf der Wetterkarte in den Nachrichten gesehen hatte, war nichts zu spüren. Der südliche Landesteil stand fortwährend unter dem Einfluss des Hochdruckgebietes Laila, das aus irgendeinem Grund, den sie nicht mitbekommen hatte, Russenhitze genannt wurde. Sollen Ingrid und die schräge Stina dort oben doch nass werden, dachte sie, ihre Anwesenheit bei der neuen Fährte war ja anscheinend ungeachtet ihrer Kompetenz und langjährigen Diensterfahrung nicht erwünscht. Nun gut, sie hatte eh Besseres zu tun. Bauchmuskeln zählen, zum Beispiel.

Das Bishop's Arms war gut besucht. Sie hatte Glück und fand einen freien Tisch im Außenbereich. Sie bestellte sich ein Bier, trank einen Schluck, entspannte sich, sah sich unauffällig um, scannte. Sie war ja vom Fach, sozusagen. Ein Erkennungszeichen hatten sie nicht verabredet, wozu auch, das bisschen Spannung gehörte schließlich zum Spielchen dazu.

Da, links, ein Mittvierziger ohne Begleitung. Ganz nett anzusehen, aber zu alt.

Der da vielleicht? Süßes Gesicht, aber auch eine ganz schöne Plauze. Sixpack? Von wegen.

Der Typ in den Teenieklamotten? Bitte nicht! Dem hingen ja die Hosen auf Halbmast. Nee, da kam seine Freundin. Glück gehabt.

Schnell mehr Bier.

Wo blieb der denn? Saß der etwa drinnen, bei dem Wahnsinnswetter? Sollte sie einmal nachsehen gehen? Es war schließlich jetzt schon Viertel nach ... Oh, verdammt. Da kam Hugo. Was machte der denn hier? Ausgerechnet heute! Ausgerechnet jetzt! Das war hier doch sonst überhaupt nicht sein Laden ... Sie hielt sich die Getränkekarte vor das Gesicht. Dann fiel ihr auf, wie albern das war. Sie nahm die Karte wieder herunter. Auch Delgado machte ein Gesicht, als sei er bei etwas ertappt worden. Er war schon viel zu nah an ihrem Tisch, um noch so zu tun, als habe er sie nicht bemerkt.

»Du ...?«

»Was ...?«

»Ich bin zufällig ...«

Hultins Lachen schnitt ihm das Wort ab. Es kam ganz tief aus ihr heraus. Es war ehrlich, trotz allem, was zwischen ihnen passiert war. Der verkorksten Affäre. Der Abtreibung, von der niemand außer Stina Forss etwas wusste. Noch nicht einmal der Beinahe-Vater selbst.

Jetzt lachte auch Delgado. Aber er war sehr rot im Gesicht.

»Du dunkler Gentleman.«

»Was nicht zu verleugnen ist, *SexyBlueEyes*.«

»Die habe ich schließlich wirklich!«

»Ich habe nie das Gegenteil behauptet.«

»Trinken wir ein Bier zusammen?«

»Wo ich schon mal hier bin.«

10

Raipanen hatte sie zu einer Pension einige Kilometer außerhalb von Norsjö gebracht. Ein schlichtes, doppelstöckiges Holzhaus mit einfachen Zimmern und einem deftigen Abendbrotbüfett. Sie aßen gemeinsam, dann tranken sie einen späten Kaffee. Raipanen kratzte seine gepflegten Koteletten.

»Was meint ihr? Womit haben wir es hier zu tun? Diese Märtyrergeschichten und alles, versteht ihr das? Versteht ihr, warum ein Mörder durch Schweden zieht und drei Menschen auf die bestialischste Art tötet, die man sich nur vorstellen kann?«

»Sie kannten sich«, sagte Forss, »sie kannten sich alle drei. Nur so ergibt es einen Sinn. Was Dahlin und Hakelius angeht, wissen wir Bescheid. Sie hatten eine Liebesbeziehung oder zumindest eine sexuelle Affäre.«

»Vor zwanzig Jahren«, warf Nyström ein.

»Ja, aber wer weiß, ob sie nicht auch weiterhin Kontakt hatten. Das ist gar nicht unwahrscheinlich. Immerhin hat sich Dahlin die Mühe gemacht, den alten Film zu behalten. Nicht nur das: Er hat ihn sogar digitalisieren lassen und auf sein Laptop gespielt. Verdammt, diesen Privatporno anzuschauen, war das Letzte, was er mit seinem Rechner gemacht hat, bevor er starb. Das kann doch kein Zufall sein!«

»Was ist mit Peter Hakelius?«, fragte Raipanen. »Wenn die Affäre zwischen Janus Dahlin und Frederika tatsächlich andauerte und er dahintergekommen ist, hätte er ein sehr starkes Motiv. Und der Film auf Dahlins Laptop diente ihm als Beweis. Oder er hat Dahlin gezwungen, sich den Film anzusehen, quasi als Schuldeingeständnis auf dem Weg in den Tod.«

»Aber dafür den ganzen Aufwand? Diese christliche Märtyrernummer?«

Forss klang skeptisch.

»Und wie passt Olof Andersson in dieses Bild?«, fragte Nyström. »Welche Verbindung hat er zu Dahlin oder Hakelius? Gibt es überhaupt eine?«

»Ja«, sagte Forss. »Es muss eine geben. Alles andere wäre vollkommen sinnlos. Ich weiß, die Sache mit dem gleichen Trainingsanzug ist dünn. Aber da ist auch die relative räumliche Nähe zwischen Dahlin und Andersson. Und hat nicht auch eine Nachbarin Anderssons von ungewöhnlichem Frauenbesuch gesprochen? Das könnte doch Frederika Hakelius gewesen sein. Eine schicke, erfolgreiche Geschäftsfrau wie sie wäre in Anderssons Garten am Kaffeetisch mit Sicherheit aufgefallen.«

»Das ist sehr vage. Aber wir müssen das natürlich überprüfen«, sagte Nyström, »gleich morgen.«

»Was für ein Trainingsanzug?«, fragte Raipanen.

Forss überging die Frage.

»Und dann ist da natürlich noch diese deutsche Aura, die den Fall umgibt wie eine Gloriole.«

Raipanen nippte an seinem Kaffee.

»Wie meinst du das?«

»Nun ja, da ist zum einen Janus Dahlin. Er ist Lehrer. Unter anderem für Deutsch. Er hat in Deutschland studiert, in Hamburg, wenn ich mich richtig erinnere. Er *spricht* Deutsch im Schlaf, wie seine Freundin berichtet. Nein, er *schreit* geradezu, hat Albträume. Sara Saale vermutet ein traumatisches Erlebnis dahinter. Der Ort Osterode taucht immer wieder auf. Dann seine ehemalige Geliebte Frederika Hakelius. Spricht auch Deutsch. Hat auch einige Jahre in Deutschland gelebt. Hat deshalb sogar bis heute einen deutschen Akzent, sagt ihr Mann.«

»Komisch«, sagte Nyström. »Du hast irgendwie gar keinen deutschen Akzent. Dabei warst du doch viel länger drüben. Und du hast eine deutsche Mutter, während bei Frederika ...«

Raipanen blätterte in seinen Unterlagen.

» ... beide Eltern Schweden sind. Gunvald und Barbro Blomqvist. Vater Ingenieur, Mutter Lehrerin. Kamen 1985 bei einem Reisebusunglück in Norwegen ums Leben. Wenn die Angaben von Peter Hakelius stimmen, dann lebte die Familie von 1978 bis 82 in Stuttgart. Danach sind sie wieder nach Schweden zurückgekehrt.«

»Da war Frederika zwölf bis sechzehn«, rechnete Nyström. »Schon eine prägende Zeit.«

»Aber deshalb einen deutschen Akzent? Eine heute 46-jährige Frau, die schwedische Muttersprachlerin ist?«, sagte Forss. »Nie im Leben. Und dazu noch die Tatsache, dass sie ihrem Mann zufolge immer so ein Geheimnis um diese Zeit in Deutschland gemacht hat. Er hat von Mauern gesprochen, von geheimen Orten.«

»Merkwürdig«, sagte Nyström. Sie klang jetzt aufgekratzter. »Das hat dieser Arbeitskollege von Olof Andersson auch zu Protokoll gegeben. Er habe versucht, sich mit Andersson anzufreunden, sei aber immer wieder gegen Mauern gestoßen, hat er gesagt. Und noch etwas: Anette Hultin gegenüber hat er einen Akzent erwähnt. Andersson habe manchmal so geklungen, als käme er gar nicht aus Schweden.«

»Er nannte sich heimlich *Stiller*. Sein Künstlername oder Pseudonym, unter dem er seine sphärische, elektronische Musik gemacht hat. Noch so ein deutsches Wort. Ruhiger bedeutet das. Es gibt auch eine bekannte Romanfigur, die so heißt. Jetzt, wo ich darüber nachdenke, fällt es mir wieder ein: In dem Buch geht es um einen Mann, der in Wirklichkeit jemand ganz anderer ist. Oder glaubt es zu sein. Oder so ähnlich.«

Sie zuckte entschuldigend die Schultern.

»Ist schon lange her, dass ich es gelesen habe.«

Nyström sagte: »Und weder bei Frederika Hakelius noch bei Olof Andersson haben wir einen einzigen Angehörigen getroffen. Mal abgesehen von Frederikas Mann, aber der ist angeheiratet. Beide scheinen Menschen ohne belegbare Vergangenheit zu sein. Eltern seit Langem tot, Einzelkinder, keine weitere Verwandtschaft. Dabei leben wir in einem der kinderreichsten Länder Europas. Das ist doch seltsam!«

Raipanens Blick war zwischen den beiden Frauen hin und her gewechselt, als verfolgte er ein Tischtennismatch.

»Wir brauchen mehr Hintergrundinformationen, Familienzeug. Geburtsurkunden, Melderegistereinträge, Totenscheine, den ganzen Mist ...«, sagte er.

»Delgado«, sagte Nyström und griff nach ihrem Handy.

11

Hugo Delgado und Anette Hultin saßen im selben Büro, Schreibtischstuhllehne an Schreibtischstuhllehne, jeder hatte einen Bildschirm vor sich und einen Telefonhörer am Ohr. Nyströms Anruf hatte die Folgen des emotionalen Auffahrunfalls vor dem Bishop's Arms abgefedert. Jedenfalls Hultin dachte so. Sie wollte sich gar nicht ausmalen, wohin der Abend hätte führen können. Was sie womöglich nach dem dritten Bier hätte sagen, tun oder lassen können. Hier und jetzt Rücken an Rücken zu sitzen war definitiv klüger und weitsichtiger, als anderswo Bauch an Bauch zu liegen. Sie war schließlich eine Frau, die aus ihren Fehlern lernte. Oder?

»Mmh«, machte Delgado. »Mmh, mmh, mmh. Es ist mir schon klar, wie spät es ist. Aber wenn du mir nicht helfen kannst, dann hol mir eben deinen Vertreter oder Vorgesetzten oder was weiß ich ... ja, ja, ja, von nationalem Interesse, das hatte ich bereits mehrfach betont ... Ich weiß auch, dass das nicht der normale Dienstweg ... wie gesagt ...«

Er hielt den Hörer von sich weg, dann kratzte er sich damit am Kopf, bevor er ihn wieder an sein Ohr hielt.

»... schön und gut. Endlich, endlich! Ja. Ja. Mmh. Faxen. Mail geht auch. Oder beam es einfach her. Ja? Danke auch. Vielen Dank ... werde das lobend erwähnen ... mmh, ja, Sonderbericht. Vielen Dank!« Er legte auf. »Landskrona-Wichser! Die haben wir am Sonntag noch zwei zu eins plattgemacht, auswärts wohlgemerkt, und jetzt reißt der die Fresse auf. Nur weil Henrik Larsson dort Trainer ist. Aber für den Promibonus können sie sich nichts kaufen. Wir werden ja sehen, wer aufsteigt.«

»Was?«

»Fußball.«

»Ich meine die Unterlagen.«

»Ja, die schicken sie gleich als E-Mail. Falls die damit schneller sind als mit ihrem Spielaufbau im Mittelfeld.«

Delgado lachte, als habe er einen Superwitz gemacht.

Rücken an Rücken, es war wohl wirklich besser so, dachte Hultin.

»Und die Blomqvist-Sachen aus Borlänge?«, fragte Delgado.

»Die schicken gleich ein Fax. Hat ewig gedauert, dort den Richtigen ans Telefon zu bekommen.«

Im selben Augenblick ratterte das Faxgerät los. Hultin stand auf und griff nach dem Ausdruck. Sie las, dann sah sie Delgado an.

»Das gibt es nicht«, sagte sie.

»Was?«

»Das hier ist eine Kopie aus den Gemeindeunterlagen, den echten aus Papier, meine ich, nicht dem digitalen Register, auf das wir Zugriff haben.«

»Ja, ja, ich weiß. Deshalb haben wir es ja angefordert. Und?«

»Frederika Hakelius, geborene Blomqvist, ist tot.«

»Natürlich ist sie tot.«

»Nein, ich meine nicht erst seit gestern Abend. Frederika Blomqvist, geboren am 11. Januar 1966 in Borlänge, ist seit dem Sommer 1985 tot. Sie ist bei demselben Busunglück bei Trondheim verbrannt, bei dem auch ihre Eltern ums Leben gekommen sind.«

»Das gibt es doch gar nicht! Das muss eine Verwechslung sein! Hat sie dieselbe Personennummer?«

»Ja, vollkommen identisch«, sagte Hultin.

»Das ist doch ...«

Delgados Computer piepte.

»Warte, das ist die Mail aus Landskrona.«

Delgado klickte. Las laut vor.

»Olof Andersson, geboren am 04.05.1961 in Landskrona, verstarb am 17.12.1987 an einem Hirnaneurysma. Die Personennummer ist mit unserem Andersson identisch.«

»Was bedeutet das?«, fragte Hultin.

»Lebende Tote«, sagte Delgado trocken. »Zombies sozusagen. Mit einem deutschen Akzent.«

Sie hörten dröhnende Schritte im Treppenhaus, dann im Flur vor dem Büro.

»Zombies?«, fragte Hultin.

»Nein«, sagte Delgado, »solange es keine untoten Elefanten gibt, dürfte das wohl eher Lasse sein.«

Die Tür platzte auf. Es war tatsächlich Knutsson, verschwitzt, außer Atem. In seiner Hand ein braunes Kleidungsstück.

»Was macht ihr denn hier?«

»Eine Art Internetdate«, sagte Hultin.

»Wir jagen deutsche Zombies«, sagte Delgado. »Und du?«

Knutsson hielt ihnen die Trainingsjacke aus Polyester wie eine Trophäe entgegen.

»Ich habe den Messing-Klink, den Stina gesucht hat.«

»Was hast du?«, fragte Hultin.

»Er meint den *missing link*, glaube ich«, sagte Delgado.

»Genau!«, posaunte Knutsson. »Der Trainingsanzug, von dem Dahlin die Hose und Andersson die Jacke hatte. Ich habe hier noch so einen, glaube ich. Deshalb bin ich hergekommen. Um die zu vergleichen. Dieses Teil hier kommt nämlich aus einem Second-Hand-Laden in Berlin. Da war meine Nichte gerade mit ihrem Freund und der hat sich die Jacke dort gekauft.«

»Komm erst einmal zu Atem, Lasse.«

Knutsson setzte sich, Hultin brachte ihm ein Glas Wasser. Dankbar trank er in großen Zügen. Delgado holte die beiden Trainingsanzugteile aus dem Besprechungszimmer, wo sie noch immer in einem Pappkarton lagen. Zum Glück hatte sie Forss noch nicht in die Asservatenkammer geben lassen. Sie legten die Kleidungsstücke nebeneinander. In der Tat sahen die beiden Jacken beinahe vollkommen gleich aus. Nur, dass Knutssons Exemplar viel neuer wirkte und einen Aufnäher auf der Brust hatte. Auf Anderssons Jacke fehlte der Aufnäher. Aber eine dunklere Stelle in der Form eines Ovals und kleine Löcher im Stoff zeigten, dass sich dort auch einmal ein solcher Sticker befunden haben musste. Der

Aufnäher war gelb und zeigte die beiden schwarzen Buchstaben A und S. Darunter war ein größeres, rotes V abgebildet. Es sah wie ein roter Winkel aus.

»A, S und V«, las Hultin. »ASV.«

»Irgendein Sportverein, dachte ich«, brummte Knutsson.

»Das haben wir gleich«, sagte Delgado.

Er tippte die drei Buchstaben bei Google ein. 35 Millionen Treffer. Das konnte alles sein. Oder nichts. Er schrieb dazu *Training suit*, dann klickte er auf die Option *Bilder*. Bingo, da war der Anzug, inklusive des gelben Aufnähers. Er drehte den Monitor so, dass auch Hultin und Knutsson sehen konnten. Das Foto gehörte zu einem englischen Ebay-Angebot.

Original East German Training Suit, ASV (Armeesportvereinigung Vorwärts), Official Uniform NVA (Nationale Volksarmee)

Das Gebot stand bei 17 Pfund.

»Zombies«, sagte Delgado. »Aus der Deutschen Demokratischen Republik.«

12

Das Telefonat zwischen Nyström und Delgado dauerte fast eine Viertelstunde. Nyström stellte wenige Zwischenfragen. Delgado war gut darin, Sachverhalte strukturiert und verständlich wiederzugeben. Forss und Raipanen hörten über die Lautsprecherfunktion des Handys mit.

»Natürlich«, murmelte Forss und rieb sich mit der flachen Hand die Wange. »Second-Hand-Shops in Berlin. Dort habe ich diese Anzüge schon einmal gesehen.«

Bevor Nyström das Gespräch beendete, wies sie Delgado an, gleich am Morgen jemanden mit dem Bild von Frederika Hakelius bei der Nachbarin von Olof Andersson vorbeizuschicken, die ihn im Garten mit einer modisch gekleideten Frau gesehen haben wollte. Dann verabschiedete sie sich und legte auf.

»Aber was heißt schon Frederika Hakelius? Oder Olof Andersson?«, fragte sie. »Es waren doch ganz andere Menschen. Deutsche, wie es aussieht. Ostdeutsche, um genau zu sein. Und was ist mit Janus Dahlin? Ist der auch falsch? Ich meine, ich habe schließlich seinem Vater und seinem Bruder gegenübergestanden. Ihren Schmerz gefühlt. Das kann doch nicht alles Lug und Trug gewesen sein!«

Nyström sah entsetzt aus, fand Forss. Wie jemand, der herausfindet, dass er hintergangen worden ist.

»Nein«, sagte sie. »Dahlin war Dahlin. Ihn haben wir auf Herz und Nieren überprüft. Ein Schwede aus Linköping mit einer linksextremen Biografie. Und genau das macht ihn zu einem perfekten U-Boot.«

»U-Boot?«, fragte Nyström.

»Denkt doch mal nach. Was sollen die drei denn sonst gewesen sein? NVA-Klamotten, falsche Identitäten, innere Mauern. Spitzel waren sie, Spione, nennt es, wie ihr wollt. Dahlin haben sie wahrscheinlich während seiner Studienzeit in Deutschland rekrutiert, Mitte der Achtziger. Und Andersson und Hakelius, beziehungsweise Herr Hans und Frau Gretel, müssen auch irgendwann vor der Wende hierhergekommen sein. Mit Helfershelfern im schwedischen System, sonst wären sie ja niemals an die falschen Namen, Personennummern, Identitäten gekommen.«

Raipanen seufzte. »Es gab doch letztes Jahr diese Debatte über die Archive des Geheimdienstes Säpo. Eine Historikerin, die sich vor Gericht Zugang zu den Akten erstritten hat,

hat ein Buch über schwedische Stasi-Agenten geschrieben, allerdings unter strengsten Auflagen. Sie durfte sich während ihrer Arbeit in den Archiven keine Notizen machen, sie durfte keinen der ehemaligen Agenten kontaktieren und musste alle Namen anonymisieren. Ich habe das Buch selbst nicht gelesen, aber es war eine Geschichte, die medial richtig viel Wirbel erzeugt hat. *Expressen* hat daraufhin im Frühjahr den Fall eines ehemaligen Stasi-Agenten aufgedeckt, der als Pfarrer in Burträsk lebt, hier ganz in der Nähe. Burträsk liegt gerade einmal vierzig Kilometer von Skellefteå.«

»Schwedische Stasi-Agenten?«

Forss sah Reipanen fragend an.

»Ja, im Kalten Krieg war gerade das neutrale Schweden für die DDR nicht uninteressant. Ich glaube, sie haben Stockholm oft als Treffpunkt für Spione und Agenten genutzt. Darunter waren auch Schweden, die für die Stasi gearbeitet haben. Was da genau vor sich ging, ist immer noch ein großes Geheimnis, und die Säpo gibt nicht preis, was sie davon gewusst hat. Klar ist aber, dass die meisten Schweden, die für die Stasi gearbeitet haben, ungestraft davongekommen sind. Juristisch betrachtet, sind die Taten ja schon längst verjährt. Auch der Pfarrer aus Burträsk muss keine strafrechtlichen Konsequenzen fürchten, habe ich gelesen. Und die Säpo hat kein Interesse, ihre Informationen publik zu machen. Ich denke, in Deutschland gibt es einen ganz anderen Umgang mit den Stasi-Archiven. Die sind doch offen, oder?«

»Ja, schon.«

Dass auch Schweden eine Stasi-Geschichte hatte, die noch dazu in geheimen Archiven versteckt lag, war für Forss ganz neu.

Nyström knetete die Haut unter ihrem Kinn.

»Ich weiß nicht so recht. Warum sind die drei nach dem Zusammenbruch der DDR denn dann nicht nach Hause zurückgekehrt?«, fragte Nyström. Sie schien sich innerlich zu winden, zu sträuben, fand Forss. So als schiene ihr die Vorstellung zu abstrus, zu abenteuerlich zu sein. »Oder wenigstens Herr Hans und Frau Gretel, wie du sie nennst?«

Forss war von ihrem Stuhl aufgestanden.

»Was sollten sie denn dort noch? In Ostdeutschland schlug doch damals zum zweiten Mal die Stunde null. Und dann noch als Profiteure, ja als Protagonisten des alten Systems? Außerdem hatten sie sich hier wahrscheinlich längst ein Leben aufgebaut. Dahlin und Frau Gretel waren jedenfalls 1991 ein Paar, so viel wissen wir ja bereits. Was hätte sie im neuen, vereinigten Deutschland schon erwartet? Ruhm, Ehre und Rentenansprüche wohl kaum. Sie waren damals jung, hatten noch das ganze Leben vor sich. Warum keinen neuen Anfang? Warum keine zweite Chance?«

»Als Landbriefträger«, sagte Raipanen. Es sollte sarkastisch klingen und das tat es auch.

»Na ja, immer noch besser, als von den ehemaligen Nachbarn in Jena, Eisenhüttenstadt oder Dresden, die man vielleicht früher einmal verpfiffen hat, gehasst zu werden! Und Frau Gretel hat es ja offensichtlich zu einer florierenden Werbeagentur gebracht«, warf Forss ein.

»Der ideologische Frontenwechsel wäre nicht zu verachten.«

Raipanen klang bitter.

»Selbst wenn ich euch bis hierhin folgen würde«, sagte Nyström. »Wer sollte diese drei ehemaligen ostdeutschen Spione, Spitzel oder Stasi-Leute denn jetzt auf dem Kieker haben?«

»Jemand, der weiß, wer sie wirklich sind. Jemand, dem sie einmal sehr wehgetan haben.«

»Ich weiß nicht«, sagte Nyström. »Ist das nicht alles eine Nummer zu …«

»Zu was?«, fragte Forss. Ihre Stimme vibrierte.

»Zu weit weg«, sagte Nyström. »Ich meine: DDR, Stasi, Kalter Krieg. Das war ein anderes Jahrtausend. Das ist alles so weit weg von hier.«

»Und der Pfarrer aus Burträsk?«

»Ich weiß nicht …«

»Wenn du die internationalen Zusammenhänge nicht begreifen willst, dann tanz mal schön weiter um deine hübsche, provinzielle, schwedische Mittsommerstange«, zischte Forss und schoss aus dem Zimmer. Hinter ihr flog die Tür mit einem Knall zu.

13

Die Wut kam in weißen Wellen. Pochte in ihren Schläfen, dröhnte in ihrem Kopf. Tief einatmen, hatte ihr der Therapeut beigebracht. Und dann ausatmen. Einatmen, ausatmen. Auf den Atem achten. In sich hineinlauschen. Mit dem Rhythmus eins werden. Manchmal funktionierte das. Aber jetzt nicht. Sie gab Gas. Der schwere Gewitterregen klatschte auf die Windschutzscheibe, Böen zerrten an den Baumwipfeln. Raipanens schwerer, PS-starker Volvo pflügte über die Schotterpiste, nahm die Kurven mit Drift. Als die Straße einen plötzlichen Buckel machte, hob der Wagen für einen Augenblick mit allen vier Reifen vom Boden ab. Obwohl Raipanen Nyströms verbohrter, skeptischer Haltung nicht widersprochen hatte, war Forss dankbar, dass er ihr wenigstens sein Auto geliehen hatte. Dank des Navigationsgeräts fand sie das Laubwäldchen im endlos erscheinenden Geflecht der Waldwege, ohne sich zu verfahren. Am Straßenrand stand noch immer ein Transporter der Spurensicherung. Sie folgte dem Trampelpfad durch den Eibenhain. Das dichte Astwerk der Bäume hielt einen Teil des Regens ab, dennoch wurden ihre Haare nass und ihr lief Wasser in den Nacken. Im Dickicht hatte man eine Plane aufgespannt und Scheinwerfer aufgestellt. Zwei Gestalten in Overalls knieten auf dem Waldboden, verrichteten letzte Arbeiten der Tatortsicherung. Der hydraulische Lift war bereits verschwunden und der Leichnam natürlich auch. Die beiden Eschen, die die falsche Frederika Hakelius entzweigerissen hatten, standen wieder gerade, reckten ihre halogenweißen Äste unschuldig in den wolkenverhangenen Himmel. Forss schüttelte sich kurz, dann hetzte sie weiter. Erst als sie in dem Haus stand, fand sie zur Ruhe. Einatmen und ausatmen. Wie Wellen am Strand. Wut in Energie ummünzen. In Ausgeglichenheit. Na, Bravo, ein Kinderspiel! Sie ließ ihre Faust gegen die Wandvertäfelung des Flurs krachen.

Das Haus hatte die Wärme und die Gerüche der letzten Tage, des unerwartet frühen Sommers gespeichert. Frisches Gras und Walderdbeeren. Kalte Milch. Sonnencreme. Forss schaltete das Licht an, dann löschte sie es wieder. Was sie suchte, würde sie auch so finden, im Zwielicht einer gewittrigen Mittsommernacht. Sie ging in die Küche und setzte sich an den Tisch. Die Scherben des Glases, das Peter Hakelius zerbrochen hatte, lagen noch immer dort. Dickes blaues Glas, aus Finnland. Sie legte die Hand auf die Tischplatte. Das Holz fühlte sich warm an, wie etwas Lebendiges.

Als fühlte sie den Puls des Hauses.

Einatmen, ausatmen.

Sie schloss die Augen.

Dachte nach.

Dachte an die merkwürdig sinnfreien Maschinen von Janus Dahlin.

Die seltsame, schwerelose Musik von Olof Andersson.

Beides hatte etwas gemein. Ein Streben nach einer Freiheit, vielleicht sogar nach Transzendenz. Beides war eine Art von Tempel, Schrein.

Was ist dein Tempel, Frederika Hakelius?

Was ist dein Altar, Frau Gretel?

Wo ist dein wahres Innerstes?

Draußen rollte der Donner. Irgendwo weit weg schlugen Blitze in den Wald. In die Küche drang nicht mehr als ein ferner Schimmer, eine Reflexion auf der Scheibe eines Bilderrahmens.

Forss stand auf. Sie ging in das Wohnzimmer. Sie schaute. Atmete. Witterte. Bilder an der Wand, ein gewebter Motivteppich, ein Regal mit Büchern, leichtes Zeug, Bestseller. Sie öffnete Schubladen. Wendete Kissenbezüge. Klopfte auf Fußleisten. Ihr Instinkt blieb stumm. Sie ging ins Schlafzimmer. Durchsuchte die Nachttische. Ein Schmuckkästchen. Den Kleiderschrank. Überall waren Dinge, teure Sachen. Aber nichts, das mehr war, als es war. Nichts Inneres. Sie sah unter das Bett. Sie fasste unter die Matratze. Sie wendete Teppiche. Nichts.

Nicht im Kinderzimmer. Nicht im Badezimmer. Nicht auf dem Dachboden.

Vielleicht gab es nichts, vielleicht hatte Nyström recht. Trotzdem würden sie morgen natürlich den Hauptwohnsitz der Familie in Skellefteå durchsuchen müssen. Sie ging zurück in die Küche. Wenigstens hatte sich ihre Wut gelegt. Sie ließ sich am Hahn ein Glas Wasser ein. Trank. Wieder zuckte draußen ein Blitz, diesmal viel näher. Eine Reflexion auf der Scheibe eines Bilderrahmens. Und am Rande ihres Bewusstseins.

Stuttgart-Bad Cannstatt zeigte die Radierung hinter dem Glas.

Frederika Hakelius, geborene Blomqvist, war nie in Stuttgart-Bad Cannstatt gewesen. Sie war gemeinsam mit ihren Eltern bei einem Busunglück in Norwegen verbrannt. Ihr Vater hatte nie als Ingenieur bei Porsche gearbeitet.

Warum dann dieses Erinnerungsstück? Als Tarnung? Legende? In einem Ferienhaus? Nach fünfzehn Jahren Ehe?

Blödsinn.

Forss nahm den Rahmen von der Wand. Er war schwer. Glas, massives Holz, eine verleimte Rückwand. Qualitätsarbeit. Sie legte das Bild auf die Vorderseite. Holte ein Küchenmesser aus einer Schublade. Schnitt. Die Rückseite löste sich, festes, vergilbtes Papier. Mit der Messerspitze hebelte sie es zur Seite. Darunter lag eine Art Stoff mit einer samtenen Konsistenz. Sie zog ihn ab. Ihr fiel etwas entgegen, halb am Stoff haftend. Eine Postkarte.

Benz auf Usedom. Stand da in hellblauer Type. Darunter: *Ferienlager VEB Metallkombinat Leipzig.*

Eine Baracke im Sonnenschein, davor Fahnenmasten, eine Lärche mit ausladenden Zweigen.

Forss drehte die Karte um. Ein handgeschriebener Text, auf Deutsch.

Liebe Kathrin,
einfühlsame Urlaubsgrüße von der Ostsee! Auch wenn das
Wetter noch nicht zum besten ist: Alle Zeichen stehen auf
Veränderung. Bald herrscht überall Sonnenschein, vertraue mir!
Ich freu mich drauf,
Deine Helena

Adressiert war die Karte an eine Kathrin Winkler in Görlitz. Der Poststempel zeigte den 7. August 1988.

Einatmen, ausatmen.
Der Donner ließ das Geschirr im Regal zittern.
Das Gewitter war jetzt direkt über ihr.

14

Es hatte geregnet, stark und anhaltend, und in der Ferne über dem See war Donner zu hören gewesen, doch jetzt war es wieder trocken, auch wenn die Luft noch nach Regen roch, und der Himmel war hell. Es war nach elf, zumindest laut der Ziffernfolge auf ihrem Mobiltelefon, aber es hätte auch jede andere Uhrzeit sein können. Nyström entfernte sich von dem Hotel, folgte dem Ufer des Sees, Sand knirschte unter ihren Schuhen. Sie war sauer. Auf diesen wahnsinnigen Fall. Auf das unberechenbare Verhalten ihrer widerborstigen Mitarbeiterin. Aber vor allem auf sich selbst. Sie drückte die Nummer, aus einem Impuls heraus. Vielleicht war es endlich Zeit zu reden. Es tutete siebenmal. Dann nahm endlich jemand ab.

»Ja, hallo, hier ist Anders.«

Seine Stimme war heiter und im Hintergrund hörte sie jemanden lachen. Sie spürte den Druck, der auf ihrer Brust lastete. Wegen dem, was in ihrer Brust brütete. Sie fühlte, wie unendlich weit weg sie war. Am anderen Ende Schwedens. Im selben Land, aber in einer anderen Welt. In einer Welt, in der Menschen in Teile gerissen wurden und sich Pastoren als ehemalige Stasi-Agenten entpuppt hatten. Selbst wenn sie jetzt neben Anders in der Küche in Ör stehen würde, wäre sie Tausende Kilometer entfernt.

»Hej, ich bin's«, sagte sie leise.

»Hej, wie schön, dass du anrufst! Wie geht es dir? Wir sitzen hier gerade zusammen in der Küche, ja, Anna und Madeleine sind bereits heute Abend vorbeigekommen, um Marie und mir bei den Vorbereitungen zu helfen. Und um sich ein bisschen um die Kleinen zu kümmern.« Er lachte. »Die Zwillinge halten uns alle ganz schön in Atem!«

»Wie schön.«

Die Verbindung war so schlecht, dass sie das Echo ihrer eigenen Stimme hören konnte. Wie unangenehm das klang. Wie unangenehm sie klang. Sie strengte sich an, mit fester Stimme zu sprechen.

»Wirklich schön.«

»Ja, gerade lachen die drei mich aus. Also die Mädchen, nicht die Kleinen. Die sind ja längst im Bett.«

Die Mädchen. Wie er das sagte. So als wäre Madeleine Tedenlid eine ihrer Töchter.

»Ja, ich habe ihnen gerade erzählt, dass ich gestern Abend bei Englunds war. Du erinnerst dich? Sie wollten uns ja unbedingt zeigen, wie sie ihre Küche renoviert haben, und fragten, ob wir nicht Lust hätten, auf *einen Wein und Bruschetta* rüberzukommen. Das war ja nett von denen, aber ich habe mich den ganzen Nachmittag gefragt, was dieses *Bruschetta* wohl sein sollte. Weißt du, was das ist? Ich wollte ja nicht mit leerem Magen kommen, wenn es nichts Richtiges zu essen gäbe. Zur Sicherheit habe ich mir vorher ein paar Pfannkuchen gemacht und das war gut so, weil das *Bruschetta* war nicht anders als Toast mit Knoblauch und Tomate und solchem Zeug.«

Anders gluckste. Sie konnte trotz der schlechten Verbindung hören, dass er wohl auch heute Abend schon ein Glas Wein getrunken hatte, mindestens. Sie konnte das schreiende Lachen von Anna und Madeleine im Hintergrund hören und wie Anders sich Mühe gab, nicht vollends loszuprusten. Sie selbst verstand nicht, was an der Geschichte so lustig sein sollte. *Bruschetta*, Toast, war doch Jacke wie Hose.

»Anna versucht mir gerade klarzumachen, dass ich so etwas vorher googlen muss. Das sei das Einfachste der Welt, behauptet sie. Die Englunds waren ganz überrascht, dass ich *Bruschetta* nicht kannte, wir sind ja vor nicht allzu langer Zeit in Italien gewesen. Dann habe ich denen erklärt …«

Anders Stimme platzte an ihrem Ohr und aus ihrem Handy strömte eine Lachsalve mehrerer Personen, die sie nicht auseinanderhalten konnte. Sie hielt das Telefon vom Ohr weg, guckte es an und presste die Zähne aufeinander. Sie fühlte sich einsam. Eine leichte Sommernachtsbrise streifte ihre Wangen. Kurz roch es stark nach verwestem Fisch. Wo bin ich hier eigentlich, dachte sie. Ich kenne noch nicht einmal den Namen dieser Ortschaft. Irgendwo in einem Hotel außerhalb von Norsjön.

»… habe ich gesagt …«

Anders versuchte sein Lachen zu verschlucken, was ihm nur halbwegs gelang.

»… wir nennen das verbranntes Brot!«

Lachexplosionen.

Nyström verstand nicht. Aus einem Impuls drückte sie das Gespräch weg. Die Lebendigkeit verstummte und hinterließ eine fast greifbare Stille. In ihren Augen standen Tränen. Warum war sie nicht zu Hause? Warum saß sie nicht auch in der Küche und scherzte mit ihren Töchtern? Mit Anna und Marie. Und mit Madeleine? Warum war sie nie da, wenn die Stimmung so heiter wurde und alles nur das sein konnte, was es war. Sie wischte mit dem Rücken ihrer Hand die Tränen weg und schloss die Augen. Seit Anna ihr erklärt hatte, dass Madeleine *ihre* Freundin war, nicht nur eine Freundin, sondern ihre Freundin, denn genauso hatte sie es gesagt *Sie ist meine Freundin Mama, kapierst du?*, seitdem war alles anders. Dabei hatte sie verstanden, langsam zwar und unsicher, aber doch, sie hatte verstanden, und trotzdem war alles anders. Als würde Anna ihr vorwerfen, es nicht zu akzeptieren. Dabei wollte sie so gerne offen sein und die Lebensentscheidungen ihrer Tochter respektieren. Oder vielleicht ging es nicht mal um Entscheidungen, sondern um Gefühle. Sie bemühte sich, eine verständnisvolle und liebe Mutter zu sein. So wie Anders ein lieber Vater war. Er hatte Madeleine sofort ins Herz geschlossen und während sie spürte, wie Anna ihr mehr und mehr entglitt, schienen Vater und Tochter die besten Freunde geworden zu sein.

In ihrer Hand vibrierte das Handy. Der grelle Klingelton schnitt in die Stille. Sie suchte fahrig nach Wörtern, mit denen sie Anders innerlich erreichen könnte, aber ihre Gedanken drehten sich im Kreis. Mit einem Tastendruck lehnte sie den Anruf ab.

15

Zeuner trank. Nicht zu viel und nicht zu wenig. Ein Balanceakt, genug Alkohol, um die Zweifel in Schach zu halten. Die Schuld und die Skrupel. Aber auch nicht so viel Schnaps, dass er die Kontrolle verlor. Kontrolle war wichtig. Er musste wach bleiben, konzentriert. Der bluttriefenden Spur des Racheengels folgen. Weit konnte es nicht mehr sein. Lange konnte es nicht mehr dauern. Jetzt war nur noch Helena übrig. Seine Helena. Die Letzte. Die Anführerin.

Die Dramaturgie des Todesengels folgte einer Logik, die

Zeuner erst mit einiger Verzögerung begriffen hatte. Begonnen hatte alles vor einem halben Jahr mit dem grausamen Tod von Marlene Schwitter. Auch wenn sie natürlich einen anderen Namen getragen hatte. Der Foltermord auf dem brennenden Rad, ihr abgetrennter Kopf: ein Tod wie aus der Legende von der heiligen Katharina von Alexandria. Die Schutzheilige der Gelehrten. Wie passend, wie geistreich, hatte er später gedacht, nachdem er verstanden hatte. War Marlene Schwitters doch die Theoretikerin, die Intellektuelle der Gruppe gewesen. Ein Witz, dass sie später ausgerechnet als Bäuerin gelebt hatte. Schon damals hätte Zeuner alles begreifen können, wenn er wacher gewesen wäre, wenn er nicht im Delirium gelegen und der Welt abgeschworen hätte. Nun, er war rechtzeitig aufgewacht. Sein Unbewusstes hatte früher reagiert als sein von zu viel Alkohol vernebelter Verstand. Sein innerer Seismograf hatte trotz seines Zusammenbruchs Marlenes Tod registriert und er hatte ihm Helena geschickt. In seinen schwersten Stunden während des Entzugs in der Klinik war sie zu ihm gekommen. Eine metaphysische Vision oder einfach Psychologie, was spielte das für eine Rolle? Wichtig war, dass sie in dieser Nacht zu seinem Leitstern geworden war, zu seinem Weg zurück ins Leben. Zu seinem letzten Ziel.

Dann hatte sich Leonidas gemeldet und ihn von Janus Dahlins Tod unterrichtet. Zuerst Marlene Schwitters, die für die Zeitungen und die Polizei die Bäuerin Ruth aus Osnabrück gewesen war, dann Janus Dahlin, der Schwede. Der echte Schwede. Nun konnte es keinen Zweifel mehr geben: Die Märtyrer der Zelle 719 starben.

Jemand hatte herausgefunden, wer sie wirklich waren.

Jemand voller Zorn.

Und jetzt ermordete er sie, folterte sie zu Tode.

Machte die Märtyrer zu Märtyrern.

Wie perfide, dachte Zeuner, ein Racheengel mit Sinn für Ironie.

Auf Janus Dahlin war Olof Andersson gefolgt. Alias Holger Schenk. Alias Hans-Peter Patschinski.

Und schließlich Frederika Hakelius. Alias Kathrin Winkler. Genau wie bei Schenk hatte er sich den Namen ausgedacht, damals im Frühjahr 1987. In Wirklichkeit hieß sie Susanne Rauke. Arme Susanne, er hatte sie gerne gemocht. Sie war Helenas engste Vertraute gewesen. Und in den glücklichen Tagen während der Eingliederungsphase hatten Oberst Leonidas, Marlene Schwitters, Susanne Rauke und er an den Abenden in der Baracke auf dem abgelegenen Militärgelände 47 bei Briesen nahe der polnischen Grenze ein nettes Doppelkopfteam abgegeben. Janus Dahlin und Hans-Peter Patschinski hatten lieber Backgammon gespielt. Seine Nächte hatten alleine Helena gehört. Helena spielte keine Spiele, dazu war sie zu ernst.

Helena, die überzeugte Sozialistin.

Aber sie war eine leidenschaftliche Liebhaberin. Vier Wochen lang die beste, die intensivste Zeit seines grauen, zerzausten Lebens. Natürlich hätte Susanne ein anderes Ende verdient gehabt, als von zwei emporschnellenden Bäumen auseinandergerissen zu werden. Aber er war hart geblieben. Er hatte hart bleiben müssen. Er hatte nicht eingegriffen. Er hatte den Todesengel nicht gestoppt und ihm seine Rache gelassen. Er brauchte ihn.

Führe mich, Todesengel, dachte Zeuner und leerte die Flasche. Führe mich in das gelobte Land.

Führe mich zu ihr.

FREITAG

1

Ingrid Nyström sah abwechselnd auf die alte Postkarte und in Stina Forss' Gesicht. Die junge Frau hatte Ringe unter den Augen. Sie selbst wahrscheinlich auch. Sie hatte am Morgen noch nicht in den Spiegel geschaut. Wohlweislich.

»Was heißt das? Was steht da?«, fragte sie.

Forss übersetzte.

»Oh«, sagte Raipanen und rückte den Teller mit dem angebissenen Frühstücksbrot von sich weg.

»Was bedeutet das?«, fragte Nyström.

»Frederika Hakelius heißt in Wahrheit Kathrin Winkler. Hieß Kathrin Winkler. Und lebte 1988 in Görlitz. Das war damals DDR, Ingrid! Deutsche Demokratische Republik. Ostdeutschland. Die Zone.«

Ihre Augen blitzten. Nyström drehte die Postkarte zum wiederholten Male um. Schließlich reichte sie sie weiter an Raipanen. Sie griff nach ihrem Tee. Trank bedächtig. Durch die geöffneten Fenster kam warme Luft, die frisch roch, nach Tau und Klee und Sommerregen. Eine verirrte Hummel sauste über den Tisch, flog eine Doppelschleife und brummte wieder nach draußen. Plötzlich verspürte Nyström den unbändigen Drang, schwimmen zu gehen. Einen Waldsee zu finden, sich auszuziehen und stundenlang auf dem Wasser zu treiben. Nichts zu hören, nichts zu sagen, nichts zu denken. Wie eine Seerose möchte ich sein, dachte sie, von der Sonne gewärmt, vom dunklen Wasser gekühlt, zwischen warm und kalt oszillierend.

»Du hast recht«, sagte sie. »Es sieht alles danach aus, dass Hakelius' und Anderssons wahre Identitäten in die ehemalige DDR führen. Und Dahlin war wohl auch dort.«

»Ich fliege nach Berlin«, sagte Forss.

Ihr hängendes Augenlid vibrierte.

»Ja«, sagte Nyström. Ihr Blick war der Hummel gefolgt. Hinaus aus dem Fenster. In die Wälder zu den schwarzen Seen.

Raipanen lächelte kühl.

2

Als das Flugzeug auf dem kleinen Flughafen in Växjö landete, war es bereits früher Nachmittag. Delgado erwartete sie am Ausgang. Er trug Shorts, eine Baseballkappe und Sonnenbrille.

»Du siehst aus, als würdest du in den Urlaub fahren«, sagte Nyström, nachdem sie sich begrüßt hatten.

»Ja, so ähnlich«, sagte er. »Wo ist denn Stina?«

Sie antwortete mit einer Gegenfrage.

»Wie – *So ähnlich*? Wie meinst du das?«

Delgado schnippte seine Zigarette weg.

»Ich glaube, ich muss dir etwas erzählen.«

Auf der Fahrt ins Präsidium berichtete er. Edman hatte am Vormittag einen Anruf aus Stockholm erhalten. Wegen der neuesten Ermittlungsergebnisse aus Skellefteå im Fall der Märtyrermorde habe die Reichskriminalpolizei in enger Zusammenarbeit mit dem Staatsschutz mit sofortiger Wirkung die Leitung der Ermittlung übernommen. Alle diesbezüglichen Akten seien unverzüglich den verantwortlichen Reichskrim- und Säpo-Beamten vor Ort zu übergeben. Da der Fall eine Dimension erreicht habe, die eng mit Fragen der nationalen Sicherheit verknüpft zu sein scheine, seien alle lokalen Kräfte sowohl in Växjö als auch in Skellefteå bis auf weiteres von der Ermittlung befreit.

»Verdammt«, rief Nyström. Sie griff in ihr Haar. Ihr erster Impuls war es, Tomas Raipanen zu verwünschen. Warum hatte der Kollege nichts Besseres zu tun, als die neuen Spuren und Wendungen des Falls sofort nach Stockholm weiterzutragen und dadurch dafür zu sorgen, dass sowohl er als auch sie der Verantwortung enthoben wurden? Aber der Vorwurf war natürlich Blödsinn. Raipanen hatte vollkommen vorschriftsmäßig gehandelt. Und die stellvertretende Landespolizeichefin hatte ihr schließlich schon nach dem Tod von Olof Andersson mit dem Eingreifen der Reichskrim gedroht. Jetzt, wo es so schien, dass der Fall auch noch eine geheimdienstliche Komponente bekommen könnte, war es nur logisch, dass sich Reichskriminalpolizei und Staatsschutz einmischten. Aber mussten sie deshalb gleich die gesamte Ermittlung an sich reißen? Sie kam sich beraubt vor.

»Warum wurde ich nicht persönlich informiert?«

»Ich habe bestimmt fünfmal versucht dich anzurufen. Du warst den ganzen Tag nicht zu erreichen, Ingrid.«

Das stimmte. Seit dem Check-in am Vormittag in Skellefteå hatte sie ihr Handy ausgeschaltet gehabt.

»Wie hat Edman reagiert?«, fragte sie.

Delgado warf ihr einen Blick zu und verzog die Mundwinkel.

»Rate mal.«

»Mir ist gerade nicht nach raten.«

»Er hat sich gefreut wie ein Honigkuchenpferd, weil er die Verantwortung los ist. Als dann gegen Mittag die Anzugträger aus der Hauptstadt eingetroffen sind, hat er natürlich den dicken Max markiert. *Seine* Ermittlung hier, *seine* Ermittlung da. Lasse hat einen Lachanfall bekommen. Anette und ich durften eine anderthalbstündige Übergabe machen, die anderen hat Edman nach Hause geschickt, Mittsommer feiern.«

»Ist heute wirklich schon Freitag?«, fragte Nyström.

Wieder warf Delgado ihr einen Seitenblick zu, diesmal länger als der erste.

»Du siehst unglaublich müde aus, Ingrid.«

Dann, nach einer Pause: »Vielleicht ist es gar nicht so schlecht, mal für einen Augenblick loszulassen.«

Ich würde so gerne schwimmen gehen, dachte Nyström. Aber sie sagte es nicht laut. Draußen neben der Straße schimmerte der Helgasee.

3

Stina Forss hatte das Fenster des Taxis heruntergelassen und den späten Großstadtnachmittag in das Auto hineingelassen. Sie war auf dem Weg vom Flughafen Tegel in die Stadtmitte. Es war ihr früher nie aufgefallen, wie stark Berlin roch. Wie feucht und schmutzig die Luft war im Sommer. Seifig, staubig, schwül. Sie hatte das Gefühl, mit jedem Atemzug etwas zu sich zu nehmen, das nicht wieder aus ihr herauskam, das in ihren Lungen haften blieb: Ruß, Pollen, aber auch eine stechende, positive Lebendigkeit. Ich atme den Schweiß der Stadt, dachte sie. Im Radio plärrte Popmusik, Xavier Naidoo sang etwas von gesetzten Segeln und einem steinigen Weg, Pathos zwischen Werbeblöcken. Am Rückspiegel des Autos baumelten eine Gebetskette und ein trockener Duftbaum. Der junge Fahrer hatte rasierte Muster in seinem Bart. Der Wagen fuhr im Strom des Feierabendverkehrs durch Moabit, dann an den modernistischen Bauten des Hansaviertels vorbei, passierte den Stadtteil Tiergarten und hielt schließlich in Charlottenburg in der Keithstraße vor dem Dienstgebäude des LKA 1. Sieben Jahre lang war Forss in dem imposanten Gründerzeitbau täglich ein- und ausgegangen. *Abteilung für Delikte am Menschen*. Ein trockener Euphemismus für die Arbeit einer Mordkommission.

Lehmann erwartete sie in seinem Büro. Forss hatte bereits am Vormittag mit ihrem ehemaligen Ausbilder und Vorgesetzten telefoniert.

»Alte Schwedin«, sagte er. Sein Grinsen war wie immer ein Zähneblecken.

Forss lächelte.

Lehmann hatte das Gebiss und die Aura eines Frettchens. Farbloses Haar, schmale Statur, spitze Nase, haselnussbraune Augen. Menschen, die ihn nicht kannten, neigten dazu, ihn zu unterschätzen. Er wusste das und spielte damit. In Forss Augen war er ein brillanter Kriminalist, analytisch, vorausschauend und außerordentlich gut vernetzt. In seiner trockenen, angestaubten Art bat er sie Platz zu nehmen und bot ihr Kaffee an. Sein Kaffee war im ganzen Präsidium berüchtigt. Säuerlicher, bitterer Filterkaffee, der stundenlang auf einer Warmhalteplatte zu einem teerschwarzen Sud eindampfte. Forss war seit jeher überzeugt, dass die grauenhafte Lorke ebenso ein Teil von Lehmanns Selbstinszenierung war wie die ewigen Schuppen an seinem Sakkoaufschlag. In einem jahrelangen Training hatte sie gelernt, Lehmanns *café muerte* ohne Streik der Gesichtsmuskulatur hinunterzubekommen.

»Milch? Zucker?«, fragte er mit treuherzigem Augenaufschlag.

Es war ein festes Ritual zwischen ihnen.

»Nein, danke«, antwortete Forss. »Ich trinke schwarz.«

Jetzt war es Lehmann, der lächelte. Sein Frettchenlächeln. Sie tauschten launige Höflichkeiten aus.

Dann wurde er wieder ernst.

»Ich habe seit heute Morgen einige Telefonate geführt. Ich denke, in Ihrem Sinne, Frau Forss.«

Wie ungewohnt es sich anfühlte, wieder gesiezt zu werden. Dabei war sie doch kaum vier Monate weg aus Berlin. Und erst die teutonische Aussprache ihres Namens. Forss mit scharfem S. Wie das englische *force*.

May the force be with you, Stina Skywalker.

»Ich habe einen Kontakt in der Jahn-Behörde. Alter Weggefährte, guter Mann. Wenn es dort etwas über Ihre Mordopfer zu finden gibt, dann gräbt er es aus. Sie können ihn heute Abend treffen.«

»Danke.«

»Nichts zu danken.«

Er kratzte sich an der Nasenspitze.

»Dann ist da noch etwas, auf das ich gestoßen bin. Etwas durchaus Beunruhigendes.«

Er blätterte in einer dünnen Akte.

»Nach Ihrem Anruf habe ich in unseren Datensätzen nach allen möglichen Querverweisen gesucht. Stichworte wie Märtyrer, Folter, abgetrennte Gliedmaßen, Dinge, von denen Sie berichtet haben. Dabei bin ich auf etwas gestoßen.«

Seine braunen Augen sahen sie über die Kante des Schnellhefters hinweg an.

»Was?«

»Womöglich tötet er schon länger.«

»Wie bitte?«

»Am 14. Januar dieses Jahres wurde in Bramsche, einer Kleinstadt in der Nähe von Osnabrück, die 49-jährige Ruth Meringer auf sehr brutale Weise ermordet. Ihr Lebensgefährte fand den verbrannten, auf ein altes, nagelgespicktes, hölzernes Kutschrad gespannten Leichnam der Biobäuerin in der Scheune des Hofs, den Meringer bewirtschaftete. Der Kopf war abgetrennt und in einen Bottich mit Milch geworfen.«

»Oh«, sagte Forss.

»Die Ermittlungen verliefen im Sande. Ihr Partner beschuldigte Landwirte von umliegenden Höfen, aber das war völlig substanzlos. Kurz geriet er wohl selbst ins Visier der Ermittler, vor allem, weil er psychisch einen sehr labilen Eindruck machte, aber er hatte für die Tatzeit ein Alibi. Außerdem gab es gar kein Motiv. Das gesamte Umfeld hatte beide als glückliches, ausgeglichenes Paar beschrieben. Vor dem Hintergrund deiner Fälle in Schweden habe ich die Tatumstände einmal genauer recherchiert. Brandopfer, Radfolter, abgetrennter Kopf. Und das mit der Milch natürlich.

Zusammengenommen sind das alles Bestandteile der Märtyrerlegende um die heilige Katharina von Alexandrien. Der Überlieferung zufolge eine frühe Christin, die dafür büßen sollte, dass sie die schlauesten Gelehrten des römischen Kaisers zum Glauben bekehrt hatte. Nach der Feuer- und Radfolter soll Milch statt Blut aus ihren Wunden geflossen sein. Seitdem gilt sie als die Schutzheilige der Philosophen und Intellektuellen.«

»Das passt ins Muster.«

»Das ist aber noch nicht alles.«

Wieder kratzte Lehmann an seiner Nase.

»Ziemlich schnell wurde klar, dass es Ruth Meringer überhaupt nicht gab. Also, es gab sie schon, aber ihre Papiere waren samt und sonders gefälscht. Eine hochprofessionelle Arbeit. Von den Lebensdaten her abgestimmt auf eine tatsächliche Person dieses Namens, die allerdings bereits vor Jahrzehnten im Kindesalter gestorben war.«

»Wie bei Hakelius und Andersson.«

»Genau. Dieselbe Masche.«

»Und ihr Lebensgefährte?«

»Hatte keine Ahnung. Das konnte er glaubhaft versichern.«

»Und wer war diese Frau wirklich?«

»Das hat das BKA wohl bis heute nicht herausgefunden. Der Kollege aus Wiesbaden, mit dem ich telefoniert habe, gab sich sehr zugeknöpft. Beim LKA Niedersachsen hatte ich dagegen mehr Erfolg.«

Frettchenlächeln.

»Spannen Sie mich nicht auf die Folter.«

»Man hat DNA-Tests durchgeführt. Und tatsächlich gab es Übereinstimmungen mit Spuren aus einem ganz anderen Fall: Die Frau, die unter dem Namen Meringer in Bramsche Biomöhren angebaut hat, war Ende 1986 an einem Banküberfall mit tödlichem Ausgang beteiligt. Eine Kassiererin wurde erschossen. In einer Sparkassenfiliale im Harz.«

»Marco Bode«, flüsterte Forss.

»Wie bitte?«

»Osterode.«

Lehmann glitt der Ordner aus der Hand.

4

Als Nyström nach langen Gesprächen mit den Säpo- und Reichskrimbeamten nach Hause kam, war die Mittsommerparty bereits im vollen Gange. Sie bereute es, dass sie die ursprünglichen Pläne nicht geändert und dafür gesorgt hatte, dass das Fest in diesem Jahr woanders stattfand. Seit vielen Jahren waren sie ein Kreis aus drei Familien, die sich am Mittsommer abwechselnd beieinander trafen. Als sie in den Achtzigerjahren damit begonnen hatten, hatten sie alle kleine Kinder gehabt und mit Blumenkränzen, Mittsommerstange und Tanz gefeiert. Mit den Jahren war es allmählich weniger geworden und spätestens als die Kinder herangewachsen und ausgeflogen waren und mit ihresgleichen auf Öland oder in Halmstad oder sonst wo feierten, hatten sie auf das ganze symbolische Drumherum verzichtet. Bis heute. Auf Wunsch ihrer Töchter hatten Anders und sie dieses Jahr alle eingeladen: die Freunde, deren Kinder und Enkelkinder. Im Garten wimmelte es nun von kleinen Kindern, jungen stolzen Eltern und Weingläser schwenkenden Menschen mittleren Alters. Eigentlich mochte sie solche Feste. Mochte es, wenn es überall tobte und krachte, schepperte und lachte. Aber heute nicht. Heute wäre sie gerne mit Anders allein gewesen. Es fühlte sich so unendlich lange her an, seit sie Zeit füreinander gehabt hatten. Zeit und Ruhe. Es war so viel passiert in den letzten Tagen. Es kam ihr vor, als kehrte sie von einem anderen Planeten zurück. Und in gewisser Weise stimmte das ja auch. Planet Horror. Aber selbst von dort hatte man sie heruntergestupst.

Auf der Treppe saßen ihre Enkelkinder Marcus und Elise in einem Meer von Wiesenblumen. Mit großem Ehrgeiz versuche Marcus einen Kranz zu binden. Lautstark instruierte er dabei seine kleine Schwester, Blumen für ihn in kleinen Sträußen bereitzulegen.

»Oma, guck mal, ich bin fast fertig!« Stolz hielt er eine unförmige Blütenwurst hoch.

»Kannst du mir gleich helfen, sie zusammenzubinden?«

Sie zwang sich ein Lächeln ab. Ihr Omalächeln.

»Gleich, Marcus, okay? Gib mir einen Moment. Habt ihr eigentlich schon gegessen?«

»Ja, aber leider noch nicht den Nachtisch. Der steht noch im Kühlschrank.«

Nyström zog ihren Rollkoffer durch die Tür und stieß dabei fast mit Madeleine zusammen, die mit einer riesigen Schale Schlagsahne auf dem Weg nach draußen war.

»Hej, schön dass du da bist«, grüßte Madeleine fröhlich.

»Ja.«

Nyströms Stimme war trocken. Sie ärgerte sich, dass ihr nichts Netteres einfiel. Dann war es zu spät. Die Freundin ihrer Tochter hatte sich schon an ihr vorbeigedrückt und war in den Garten gehuscht. In der Küche traf sie auf Anna, die ihr zur Begrüßung eine Erdbeere in den Mund schieben wollte.

Sie drehte den Kopf zur Seite wie jemand, der einem Kuss ausweicht.

»Nein, danke, aber ich muss zuerst etwas Richtiges essen. Gibt es noch Kartoffeln?«

»Ohne Ende! Wir haben die halbe Nacht Kartoffeln geschrubbt, damit für alle genügend da ist. Hätten wir uns aber auch schenken können, da die Kinder keine Zeit zum Essen haben. Die haben nur im Vorüberlaufen ein paar Hackfleischbällchen in sich reingeschoben.«

Anna lachte.

»Und jetzt warten sie auf den Nachtisch.«

»Danke, dass ihr alles hier vorbereitet habt und ohne mich ausgekommen seid.«

»Keine Ursache. Du bist ja schließlich nicht unersetzlich!«

Anna lachte wieder.

Der Satz traf Nyström, obwohl sie wusste, dass ihre Tochter es nicht so gemeint hatte.

»Ich zieh mich nur schnell um, dann bin ich bei euch«, sagte sie schnell.

Im Schlafzimmer zog sie die Tür hinter sich zu, schloss die Augen und atmete tief die vertraute, leicht staubige Luft des Raumes ein. Jetzt war sie zu Hause. Unbewusst suchte ihre Hand die harte Stelle in ihrer Brust. Von draußen drang das Lachen der Kinder herein. Am Montag, dachte sie, gleich am Montag fahre ich zu diesem Arzt nach Kristianstad.

»Ingrid, bist du da?« Anders' Ruf aus dem Flur holte sie in die Gegenwart zurück.

»Ja, ich ziehe mich um, bin gleich bei euch.« Sie ließ ihre Brust los und begegnete ihrem Blick im Spiegel. In der Tat war Stina Forss nicht die Einzige mit Ringen unter den Augen. Sie probierte ein Lächeln aus. Sie fand, sie sah aus wie ein kranker Panda.

In dem großen Tumult im Garten war es schwer, sich zurückzuziehen. Als zum Tanz um die Mittsommerstange aufgefordert wurde, kamen ihre Enkelinnen Elise und Thea angestürmt und zogen sie aus dem Gartenstuhl.

»Komm, Oma, wir wollen das Krähenlied und du musst uns schubsen.«

Die beiden konnten sich noch gut an Weihnachten erinnern, als sie zum Lied von *Omas kleiner Krähe*, die ohne Fahrer losfuhr und mal hierhin, mal dorthin geschubst wurde, um den Tannenbaum getanzt hatten. Auch wenn sie eigentlich keine Kraft hatte, ließ sie sich ins Schlepptau nehmen, und als dann noch Gunn und Osvald ihre Geigen anstimmten, spürte sie beinahe so etwas wie Freude. Sie stimmte in die Lieder ein und zog die Kinder mit Schwung hinter sich her. Aus den Augenwinkeln sah sie Anna mit Madeleine auf der Treppe sitzen. Sie schienen sich nicht für den Tanz zu interessieren, sie guckten nur belustigt zu, wie die jungen Eltern Kröten und Schweine nachmachten, um ihren Kindern eine traditionstreue Mittsommerfeier zu bereiten. Wenn ihr mal selbst Kinder habt, werdet ihr das verstehen, dachte sie, um im nächsten Moment einzusehen, dass sie damit wahrscheinlich falsch lag.

Nach dem Tanzen wurde gegrillt, weitere Weinflaschen wurden aufgemacht und die Kinder verschwanden nach und nach in den Betten. Nyström bemühte sich, den Gesprächen zu folgen, aber sagte selbst nicht viel. Zum Glück kannten ihre Freunde sie gut und auch wenn sie aufgrund der hysterischen Presseberichte über die sogenannten Märtyrermorde neugierig waren, wussten sie, dass das Berufliche für sie bei solchen Treffen ein Tabu war. Anders hatte die Rolle des Gastgebers übergenommen und wurde dabei von ihren drei Töchtern unterstützt. Über den Tisch suchte sie Anders' Blick und als er in ihre Richtung sah, lächelte sie ihn an, dann stand sie auf und entfernte sich. Es war schon spät. In der aufziehenden Dämmerung schlenderte sie durch den Garten, sog den intensiven Duft von neu geschlagenem Heu ein und ließ ihre Hand über die Margeriten an der Hauswand gleiten. Ein Wunder, dass die Blumen das Toben der Kinder unbeschadet überstanden hatten, dachte sie. Auf der niedrigen Holztreppe vor dem Eingang setzte sie sich hin und drückte, während sie über die Wiese vor dem Haus hinausschaute, ihre Schläfen. Sie wusste nicht, wie lange sie schon so saß, als sie von hinten jemanden kommen hörte und dann zwei warme Hände auf ihren Schultern spürte. Es war nicht Anders, das merkte sie sofort. Die Hände waren zu klein und zu zart. Anna, dachte sie. Meine liebe Anna. Die sanfte Massage löste ihre Verspannung und ein angenehmes Gefühl breitete sich in ihrem Körper aus. Zum ersten Mal an diesem Tag fühlte sie, wie froh sie war, bei ihrer Familie zu sein.

»Du hattest wohl einen harten Tag, oder?«

Es war nicht die Stimme von Anna. Es war die Stimme von Madeleine. Nyström lächelte. Diesmal kam es ganz von alleine.

»Ich hatte eine harte Woche«, sagte sie.

5

»Du bist ja doch zu Hause. Ich hatte fest damit gerechnet, heute ohne dich zu feiern.«

»Ich freue mich auch, dich zu sehen!«, blaffte Knutsson.

Lisa, seine Frau, zog eine Schnute und bevor sie sich falsche Hoffnungen machte, fügte er schnell hinzu: »Mein bloßes Erscheinen ist aber kein Grund davon auszugehen, dass ich mit euch feiern werde.«

Während der Fahrt nach Hause hatte er Zeit gehabt, seine Gedanken zu ordnen und sich darüber klar zu werden, dass er heute nicht in der Lage war, unter anderen Menschen zu sein. Die Müdigkeit der letzten Tage saß tief in seinen Knochen, aber noch schlimmer war die mentale Belastung. Diese Morde hatten nichts mit dem zu tun, was er von früheren Ermittlungen kannte. Sie gehörten zu einer anderen Welt, in die er hineingerutscht war und aus der er so schnell nicht wieder herauskam. Sie mussten den Mörder finden, aber gerade das war ihnen jetzt unmöglich gemacht worden. Mit den neuen Spuren hatte es sich ein wenig wie ein Durchbruch angefühlt, als hätte die Ermittlung nun richtig Fahrt aufnehmen können. Und dann war alles geplatzt. Er hätte so gerne mit Ingrid gesprochen. Ohne sie fühlte sich alles im Präsidium so unklar, so schwammig an, als könnte die Reichkrim ohne Weiteres alles übernehmen und sie könnten nichts dagegen tun. Vielleicht hätten sie um ihren Fall kämpfen sollen? Vielleicht hätten sie bei der neuen Ermittlung mitmachen dürfen, wenn sich nur jemand getraut hätte, den Mund aufzumachen. Nun war alles weg und sie wurden nicht mehr gebraucht. Für Ingrid war es bestimmt eine schwere Niederlage und er hatte nichts getan, um es zu verhindern.

»Ach, sei doch nicht so barsch! Ich freue mich, dass du da bist, und werde gleich bei Solbergs anrufen und sagen, dass du auch kommst, um vier sollen wir da sein.«

»Lisa, es tut mir leid, es hat nichts mit dir zu tun, aber ich kann heute nicht feiern.« Knutsson legte seine Jacke über den Stuhlrücken und setzte sich.

»Was ist denn passiert? Wie kommt es überhaupt, dass du so früh nach Hause konntest?«

»Die Reichkrim hat uns den Fall entzogen.«

»Nee, ist es denn so schlimm, dann muss es ja etwas ganz Großes sein!«

Lisa stellte die Schüssel mit Erdbeeren, die sie gerade gewaschen hatte, auf den Tisch und setzte sich auf einen Stuhl ihrem Mann gegenüber.

»Ja, wenn drei Menschen wie Märtyrer hingerichtet werden, ist es etwas Großes«, sagte Knutsson mit müder Stimme. Manchmal hatte er das Gefühl, dass seine Frau nicht die geringste Ahnung von dem hatte, was er bei der Arbeit machte.

»Dann ist es wohl ein Glück, dass jemand anderes jetzt übernimmt. Für Ingrid kann es ja auch nicht einfach sein, so neu als Chefin und so viel Verantwortung.«

Knutsson spürte die Wut in sich hochsteigen.

»Ja, es ist verdammt schwierig, wenn einem der Fall entzogen wird, aber Ingrid hat die Ermittlung ganz souverän geleitet.«

Er war mit Schwung aufgestanden und jetzt atmete er tief durch, um sich wieder zu beruhigen.

»Lasse, was ist denn los? Ich meinte ja nur …«

»Ich fahre jetzt mit dem Boot raus. Außerdem habe ich einen Steg zu reparieren.«

Es tat ihm leid, dass er so aufgebracht war und dass es Lisa war, die seine ganze Frustration abbekam, aber manchmal konnte er selbst seine Frau nicht leiden. Im Schuppen suchte er sein verstaubtes Angelzeug zusammen, nahm die Schwimmweste vom Haken und ging zurück in die Küche. Auf dem Tisch stand eine Plastikdose mit geschmierten Butterbroten und eine mit Erdbeeren und Schlagsahne. Für dich! Stand auf dem kleinen Zettel. Jetzt musste er doch lächeln. Mit einem Grunzen steckte er das Essen in seinen Rucksack.

6

Nachdem Hultin so unverhofft zu einem frühen Feierabend und einem freien Wochenende gekommen war, tat sie, was sie immer tat, wenn sie die Zeit dazu hatte. Sie trainierte. Sie fuhr mit ihrem Rennrad in westlicher Richtung aus dem Stadtzentrum hinaus Richtung Värendsvallen. Die altehrwürdige Sportanlage, die in den Sechzigerjahren eingeweiht worden war, hatte im vergangenen Jahrzehnt viel Hohn und Kritik einstecken müssen. Sie sei längst nicht mehr zeitgemäß, hatte es geheißen, und die sportlichen Zugpferde der Stadt, der Erstliga-Eishockeyclub *Växjö Lakers* und der traditionsreiche Fußballverein *Östers IF*, bräuchten Spielstätten, die ihren zukünftigen Triumphen würdig seien. Ein hochrangiger Kommunalpolitiker hatte gar in der Lokalzeitung gespottet, die Betonschüssel, in der *Östers* seine Heimspiele austrage, erinnere ihn an eine Spielstätte aus DDR-Zeiten. So hatte man die Sportanlage nach langem Hin und Her und für viel Geld um eine moderne Eishockeyarena, eine Unihockeyhalle und ein Fußballstadion ergänzt. Hultin sauste mit ihrem Rad zwischen den Neubauten hindurch. Das Fußballstadion fand sie architektonisch gelungen, die Unihockeyhalle mit dem prätentiösen Namen *Fortnox Arena* erinnerte sie dagegen an ein IKEA-Kaufhaus, das mit einem mehrgeschossigen Palisadenzaun verkleidet war.

Sie zog sich um, lief zum Warmmachen einige Runden, dehnte sich ausgiebig und arbeitete danach eine Stunde konzentriert an ihrer Weitsprungtechnik. Zum Abschluss knöpfte sie sich den Speerwurf vor. Große Fortschritte konnte sie nicht verbuchen, aber damit hatte sie auch nicht gerechnet. Wichtig war, dass das Training ihren Kopf frei machte. Das gelang immer. Dennoch fühlte sie eine gewisse Restspannung, als sie schließlich ausgepowert vor ihrem Spind stand. Natürlich hatte das mit der Arbeit zu tun.

Auch.

Da war aber noch etwas anderes.

Und das hing mit Hugo zusammen. Es hatte da gestern so einen Augenblick gegeben. Einen Augenblick, wie er eigentlich nicht mehr hätte vorkommen dürfen. Sie hatte sich *geschworen*, dass solche Augenblicke nicht mehr vorkommen würden.

Nicht mit Hugo *Arschloch* Delgado jedenfalls.

Der kindische, egoistische, arrogante Superarsch. Hatte sie ein Attribut vergessen? Ach ja, kompliziert. Albern natürlich. Versnobt. Und dann war da natürlich noch die Sache mit ihrer ungewollten Schwangerschaft. Parallel mit dem Moment ihrer Empfängnis hatte er sich zum Riesenekel entwickelt. Wobei er, wie sie zugeben musste, nicht wissen konnte, dass sie schwanger war. Trotzdem war es logisch und konsequent, dass sie rechtzeitig die Notbremse gezogen hatte. Sowohl was Hugo als auch was den Fötus betraf. Da war sie sich selbst ein halbes Jahr später noch vollkommen sicher gewesen. Jedenfalls bis gestern Abend, als sie Rücken an Rücken bis in die Nacht hinein im Präsidium gesessen hatten.

Sie schloss den Spind auf und wühlte in ihrer Trainingstasche nach ihrem Handy. Womöglich hatte er sich ja wirklich gemeldet und schlug vor, gemeinsam Mittsommer zu feiern. Vielleicht wäre sie tatsächlich bereit, es auf einen Abend ankommen zu lassen. Oder?

Sie hatte tatsächlich eine SMS bekommen, allerdings nicht von Delgado. Es war eine spontane Einladung ihrer alten Schulfreunde Fanny und Christoffer, ein Paar mit zwei Kindern. Was natürlich bedeutete, dass sie zusammen mit anderen Paaren und deren Kindern feierten. Ein Krabbelgruppentreff. Trotzdem war sie dankbar, dass die beiden an sie gedacht hatten. Falls sich Hugo später noch melden sollte, konnte sie immer noch auf einen Drink los. Sie rief Fanny zurück, sagte zu und beeilte sich, nach Hause zu kommen.

Zum Glück fand sie noch eine Flasche Wein im Regal. Es war ein schwerer Rotwein, vielleicht nicht gerade optimal für Mittsommer, aber Hauptsache Alkohol! Die anderen Gäste waren schon seit frühem Nachmittag mit ihren Kindern bei Fanny und Christoffer, um sieben, rechtzeitig zum Grillen, wollte sich Hultin anschließen. Für das Essen sorgten die Gastgeber, seine Getränke sollte nach alter Tradition jeder selbst mitbringen, hatte ihr Fanny am Telefon gesagt. Die Rotweinflasche im Regal, der acht Jahre alte Rioja Reserva, war deshalb sozusagen Hultins Eintrittskarte. Sie überlegte zuerst, ein Kleid anzuziehen, endschied sich aber dann für ein paar beige Hosen und eine halb durchsichtige Bluse. Hoffentlich würde sie beim Fahrradfahren keine Schweißringe unter den Armen bekommen. Der Sommerabend war warm und als sie am Växjösee Richtung Teleborg entlangfuhr, schimmerte die Sonne auf der Wasseroberfläche. Es war wenig los in der Stadt, die Strandpromenade war menschenleer. Vor zwei Jahren hatten Fanny und Christoffer das Haus in der Reihenhaussiedlung gekauft und lebten dort nun mit ihren Töchtern Nova und Siri, ein paar Blöcke weiter wohnte eine andere Schulfreundin von ihnen, ebenfalls mit Mann und Kindern. Hultin, die selbst im Stadtteil Teleborg groß geworden war, fand es immer noch etwas befremdlich, die Freunde und deren Familien dort zu besuchen. Es war so, als hätte die Zeit stillgestanden und wäre gleichzeitig davongerast.

Sie fand die feiernden Leute auf der Rückseite des Hauses im Garten. Auf der Suche nach Fanny glitt ihr Blick über den Rasen, der voll war mit Kinderwagen, Spielzeug, halb fertigen Blumenkränzen und festlich gekleideten Erwachsenen Anfang dreißig. Die Männer trugen Hemden und Krawatte, die Frauen leichte Sommerkleider und schicke Schuhe. Anette bereute jetzt, dass sie kein Kleid angezogen hatte, in ihrem Hosen-Outfit hätte sie genauso gut ins Präsidium gehen können.

»Anette, da bist du ja!«

Fanny kam von der Terrasse auf sie zu.

»Hej, toll, dass ich so spontan dazukommen durfte!«

»Aber klar! Es ist keine wilde Party und scharfe Schnitten wirst du hier leider nicht finden, nur Väter, die sich über Pampersgrößen unterhalten, so ist es eben bei uns.«

Fanny lachte.

Sie hat wenigstens ein bisschen Selbstironie, dachte Anette beruhigt und zählte die Kinder im Garten. Sie kam auf zwölf.

»Komm, ich muss dir unsere neue Esstischlampe zeigen, die habe ich bei Gekås in Ullared gefunden, als wir zu Beginn der Woche da waren. Schade, dass du nicht mitgekommen bist, man kann da echt Schnäppchen machen.«

Fanny zog sie mit ins Haus. In der Küche standen zwei Frauen, die Hultin nicht kannte und die sich als Marie und Nina vorstellten.

»Was sagst du dazu?«

Über dem Esstisch hing ein riesiges Schiff, das Hultin am ehesten an das Opernhaus in Sidney erinnerte. Prächtig war die Lampe auf alle Fälle und zu der modernen Einrichtung passte sie irgendwie ganz gut, auch wenn sie nicht genau ihren Geschmack traf.

»Nicht schlecht! Und die hast du in Ullared gefunden? Ich

dachte, da könnte man nur Klamotten und Klarsichtfolie und solchen Kram kaufen.«

»Nee, es gibt da beinahe alles, es ist riesengroß! Wir waren zum Glück sehr früh da und sind reingekommen, als sie gerade aufmachten, kurz danach gab es eine lange Schlange vor dem Laden und die Leute mussten ewig anstehen, um überhaupt reinzukommen. An der Kasse habe ich mit einer Frau aus Sundsvall gesprochen, die extra mit einem Reisebus durchs halbe Land gefahren war, nur um in Ullared einzukaufen. Verrückt, oder? Aber es lohnt sich, Kinderklamotten kriegt man dort für einen Appel und ein Ei. Wir hatten beide einen ganzen Einkaufswagen voll!«

»Ja, mit der Lampe ist es wohl nicht so schwer, einen zu füllen«, lachte Hultin.

»Ohne Lampe!« Fanny sah sie streng an. »Ich stelle dir jetzt die anderen vor.«

Fanny ging schnell durch die Küche und bevor Hultin fragen konnte, wo sie ihre Weinflasche hinstellen konnte, war Fanny auf der Terrasse. Die meisten Gäste kannte Anette von früher, alte Schulfreunde und deren Partner. Einige waren zum Studieren zwischendurch für ein paar Jahre aus Växjö weggezogen, aber in den letzten Jahren ebenso wie Hultin zurückgekehrt. Für sie hatte es nie einen anderen Ort gegeben, an dem sie sich zu Hause gefühlt hatte. Nicht so wie hier.

»Hat Fanny dir schon die Lampe gezeigt?« Christoffer umarmte sie zur Begrüßung. »Schon beim Kaufen hat sie sich gefragt, was du dazu sagst. Schade, dass du nicht dabei warst!«

»Ein bisschen viel zu tun in dieser Woche.«

»Ja, oh Mann, das kann ich verstehen! Habt ihr ihn denn jetzt geschnappt, diesen Wahnsinnigen?«

»Kein Kommentar!«

Sie verdrehte die Augen.

»Entschuldige«, lachte Christoffer. »Dienst ist Dienst und Schnaps ist Schnaps!«

Er hob seine Bierflasche und wollte mit ihr anstoßen, aber sie hatte nur die verschlossene Weinflasche in der Hand.

»Oh, soll ich dir ein Weinglas holen?«

Hultin spürte ihren Durst auf ein spritziges, kaltes Bier und überlegte schnell, ob sie nach so etwas fragen konnte. Allein der Gedanke an den trockenen Rotwein machte ihre Kehle rau.

»Könntest du mir vielleicht ein Bier besorgen?«, fragte sie.

»Hast du welches in den Kühlschrank gelegt?«

Hultin wurde verlegen und schüttelte den Kopf. Jeder trank nur das, was er oder sie selbst mitgebracht hatte.

»Nein, ich hatte nur Rotwein zu Hause und konnte nichts anderes mehr besorgen, als klar wurde, dass ich heute Abend nicht arbeiten musste ...«

Christoffer lächelte. Es wirkte ein wenig gequält, fand sie.

»Ich schaue mal nach, was sich machen lässt.«

Er drehte sich um und ging in die Küche. Etwas weiter stand ein Grüppchen junger Väter vor einem Grill, die Mütter saßen um Gartentische, auf denen ein Büfett arrangiert war. An einer Fahnenstange hing die schwedische Flagge schlaff herab. Die Luft stand vollkommen still. Sie zog ihr Handy aus der Hosentasche und sah aufs Display. Nein, Hugo Delgado hatte sich nicht gemeldet.

7

»… Tanz! Tanz! Tanz!«

Göran Lindholm hatte seinen Arm um seinen besten Freund Adam gelegt und zusammen brüllten sie die eingängigen Strophen so laut mit, dass die Töne aus dem Smartphone, das Adam hochhielt, kaum zu hören waren.

»… aber das war lange her, nun torkele ich schon seit Langem nicht mehr!«

Sie hüpften aneinander gestützt in einem nicht ganz treffsicheren Takt zu der Musik, stürzten halb hin, krabbelten ein Stück und fielen dann unter Lachsalven endgültig zu Boden. Lindholm spürte den Alkohol in seinem Körper und das schiere Glück überwältigte ihn. Seine nackten Füße gruben sich tiefer in den weichen Sand. Unten am Wasser sah er Sonja. Sie lachte.

Seine Welt stand still. Meer, Freunde, Alkohol, die Songs von *Håkan Hellström* und vor allem Sonja. Was mehr könnte man sich in einer Mittsommernacht wünschen? Hier, genau hier und genau jetzt war sein Leben. Adam fummelte an dem Smartphone. *Hellström* wurde weggedrückt.

»Noch ein Bier?« Camel hielt ihm eine Flasche hin.

»Hat niemand etwas Härteres dabei? Was ist mit dem Wodka von Emilio?«

»Den hast du schon leer getrunken, du Penner!«

»Echt, nee, weiß ich nicht, war ja kaum noch was da, als ich kam …«

»Anton hat Whisky dabei«

»Ja, her damit!«

Ein Plastikbecher mit einer bräunlichen Flüssigkeit wurde ihm gereicht und als er sie in einem Zug leer trank, spürte er den brennenden Alkohol in seiner Brust.

Aus Adams Smartphone strömte jetzt *Kent*. Sentimentale Strophen von früher. Lindholm musste an sein Abitur denken. An lange Frühsommernächte, in denen sie gefeiert hatten, als gäbe es kein Morgen. Jetzt war der Morgen gekommen und auch der Tag danach. Er war dem ernsten Leben begegnet, dem echten, erwachsenen Leben, und er war von ihm gefangen genommen worden.

Er hatte sich hingesetzt, nun lehnte er sich zurück und ließ seinen Kopf in den weichen Sand sinken. Die Welt um ihn herum drehte sich und es fühlte sich so an, als würde sein Körper abheben. Er bemühte sich, einen festen Punkt zu finden, aber alles schwamm umher. Sein Körper schwebte und war zugleich schwer. Er schloss die Augen. Von weit weg hörte er Stimmen und Musik. Vor seinem inneren Auge sah er den Leichnam. Der nackte Körper, durchdrungen von Pfeilen. Er schüttelte den Kopf in einem Versuch, die Gedanken an die Arbeit loszuwerden, aber sie waren da und er konnte sie nicht verdrängen. Etwas drückte auf seinen Magen. Auf einmal hatte er Angst. Neben seiner Welt gab es eine andere, die von ganz anderen Regeln beherrscht wurde. Grausamen, abartigen Regeln, die nichts mit diesem tollen Strand, mit seiner Musik, seinen Freunden, mit Sonja zu tun hatten. Warum war er um Gottes willen Polizist geworden? Warum setzte er sich dem freiwillig aus? Der Druck auf seinem Bauch wurde stärker, so stark, dass er ihn nicht aushalten konnte. Er stützte sich auf den Ellbogen hoch, drehte sich zur Seite und übergab sich. Heftig und unkontrolliert. Als er den Blick hob, sah er Sonja neben sich sitzen. Sie griff nach seiner Hand.

8

Stina Forss wartete auf Lehmanns Kontaktperson aus der Behörde des Bundesbeauftragten für Stasi-Unterlagen in einem Biergarten im Görlitzer Park. Eine Lichterkette tupfte bunte Punkte in die Dämmerung. Erst jetzt bemerkte sie, dass sie seit dem Frühstück kaum etwas gegessen hatte. Sie bestellte ein Nudelgericht und ein großes Bier. Der Mann, der sich einige Minuten später zu ihr an den Tisch setzte, stellte sich als Frank Bröring vor. Man sah es sofort: Mit seinem Gesicht stimmte etwas nicht. Sein rechtes Augenlid bedeckte den Augapfel nahezu komplett, kleine Narben zogen sich über die Wange, seine Nase wirkte schief und verwachsen. Natürlich bemerkte er ihren Blick. Er schaute auf ihr hängendes Augenlid.

»Schön, jemanden zu treffen, der sich nicht schämt, einen anzusehen«, sagte er und lächelte. Er sprach träge und zischend, so als verfehle seine Zunge in Mund und Gaumen die Stellen, die sie treffen sollte, immer um ein kleines bisschen.

»Geschlossener Jugendwerkhof Torgau«, fuhr er fort, »ein 27er-Schraubenschlüssel, von einem Aufseher geworfen, gleich an meinem zweiten Tag. Wurde nie richtig behandelt. Ich war damals zwölf.« Er zuckte mit den Schultern. »Die Heime der Jugendhilfe in der DDR waren kein Zuckerschlecken. Die in Westdeutschland allerdings auch nicht, zumindest nicht bis in die Siebzigerjahre hinein. Es lief doch neulich wieder dieser alte Fernsehfilm, *Bambule*, auf Arte oder 3Sat oder so.«

»Bambule? Nie gehört, was soll das heißen?«

»Protest oder Aufstand von Gefangenen. Gab's bei uns in

Torgau aber nicht. Wir haben immer gekuscht. Die Angst war zu groß. «

Wieder zuckte er mit den Schultern. Entwaffnend. Er sah sie weiterhin an.

»Und was ist dir passiert?«

Forss zögerte. Sie griff sich ans Ohrläppchen, so wie sie es immer tat, wenn sie unsicher wurde. Das hier war ungewohnt. Diese Offenheit. Diese Unbefangenheit. Der fremde Mann da vor ihr, der ihr in der ersten Minute ihres Kennenlernens das Drama seiner Lebensgeschichte angeboten hatte. Ein Mann, der aussah wie eine schlimme Karikatur ihrer selbst. Sie schluckte.

»Mein Vater hat mich geschlagen. Meine Mutter und mich«, sagte sie schließlich.

»Ich verstehe.«

Vielleicht tat er das wirklich.

Der Kellner kam und brachte ihr Bier. Bröring bestellte sich auch eins. Forss trank den halben Humpen in einem Zug aus.

»Er stirbt«, sagte sie. »Er hat einen Tumor im Kopf und bald ist er tot.«

»Das tut mir leid.«

»Das muss es nicht.«

»Kannst du ihm verzeihen?«

»Ich ...«

»Du solltest ihm verzeihen.«

»Ich weiß es nicht.« Forss beugte sich vor. »Konntest du diesem Aufseher aus Torgau verzeihen?«

Er sah sie an.

»Ja«, sagte er. »Verzeihen ist wichtig. Nur dann kann man loslassen und weiterleben.«

»Ich weiß nicht«, sagte sie. »Arbeitest du deshalb bei der Jahn-Behörde? Weil du Experte fürs Verzeihen bist?«

Jetzt sah er erstaunt aus.

»Das ist möglich«, sagte er. »So habe ich meinen Beruf noch nie betrachtet. Aber du hast vielleicht recht. Die Menschen, die zu uns kommen, möchten verstehen. Begreifen, was ihnen damals angetan wurde von Nachbarn, Kollegen, Freunden, Familie. Das ist der erste Schritt zum Verzeihen. Das ist der erste Schritt, um weiterleben zu können.«

Die Nudeln und neue Getränke kamen. Forss aß, Bröring trank und rauchte. Keiner sprach. Die Schatten zwischen den Bäumen des Parks wuchsen zu schwarzen Räumen. Um die bunten Lampen tanzten Mücken. Die Luft war noch immer warm. Als sie mit dem Essen fertig war, holte Bröring eine Mappe aus einer Umhängetasche und schlug sie auf.

»Eine Kathrin Winkler aus Görlitz«, sagte er, während er in den Papieren blätterte, »war nach heutigem Forschungsstand zu keinem Zeitpunkt Mitarbeiterin des MfS.«

»MfS?«

»Ministerium für Staatssicherheit. Die Stasi.«

»Nein?«

»Nein, tut mir leid. Muss aber auch nicht unbedingt etwas heißen. Wir haben annähernd vierzig Millionen Karteikarten und mehr als einhundert Kilometer Akten. Die sind natürlich noch längst nicht alle ausgewertet oder wiederhergestellt. Außerdem wurden auch nicht alle Mitarbeiter des MfS durchgängig mit ihren Klarnamen geführt. Kathrin Winkler kann also durchaus als eine IM Erna gewirkt haben und die Verbindung zu ihrem echten Namen ist längst vernichtet oder verschollen.«

»Oh.«

»Trotzdem bin ich auf gewisse Weise fündig geworden.«

Er lächelte. Es sah fürchterlich aus. Trotzdem wurde Forss warm ums Herz.

»Ja?«

»Ja. Kathrin Winkler taucht in einem Bericht von 1987 auf. Verfasser ist ein IM Hans aus einem Schriftsetzerbetrieb in Görlitz. Ich zitiere:

Die Genossin Winkler arbeitet zuverlässig und ist belastbar. Zwar noch unerfahren im Umgang mit den Maschinen, zeigt sie sich lernfähig und entwickelt ein gutes Gespür für die Schrifttypen. Obwohl erst vor drei Monaten aus der BRD in die Deutsche Demokratische Republik eingewandert, hat sie keine Probleme mit dem richtigen Klassenstandpunkt. Sie erscheint ideologisch vorbildlich geschult und vertritt ihre Ansichten argumentativ sicher und offensiv.«

»In die DDR eingewandert?«

»Soll es gegeben haben. Nicht oft, aber es kam vor. In Fürstenwalde gab es sogar ein Aufnahmelager für Einwanderer aus dem Westen.«

»Was waren das für Leute?«

Wieder hob Bröring die Schultern.

»In den frühen Jahren wahrscheinlich überzeugte Kommunisten, sozialistische Träumer, was weiß ich? Wer 1987 noch freiwillig in die DDR übergesiedelt ist, muss meines Erachtens allerdings wirklich mit geistiger Blindheit geschlagen gewesen sein.«

Er hob sein Bierglas.

»Zum Wohl, Frau Forss.«

Force.

»Auf das Vergeben und Verzeihen!«, sagte er.

Sie sah lange in Brörings defektes Gesicht. Wie in einen Spiegel. Kann ich dir wirklich vergeben und verzeihen, Vater? Wo ich doch so gar nichts fühle, wenn ich bei dir bin? Ist das der Grund, warum ich zu dir nach Hause, warum ich zurück nach Schweden gekommen bin? Um dir zu verzeihen?

»Skål«, sagte sie und trank ihr Glas in einem Zug aus.

9

Rune, der Ork, holte weit aus, schwang die Streitaxt über seinen behelmten Kopf und spaltete dem Nachtelf den Schädel. Blut spritzte. Der Druide neben ihm schaute zunächst etwas verwundert, dann bemühte er sich überhastet, einen Heilzauber anzubringen, doch viel zu spät: Rune hatte ihm bereits wirkungsvoll in die Schulter gehackt und damit seinen Arm samt Zauberstab außer Gefecht gesetzt. Dem Troll, dem Ritter und der Marktfrau erging es kaum besser: Köpfe rollten, Gliedmaßen flogen über den Schirm, Todesschreie gellten durch den Wald. Sie alle fielen Runes fürchterlichem Blutrausch zum Opfer. Natürlich wusste er, dass ihm das amoralische Massaker im weiteren Spielverlauf Probleme bereiten würde. Die Spielintelligenz vergaß nichts. Aber das war jetzt egal. Auch die wüsten Beschimpfungen seiner Mitspieler, die ihn bereits über Kopfhörer erreichten, prallten an ihm ab. Er war wütend und seine Wut brauchte ein Ventil. Da konnte man schon einmal seine Verbündeten zu Gulasch verarbeiten, sollten sich diese Kleingeister doch aufregen! Mit einem letzten, gewaltigen Hieb halbierte er ein buntschuppiges Echsenwesen, das, wie er wusste, von einem Steuerberater aus Borås gespielt wurde, der ihm mit seinen altklugen Kommentaren schon seit Monaten auf den Sack ging. Bruderschaft hin, Bruderschaft her – es war schließlich nur ein Spiel. Dann loggte er sich aus. Den Shitstorm, der nun unweigerlich auf ihn niederprasseln würde, wollte er sich ersparen. Die waren doch selbst schuld, diese Penner, wenn sie sich mit einem Ork wie ihm einließen. Orks konnte man einfach nicht trauen. Um das zu wissen, reichte es schon, einmal *Der Herr der Ringe* gesehen zu haben, dachte Delgado. Er ging an den Kühlschrank, holte sich eine Dose Bier heraus, öffnete sie mit einem Zischen und trank sie in einem Zug aus, es war schließlich Mittsommer. Nun fühlte er sich schon etwas besser. Trotzdem war da dieses nagende, bohrende Gefühl: Sie waren reingelegt worden. Verarscht. Nach Strich und Faden ausgetrickst. Und zwar gleich in doppelter Hinsicht. Zum einen war da der Killer. Dieses kranke Schwein hatte drei Menschen umgelegt, zwei davon direkt vor ihrer Nase. In ihrem Revier. Und auch wenn die Opfer anscheinend ehemalige Stasi-Agenten oder sonst etwas waren, blieben sie Menschen. Erschossen, zerhackt, entzweigerissen: Wie psycho war das denn bitte schön? Wie kaputt musste man sein, um so etwas zu tun? Und dann verdünnisierte sich die Sau nach Nordschweden. Weit weg aus Delgados Reichweite. Aber sie würde irgendwo wieder auftauchen, so viel war sicher. Serientäter tauchten immer wieder auf. Und wenn er den Rhythmus seiner Taten beibehielt, dann konnte es nicht mehr lange dauern ...

Ja, und dann waren da natürlich die Schnösel von der Reichskrim und der Säpo. Gelackmeierte Karrieristen aus Stockholm in schnieken Anzügen und Kostümchen. Ließen ihn und seine Kollegen die Drecksarbeit machen, die Kohlen aus dem Feuer holen, um genau dann zu übernehmen, wenn das meiste getan war. Die Sahne abschöpfen, wenn die Schäflein im Trockenen waren. Na ja, halbwegs im Trockenen. Noch war der Killer ja nicht geschnappt. Auch wenn der Rest seiner Meinung nach nur noch reine Fleißarbeit war, jetzt, wo die Opfergruppe identifiziert war. Man brauchte im Grunde nur eine Liste von allen in Schweden lebenden ehemaligen Stasi-Mitarbeitern. Eine Liste, die es de facto ja auch gab. Um das herauszufinden, hatte er am Morgen nur zwei Minuten bei Google und Amazon gebraucht. Seit die Historikerin Brigitta Almgren im vergangenen Jahr ihr Buch über die Stasi-Infiltration in Schweden während des Kalten Kriegs veröffentlicht hatte, war die Existenz von Akten von über fünfhundert schwedischen Stasi-Mitarbeitern bekannt. Die Säpo hielt sie unter Verschluss. Jetzt galt es, diese Liste herauszuholen, den Kreis möglicher Opfer weiter zu verengen und dann vor den Türen der potenziell Gefährdeten Sicherheitsposten zu installieren. Eine große Aktion, sicher, aber schließlich ging es hier um Menschenleben. Zu der Erkenntnis würden die hohen Herren aus Stockholm wahrscheinlich früher oder später auch gelangen. Nach tagelanger Datenanalyse und ein bis zwei Toten mehr. Und am Ende wären es dann doch wieder einfache Polizisten wie er, die sich in nächtelangen Überwachungsaktionen die Beine in den Bauch stehen durften. Oben die Großen, unten die Kleinen, das war der Lauf der Welt und daran konnten weder ein Hugo Delgado noch Rune, der Ork, etwas ändern, dachte er und drehte sich eine Zigarette. Als er auf dem Balkon stand und rauchte, hörte er, wie drinnen in der Wohnung sein Handy piepte. Vielleicht Anette?

Es hatte da gestern so einen Moment gegeben. Nach dem missglückten Date, über das sie beide hatten lachen müssen. Es war das erste Mal seit Monaten gewesen, dass sie gemeinsam über etwas gelacht hatten. Nach der Katastrophe, die ihr Beziehungsversuch gewesen war. Das *Nine-eleven* seiner bisherigen Beziehungen. Jedenfalls war da gestern dieser merkwürdig irritierende Moment gewesen, ein unerwartetes emotionales Fragezeichen, wo doch längst alles geklärt sein sollte zwischen ihnen. Und dann später am Abend, als sie zusammen im Präsidium an den Computern und Telefonen gesessen hatten: Was machst du eigentlich Mittsommer, hatte sie gefragt. Keine Ahnung, hatte er geantwortet und mit den Schultern gezuckt. Und du? Anette hatte ebenfalls mit den Schultern gezuckt. Und dann war da dieser merkwürdige Blick gewesen. Und deshalb drückte er jetzt seine halb gerauchte Zigarette aus und ging ins Wohnzimmer, wo sein Handy lag.

Ja, sein Herz pochte.

Eine neue Nachricht, stand da.

Sie war von seiner Schwester.

Eine halbe Stunden später saß er auf einer Picknickdecke und schaute seinen beiden Neffen zu, die im Gras rumtobten. Um ihn herum standen Schüsseln und Schälchen mit diversen Salaten, es gab Jungkartoffeln und eingelegte Heringe, Erdbeeren mit Sahne und dazu einen tollen Rhabarberkuchen. Er war der Letzte, der gutes Essen verachtete, und als seine Schwester ihm am Telefon versichert hatte, dass das Essen auch für ihn reichen würde, hatte sie nicht gelogen; mit dem Picknick würden sie den Rest des Abends beschäftigt sein. Der Teil der Feier mit der Mittsommerstange und dem Tanz war zum Glück schon vorbei, als er dazugestoßen war. Sonst wäre er auch nicht gekommen, das hatte er seiner Schwester ausdrücklich gesagt am Telefon, als sie ihn überredet hatte, zu ihnen nach Evedal hinauszukommen. In seiner Vorstellung waren solche öffentlichen Mittsommerfeiern das Letzte, womit er etwas anfangen konnte. Er hatte seit seiner Kindheit an keiner mehr teilgenommen. Wieso auch? Ohne eigene Kinder hatte er dort wenig zu suchen gehabt. Es war nicht gerade der Ort, an dem man attraktive Singlefrauen traf. Und wenn, dann mit Sicherheit nur solche, die schon Kinder hatten. Alleinerziehende Mütter, ein rotes Tuch. Deren Verzweiflung witterte er sieben Meilen gegen den Wind.

Na ja, jetzt war er nun mal hier und es war alles gar nicht so schlimm, wie er befürchtet hatte. Gerade tat es ihm gut, in der Abendsonne zu sitzen, kühles Bier zu trinken und das ganze Spektakel um ihn herum zu beobachten. Er war auch im Nachhinein ganz froh, dass er eine gute Ausrede gegenüber Anette gefunden hatte. Es wäre dumm, wieder etwas mit ihr anzufangen. Er konnte sich nicht erklären, warum sie auf einmal, wenn auch nur für einen Moment, so etwas wie Nähe zueinander gesucht hatten. Sie mussten doch wissen, dass es nur wieder in einer Katastrophe enden konnte. Vielleicht lag es an der Arbeit. Dieses Gefühl, sich in einem Tunnel zu befinden, auf dessen anderer Seite ein Massenmörder wartete. Das normale Leben hatte sich gestern Nacht so weit weg angefühlt und die Einzige, mit der er seine Unsicherheiten und Ängste unausgesprochen hatte teilen können, war in diesem Moment Anette gewesen. Als er nun langsam in der Außenwelt ankam, erschien ihm ein gemeinsamer Mittsommerabend mit Anette eher gefährlich.

Er legte sich noch ein Stück Kuchen auf seinen Teller. Seine Schwester war eine Meisterin im Backen. Manchmal fragte er sich, warum sie so unterschiedlich geworden waren. Als sie klein waren, hatten sie immer viel zusammen gespielt. Dann hatte sie aber früh Kinder bekommen und ihre Lebensstile hatten sich in zwei gegensätzliche Richtungen entwickelt.

»Kommst du mit runter zum Wasser?«, fragte seine Schwester, die mit ihrem jüngsten Sohn Pedro auf dem Rücken zurückkam.

»Ja, gerne. Aber ich habe keine Badesachen dabei. Wollt ihr denn reinspringen?«

»Ja, darauf freue ich mich schon seit Stunden. Ich bin total verschwitzt vom Tanzen und Fußballspielen.«

»Ich will auch baden! Weißt du, dass ich schon schwimmen kann, Hugo?« Der kleine Rabauke kletterte vom Rücken seiner Mutter herunter und lief zu der Tasche, in der ein Berg aus Handtüchern, Schwimmärmchen und Badesachen lag.

»Echt, aber du bist doch erst drei?«

»Nee, fünf!«

»Aber wann hattest du denn Geburtstag?«

»Vorgestern«, antwortete seine Mutter spitz. »Aber als Patenonkel kann man wohl nicht immer an so etwas denken.«

»Jedenfalls herzlichen Glückwunsch nachträglich.«

Delgado streckte seine Hand aus und wühlte in den Haaren seines Neffen.

»Vorgestern hatte ich leider ein paar andere Dinge um die Ohren. Vielleicht verhalten sich die Mörder nächstes Jahr ein bisschen ruhiger, dann werde ich dir rechtzeitig gratulieren.«

»Ich habe einen Unihockeyschläger bekommen. Nun können wir immer spielen, wenn du kommst.«

»Super.«

Mit Handtüchern unter den Armen gingen sie im Zickzack zwischen Familiengrüppchen auf Picknickdecken runter zum Ufer des Helgasees. Am Strand zog sich Delgado die Schuhe aus und bohrte seine nackten Füße in den warmen Sand. Zum ersten Mal fühlte er wirklich, dass es Sommer geworden war. Solange er arbeitete, nahm er das alles nicht richtig wahr.

»Kommst du gleich mit zu uns?«

»Ach, ich weiß nicht, ich bin eigentlich ziemlich müde.«

»Aber es ist doch Mittsommer, da kannst du doch nicht alleine in deiner Wohnung sitzen. Oder hast du etwas Besseres vor? Vielleicht eine Verabredung? Warum stellst du uns deine heißen Ladys nie vor?«

»Ach komm, so heiß sind die gar nicht.«

»Sagst du nur so, ich kenne dich doch, du interessierst dich keineswegs für Langweilerinnen. Mal abgesehen von dieser Anette.«

»Mein liebes Schwesterherz, Anette ist nicht langweilig.

Das sagst du nur, weil sie kein Cueca tanzen und keine Empanadas kochen kann.«

»Schlimm genug!«

Sie mussten beide lachen. Auch der kleine Pedro stimmte mit ein.

»Und wie ist deine neue Kollegin? Diese Deutsche.«

Delgado sah seine Schwester lange an. Dann nahm er einen Stein und warf ihn weit ins Wasser hinaus.

»Ein ganz anderes Kaliber.«

10

Die Gedanken wirbelten Stina Forss durch den Kopf, an Schlaf war nicht zu denken. Die Märtyrermorde hatten nicht erst vor einer Woche in Schweden begonnen, sondern bereits vor Monaten in Deutschland. Jemand war auf der Jagd, tötete Menschen wie Wild, einen nach dem anderen. Von vier dieser Morde wussten sie nun. Hatte es noch mehr gegeben? Würde es noch weitere geben? Oder war die Jagd zu Ende? Sie wussten jetzt von einem Banküberfall im Harz und der Einwanderung von Kathrin Winkler beziehungsweise Frederika Hakelius in die DDR. Aber wie passte das alles zusammen? Sie musste morgen als Erstes unbedingt mehr über diesen Raubüberfall in Osterode erfahren, dabei würde Lehmann ihr wahrscheinlich helfen können. Zudem brauchte sie viel mehr Informationen über das Leben der anderen Opfer in Ostdeutschland. Breuer hatte von einem Einwanderungslager gesprochen, in Fürstenwalde. Vielleicht wäre das ein Anhaltspunkt. Morgen, dachte sie, morgen. Es ging auf Mitternacht zu, aber sie fühlte sich trotzdem wach wie seit Langem nicht mehr. Das war die Stadt. In der Luft lag ein Tempo, von dem ihr Kopf Seitenstechen bekam. Alles nahm Fahrt auf. Der Fall, der sie vor sich herjagte, bis in die Berliner Nacht. Hierher, wo sie viele Jahre gelebt hatte. Mit Sebastian. Sie dachte an seinen Brief, den sie noch immer nicht geöffnet hatte, seinen Brief in dem braunen Couvert, der auf der Kommode in Majs Haus lag. War es womöglich das Schicksal, das sie zurück nach Hause geführt hatte? Sollte sie einfach zu ihrer alten Wohnung gehen und Sebastian aus dem Schlaf klingeln? Wäre es nicht das Einfachste, dort weiterzumachen, wo sie vor vier Monaten aufgehört hatten? War ihr Leben in Schweden wirklich mehr als eine Chimäre, ein Luftschloss? Warum setzte sie sich Woche für Woche neben diese sterbende Hülle, die ihr Vater war, wo sie doch nichts empfand? Bröring hatte von Verzeihen gesprochen. Aber wie sollte sie verzeihen, wenn sie nichts fühlte?

Der warme Wind trieb sie durch die Straßen. Sie genoss das Klackern ihrer Absätze auf dem Kopfsteinpflaster. Es fühlte sich großstädtisch an. In Schweden gab es solche Straßen nicht, zumindest nicht im kleinen Småland. Sie versuchte Oleg anzurufen, aber erreichte nur seine Mailbox. Dort erklärte er in seinem kratzigen, kehligen Deutsch, dass er die Sommersonnenwende in einem Schwitzzelt in Sachsen-Anhalt feiern würde. Noch so ein Großstadtindianer, dachte sie. Sie probierte es bei zwei alten Freundinnen, ebenfalls erfolglos. Da ist man mal in der Stadt, aber kein Aas hat Zeit, dachte sie. Vielleicht lag es auch daran, dass das Aufrechterhalten von Freundschaften nicht gerade zu ihren Stärken gehörte. Kurz dachte sie an Maj und deren Töchter, an den nie gebackenen Geburtstagskuchen, das Versprechen, das sie gegeben und nicht gehalten hatte.

Unter dem Brandenburger Tor küssten sich junge Japaner und filmten sich dabei mit ihren Handys. Ein dicker Mann auf einem Moped knatterte ohne Helm und Oberbekleidung an ihnen vorbei, seine Bauchfalten wabbelten im Wind und seine langen hellen Haare flatterten wie der Schleier einer Braut hinter ihm her. Auf dem Bürgersteig schimmerten zwei Stolpersteine im Schein der Straßenlampen, kleine, quadratische Gedenktafeln aus Messing, die ins Pflaster eingelassen waren und an Menschen erinnerten, die vor fünfundsiebzig Jahren in dieser Straße gewohnt hatten, bevor sie von den Nationalsozialisten deportiert und ermordet wurden. Forss zog es weiter durch die Nacht. In einer Bar in Mitte trank sie zwei Bier und zwei Wodka und tanzte ein bisschen zu basslastiger, elektronischer Musik. Eine Bar weiter gab es Siebzigerjahre-Discosound und Lakritzschnaps. Ein Typ mit Beatlesfrisur überredete sie, mit zu einer Party zu kommen. In einem leer geräumten Wohnzimmer in Kreuzberg tanzte sie zu *Scooter* und *Rage Against The Machine* und trank Rotwein mit Cola. Zwei Partys später stand sie auf dem Balkon einer Altbauwohnung im Prenzlauer Berg und rauchte mit einer Frau, die aus unerfindlichen Gründen einen Schnurrbart auf der Oberlippe kleben hatte, einen Joint. Es war nach drei Uhr und sie war noch immer nicht müde. Sie hängte sich an zwei Paare, die noch irgendwo einen Döner essen gehen wollten, anschließend ging es in eine Kneipe, die angeblich richtig guten Absinth ausschenkte. In der Musikbox drückte sie Johnny Cash für einen letzten Tanz. Der Wirt, ein tätowierter Baumstamm mit Dauerwelle, drehte sie wie eine Ballerina, *burning ring of fire*, seine Frau klatschte dazu im Takt. Ein allerletztes Glas im Stehen. Dann ging Forss nach Hause, in Richtung des Hotels, in dem sie eingecheckt hatte. Ihre Gedanken fuhren Achterbahn.

Eine Gruppe junger Leute, drei Deutsche, ein Schwede.

Ein Banküberfall im Harz, Osterode, Westdeutschland 1986.

Rübergemacht, in den Osten, 1987.

Ein Leben in Schweden, unter falschen Identitäten, spätestens ab 1992.

Und jetzt, zwanzig Jahre später, waren alle tot.

So viel Alkohol und andere Substanzen konnte man gar nicht in einer Nacht konsumieren, dass das einen Sinn ergab. Wieso sollten Stasi-Agenten eine Bank überfallen? Wieso sollten sie in die DDR einwandern? Und wenn es keine Stasi-Leute waren, warum dann die getürkten Lebensläufe? Eine Bank überfiel man, um sich materiell zu bereichern. Aber das tat man doch nicht unmittelbar bevor man in den real existierenden Sozialismus auswanderte. Ihr kam eine Traube betrunkener Jugendlicher entgegen. Ein Mädchen im Minirock gackerte, ein Junge versuchte, im Gehen ein Rad zu schlagen, aus einem in die Luft gehaltenenen Handy plärrte Hip-Hop. Aus einer Bäckerei roch es nach frisch gebackenen Brötchen. Ein Mann führte seinen Hund spazieren, einen Terrier. An einem Kiosk hing Zeitungswerbung, die Schlagzeilen des Vortages.

Neue Pannen in der NSU-Ermittlung

NSU, dachte sie. Nationalsozialistischer Untergrund. Die rechtsradikale Terrorzelle hatte Banken überfallen, um ihr Leben im Untergrund zu finanzieren. Ihr feiges Morden an Menschen, die anders aussahen, die eine andere Herkunft hatten als sie. Neun Kleinunternehmer und eine junge Polizistin. Braune Armee Fraktion, hatte die Presse getitelt.

1986 hatte es den NSU natürlich noch nicht gegeben.

Stina Forss blieb abrupt stehen. Der Terrier an der Leine auch. So als habe er ihre Gänsehaut gewittert.

Über dem Mauerpark ging eine rote Sonne auf.

11

Zeuner spürte es: Die lange Reise ging auf ihr Ende zu. Der Todesengel hatte seine Schwingen ausgebreitet und war wieder Richtung Süden geflogen. In tagheller Nacht, ins Herz der Finsternis. Wie in einer Erzählung von Joseph Conrad, dachte Zeuner. Wie in *Apocalypse Now.* Nur mit dem einen Unterschied, dass das Grauen nicht in den Tiefen des Kongo lag oder im Dschungel Indochinas, sondern irgendwo in Mittelschweden. Sie passierten Gävle, später Uppsala. Dann drangen sie in den Großraum Stockholm ein. Die Luft, die zum offenen Fenster des Wagens hereinströmte, roch nach Meer. Vor langer Zeit war hier in Stockholm vom sogenannten *Kommando Holger Meins* die deutsche Botschaft besetzt worden. Zeuner musste lächeln. Wie seltsam Geschichte doch war. Hätten damals die Dinge einen anderen Ausgang genommen, wäre er jetzt vielleicht gar nicht hier.

Das rote Blinken auf dem Scanner blieb stehen. Sie waren endlich am Ziel. Der Rächer hatte ihn geführt. Zu Helena. Meine schöne Helena, bald, bald bin ich bei dir! Er parkte das Gespann unter zwei hohen Linden. Dann nahm er einen letzten Schluck aus der Flasche, steckte die Waffen ein und stieg aus.

SAMSTAG

1

Stina Forss stürmte in das 24-Stunden-Internetcafé. Am Tresen kaufte sie eine Literflasche Cola. Trotz der frühen Uhrzeit waren fast alle Telefonboxen in dem Laden von Schwarzafrikanern und Asiaten besetzt, die in andere Zeitzonen telefonierten. An den Wänden hingen Flaggen von Ländern, die sie nicht kannte, und Werbeschilder in Sprachen, die sie nicht verstand. An einem Platz mit einer klappernden Tastatur loggte sie sich ein.

Stasi, schrieb sie in das Eingabefeld von Google. Und dann, nach kurzem Zögern, *Terrorismus*.

Sie schloss die Augen. Sie drückte auf Enter. Wahrscheinlich war das alles Quatsch. Wirre Gedankenspiele einer halb Betrunkenen.

Sie öffnete die Augen.

Es stand wirklich da. Drei machtvolle, angsteinflößende Buchstaben.

2

Hugo Delgado wachte früh auf. Er war froh, dass er gestern nicht ausschweifend gefeiert hatte und deshalb auch nicht verkatert war. Der einzige Exzess, den er sich gegönnt hatte, war ein Super-Mario-Kart-Tunier mit Pedro und seinem Schwager gewesen. Dazu gegrillte Burger und drei, vier Bier. Es gab schlechtere Arten, Mittsommer zu feiern. Kurz dachte er an Anette Hultin, schob die Gedanken aber schnell wieder beiseite. Noch im Bett überlegte er sich, dass er Lust auf ein umfangreiches Frühstück hatte. Aber vorher musste er beim Coop neben dem Präsidium einkaufen gehen. Als er sein Rad vor dem Laden anschloss, fiel ihm ein, dass er gestern Mittag seine Lederjacke im Büro liegen gelassen hatte. Da sie im Radio für den nächsten Tag deutlich kühleres Wetter und Regen vorhergesagt hatten, beschloss er, die Jacke zu holen. Eine Sommergrippe, wie er sie sich im Vorjahr eingefangen hatte, war das Letzte, worauf er Lust hatte. In der Wache traf er Olsson, den Leiter der Nachtschicht, ansonsten war wenig los. Olsson sah übermüdet aus.

»War 'ne wilde Nacht gestern. Sechs Schlägereien, eine Messerattacke mit Bauchverletzung. Der ganz normale Mittsommerwahnsinn. Bei einer Familie in Teleborg saß ein nackter Mann auf einem Kastanienbaum im Garten. Er wusste nicht, wie er da raufgekommen war, und traute sich auch nicht wieder runter. Wir mussten die Feuerwehr rufen.«

Delgado lachte.

»Und die Beamten aus Stockholm?«, fragte er.

»Die meisten sind vorhin Hals über Kopf losgefahren. Es gibt wohl eine neue brandheiße Spur.«

»Echt? Wo?«

»In Stockholm.«

Jetzt lachten beide. Delgado ging zu seinem Büro hoch. In der Tat war die Abteilung für Gewaltverbrechen verwaist. Die Jacke hing über der Lehne seines Schreibtischstuhls. Im Besprechungszimmer hatten die Stockholmer einiges verändert. Stellwände waren verrückt, Nyströms Schaubilder auseinandergerupft, Aktenfotos dazugepinnt worden. Manches war ihm unbekannt, wie die Bilder vom Tatort in Nordschweden, anderes hatte er schon x-fach betrachtet. Je länger er sich in die Betrachtung vertiefte, desto mehr musste er eingestehen, dass sich durch die neue Systematisierung tatsächlich eine andere Perspektive ergab. Sein Blick blieb auf den Aufnahmen von den Schussspuren in den Fassaden des Doms und der Filiale der Nordea-Bank hängen. Es waren Fotos, die er sich bestimmt schon zigmal angesehen hatte. Neu war, dass jemand Bilder von den Waffen danebengehängt hatte, aus denen die verwendete *Parabellum*-Munition verschossen werden konnte: Kurzfeuerwaffen von Mauser, SIG, Beretta, aber auch Maschinenpistolen wie die UZI oder die MP5 von Heckler und Koch.

Sterne und Waffen.

Irgendetwas daran kam ihm bekannt vor.

Er musste an Göran Lindholm denken. Eine Bemerkung, die der Junge gemacht hatte. Delgados Verstand zog Gedankenblöcke und Assoziationen umher wie Schachfiguren. Dann fiel es ihm ein.

Royal Air Force, hatte Lindholm gesagt.

Delgado schob vor seinem inneren Auge das Bild von der Maschinenpistole in einen der Sterne. Er erkannte das Symbol. Mit der britischen Luftwaffe hatte es überhaupt nichts zu tun.

3

RAF.

Forss las.

In den Achtzigerjahren fanden mindestens zehn Aussteiger der Roten Armee Fraktion Unterschlupf in der DDR, entzogen sich so der Strafverfolgung durch die BRD, bekamen unter Mithilfe des Ministeriums für Staatssicherheit neue Identitäten und wurden dort sesshaft. 1990 wurden die ehemaligen RAF-Mitglieder verhaftet.

Rote Armee Fraktion, dachte Forss. Auf ihrer Stirn stand kalter Schweiß. Sie fischte ihr Handy aus der Tasche und die Karte, die Frank Bröring, der Mann aus der Jahn-Behörde ihr zum Abschied gegeben hatte. Sie wählte seine Nummer. Nach dem sechsten Tuten nahm er ab.

Dass es eine Verbindung zwischen der Stasi und Teilen der RAF gab, ist eine seit Langem bekannte Tatsache, erklärte Bröring. Erste Kontakte seien dabei bereits Ende der Siebzigerjahre geknüpft worden. Man führte lose Gespräche, später ließ die Stasi Mitglieder von RAF und Bewegung 2. Juni unbehelligt Grenzstationen passieren und die DDR als Fluchtkorridor benutzen, aus Solidarität im antiimperialistischen Kampf gegen den gemeinsamen Klassenfeind. Außerdem hatte das MfS natürlich ein Interesse an größtmöglicher Kontrolle der RAF, was angesichts der doch sehr verschiedenen Zielsetzungen aber kaum gelang. In den Achtzigerjahren erhielten RAF-Angehörige von Stasi-Leuten auch Waffenunterricht, zum Beispiel Panzerfausttraining. Zehn aussteigewillige Terroristen kamen unter falschem Namen langfristig in der DDR unter und entgingen so bis 1990 der Verfolgung durch die westdeutschen Behörden.

Forss überlegte. Zehn ehemalige Terroristen. Könnten es möglicherweise nicht noch mehr gewesen sein, fragte sie. Sie hörte, wie Bröring am anderen Ende der Leitung seine Bartstoppel kratzte. Vielleicht waren es auch seine Narben.

»Nach bisherigen Erkenntnissen der Jahn-Behörde waren das alle in der DDR untergetauchten Exterroristen«, sagte er. Anderseits seien der Bundesanwaltschaft bis heute weniger als die Hälfte der Mitglieder der dritten RAF-Generation bekannt und die meisten Akten der für die Deckidentitäten zuständigen MfS-Abteilung XII seien vernichtet. Den ehemaligen zuständigen Stasi-Offizieren sei zwar teilweise 1997 der Prozess gemacht worden, aber dennoch hüllten sie sich bis heute weitestgehend in Schweigen.

»Ganz ausschließen kann man es wohl nicht.« Er räusperte sich. »Es kommen dauernd neue Dinge ans Licht. Nach jüngsten Erkenntnissen deutet zum Beispiel einiges darauf hin, dass manche dieser sogenannten RAF-Aussteiger gar kein so ruhiges, kleinbürgerliches Leben in der DDR geführt haben, wie zunächst angenommen wurde, sondern dass einige häufiger unter ihren Decknamen nach Westdeutschland ausreisten und dort weiterhin politisch aktiv waren, besonders in Wackersdorf und der Anti-Atomkraftbewegung.«

»In der Anti-Atomkraftbewegung?«

»Genau.«

Die Glocke in ihrem Kopf schrillte so laut, dass ihr Augenlid zu zittern begann.

Delgado hatte doch gleich am ersten Ermittlungstag herausgefunden, dass Janus Dahlin Mitte der Achtzigerjahre auf einer Demonstration gegen Atomkraft verhaftet worden war. Kurz danach war er zum Studieren nach Deutschland gegangen und erst Anfang der Neunzigerjahre wieder in Schweden aufgetaucht. Langsam ergaben die Dinge Sinn.

4

Die Kinder trugen merkwürdige Kostüme. Sie sahen aus wie kleine Frösche, nein, eher wie kleine Kröten. Lachend tanzten und sprangen sie um die Mittsommerstange. Es war dunkel, es war sogar zappenduster, dabei war doch Mittsommer, die hellste Nacht des ganzen Jahres! Jetzt sah sie, dass die Mittsommerstange lichterloh brannte. Das sah grauenhaft aus. Wie ein Ku-Klux-Klan-Kreuz, ein böses, ein Unheil verkündendes Symbol. Warum holte denn niemand die Kinder da weg? Das Spiel von Flammen und Schatten flackerte auf ihren kleinen, verzerrten Krötengesichtern. Anders war da und hielt sich vor Lachen seinen Bauch. Auch Anna und Madeleine hatten Bäuche. Sie küssten sich. Beide waren hochschwanger. Aber wie konnte das sein? Ihre ganze Familie feierte ein Freudenfest, nur sie konnte sich nicht freuen. Sie war gar nicht dort. Sie wurde nicht gebraucht. Ihr Platz am Tisch war leer. Dort, wo sie sonst saß, lag ein großer, glatt geschliffener Stein ... Nass geschwitzt wachte

Ingrid Nyström auf. Neben ihr hob und senkte sich Anders' breiter Rücken. Sie ließ ihren Atem zur Ruhe kommen, dann stand sie auf und ging duschen. Das kalte, eisenhaltige Wasser, das die elektrische Pumpe aus den Tiefen der småländischen Erde saugte, wusch die letzten Spuren des fürchterlichen Traums davon. Sie zog sich einen dunklen Hosenanzug an, der für die Jahreszeit eigentlich viel zu warm war. Sie frühstückte, dann fuhr sie mit ihrem Toyota in die Stadt. Etwa fünfzig Menschen hatten sich am Samstagmorgen zu der Bestattung von Janus Dahlin am Teich unter den Kiefern auf dem Skogslyckans-Friedhof am Mörnersväg eingefunden. Nyström hielt sich im Hintergrund. Sie erkannte Dahlins Lebensgefährtin Sara Saale, den Schulleiter Verner Ferm und Dahlins Bruder Frederik aus Linköping. An seiner Seite saß eine ältere, gebeugte Frau, wahrscheinlich die Mutter. Dahlins Vater war nicht anwesend. Auch Magnus Hasselgreen war mit seinen Eltern da, ebenso einige andere Teenager, wahrscheinlich Schüler von Dahlin. Ein großer, muskulöser Mann mit einem wütenden Blick, der sich als Martin Högvall vorstellte, leitete die Andacht, einen Geistlichen gab es nicht. Die Urne, in der sich die Asche von Dahlins Leichnam befand, war auf einem Sockel aus Granitsteinen aufgebahrt. Nach einer kurzen Rede, in der Dahlin als aufrichtiger Mensch und treuer Kämpfer der sozialistischen Sache beschrieben wurde, reckte Högvall seine geballte Faust in den Himmel. Drei, vier der Anwesenden taten es ihm nach, andere schauten zu Boden. Lautsprecher auf Stativen spielten *Die Internationale*, einige der Trauernden summten leise mit. Eine attraktive, junge Frau mit blondem Haar begann laut und schrill zu weinen, Sara Saale warf ihr einen merkwürdigen Blick zu. Verner Ferm legte gemeinsam mit einem anderen Mann, den Nyström nicht kannte, vermutlich ein Lehrerkollege, einen Kranz vor den Steinsockel. Schließlich trat Frederik Dahlin nach vorne und verlas ein Gedicht, das sich an der Bibelgeschichte von dem verlorenen Sohn orientierte. Noch einmal wurde Musik gespielt, diesmal Jazz. Die weinende Blondine wurde von einem jungen Mann mit Heavy-Metal-Frisur weggeführt, woraufhin sich auch der Rest der Gruppe langsam aufzulösen begann. Nur Saale, Frederik Dahlin und seine Mutter blieben zurück. Über den sonnenbeschienenen Rasen hüpften Elstern. In den Kiefern klopfte ein Specht. Saale und die Dahlins gaben sich die Hand, unterhielten sich eine Weile, dann nahm die schöne Frau den Mann, der seinem verstorbenen Bruder überhaupt nicht ähnelte, in den Arm. Anschließend drückte sie Dahlins Mutter an sich. Jetzt erst weinten die Frauen, die sich wahrscheinlich vorher nie begegnet waren. Nach einer Minute oder zwei lösten sie sich aus der Umarmung. Frederik legte seiner Mutter einen Arm um die Schulter. Mitarbeiter des Beerdigungsinstituts waren schon dabei, die bereitgestellten Stühle und die Lautsprecheranlage abzubauen. Nyström trat zu der Dreiergruppe und sprach ihr Beileid aus. Frederik erklärte seiner Mutter, dass Nyström die ermittelnde Kommissarin sei. Nyström entschied sich, Dahlin nicht zu korrigieren. Offiziell hatte sie mit der Ermittlung nichts mehr zu tun. Die Dame in dem schwarzen Kleid sah sie lange und durchdringend an.

»Du warst nicht bei uns zu Hause«, stellte sie schließlich fest.

Es klang wie ein Vorwurf, fand Nyström, vielleicht ein berechtigter.

»Wir hatten hier sehr viel zu tun. Die Kollegen aus Linköping …«

Sie hob die Arme und ließ sie wieder fallen. Was sollte sie sagen?

»Schon gut.«

Die Augen der alten Frau glänzten wie die dunkle Brosche am Revers ihres Kleids.

Wieder klopfte der Specht. Vom Mörnersväg her war der Autoverkehr zu hören. Växjö erwachte aus dem Mittsommerkater. Die Frau griff in ihre Handtasche und zog einen Umschlag heraus.

»Das hier habe ich jahrelang gehütet wie einen Schatz. Ich musste es vor meinem Mann verbergen, er hat den Schmerz nicht ertragen. Janus' Abkehr von uns. Es ist das letzte Bild, das ich von ihm habe. Ich finde, er sieht glücklich aus darauf. Jetzt brauche ich es nicht mehr.«

Sie reichte Nyström den Briefumschlag.

»Er hat es mir aus Deutschland zugeschickt, 1986 war das. Darauf ist die Clique, mit der er sich rumtrieb. Ich glaube, es waren seine engsten Freunde.«

»Vielen Dank, ich ...«

»Schon gut. Wenn du zu uns gekommen wärst, hättest du es schon vor einer Woche haben können. Deine Kollegen aus Linköping hat es nicht interessiert.«

»Was ...?«

Aber die alte Frau hatte sich bereits umgedreht. Ihr Sohn und Sara Saale nahmen sie in die Mitte und langsam gingen sie im Schatten der Kiefern in Richtung des Parkplatzes, wo die Journalisten mit ihren Kameras warteten. Nyström sah ihnen nach. Sie dachte über den letzten Satz nach, den die alte Dame gesagt hatte. Sie zog das Foto aus dem Umschlag. Es zeigte fünf junge Menschen, die in die Kamera lachten, drei Frauen und zwei Männer. Trotz der unmodischen Frisuren und den vielen Jahren, die seit der Aufnahme vergangen sein mussten, erkannte sie drei der Gesichter sofort.

5

Lange stand Nyström so da und starrte auf das vergilbte Foto. Fünf junge Menschen und drei von ihnen waren tot, auf grauenhafte Weise ermordet worden. Hatten diese fünf jungen, fröhlichen Menschen tatsächlich etwas mit der ostdeutschen Stasi zu tun? Sollten sie tatsächlich andere Leute ausspioniert und Staatsgeheimnisse verraten haben? Irgendwie konnte sie sich das nicht vorstellen. In ihrer Fantasie waren Stasi-Agenten farblose, rauchende Männer in grauen Anzügen, was natürlich Blödsinn war. Aber diese gut gelaunte Clique, die in ihren Norwegerpullis und quietschgelben Regenjacken in die Kamera lachte? Auch im Hintergrund waren Menschen zu sehen, Eltern mit Kindern, Teenager, Männer mit langem Haar und Bärten. Eine Art riesiges Zeltlager, Fahnen im Wind, rote Sonnen auf gelbem Grund. Nyström verstand: ein Protestcamp gegen Atomkraft, irgendwo in Deutschland. Die Fotografie war eine Ohrfeige für Dahlins Vater und das, was er tat. Ein Manifest der Lossagung. Deshalb hatte die Mutter das Bild über Jahre versteckt. Plötzlich durchfuhr sie ein Gedanke, ein Alarmsignal. Dahlin und der Mann und die Frau, die in Schweden unter den Namen Andersson und Hakelius gelebt hatten, waren bereits tot. Aber was war mit den anderen beiden Frauen auf dem Bild? Wer war dieses robuste Mädchen mit den schwarzen Pudellöckchen? Wer war die Frau mit dem langen braunen Haar und dem intensiven Blick? Schwebten die beiden in Lebensgefahr? Waren sie vielleicht schon tot? Das Klingeln ihres Handys riss Nyström aus ihren Gedanken. Es war Tomas Raipanen. Er fragte sie, ob sie wütend auf ihn sei. Nein, antwortete sie. Er habe schließlich nur nach Vorschrift gehandelt, als er die Ermittlungsergebnisse an die Säpo und die

Reichskrim weitergeleitet habe. Und vielleicht wäre der Fall ja wirklich eine Nummer zu groß für zwei Provinzpolizisten. Raipanen berichtete, dass er und seine Männer ebenfalls von der Ermittlung abgezogen worden seien. Wenigstens ein freies Mittsommerwochenende! Beide lachten. Dann wurde Raipanen wieder ernst.

»Ich rufe dich aber eigentlich aus einem anderen Grund an. Höchst inoffiziell, versteht sich. Vielleicht interessiert es dich noch, auch wenn sie dich kaltgestellt haben: Ich habe eben einen Anruf bekommen, von einem ehemaligen Kollegen, der jetzt für die Reichskrim arbeitet.«

»Höchst inoffiziell wahrscheinlich.«

»Natürlich. Das Wohnwagengespann, nach dem ihr gefahndet habt, wurde gerade gefunden. Du weißt schon, es gab doch diese Zeugenaussage von einem Nachbarn Anderssons aus Lessebo. Jetzt ist so ein Wohnwagen aufgetaucht, in einem Wald in der Nähe von Stockholm.«

»Der alte Mercedes mit Wohnwagen?«

»Genau. Das *Zigeunergespann.*«

»Aber woher weiß man, dass der gefundene Wagen etwas mit dem Fall zu tun hat? Nur weil ein x-beliebiger Wohnwagen ...«

»Der Wagen fiel überhaupt nur deshalb einer Streife auf, weil Spaziergänger in der Nähe Schüsse gehört hatten. Auf dem Beifahrersitz des Autos lag ein Magazin für ein automatisches Schnellfeuergewehr. Und der Wagen hat ein deutsches Kennzeichen.«

6

Stina Forss wachte vom Klingeln ihres Handys auf. Für einen Moment wusste sie nicht, wo sie war, dann gewann sie die Orientierung zurück. Berlin, Alexanderplatz, Hotelzimmer, 34. Stock. Fast schon im Himmel. Das Display des Mobiltelefons zeigte kurz nach elf, sie hatte vier Stunden geschlafen. Sie nahm das Gespräch an. Ihr Kopf dröhnte. Es war Nyström.

»Es gibt einen ganzen Haufen Neuigkeiten, Stina.«

»Das kannst du aber laut sagen«, murmelte Forss in das Kopfkissen.

7

Was mache ich hier eigentlich, fragte sich Nyström, nachdem sie das Gespräch beendet hatten. Was mache ich hier, um alles in der Welt? Ich stehe mit meinem Krebs, den ich habe oder möglicherweise auch nicht, auf einem Friedhof und unterlaufe eine unmissverständliche Dienstanweisung. Ich gestatte einer mir unterstellten Mitarbeiterin weiterzuermitteln. Nein, ich ermutige sie dazu. Und das nicht nur außerhalb ihres Bezirks, sondern sogar außerhalb des Landes. Das brach mindestens zehn verschiedene Vorschriften und ein internationales Abkommen. Gut, noch hatte Forss anscheinend ja nichts ausgefressen. Noch hatte sie sich nur mit einigen ehemaligen Kollegen ausgetauscht, Leute getroffen, das war ja schließlich nicht verboten. Genauso wenig verboten war es, seiner müden, überarbeiteten Mitarbeiterin spontan Sonderurlaub zu geben. Und wenn ihre Mitarbeiterin diesen Sonderurlaub nutzte, um ihre alte Heimat zu besuchen, konnte dagegen ja wohl niemand etwas einwenden, oder?

Aber warum hatte Nyström trotzdem dieses unbestimmte Kribbeln, dieses ungute Gefühl im Bauch? Lag das an den Erfahrungen, die sie im Frühjahr mit der unberechenbaren jungen Frau gemacht hatte? Sie dachte an die Dienstwaffe, die sie Forss ausgehändigt hatte. Gott sei Dank konnte sie die nicht dabeihaben, sie war schließlich mit dem Flugzeug nach Berlin gereist. Trotzdem war es höchstwahrscheinlich ein Fehler, Forss auf den Wohnwagenhalter angesetzt zu haben.

Es war überhaupt nicht mehr ihr Fall!

Nur leider fühlte es sich überhaupt nicht so an. Auch wenn es ihr schwerfiel, es sich einzugestehen: Es war nichts anderes als Jagdinstinkt, der sie dazu veranlasst hatte, Stina Forss nach Berlin fliegen zu lassen.

8

Auch wenn Forss sich selbst riechen konnte: Zum Zähneputzen und Duschen war keine Zeit. Es ging um Minuten. Nach dem zweiten Tuten nahm Lehmann ab.

»Sie müssen mir einen Gefallen tun.«

Sie schlüpfte in Rock und T-Shirt, das Handy in der Hand, Lehmann in der Leitung. Sie hatte Glück, er arbeitete zu Hause an seinem Laptop. Zwei Minuten später hatte er im

Intranet der Berliner Polizei den Halter von Wagen und Wohnwagen ausfindig gemacht. Ein Berliner Kennzeichen. Das konnte kein Zufall sein. Er nannte ihr eine Adresse in Marzahn-Hellersdorf.

»Was haben sie vor?«, fragte Lehmann.

Ohne zu antworten legte sie auf und schob sich zwei Kaugummi und zwei Aspirin in den Mund. Es knackte beim Kauen. Vor dem Hoteleingang stand eine Schlange Taxis. Sie stieg in das erste ein und nannte der Fahrerin die Adresse. Sie erntete einen schrägen Seitenblick, dann fuhr das Taxi los, ostwärts, die Karl-Marx-Allee hinunter. Forss musste an das Buch denken, das sie aus Dahlins Wohnung mitgenommen hatte, *Das Kapital*. Eine Woche war das her. Jetzt lag das Buch auf ihrem Nachttisch in Majs Haus, gleich neben Sebastians Brief. Die ganze Nacht hatte sie dagegen angetanzt und angesoffen, einfach zu ihm zu gehen und zu klingeln. Nun hatte sie Kopfschmerzen, aber der Gedanke an ihn war immer noch da. Also dachte sie schnell an etwas anderes. Von Marx' *Kapital* zur Roten Armee Fraktion in einer Ermittlungswoche. Konnte das wirklich stimmen, was sie sich da in den frühen Morgenstunden zusammengegoogelt hatte? Auf jeden Fall war es eine Hypothese, die das Gespräch mit Bröring nicht widerlegt hatte. Im Gegenteil. Sie dachte an das Jugendfoto Dahlins, von dem Nyström eben am Telefon gesprochen hatte. Die junge Wackersdorf-Clique. Denkbares Szenario: Der linke Rebell und Atomkraftgegner Janus Dahlin kommt zu Beginn des Jahres 1986 zum Studium nach Hamburg. Bald findet er an der Universität Anschluss an politisch gleichgesinnte Kommilitonen. Froh, dem Einfluss seiner bürgerlichen Familie und dem piefigen Linköping entkommen zu sein, blüht er im Umfeld der Großstadtuniversität auf. Man diskutiert gemeinsam, druckt Flugblätter, besucht Demonstrationen. Der Protest gegen die umstrittene Wiederaufarbeitungsanlage in Wackersdorf ist das große gesellschaftliche Thema, an dem sich vieles andere entzündet: Polizeigewalt, Atomstaat, Nachrüstung. Hunderttausend gehen in Wackersdorf auf die Straße, Protestcamps werden eingerichtet und später durch die Polizei gewaltsam geräumt, für 15 Millionen D-Mark wird ein Sicherheitszaun gebaut. Es kommt zu Hausdurchsuchungen, Demonstrationsverboten, Einsatz von CS-Gas, bei dem ein asthmakranker Demonstrant ums Leben kommt. Die bayerische Regierung unter Führung von Franz-Josef Strauß untersagt österreichischen Demonstranten den Grenzübertritt. Bei dem Absturz eines Polizeihubschraubers kommt ein Polizist ums Leben. Die Presse schreibt von bürgerkriegsähnlichen Szenarien. Im selben Jahr ermordet die RAF das Siemens-Vorstandsmitglied Karl-Heinz Beckurts, zuständig für die Wiederaufarbeitungsanlage Wackersdorf, und seinen Fahrer Eckhard Groppler durch eine Sprengbombe. Hatte sich die RAF in den Jahren davor mit Anschlägen auf NATO-Einrichtungen, bei denen immer wieder auch Unbeteiligte ums Leben kamen, so weit ins gesellschaftliche Abseits gebombt, dass sich bis auf den ganz harten Kern viele Sympathisanten kopfschüttelnd und moralisch empört abwandten, versucht sie nun, mit der Anti-Atombewegung ein neues soziales Thema zu erschließen und vor allem auch einen neuen Unterstützerkreis zu generieren. Tatsächlich geht Mitte der Achtzigerjahre eine unbekannte Anzahl militanter Aktivisten in den Untergrund. Bis heute ist neben Birgit Hogefeld und Wolfgang Grams, die 1993 in Bad Kleinen gestellt werden, nur ein Bruchteil der geschätzten zwanzig bis dreißig Mitglieder dieser dritten RAF-Generation ermittelt.

Forss blätterte weiter durch die Zeitungsberichte und historischen Überblicke, die sie in dem Internetcafé ausgedruckt hatte. Zehn unaufgeklärte Morde, unter anderem an dem Chef vom Rüstungskonzern MTU Ernst Zimmermann, Gerold von Braunmühl, Abteilungsleiter im Auswärtigen Amt, Alfred Herrhausen, Vorstandssprecher der Deutschen Bank, und Detlev Karsten Rohwedder, Präsident der Treuhandanstalt. Eine Reihe von Sprengstoffanschlägen auf Personen und Einrichtungen, Überfälle auf Waffengeschäfte und immer wieder Bankraub. Über den Kreis der Täter ist so gut wie nichts bekannt.

Denkbares Szenario: Im Umfeld der Wackersdorfproteste und der von vielen empfundenen zunehmenden Polizeigewalt radikalisiert sich die Gruppe um Janus Dahlin und vollzieht den Schritt in den Untergrund. Entweder schließt sie sich den bestehenden Strukturen der illegalen Militanten an oder sie bildet eine eigene, autonom agierende Zelle. Klar ist: Ob als Handlanger und Unterstützer für die alteingesessenen Genossen oder als eigenständiger Stoßtrupp: Der Kampf im Untergrund ist teuer. Um sich Geld zu beschaffen, überfallen sie Banken, irgendwann auch eine Sparkasse in Osterode. Es kommt zu einem tödlichen Zwischenfall, eine Kassiererin wird angeschossen und stirbt. Auch Ruth Meringer wird verletzt, ihr Blut wird am Tatort sichergestellt. In der Gruppe kommen erste Zweifel auf. Tun sie wirklich das Richtige? Ist der Kampf gegen den Atomstaat es wert, dass dabei Unschuldige ums Leben kommen? Sollen sie weiterhin ihr eigenes Leben für ein so fernes und abstraktes Ziel wie den Weltsozialismus riskieren? Die Gruppe hadert mit sich. Sie befinden sich in einer Zwickmühle. Der Fahndungsdruck steigt, der Rückweg in die Legalität erscheint ihnen verbaut. Sie müssen einsehen, dass sie für den bewaffneten Krieg gegen die BRD nicht hart genug sind, aber zurück können sie auch nicht. Plötzlich öffnet sich eine Tür. Sie bekommen Kontakt zu Aussteigern der zweiten RAF-Generation, die mittlerweile unter falschen Namen unerkannt als brave sozialistische Bürger in der DDR leben, gleichzeitig aber fleißig und unbehelligt nach Westdeutschland ein- und ausreisen, unter anderem in die Protestcamps nach Wackersdorf. Ein erster Kontakt zum MfS wird hergestellt, schließlich bekommt die Gruppe im Arbeiter- und Bauernstaat ein neues Leben geschenkt. Das Glück währt jedoch nicht lange, ein, zwei Jahre, dann ändern sich die historischen Vorzeichen. Kurz bevor die Mauer fällt, reagieren sie. Schneller als ihre alteingesessenen Vorkämpfer der zweiten Generation, die allesamt 1990 verhaftet werden. Sie verschwinden rechtzeitig nach Schweden, wo sie niemand sucht, wo Dahlin sich auskennt, wo es über Stasi-Agenten ein gutes Kontaktnetz gibt, das bis weit in die schwedischen Behörden hineinreicht. Vernichtung der belastenden Akten und Dokumente in den DDR-Archiven, Papiere und Einträge in den schwedischen Melderegistern, das Schweigen der zuständigen Stasi-Offiziere: alles kein Problem. Das MfS hat nach seiner Zerschlagung kein Interesse, als Pate des westdeutschen Linksterrorismus dazustehen, deshalb wird so viel wie möglich so schnell wie möglich unter den Teppich gekehrt. Übrig bleiben ein paar Aktenschnipsel und vielleicht einige verdutzte Arbeitskollegen, die sich fragen, wohin der frisch eingebürgerte Kollege so plötzlich verschwunden ist. Aber das alles geht im Trubel der Wendejahre unter. Gleichzeitig knüpft Janus Dahlin in Schweden nach vier Jahren Auslandsaufenthalt wieder an sein altes Leben an. Er bringt sogar sein Studium zu Ende, wird Lehrer. Im Gepäck hat er eine neue Freundin, Frederika Blomqvist, alias Kathrin Winkler. Irgendwann später trennt sich das Paar, vielleicht wiegt der Ballast der gemeinsamen Vergangenheit zu schwer. Winkler alias Blomqvist zieht nach Nordschweden und heiratet Peter Hakelius. In Lessebo wird ein neuer Landbriefträger eingestellt: Olof Andersson, ein Einzelgänger mit merkwürdiger Aussprache. Ruth Meringer lebte möglicherweise auch eine Zeit lang in Schweden, traut sich dann aber zurück nach Westdeutschland, sie wird schließlich Biobäuerin im Osnabrücker Land.

Dahlin, Andersson, Hakelius, Meringer; alle tot. Aber nach Nyströms Schilderung war auf dem Foto, das Dahlin seiner Mutter geschickt hatte, noch eine weitere Person zu sehen. Eine fünfte Frau. Das klingt ja fast schon wie ein Krimititel, dachte Forss. Falls das Bild keine Zufallsaufnahme war, schwebte diese fünfte Frau in Lebensgefahr. Und an Zufälle glaubte Forss in diesem Fall eigentlich nicht mehr.

Das Taxi hielt in den Tiefen der Großbausiedlung Marzahn. Forss zahlte und stieg aus. Mit fast 60.000 Wohnungen war der Plattenbaukomplex die mit Abstand größte Wohnanlage Deutschlands. Ganz Växjö in einem Hochhaus, dachte sie. Irgendwo hier war vor mehr als zwanzig Jahren eine der zehn RAF-Aussteigerinnen verhaftet worden, hatte in Forss' Wikipedia-Ausdrucken gestanden. Der Aufzug roch nach Putzmittel und kaltem Zigarettenrauch. Forss zählte vierzehn Hakenkreuze, die in das Blech der Fahrstuhlverkleidung geritzt waren. Auf Kopfhöhe stand *Auslender ins Gas*, daneben zwei SS-Runen.

Mit einem asthmatischen Knarzen hielt der Aufzug an. Sie ging den Flur entlang. Vor der Tür mit dem Namen Kurt Zeuner blieb sie stehen. Das Schloss bereitete ihr keine Probleme, nach weniger als einer Minute war sie in der Wohnung. Sie ließ die Türe hinter sich zufallen. Der starke Geruch von feuchtem Gips stach ihr in der Nase. Flur, Küche, Wohn- und Schlafzimmer, sie kannte den Schnitt solcher Plattenbauwohnungen aus früheren Einsätzen. Die Räume wirkten aufgeräumt und sauber, aber verlebt. Billige Möbel, fadenscheinige Bettwäsche, in den Küchenschränken gesprungenes Geschirr. Unter der Spüle fand sie vier leere

Weinbrandflaschen, auf dem Nachttisch lagen Broschüren zum Thema Alkoholismus. War der Mörder ein Trinker? Schwer vorstellbar. Alles, was er getan hatte, zeugte von Überlegung, Planung, Akribie. Andererseits gab es viele Alkoholiker, die im Alltag funktionierten. Wobei: Als Alltag konnte man eine Mordserie wohl kaum bezeichnen. Sie durchsuchte Zeuners Wohnung weiter. In einer Schublade fand sie einige Orden. Sie zeigten allerhand Schilder, Schwerter, Hammer, Zirkel, Sicheln. Auf dem auffälligsten und schwersten Abzeichen, einer goldenen Medaille an einem breiten roten Band, war eine Schutzschildförmige DDR-Flagge mit Eichenlaub, Schwert und Banner abgebildet. Drumherum die Prägung *Verdienter Mitarbeiter der Staatssicherheit*. Zeuner war ein ehemaliger Stasi-Offizier. Hatte er in den Achtzigerjahren mit der Unterbringung der RAF-Aussteiger zu tun gehabt? Mit ihrer Flucht nach Schweden? Aber wieso sollte er ein Interesse haben, seine ehemaligen Anvertrauten zu töten? Wo war da das Motiv?

Forss ging zurück in die Küche und ließ sich aus dem Hahn ein Glas Wasser ein. Jetzt erst spürte sie, wie durstig sie war. Sie trank ein zweites Glas. Hinter dem Fenster stand eine diesige Sonne. Selbst von hier aus konnte Forss im Westen die Spitze des Fernsehturms sehen. Auf der markanten Kugel unterhalb der weiß-roten Antenne reflektierte das Sonnenlicht in der Form eines matten Kreuzes. Irgendjemand hatte ihr einmal erzählt, dass dieses ewige Lichtkreuz über Ostberlin die Führung der DDR ob ihres atheistischen Selbstverständnisses maßlos geärgert habe. Im Volksmund hatte das Lichtphänomen *Rache des Papstes* oder auch – in Anspielung auf den langjährigen Staatsratsvorsitzenden Walter Ulbricht – *Sankt Walter* geheißen. Forss musste an die Märtyrermorde denken. Wie sollten religiös aufgeladene Ritualverbrechen zum Weltbild eines ehemaligen sozialistischen Militärs wie Zeuner passen? Reiner Alkoholwahn? Wohl kaum. Das ergab alles keinen rechten Sinn.

Dann hörte sie ein Geräusch. Das Türschloss. Sie erschrak. Auf keinen Fall durfte sie hier gefunden werden. Sie hatte keinerlei Legitimation, hier zu sein. Mit wenigen Schritten war sie im Schlafzimmer, öffnete den Kleiderschrank, presste sich zwischen Mäntel und Jacken, ging in die Hocke und schloss die Schranktür hinter sich. Zum Glück war sie eine kleine, schlanke Frau. Kleiderfussel und Staub kitzelten sie bedrohlich in der Nase. Schritte auf den Fliesen der Küche. Schuhe mit harten Sohlen. Sie hörte es ganz deutlich, obwohl das Blut in ihren Ohren dröhnte. Ihr Herz flatterte, ihre Gedanken rasten. Am wahrscheinlichsten war die Möglichkeit, dass es ein ganz normaler Beamter der Berliner Polizei war. Da Zeuners Wohnwagengespann in Schweden gefunden worden war, wäre es die übliche Vorgehensweise, dass sich die schwedischen Ermittler von Säpo und Reichskrim in einem Amtshilfegesuch an die deutsche Polizei wenden würden. Andererseits dauerten solche internationalen Absprachen erfahrungsgemäß recht lange und es war schließlich erst wenige Stunden her, dass Zeuners Wagen aufgetaucht war. Deshalb war es wahrscheinlicher, dass es sich um eine halb offizielle Aktion handelte. Wenn irgendjemand bei den Behörden ähnliche Schlüsse gezogen hatte wie sie, konnten mittlerweile auch LKA, BKA oder BND an dem Fall dran sein. Und schließlich gab es noch eine dritte Möglichkeit und die war weitaus unangenehmer als die ersten beiden: Der Unbekannte, der da durch Zeuners Wohnung schlich, war kein Repräsentant einer staatlichen Institution, sondern hatte einen ganz anderen Auftrag. War es womöglich Zeuner selbst? Konnte er auch ohne seinen Wagen aus Schweden zurückgekehrt sein? Ganz ohne Frage. Natürlich. Die Schritte kamen näher. Durch die Lamellen der Schranktür erkannte sie schemenhaft eine Gestalt. Direkt vor dem Schrank blieb sie stehen. Aber konnte der Eindringling ahnen, dass noch jemand in der Wohnung ... ? Sie hörte ein vertrautes Klacken. Eine automatische Waffe, die entsichert wurde. Plötzlich fiel es ihr siedend heiß ein: Sie hatte ihre Handtasche auf dem Küchentisch stehen lassen.

9

Zeuner kam es vor, als würde er jetzt schon seit Stunden durch das Waldgebiet irren. Vielleicht stimmte das auch. Seit er die Schüsse abgefeuert hatte, war die Sonne von der Kante der Baumkronen bis in den Zenit gestiegen. Der Wald schien größer zu sein, als es vom Parkplatz aus gewirkt hatte. Größer und viel dichter. Zeuner war längst außer Atem, seine Lungen brannten, seine Beine waren durch die Hosen hindurch von wilden Brombeerranken zerkratzt, sein Nacken und seine Arme von Mücken zerstochen und seine linke Schulter fühlte sich geschwollen und taub an, seit er auf einem moosbewachsenen Felsen ausgerutscht war und sich beim Fallen unglücklich abgestützt hatte. Er verfluchte sich und sein überstürztes Handeln zum wiederholten Male, auch wenn das natürlich überhaupt nichts an der Situation änderte. Er hatte den Todesengel verloren.

Er war sich so sicher gewesen, vielleicht zu sicher. Das Blinken des Peilsenders hatte ihn tief hinein in das Naherholungsgebiet am Stockholmer Stadtrand geführt. Dort hatte es gestoppt und als sich auch nach längerer Zeit nichts mehr auf dem Display gerührt hatte, war er davon überzeugt gewesen, dass der Rächer an seinem Ziel angelangt war. Hier, in diesem Wald, sollte Helena sterben und er, Zeuner, würde es verhindern müssen. Er war aus seinem Mercedes ausgestiegen und hatte mithilfe seines Senders das Wohnmobil, dem er einmal durch ganz Schweden gefolgt war, aufgespürt. Es hatte am Ende eines Forstwegs unter hohen Fichten geparkt. Mit seinem Feldstecher hatte Zeuner von einer Anhöhe aus freie Sicht auf den Mann und seine Vorbereitungen gehabt und beobachten können, wie er angespitzte Holzpflöcke, Seile und eine Axt in einem Rucksack verstaut hatte. Zeuner hatte nur ahnen können, auf welche grauenhafte Art und Weise Helena zu Tode gefoltert werden sollte. Er hatte gewusst, dass er für den Moment, in dem sich der Kerl zu Fuß aufmachen würde, eine günstigere Ausgangsposition für die Verfolgung brauchen würde, deshalb hatte er sich näher herangeschlichen und dabei war es passiert: Ein Ast war gebrochen und der Mann hatte sich umgedreht und ihn bemerkt. Zeuners panischer Blick musste ihn auf der Stelle verraten haben. Mit drei langen Sätzen war der Rächer im Unterholz verschwunden. Zeuner hatte seine Beretta hochgerissen und drei Schüsse abgegeben, aber auch wenn er Blutspuren an Sträuchern und Ästen gefunden hatte, war er sich bis jetzt nicht sicher, ob er einen Wirkungstreffer erzielt hatte. Wie tollpatschig, wie unprofessionell die Aktion gewesen war! Sein ehemaliger Ausbilder Genosse Major Letschow würde sich im Grabe umdrehen. Dennoch war es gerade die Erinnerung an seine mehr als vierzig Jahre zurückliegende Ausbildung zu einem Elitesoldaten, die die Hoffnung nährte, den Todesengel zu finden, bevor er Helena fand. Er zog Kreise im Wald, die enger wurden. Eine spiralförmige Treibjagd. Entweder würde er Glück haben oder der Rächer war ihm längst entwischt. Mehrmals traf er auf den Wegen Jogger und Spaziergänger. Schließlich fand er auf einer Lichtung, auf der hohes Gras und junge Birken standen, weitere Blutspuren. Es klebte an den Spitzen der Gräser und Farne. Eine Schneise zog sich durch das Gräsermeer. Er war jetzt ganz nah, das spürte er. Hinter der Lichtung waren Fußabdrücke im feuchten Moos, Zeuner folgte ihnen über den welligen Waldboden. An einem hausgroßen Felsen sah er schließlich einen roten Handabdruck. Er umrundete mit gezogener Waffe den gewaltigen Findling im Laufschritt. Und dann stand sie plötzlich vor ihm.

Helena.

Sie lächelte.

Der Mann, der vor ihr lag, war tot. In seiner Stirn klaffte ein murmelgroßes Loch.

Dann erst nahm er den Schatten wahr, der neben ihn trat. Er hörte das charakteristische Zirpen eines Elektroschockers, dann wurde alles um ihn herum dunkel.

10

Ingrid Nyström ließ sich durch die Grabreihen treiben. Dann und wann blieb sie für einen Moment stehen und las die Inschriften der verwitterten Grabsteine, Kreuze, Gedenktafeln. All die vor Jahrzehnten oder Jahrhunderten verstorbenen Svenssons, Alfredssons, Norrquists, einfache Frauen und Männer, die seit jeher dem kargen, småländischen Boden ihr schmales Einkommen abgetrotzt hatten. Bauern, die nie aufgegeben hatten. Trotz Hungersnöten,

Krankheiten oder Naturkatastrophen. Königinnen und Könige der Steine. Ihre Ahnen. Zum wiederholten Male sah sie auf das Foto in ihrer Hand. Fünf junge Menschen, vier davon waren tot. Aber es gab noch eine fünfte Person. Vielleicht war sie noch am Leben. Vielleicht gab es noch eine Chance. Vielleicht ergab doch alles einen Sinn. Es war ihr Fall, Herrgott noch mal! Sie griff zu ihrem Handy und wählte eine Stockholmer Nummer.

Eine halbe Stunde später saß sie zum ersten Mal in ihrem Leben in einem Hubschrauber. Von oben sah der Helgasee aus wie ein silberblauer Rorschachtest, der schnell kleiner wurde.

11

Forss hielt die Luft an. Sie hörte das Atmen des anderen, ein nahes, rasselndes Geräusch. Die Silhouette der Person nahm nun beinahe die gesamte Höhe der Schranktür ein. Sie stand direkt vor ihr. Sie musste handeln, jetzt! Sie ließ sich in der Hocke nach hinten kippen, sodass ihre Füße frei kamen, dann katapultierte sie ihre angewinkelten Beine mit aller Kraft nach vorne. Die Schranktür flog auf. Es krachte, doppelt. Die Türkante schlug dem Mann im Anzug die Waffe aus der Hand, gleichzeitig zertrümmerte sie sein Nasenbein. Die Pistole flog durch den Raum, der Mann taumelte mit einem röchelnden Schrei nach hinten, Blut schoss aus seinem Gesicht. Forss kam auf die Beine, rammte dem Mann ihr Knie in den Unterleib, ließ sich zur Seite fallen, griff nach der Waffe, drehte sich um, stand wieder auf und nahm den

Mann ins Visier. Ihr Atem hämmerte, ihr Puls raste. Sie nahm automatisch die vorgeschriebene Schussposition ein, beide Arme ausgestreckt, Beine leicht auseinander, volle Konzentration auf das Ziel. Der Mann rappelte sich stöhnend auf, beide Hände im Gesicht.

»Arme hinter den Kopf!«, rief sie. »Polizei!«

Das stimmte zwar, aber irgendwie auch nicht.

Der Mann gehorchte. Er war alt, weit über sechzig, und trug einen Sommeranzug. Helle, wache Augen. Darin: Schmerzen, aber keine Panik. Ein Profi, auch wenn sein Alter sie irritierte.

»Dienstausweis!«, forderte sie, die Waffe immer noch im Anschlag.

Ununterbrochen lief Blut aus seinem Gesicht, färbte sein weißes Hemd ein und die beige Krawatte. Forss konnte es kaum glauben, aber tatsächlich verzog er seine dünnen Lippen zu einem feinen Lächeln.

»Ich fürchte, den musste ich vor zweiundzwanzig Jahren abgeben.« Seine Stimme klang so nasal, als spräche er durch einen Trichter. »Und wenn es Ihnen keine Umstände macht, hätte ich jetzt gerne ein feuchtes Handtuch.«

12

Das Erste, was Zeuner wahrnahm, als er wieder zu sich kam, war der Geruch von Möbelpolitur und gewachstem Parkett. Er befand sich in einem hohen, hellen Raum und lag ausgestreckt auf einem Sofa. Jemand hatte ihm ein Kopfkissen in den Nacken geschoben, wenn er sich darauf konzentrierte, konnte er sogar die einzelnen Daunen spüren.

»Kurt, bist du wach?«

Es war ihre Stimme. Helenas samtene Stimme, die er zweiundzwanzig Jahre lang vermisst hatte.

Er richtete sich auf. Sein Brustkorb schmerzte und ihm war leicht übel, aber er wollte sie ansehen. Wollte ihr aufrecht gegenübersitzen. Sie lächelte. Ihre kühle Hand lag auf seiner Stirn. Sie war älter geworden, aber das Alter hatte ihrer Schönheit nichts anhaben können, im Gegenteil. Ihre Hand duftete nach Flieder und Rosenholz.

»Helena«, sagte er. Was sollte er sonst sagen? Es gab sonst nichts zu sagen. Oder so viel, dass es nicht in Sätze, in diesen hohen, hellen Raum, in den Rest seines Lebens passte. Dann fiel ihm doch etwas ein.

»Wie schön, dass du lebst. Du ... warst in großer Gefahr. Dieser Mann ...«

Ihr Lächeln öffnete sich. Weise, mild. Täuschte er sich, oder schüttelte sie leicht den Kopf?

»Ich war vorbereitet. Ich habe ihn erwartet, Kurt. Die Überraschung bist du.«

Sie lachte. Ihr Mädchenlachen.

»Eine schöne Überraschung. Von Jan-Erik soll ich dir sagen, dass es ihm leidtut. Das mit dem Elektroschocker. Er ist schnell und konnte ja nicht ahnen, dass wir beide uns kennen.«

Zeuner nahm seinen Mut zusammen.

»Ist er so etwas wie dein Liebhaber?«

»Jan-Erik?«

Wieder lachte sie.

»Oh Gott, nein. Wohl eher eine Art persönlicher Assistent.«

Sie schwiegen für einen Moment.

»Weißt du, dieser Mann, der dich töten wollte, er war an dem Tag damals in der Bank«, sagte Zeuner dann.

»Osterode«, sagte sie.

Er nickte.

»Ich habe meine alten Protokolle aus Briesen durchgesehen. Etwas anderes konnte es einfach nicht sein. Später habe ich seine Aufzeichnungen gefunden, eine Art Manifest. Er war der Mann der Kassiererin, sie haben gemeinsam ein Kind erwartet, sie war im fünften Monat schwanger. Er war an dem Tag ebenfalls in der Bank. Sie waren Kollegen. Danach hat es ihn aus der Bahn geworfen und er hat sein ganzes Leben in Anstalten verbracht. Auf diesen Wahnsinn mit den Märtyrern ist er wohl durch irgendeinen Priester mit apokalyptischen Fantasien gekommen, wahrscheinlich einen Mitpatienten.«

Sie schüttelte langsam den Kopf.

»So ein Irrsinn und das alles nur wegen eines unbedachten Augenblicks. Als die Kassiererin damals den Alarm auslöste und ich geschossen habe, ging alles durcheinander. Marlene hat sich schlimm den Kopf gestoßen und dann auch noch in dem Chaos ihre Maske verloren. Er muss sie nach all den Jahren wiedererkannt haben. Ich habe nach ihrem Tod natürlich reagiert. Recherchiert. Ich war sogar bei den anderen und habe sie gewarnt. Janus, Hans-Peter und Susanne. Aber sie wollten nicht auf mich hören. Keiner wollte etwas tun. Sie klebten fest in ihren kleinen Leben. Vielleicht waren sie auch des Fliehens müde. Janus hat sich, glaube ich, nach Susanne gesehnt, er kam mir rastlos vor. Hans-Peter sammelte Comics und machte Musik im Internet. Wir haben in seinem heruntergekommenen Garten Kuchen gegessen. Und Susanne hatte zwei Kinder und einen Ehemann.«

Sie tupfte ihm mit einem Taschentuch Schweiß von der Stirn, dann fuhr sie fort.

»Vor etwa einem Jahr hatte Marlene einen Schlaganfall. Sie war anschließend in einem Reha-Programm im Harz. Nicht in Osterode, sondern in Clausthal-Zellerfeld. Dort hat dieser Mann, Johannes Breuer, in einem Kurbad gearbeitet, das auch langjährige psychisch Kranke anstellt und ihnen bei der Wiedereingliederung ins Berufsleben hilft. Ich vermute, dass sie sich dort begegnet sind. Ein halbes Jahr später ist dieser Breuer verschwunden und kurz danach war Marlene tot.«

Sie streichelte seine Wange.

»Du bist so alt geworden Kurt. Es ist so lange her.«

Ihre Augen, ihr Duft.

»Ich weiß«, sagte er. »Ich weiß.«

Sie schlug ihre Beine übereinander. Sie trug ein sehr edel aussehendes Kostüm. In ihrem kurzen, dunklen Haar blitzten Ohrringe auf, blau und gold.

Sie nahm seine großen, rauen Finger in ihre kleinen Hände und massierte sie. Seine Augen wurden feucht.

»Ich habe dich vermisst«, sagte er. »Auch wenn ich es sehr lange Zeit nicht wusste.«

Wie weich ihre Hände waren.

»Ich habe lange gebraucht, um zu verstehen, was vor sich geht«, sagte er. »Und dann wollte ich dich vor diesem Monster retten.«

»Danke«, flüsterte sie. Dann, nach einer Pause: »Wir haben dieses Monster selbst geschaffen. Vielleicht haben wir es verdient, so zu sterben. Wie Märtyrer.«

»Nein«, sagte er. Er richtete sich weiter auf. »Nein. So darfst du nicht denken. Er ... Osterode war ein Unfall.«

»Ja?« Sie sah ihm in die Augen. »Wie sicher bist du dir da? Warst du an diesem Tag dabei? Du denkst, wir haben es nicht verdient zu sterben. Aber was hast du dagegen getan? Du verfolgst ihn doch schon länger, wie hättest du sonst hierherfinden können? Susanne ist die Einzige gewesen, die wusste, wo ich heute lebe. Unter welchem Namen. Hast du ihn aufgehalten? Wo warst du, als Marlene starb? Oder Janus? Bei Hans-Peter und Susanne?«

Sie hatte ihn durchschaut. Da war kein Vorwurf in ihrer Stimme. Aber sie hatte ihn vollkommen durchschaut.

»Ich wollte zu dir«, krächzte er schließlich. Er wusste, wie jämmerlich das klang.

Wieder lächelte sie. Sie war jetzt ganz nah bei ihm. Auf den matten Perlen, die ihren schlanken Hals umfassten, spiegelten sich die hohen, offenen Fenster wider, die sich irgendwo in seinem Rücken befanden.

»So bringen wir alle unsere Opfer«, sagte sie leise. »Für ein höheres Ziel.«

Er verstand nicht.

»Wie meinst du das?«

Ihre duftende, manikürte Hand rieb sein Kinn. Ihr Gesichtsausdruck hatte sich verändert. Sie sah jetzt anders aus, melancholisch. Ihr Blick ruhte nicht mehr auf ihm. Sie schaute aus den Fenstern, dorthin, wo die Schäreninseln wie die Rücken großer Tiere im Wasser lagen. Vielleicht schaute sie auch in die Zukunft.

»Ach, Kurt ...«, sagte sie.

»Wer bist du?«, fragte er zögernd.

13

Der Flug dauerte etwas über eine Stunde. Kurz vor dem Ziel konnte Nyström den beeindruckenden Stockholmer Schärengarten sehen, Tausende von Inseln in einem Blau, das ihr den Atem nahm. Wie schön Schweden doch sein kann, dachte sie, jedenfalls im Sommer. Sie landeten auf einem Parkplatz in einem Waldgebiet. Der Luftwirbel, den der Helikopter erzeugte, brachte die Tannenspitzen zum Tanzen, dann setzten die Kufen auf. Nyström war froh, wieder festen Boden unter den Füßen zu haben. Der Einsatzleiter der Reichskrim, der sich als Bengt Welch vorstellte, gab ihr die Hand.

»Ich hoffe, du bist nicht wütend, dass wir in Växjö in deinen Zuständigkeitsbereich eingedrungen sind. Nimm es nicht persönlich.«

Er grinste.

»Wir haben ein Leben zu retten«, sagte Nyström knapp.

Welch setzte sie mit wenigen Worten ins Bild. Ein zweites Fahrzeug war sichergestellt worden, ein Wohnmobil, ebenfalls mit deutschen Kennzeichen, ganz in der Nähe des Wohnwagengespanns. Es war vollgepackt mit Waffen und Werkzeugen, darunter eine Harpune mit blutbeschmierten Griffen, Pfeile, eine Axt und eine Säge, ein Revolver. Massenhaft Fingerabdrücke. Haare. Alles schien zu den Tatorten in Växjö, Lessebo und in Nordschweden zu passen. Zudem hatte man in der Nähe des Wohnmobils Patronenhülsen und frische Blutspuren aufgespürt. Offenbar hatte es einen Schusswechsel gegeben. Die kriminaltechnische Auswertung lief bereits auf Hochtouren, ebenfalls die Kooperation mit den deutschen Behörden – zum einen natürlich wegen der Ermittlung der Fahrzeughalter, zum anderen war die Säpo darum bemüht, möglichst schnell den Hintergrund der wilden, haarsträubenden Stasi-RAF-Geschichte auszuleuchten, mit der sich Nyström wieder in das Zentrum des Geschehens eingekauft hatte. Sie spürte an der herablassenden Art Welchs, dass der ranghohe Beamte ihre Theorie, dass ehemalige deutsche Linksterroristen in den Fall verwickelt sein könnten, für Nonsens hielt, aber offenbar war der Druck innerhalb der Behörden mittlerweile so groß, dass sich keiner der Verantwortlichen dem Vorwurf aussetzen wollte, einem wichtigen Hinweis nicht nachgegangen zu sein. Auf das Foto, das die Wackersdorfer Clique zeigte, warf er nur einen kurzen Blick.

»Das Wohnwagengespann gehört einem Kurt Zeuner, wohnhaft in Berlin«, dozierte Welch. Nyström nickte beflissen, als sei ihr diese Information neu. »Viel mehr wissen wir noch nicht. Die Beziehung zwischen ihm und dem Wohnmobilhalter ist absolut rätselhaft. Es scheint tatsächlich, als habe er das Campingmobil verfolgt. Wir haben unter der Motorhaube einen leistungsstarken Peilsender gefunden und in Zeuners Mercedes das dazu passende Ortungsgerät. So ein Ding macht Aufzeichnungen wie ein Fahrtenbuch. Und jetzt halt dich fest: Dieser Zeuner scheint dem mutmaßlichen Täter von Lessebo bis nach Norsjö und dann zurück bis hierher gefolgt zu sein. Wie der Schatten eines Mörders. Aber was ergibt das für einen Sinn?«

Nyström musste an das denken, was Bo Örkenrud über den Tatort in Lessebo gesagt hatte. An die sich widersprechenden Spuren. Einerseits Sorgfalt und Ruhe, der Eindringling in Anderssons Haus hatte Handschuhe getragen. Anderseits Hektik und überall Fingerabdrücke. Zwei Personen, dachte sie. Es waren zwei Personen am Tatort gewesen, unabhängig voneinander. Und dann war da die Sache mit den rätselhaften Schussspuren an der Fassade des Doms und der Kirche. Das Magazin der Maschinenpistole war in Zeuners Wohnwagen gefunden worden, nicht in dem Wohnmobil. Nicht der Mörder hatte die Zeichen hinterlassen, sondern derjenige, der den Täter begleitet, beschattet oder verfolgt hatte. Als wären die Sterne eine Botschaft gewesen, bestimmt für den Märtyrermörder. Spätestens ab Lessebo war dieser Zeuner dem Täter gefolgt, hatte ihn aber nicht vom Töten abgehalten. Nur warum griff er dann jetzt ein? Warum hatte es ausgerechnet hier, in diesem Waldgebiet einen Schusswechsel gegeben? Plötzlich dachte sie an die Frau auf dem Foto. Die Frau mit dem intensiven Blick.

»Gibt es hier in der Nähe Häuser? Lebt hier irgendwer?«, fragte sie Welch.

Aus dem Hubschrauber heraus hatte der Wald riesig gewirkt.

»Nein, das ist ein Naturpark, eine Art Naherholungsgebiet, fünfzehntausend Hektar Wald, durchzogen von Wanderwegen und Joggingpfaden. Im Winter fahre ich hier Ski. Tolle Loipen. Hier draußen wohnt keine Sau.«

14

»Wer sind Sie?«, fragte Forss.

Sie hatte den Mann nach weiteren Waffen durchsucht, aber bis auf ein Portemonnaie und einen Schlüsselbund nichts gefunden. Sein Führerschein hatte ihn als Walter Leonidas ausgewiesen, 66 Jahre alt, andere Papiere hatte der Mann nicht bei sich.

»Wer Sie sind«, wiederholte sie.

Leonidas hielt das nasse Handtuch auf seine Nase. Es war schwer zu erkennen, ob die Blutung nachließ. Die wachen Augen über dem bluttriefenden Frottee musterten sie.

Er sprach, als habe er schweren Schnupfen.

»Respekt vor dem Schranktritt, das war dumm von mir.«

»Sie haben meine Handtasche in der Küche gesehen?«

Er nickte.

»Dann steht es wohl unentschieden, was die Dummheit angeht.«

Noch immer hielt sie die Waffe auf ihn gerichtet.

»Lassen Sie uns offen reden«, schlug Forss vor. »Die Zeit drängt. Jede Minute kann hier jemand auftauchen. Ich weiß nicht, ob das in Ihrem Sinn ist.«

»Ich denke, Sie sind die Polizei«, näselte er.

»So in der Art«, sagte sie. Dann: »Also, zum letzten Mal: Wer sind Sie und was haben Sie in Kurt Zeuners Wohnung zu suchen?«

Wieder sahen die grauen Augen sie lange an.

»Sie sind keine deutsche Polizistin. Sie tragen keine eigene Waffe bei sich. Aber Sie sind im Umgang mit Schusswaffen und Konfliktsituationen vertraut. Nicht ein Anflug von Panik. Sie handeln routiniert, effizient und überlegt, wenn man vielleicht einmal von Ihrer vergessenen Handtasche absieht. Sie haben definitiv eine Polizeiausbildung, auch wenn Sie hier nicht im Dienst sind. Dazu kommt, dass eben einmal Ihr Akzent durchgebrochen ist. Die Art, wie Sie die Wortendung unbetont gelassen haben. Sie haben lange in Deutschland gelebt, sind aber woanders aufgewachsen. In Skandinavien spricht man so wie Sie eben. Kurt Zeuner ist in Schweden. Sie sind wahrscheinlich eine schwedische Polizistin. Ist Kurt verhaftet worden? Ist er tot?«

Der Mann war gut, keine Frage. Aber sie durfte sich unter

keinen Umständen das Heft aus der Hand nehmen lassen.

»Jetzt erzähle ich Ihnen eine Geschichte«, sagte sie.

15

»Der Kampf ist noch nicht vorbei«, sagte Helena schließlich.

»Nein?«, fragte Zeuner. Es war eine aufrichtige Frage.

»Nein. Aber er muss anders geführt werden als früher.«

Zeuner versuchte sich aufzurichten, aber es gelang nur halbwegs.

»Wie meinst du das? Alle sozialistischen Befreiungsbewegungen sind seit Langem so gut wie tot. Alle kommunistischen Systeme vor die Wand gefahren. Woran glaubst du noch? China? Kuba? Venezuela? Occupy, Attac oder die Linkspartei? Eine neue RAF?«

Helena lachte wieder.

»Aber nein, mein Schatz, nein.«

»Aber wie dann?«

Sie kraulte seine Haare.

»Jede Revolution braucht eine Mobilisierung der Massen.«

Jetzt war es Zeuner, der lachte.

»Ich habe meinen Marx und meinen Engels gelesen, Helena. Das Problem besteht doch darin, dass diese vorrevolutionären Verhältnisse nicht herrschen. Nie war die Welt so neoliberal durchdekliniert wie heute. Schau doch nur mal ins neue China, in die USA, nach Deutschland. Oder auch hierher, nach Schweden! Wie willst du den Kampf um das

Bewusstsein der Menschen führen? Und wie willst du ihn gewinnen?«

Helena lächelte. Das Licht, das von ihr ausging, erfüllte den ganzen Raum. Die Luft, die von draußen hereinkam, roch nach Salz und Seetang. Wieder griff sie seine Hand.

»Das ist im Grunde ganz einfach.«

Ihre Haut war so weich wie ihre Stimme.

»Man nimmt ihnen alles, was sie haben.«

16

»Das ist eine gute Geschichte«, sagte Leonidas. »Sie sind eine gute Polizistin.«

Seine Nase hatte aufgehört zu bluten. Er saß mit dem Rücken an die Wand gelehnt auf dem Fußboden, das Handtuch lag in seinem Schoß.

»Dennoch irren Sie sich in einem entscheidenden Punkt.«

»Und der wäre?«

»Kurt Zeuner ist nicht der Mörder von Dahlin und den drei anderen ermordeten Wackersdorfern. Im Gegenteil: Als wir beide begriffen, was vor sich ging, als wir verstanden, dass die Märtyrer starben, ist Kurt nach Schweden gefahren, um die anderen zu warnen.«

»Die Märtyrer?«

»So haben sie sich damals genannt, als sie in den Untergrund gingen. *Märtyrer Zelle 719*. Solche Namen waren en vogue in diesen Kreisen. Vorher gab es zum Beispiel schon die Gruppe *Märtyrer Halimeh* und ähnliche.«

»Warum *Zelle 719*?«

»Das war die Nummer der Zelle in Stammheim, in der sich Ulrike Meinhof 1977 das Leben genommen hat.«

»Ulrike Meinhof?«

»Ja.«

»Und wer tötete die Märtyrer, wenn es nicht Zeuner war?«

Leonidas schnäubte roten Rotz in das Handtuch.

»Wo soll ich anfangen? Wir beim MfS hatten von Beginn an ein Auge auf die RAF. Meinhof war uns natürlich schon vorher wegen ihrer klugen politischen Analysen aufgefallen. Ob ihre Texte über die Wiederaufrüstung, Vietnam, Missstände in Kinderheimen: Sie war Ende der Sechzigerjahre die führende und einflussreichste linke Journalistin der BRD. Dass sie an der gewaltsamen Befreiung des Polit-Rowdys Andreas Baader teilnahm und in den Untergrund ging, war ein Paukenschlag, auch für uns. Teile der westdeutschen Linken begannen sich ernsthaft zu militarisieren. Tragisch, wie schnell die Bewegung dann in ein Wahnsystem abglitt. Das sinnlose Morden, die paranoiden Rechtfertigungen, eine elende Sackgasse. Die Attentate, die Rhetorik, es war, als führten sie mit ihrer Stadtguerillataktik einen Widerstandskampf gegen ein faschistisches Regime. Genau das war ja auch ihr verbissenes Selbstverständnis. Leider kam dieser Kampf 30 Jahre zu spät. Eine Kompensation für die unterlassene Auflehnung der Vätergeneration. Nur war die BRD – selbst aus unserer Perspektive – nicht das Deutsche Reich. Schmidt war nicht Hitler. Die RAF kam zu spät. Ein tragisches Echo der Geschichte.«

»Was sich die DDR zunutze gemacht hat.«

»Was sollten wir mit der Roten Armee Fraktion, wenn wir das Original hatten? Wir haben beobachtet, viel mehr war da nicht. Es gab vereinzelte Kontakte, Sondierungsgespräche. Natürlich ging es uns um Kontrolle, das geht es bei nachrichtendienstlicher Arbeit immer. Die Erfolge hielten sich allerdings in Grenzen. Überwiegend bestand die RAF aus einem Haufen abenteuerlustiger oder missverstandener Bürgerkinder, die für unsere Argumentationen nicht allzu offen waren.«

»Aber Sie haben den müden Klassenkämpfern ein Altersheim angeboten.«

»Warum nicht? Dadurch konnten sie wenigstens keinen Mist mehr bauen. Im Grunde haben wir der BRD dadurch einen Dienst erwiesen. Soziale Reintegration par exellence. Jedenfalls bis die Wende kam.«

»Was war Zeuners Rolle in dem Ganzen?«

»Wir beide waren für die Aussteiger der *Märtyrer Zelle 719* verantwortlich, ihre staatsbürgerliche Einweisung, neue Identitäten im real existierenden Sozialismus, Wohnungen, Arbeitsplätze. Als sich 1989 das Ende von allem abzeichnete, hat sich Kurt Zeuner für ihre Flucht nach Schweden eingesetzt. Er hatte eine Liebesaffäre mit der Anführerin der Gruppe, deshalb hatte er wohl eine hohe, persönliche Motivation. Und die hat er, glaube ich, immer noch. Das ist der Grund, warum er sich vor einer Woche auf den Weg gemacht hat. Er will seine alte Liebe schützen.«

Leonidas atmete hörbar aus. Forss spürte, wie die Ungeduld in ihren Adern pochte.

»Wer ist der Mörder der Märtyrer?«

17

Kommissar Welch kam auf Nyström zu. An einem Ohr hatte er ein überdimensioniertes Funkgerät.

»Von den Fahrzeuginsassen fehlt weiterhin jede Spur. Aber wir haben den Halter des Wohnmobils ermittelt. Er heißt Johannes Breuer, 49 Jahre alt. Es gibt eine ganze Akte. Den deutschen Behörden zufolge hat er wohl lange Zeit wegen schwerer psychischer Probleme in verschiedenen Einrichtungen gelebt. Der gewaltsame Tod seiner Frau muss ihn völlig aus der Bahn geworfen haben. Er kommt aus irgendeiner Stadt im Harz.«

»Osterode«, sagte Nyström und sah dabei zu, wie ein Eichhörnchen in der Krone einer Kiefer verschwand. Im Schein der frühen Nachmittagssonne glänzte der Stamm wie nasse Bronze.

18

Zeuner hörte Helenas Ausführungen zu. Er begriff mehr und mehr, wie sehr er sich geirrt hatte. Der arme Breuer mochte in seinem Wahn der *Märtyrer Zelle 719* zu wahren Märtyrerehren verholfen haben, aber zu einem Todesengel machte ihn das noch lange nicht. Der wahre Todesengel saß hier, gleich neben ihm, und massierte seine Hand.

»Das ist Wahnsinn. Das kann ich nicht zulassen«, sagte er schließlich.

Sie lächelte noch immer.

»Was hast du denn für eine Wahl?«, fragte sie.

19

Aus der Ferne näherten sich Sirenen.

»Ich schlage vor, wir beeilen uns hier wegzukommen«, sagte Leonidas.

»Wer ist diese Frau, die Zeuner schützen will, die Anführerin der *Märtyrer*?«

Leonidas rappelte sich auf. Wieder musterten seine wachen, kleinen Augen Forss lange.

»Früher hieß sie Helena Luks. Wie sie jetzt heißt, weiß niemand. Ich habe sie als klug und berechnend in Erinnerung. Radikal und kämpferisch. Ehrlich gesagt glaube ich nicht, dass sie sich in ernsthafter Gefahr befindet. Sie ist der Typ Frau, der sehr gut auf sich selbst achtgeben kann.« Er verzog seine dünnen Lippen zu einem Lächeln. »Ein bisschen so wie Sie, scheint mir.«

Er klopfte seinen Anzug ab, knöpfte das Jackett zu, um sein blutfleckiges Hemd so gut es ging zu verbergen, und klaubte seinen altmodischen Hut vom Boden, der bei Forss' Attacke hinuntergefallen und in eine Ecke des Zimmers gerollt war. Bevor er ihn aufsetzte, lupfte er ihn grüßend in ihre Richtung. Dann trat der alte Kalte Krieger durch die Tür zurück in den Schatten, aus dem er eine halbe Stunde zuvor gekommen war. Forss stand da, noch immer die Waffe in der Hand. Die Sirenen waren jetzt ganz nah. Sie ging in die Küche, steckte die schwere Glock in ihre Handtasche und verließ ebenfalls die Wohnung.

20

»Die Hundertschaft hat das ganze Gebiet zweimal durchkämmt. Ohne Erfolg. Beide Männer sind wie vom Erdboden verschluckt.«

Nyström sah Welch abschätzend an. Im Laufe des Nachmittags hatte der hagere Reichskrim-Mann einiges von seiner großspurigen Art verloren.

»Wurden denn wenigstens weitere Spuren gefunden?«

»Ja. Aber die verlieren sich auf einem Waldweg, der einige Kilometer nordöstlich von hier liegt. Da wurde eine größere Menge Blut gefunden, möglicherweise Reifenspuren. Die können aber von jedem x-beliebigen Forstfahrzeug stammen. Vage Zeugenaussagen. Ein Spaziergänger hat angeblich einen dunklen Geländewagen in der Nähe gesehen. Nichts Handfestes, eine Menge Schreibtisch- und Laborarbeit. Viel interessanter ist jedoch etwas anderes. Dieser Zeuner scheint ein ehemaliger Stasi-Major zu sein. Außerdem wurden in seiner Berliner Wohnung ganz frische Blutspuren entdeckt.«

»Seltsam«, sagte Nyström. Sie dachte sofort an Stina Forss. Was, wenn der jungen Frau etwas passiert war? Ihr Magen verkrampfte sich.

»Ich muss mal dringend ein privates Gespräch führen«, sagte sie.

»Wir brechen hier sowieso bald ab. Die Straßensperren haben nichts gebracht und die landesweite Fahndung ist raus. Wenn es tatsächlich ein politischer Fall ist, sind jetzt die Säpo-Leute in der Pflicht.«

Er streckte ihr die Hand hin.

»Vielen Dank für deine Hilfe!«

»Keine Ursache.«

»Einer der Hubschrauber bringt dich zurück nach Växjö.« Er verzog sein Gesicht zu einem Grinsen. »Der Steuerzahler bedankt sich.«

21

Forss konnte Nyström am Telefon beruhigen. Sie tauschten ihre Informationen aus. Vieles schien ineinanderzupassen: Eine linksterroristische Gruppe begeht einen Banküberfall und erschießt dabei eine Angestellte. Wenig später tauchen die sogenannten *Märtyrer Zelle 719* in der DDR unter. Kurz vor dem Zusammenbruch des Systems fliehen sie nach Schweden und bauen sich dort zum zweiten Mal in kurzer Zeit neue bürgerliche Existenzen auf, werden Lehrer, Briefträger, leiten Werbeagenturen. Ein Mitglied der Gruppe kehrt sogar nach Deutschland zurück, heiratet, führt einen Biobauernhof. Ein Vierteljahrhundert später erkennt Johannes Breuer, der Ehemann der erschossenen Bankangestellten, der gleichzeitig Zeuge des Überfalls gewesen war, eine der Täterinnen wieder. Er plant einen grausamen Rachefeldzug und beginnt damit, ihn durchzuführen. Er foltert die Bäuerin Marlene Schwitters, die unter falschem Namen in Norddeutschland lebt, zu Tode und presst die Namen und Aufenthaltsorte ihrer ehemaligen Weggefährten aus ihr heraus. Sein zweites Opfer ist Janus Dahlin, der in Växjö ermordet wird. Nun wird ein ehemaliger MfS-Major, der Ende der Achtzigerjahre mit den RAF-Aussteigern betraut gewesen war, auf die Mordserie aufmerksam. Er unterrichtet seinen Kollegen von damals, MfS-Offizier Kurt Zeuner.

Zeuner ist aufgebracht. Er hatte eine stürmische Affäre mit der Anführerin der Märtyrer, Helena Luks. Diese Liebe lebt bis heute in ihm fort und ist so stark, dass er sich unmittelbar auf den Weg nach Schweden macht, um Luks zu beschützen und zu warnen. Das Problem ist, dass Luks vom Radar der ehemaligen MfSler verschwunden ist. Niemand weiß, wie sie heute heißt, wo sie wohnt, ob sie überhaupt noch am Leben ist. Zeuners einzige Chance besteht darin, der Fährte des Rächers zu folgen. Dazu versucht er zunächst, den Mörder unter Druck zu setzen. In Växjö hinterlässt er Zeichen, von denen er hofft, dass sie vom Täter dechiffriert werden können. Ein Stern, wie das RAF-Symbol. Markiert durch Schüsse mit Parabellum-Munition, wie man sie auch in der MP5 von Heckler und Koch verwendet, der Maschinenpistole, die im RAF-Symbol dargestellt ist. Geschossen in die Fassade einer Kirche – als Bezug zu den frühchristlichen Märtyrern – und einer Bank – als Bezug zu den Geschehnissen in Osterode.

Ich weiß, wer du bist, und ich weiß, was du tust sollen diese Zeichen sagen. Breuer begreift. Er beginnt überstürzt zu handeln. Hat er den Tod von Dahlin noch sorgfältig vorbereitet, wird er nun hektischer. Er hetzt nach Lessebo und ermordet Olof Andersson. Zeuners Plan ist aufgegangen. Er hat sich in Lessebo auf die Lauer gelegt und kann die Verfolgung Breuers aufnehmen. Sie führt ihn zunächst zu Frederika Blomqvist, die jetzt Hakelius heißt und in Nordschweden lebt, schließlich in das Waldgebiet in der Nähe von Stockholm. Das Problem: Zeuner und Breuer sind wie vom Erdboden verschluckt, ebenso die fünfte Frau der Wackersdorfer Clique, die Anführerin der Märtyrer: Helena Luks. Wer war die Frau heute? Lebte sie noch? Schwebte sie in Lebensgefahr? Viele offene Fragen.

»Was ist das eigentlich für ein Geräusch im Hintergrund?«

»Ich sitze in einem Hubschrauber«, sagte Ingrid Nyström.

»Ach so«, sagte Stina Forss. Dann legte sie auf. Nachdem sie Zeuners Wohnung gerade rechtzeitig vor den anstürmenden, uniformierten Beamten verlassen hatte, war sie scheinbar ziellos durch die Stadt gestreift. Sie ging und ging. Die wahnsinnige Müdigkeit hatte ihren Körper gegen jede Anstrengung taub gemacht. Erst als sie vor Sebastians Wohnung stand, begriff sie, wohin sie ihr Autopilot geführt hatte. Vielleicht war wirklich alles so einfach. Schweden, ihr todkranker Vater, das alles war mit einem Mal so unglaublich weit weg. Vielleicht lag ihr Glück wirklich da oben im zweiten Stock. Sie musste nur hinaufgehen. Sich zu Sebastian ins Bett legen und ganz nah neben ihm einschlafen. Seine Geborgenheit spüren und seine Liebe. Auf einmal war alles so klar, so richtig.

Wie immer war die Tür im Hinterhaus nicht richtig zu. Sie musste lächeln. Der Hausmeister hatte sich schon vor mehr als einem Jahr darum kümmern wollen. Passiert war noch immer nichts. Es war wie nach Hause kommen. Es war, als sei sie nie weg gewesen. Im Flur stand Sebastians Mountainbike, wie gewöhnlich dreckverkrustet. Sie hatte immer gemocht, dass er diese Touren im Spreewald fuhr. Er war danach immer so jungenhaft zufrieden gewesen. So glücklich, mit seinen Schlammspritzern im Gesicht. Vielleicht müsste sie sich auch einmal so ein Fahrrad anschaffen. Vielleicht könnten sie dann auf gemeinsame Ausflüge gehen. Als sie vor der Wohnungstür stand, hatte sie den Schlüssel in der Hand. Ihr war monatelang überhaupt nicht bewusst gewesen, dass er sich noch an ihrem Schlüsselbund befunden hatte. Sie zögerte. Nein, es war besser, wenn sie klingelte. Sie wollte Sebastian ja nicht überfahren. Sie drückte den Knopf. In der Wohnung das altersschwache Summen der Klingel, die noch aus DDR-Zeiten stammte. Zuerst passierte nichts.

Es konnte natürlich sein, dass Sebastian überhaupt nicht zu Hause war. Daran hatte sie gar nicht gedacht. Sie klingelte noch einmal. Jetzt regte sich drinnen etwas. Schritte auf den Holzdielen im Flur. Und endlich ging die Tür auf.

Die Frau, die sie fragend ansah, war groß und schlank und schön. Ihre weiße Unterwäsche bildete einen harten Kontrast zu ihrer schweißglänzenden schwarzen Haut. Dann sah sie Sebastian, der im Hintergrund stolpernd in eine Jeans stieg. Sein entsetzter Blick.

»Stina? Hast du denn meinen Brief nicht bekommen?«

22

Berlin war ein Rauschen. Aber vielleicht war das Rauschen auch in ihr. Ihr Blut, das da in ihren Adern pochte. Ihr Zorn, ihre Wut. Wieder ging sie durch die Straßen, ließ sich treiben vom Strom der Stadt. Weiter und immer weiter. Wolken schoben sich vor die Sonne, gelb wie Bauschaum, später dann grau. Es begann zu regnen und hörte wieder auf. Schließlich wurde es dunkel. Sie stand am Rand einer viel befahrenen Straße, hinter ihr der Fluss, links ein Park. Es roch nach feuchtem Rasen und Grillfleisch. Ihr Magen gab beunruhigende Geräusche von sich. Plötzlich wusste sie, wo sie war, Puschkinallee, Treptower Park. Vor ihr lag das sowjetische Ehrenmal. Sie durchschritt den Triumphbogen aus grauem Stein und ging über die von Hängebirken gesäumte Allee zwischen den haushohen, stilisierten Fahnen aus rotem Granit hindurch, die sich wie riesige Haiflossen in den Nachthimmel reckten. Dann passierte sie das Gräberfeld, das die Gebeine von siebentausend gefallenen Soldaten der Roten Armee barg, die bei der Befreiung Berlins vom Faschismus ums Leben gekommen waren. Forss musste an die Worte des ehemaligen MfS-Majors denken. An seine These von der RAF als zu spät gekommener deutscher Widerstand gegen den Nationalsozialismus. Die RAF als Echo der Geschichte. Am Ende des Gräberfelds erklomm sie den Hügel, auf dem die fünfzehn Meter hohe Bronzestatue eines sowjetischen Soldaten stand. In der einen Hand hielt er schützend ein kleines Kind, mit der anderen zerteilte er mit einem mächtigen Schwert das Hakenkreuz zu seinen Füßen. Forss setzte sich auf die oberste Treppenstufe des Denkmals. Ein Schwert habe ich auch, dachte sie. Sie holte die schwere Glock aus der Handtasche. Schloss die Augen. Sie konnte die feuchten Birken riechen und das geölte Metall der Waffe. Sie presste das kühle Eisen auf ihr glühendes Gesicht. Wie gut das tat. Der Schrei kam plötzlich und ganz tief aus ihrem Inneren. Sie stand auf und schoss das gesamte Magazin leer. In den dickbäuchigen, giftigen, deutschen Himmel über ihr.

23

Das Wartezimmer wirkte freundlich und hell, Ingrid und Anders Nyström hatten es ganz für sich alleine. Sie nahmen auf bequemen Korbstühlen Platz, deren Polster mit safranfarbenem Stoff bezogen waren. Kurz musste sie an die Hefebrötchen denken, die sie zu Weihnachten immer backte, die hatten die gleiche Farbe, was natürlich an der wichtigsten

Zutat, dem Safran, lag. Dann war der Gedanke wieder weg, bis Weihnachten war es noch lange hin, und wer wusste schon, ob sie das nächste Weihnachtsfest überhaupt erleben würde. Anders drückte ihre Hand, zum wohl zwanzigsten Mal an diesem Tag, vielleicht auch noch öfter, eigentlich hatte er nur während der Autofahrt davon abgesehen, und das auch nur, weil sie ihn dazu ermahnt hatte, beide Hände ans Steuer zu nehmen. Es reicht ja, wenn einer von uns stirbt, hatte sie gedacht, aber sie hatte es zum Glück nicht ausgesprochen.

»Danke«, sagte Anders jetzt. »Danke, dass du sofort mit mir darüber gesprochen hast.«

Er sah sie lange an.

»Das bedeutet mir viel«, sagte er. »Das ist doch schließlich das Wichtigste in einer Ehe. Dass man Vertrauen hat. Dass man über alles reden kann.«

»Ja«, sagte sie. »Ja.«

Für einen Moment war sie versucht, über ihr Zögern zu sprechen. Über ihr wochenlanges Unvermögen, das Gespräch mit ihm zu suchen. Über ihre Angst, dass er sie und ihre Krankheit zurückweisen würde. Über ihre Furcht, dass der Knoten in ihrer Brust, dass die Art und Weise der Entstehung dieses Knotens mit Anders' Glauben kollidieren könne.

»Alles wird gut werden«, sagte Anders. »Alles wird gut werden, wenn wir uns Gott anvertrauen.«

Sie sagte lange nichts. Ihre Gedanken waren nicht bei Gott.

»Dieser Fall hat mir sehr zugesetzt«, sagte sie schließlich. Sie fühlte in sich hinein. Eigentlich waren dies nicht der Zeitpunkt und der Ort, um über ihre Arbeit zu sprechen. Hier und jetzt sollte es um etwas anderes gehen. Um sie. Um ihre Brust. Um ihr Leben. Aber trotzdem spürte sie den Drang zu erzählen. Vielleicht weil es noch etwas gab, das sie noch nicht loslassen konnte. Sie sah zur Tür des Untersuchungszimmers. Vielleicht würde es bald nötig sein. Das Loslassen-Können.

»Genau, der Fall«, sagte Anders. »Hat dieser Verrückte tatsächlich mit einem Kreuz auf seine Opfer eingeschlagen?«

»Nein, ganz so blasphemisch war es dann doch nicht, da kann ich dich beruhigen. In der Hinsicht hatte sich Ann-Vivika getäuscht. Es war der Griff einer Harpune, der diese Doppelabdrücke hinterlassen hatte.«

»Und was ist eigentlich aus diesen beiden verschwundenen Deutschen geworden? Dem Mörder und seinem Verfolger?«

»Die Leichname wurden am nächsten Morgen gefunden«, sagte sie. »In einem Waldstreifen in der Nähe des Naherholungsgebiets. Alles deutet darauf hin, dass sie sich gegenseitig getötet haben. Sie lagen einige Hundert Meter auseinander. Den ballistischen Spuren zufolge, hat es wohl eine wilde Schießerei gegeben. Der eine hat sich dann verletzt ins Unterholz geschleppt, wo er gestorben ist, der andere hatte einen Kopfschuss. Beide waren anscheinend bis an die Zähne bewaffnet.«

»Eine seltsame Geschichte, oder?«

»Ja, eine sehr seltsame Geschichte.«

»Und diese ominöse Frau von dem Foto?«

»Das ist ein unbefriedigender, loser Strang des Falls. Wir haben sie nicht gefunden. Niemand weiß, wer sie ist oder ob es sie überhaupt gibt. Vielleicht war sie auch nur zufällig mit auf dem Foto. Das werden wir wohl niemals herausfinden.«

Sie seufzte.

»Aber?«, fragte Anders.

Sie sah ihn an.

»Wieso aber?«

»Da ist doch noch etwas. Ich kenne dich, Ingrid. Da ist

doch noch etwas, was dich nicht loslässt. Etwas, worüber du weiterhin nachdenkst. Man sieht es dir an.«

»Es gibt eigentlich nichts, außer einer vagen Geschichte.«

»Eine Geschichte?«

»Eigentlich ist es sogar weniger als das.«

»Und zwar?«

Sie seufzte erneut.

»Ich versteh einfach nicht, wie die beiden aus dem Waldgebiet verschwinden konnten. Dort war so viel Polizei an dem Tag. Hubschrauber, Hundertschaften, Spürhunde. Niemand hat sie gesehen, dabei war der eine ja sogar schon verletzt. Und dann der Fundort der Leichen: vierzehn Kilometer entfernt. Verletzt und zu Fuß? Ich weiß nicht.«

Sie schluckte. Anders griff nach ihrer Hand.

»Menschen können Außergewöhnliches leisten, wenn sie sich in außergewöhnlichen Situationen befinden. Denk nur an dich, Ingrid. Denk an das, was du in den letzten Tagen geleistet hast.«

Sie machte ihre Hand los.

»Ich weiß nicht, ob man das vergleichen kann«, sagte sie. Dann, nach einer Weile: »An dem Tag, als die beiden Männer aus dem Waldgebiet bei Stockholm verschwunden sind, will ein Zeuge einen dunklen SUV auf einem der Waldwege gesehen haben. Auf einer der Straßen in der Nähe des Waldgebiets ist solch ein Geländewagen geblitzt worden. Wahrscheinlich Zufall, aber vielleicht auch nicht.«

»Wurde denn nicht weiterermittelt?«

»Doch, sicher. Bis zu einem gewissen Punkt schon.«

»Was heißt das, bis zu einem gewissen Punkt?«

Wieder seufzte sie.

»Das heißt, dass die Dinge manchmal nicht so einfach sind, wie sie scheinen.«

»Wie meinst du das?«

»Nun, dieser Wagen, der da geblitzt worden ist, war als Firmenwagen registriert. *Red Deer Division* heißt das Unternehmen.«

»*Red Deer Division*? Das sagt mir nichts.«

»Das sagt den meisten Menschen nichts. Dabei machen sie seit einigen Jahren höhere Umsätze als Volvo.«

»Du machst Witze! Was stellen die denn her?«

»Die stellen gar nichts her. Die kaufen und verkaufen. Firmen. Finanzprodukte. Ganze Staaten.«

»Ein Hedgefonds?«

»So sagt man wohl. Wenn man dem Wirtschaftsteil der Zeitungen glaubt, kaufen einige dieser Fonds, besonders *Red Deer Division*, gerade griechische Staatsanleihen zu Niedrigpreisen. Wenn die griechische Regierung dann in einigen Monaten mit dem Geld des europäischen Rettungsschirms die Anleihen zurückkauft, um ihren Schuldenberg zu drücken, sahnen die groß ab. Ein Milliardengeschäft. Und in Griechenland fehlt das Geld an allen Ecken und Enden. Das Land blutet aus, die Menschen gehen vor die Hunde. In den Firmenprospekten von *Red Deer* klingt das natürlich ganz anders.«

Sie reichte Anders eine Broschüre, die sie aus ihrer Handtasche genommen hatte. Er blickte flüchtig darauf.

»Das strotzt schon in den Überschriften nur so von Anglizismen, die ich nicht verstehe. Habt ihr diesen Firmenwagen denn nicht untersucht?«

Ingrid Nyström lächelte schmallippig.

»Das ist die Pointe meiner kleinen Geschichte: In deren Tiefgarage hat es noch am selben Tag gebrannt. Sechs Autos sind hinüber, darunter auch dieser Geländewagen. Da ist nichts mehr zu machen.«

»Ein komischer Zufall«, sagte er.

»Finde ich auch«, sagte sie.

Die Tür des Sprechzimmers öffnete sich. Eine Frau in einem weißen Kittel lächelte ihnen zu. Anders reichte seiner Frau das Prospekt zurück und legte behutsam den Arm um sie.

»Ich glaube, wir sind an der Reihe, mein Schatz.«

Ingrid Nyström sah noch einmal auf die Broschüre. Das Firmenlogo war ein stilisierter roter Hirschkopf mit eindrucksvollem Geweih. Die Blesse auf seiner Stirn hatte beinahe die Form von einem fünfzackigen Stern. Sie warf die Broschüre in den Papierkorb, der neben ihrem Stuhl stand. Dann stand sie auf und griff nach Anders' Hand.

»Danke, dass du mit mir hier bist«, sagte sie.

MAI 1970, BERLIN (WEST)

Die Luft roch nach Frühling, nach Freiheit und auch ein wenig nach Abgasen. Helena fröstelte. Solange die Sonne geschienen hatte, war ihr warm gewesen, aber jetzt in der Abenddämmerung war sie in ihrer Bluse viel zu dünn angezogen. Sie ärgerte sich ein wenig darüber, dass sie ihren Pullover in dem Arrestraum hatte zurücklassen müssen, doch hätte sie das Kleidungsstück nicht in Streifen gerissen und zu einem provisorischen Lasso und Kletterseil umfunktioniert, wäre sie niemals aus dem hohen Fenster gelangt. Nun galt es zu überlegen, was als Nächstes zu tun war. In ihrer Hosentasche hatte sie ein Zweimarkstück, damit würde sie nicht allzu weit kommen, außerdem meldeten sich allmählich auch Hunger und Durst. Der Kurfürstendamm war ein einziges Lichtermeer, jede blinkende, leuchtende Reklame ein Versprechen. Aber um diese Versprechen einzulösen, brauchte man mehr als zwei Mark. Als sie es vor Kälte nicht mehr aushielt, schlüpfte sie in einer Seitenstraße in eine Gaststätte. Die Luft war verraucht und außer ihr waren nur Männer in dem düsteren Raum. Sie ging zielstrebig zum Tresen, setzte sich auf einen der Hocker und bestellte eine Cola. Der Wirt musterte sie skeptisch, fragte aber nicht nach ihrem Alter. Helena war fünfzehn, aber sie wusste, dass sie älter wirkte. Alt genug, um von Männern in Kneipen angesprochen zu werden. Alt genug, um für Geld Dinge zu tun. Sie wusste es, weil es schon passiert war, bei ihren früheren Versuchen abzuhauen. Weit war sie nie gekommen, aber weit genug, um zu verstehen, wie diese Männer funktionierten.

Der Kerl, der sich schließlich neben sie setzte, hatte einen Bauch und roch nach Alkohol. Er kaufte ihr ein Essen und eine weitere Cola, diesmal mit Schuss, wie er dem Wirt mit einem Zwinkern verdeutlichte. Nachdem sie gegessen und ausgetrunken hatte, ging sie mit dem Mann nach draußen. Auf einem unbeleuchteten Parkplatz stand sein Wagen, ein Opel. Er drückte sie auf die enge Rückbank, danach war er über ihr. Es tat weh und dauerte viel länger, als sie gehofft hatte. Als er endlich fertig war, wimmelte er sie schnell aus dem Auto und fuhr davon. Sie hatte sein Portemonnaie und seine Lederjacke. In der Geldbörse waren einhundertvierzehn Mark und dreiundzwanzig Pfennig. Ihre Scheide brannte. Da sie immer noch hungrig war, aß sie an einem Stand eine Bratwurst, danach kaufte sie sich Zigaretten. Dann dachte sie an die freundliche Journalistin. Sie hatte Helena ihre Adresse gegeben. Wenn du draußen bist und mal was ist, hatte sie gesagt. Jetzt war sie draußen. Und es war ja auch was, wenn man mal genau darüber nachdachte. Oder war es normal, wenn ein fünfzehnjähriges Mädchen, das gerade für ein Getränk und ein Essen Geschlechtsverkehr mit einem widerlichen Fremden gehabt hatte, ziellos durchs nächtliche Berlin streifte? Wohl kaum. Sie nahm sich zum ersten Mal in ihrem Leben ein Taxi, Geld hatte sie ja jetzt genug dabei. Auch der Taxifahrer sah sie misstrauisch an, aber nachdem sie ihm einen Zwanzigmarkschein hingelegt hatte, fuhr er los. Die Fahrt in die Kufsteinerstraße dauerte weniger als zehn Minuten. Sie hatte dem Fahrer viel zu viel bezahlt, aber er machte keine Anstalten, ihr etwas von dem Geld zurückzugeben. Das Augenpaar im Rückspiegel starrte sie an, bis sie ausstieg. Sie stand vor einem Haus aus der Gründerzeit, hoher Eingang, halbrunde Erker. Auf dem Klingelbrett suchte sie nach dem Namen.

Sie klingelte. Mit einem Summen sprang die Tür auf. Im Treppenhaus hallten ihre Schritte auf dem Steinfußboden. Die Journalistin stand in der Wohnungstür. Sie sah merkwürdig wachsam aus, wie ein Tiger, zum Sprung bereit.

Als sie das Mädchen erkannte, schien ein Teil der Spannung von ihr abzufallen.

»Mensch, du bist's, Helena.«

Sie nahm die letzten Treppenstufen im Laufschritt, dann lag sie in den Armen der Frau. Erst jetzt merkte sie, dass sie weinte, das Revers der fremden Lederjacke war schon ganz nass.

»Alles ist gut«, sagte die Journalistin und wiegte sie, »jetzt ist alles gut.«

Später saßen sie in der Küche, die Frau hatte ihnen Tee gemacht. Sie stellte Helena keine Fragen, sie wartete, bis Helena so weit war, von sich aus zu erzählen. Und sie erzählte. Von der trinkenden Mutter, vom Heim, von den Stunden im Arrest. Auch von dem Mann, der sie auf der Rückbank seines Autos gefickt hatte. Die Journalistin hörte ihr zu, streichelte ihre Hand, tröstete sie. Der kräftige Tee und ihre warmen Augen gaben Helena Halt und Geborgenheit. Und trotzdem spürte das Mädchen durch seinen Schmerz hindurch, dass von der Frau noch etwas anderes ausging, eine innere Anspannung, eine Unruhe.

»Ich störe, oder?«, fragte Helena irgendwann.

»Nein«, sagte die Frau, aber die Art, wie sie immer wieder auf die Uhr an der Wand gesehen hatte, meinte das Gegenteil.

»Es ist nur so …«, begann sie schließlich. »Meine Kinder …«

»Du hast Kinder?«

Jetzt huschte ein Lächeln über das Gesicht der Frau.

»Ja, zwei Mädchen.«

Natürlich. In der Küche lag Spielzeug, an den Schränken hingen gemalte Kinderbilder.

»Ich habe gerade viel zu erledigen, verstehst du? Es gibt Dinge zu tun, vorzubereiten. Ich … plane einen großen Schritt. Etwas Wichtiges.«

»Ja«, sagte Helena, »das verstehe ich.«

Sie dachte an die langen Gespräche, die sie im Heim mit der Journalistin geführt hatte.

»Es geht um das ganze System, oder?«, fragte sie.

»Ja«, sagte die Frau. Sie war jetzt ganz ernst. »Es geht um das System. Und darum, wie man es ändert.«

Helena trank den Rest des Tees aus. Dann sah sie die Journalistin fest an.

»Ich habe lange darüber nachgedacht«, sagte sie. »Über Kapitalismus und das System und so. Das System ist genau wie das Heim. Es hat diese tausend Regeln, die dich fertigmachen. Es sperrt dich ein, es richtet dich ab, es bricht dich, bis du irgendwann vergessen hast, dass es draußen eine andere Möglichkeit gibt. Ein anderes Leben.«

Wieder lächelte die Frau.

»Du bist ein Engel«, sagte sie. »Du bist erst fünfzehn und du hast schon alles Wichtige im Leben begriffen.«

Stolz schwellte in Helenas Brust und auch ein bisschen Pathos.

»Ich will dieses andere, dieses bessere Leben. Für die Menschheit, für uns alle«, sagte sie ernst. »Notfalls hole ich es mir mit Gewalt.«

Sie stellte die leere Teetasse ab.

»Natürlich«, sagte die Frau und auch wenn ein feines Lächeln

ihre Mundwinkel umspielte, war ihre Stimme frei von jedem Spott. Sie griff über den Tisch und strich dem Mädchen eine Haarsträhne aus dem Gesicht. Eine liebevolle Geste. »Natürlich holst du es dir. Notfalls mit Gewalt.«

Wir danken folgenden Autoren für die anregende Lektüre:

Brigitta Almgren, *Inte bara Stasi – relationer Sverige-DDR 1949–1990*, Stockholm: Carlsson (2009) & *Inte bara spioner: Stasi-infiltration i Sverige under kalla kriget*, Stockholm: Carlsson (2011).

Jutta Ditfurth, *Ulrike Meinhof – Die Biografie*, Berlin: Ullstein (2007).

Michael Müller & Andreas Kanonenberg, *Die RAF-Stasi-Connection*, Berlin: Rowohlt (1992).

Inge Viett, *Nie war ich furchtloser* – Biografie, Hamburg: Edition Nautilus (1996).

Willi Winkler, *Die Geschichte der RAF*, Berlin: Rowohlt (2007).

LESEPROBE

»AUS EISIGER TIEFE. EIN FALL FÜR INGRID NYSTRÖM UND STINA FORSS«

PROLOG

Der Junge wachte auf. Er öffnete die Augen und blinzelte ins Zwielicht seines Kinderzimmers. Hatte ihn ein Geräusch geweckt? Er lauschte. Aber es war still in dem kleinen Raum, so still, dass er das Ticken des mechanischen Weckers auf seinem Nachttisch hören konnte. Die phosphoreszierenden Zeiger standen auf Viertel nach drei. Er wusste, was das bedeutete. Mit Zahlen kannte er sich aus und die Uhrzeit konnte er lesen, seit er vier Jahre alt war. Es war mitten in der Nacht. Der heftige Wind musste nachgelassen haben; kein Pfeifen mehr in den Zwischenwänden, kein Klappern der Dachschindeln, kein Ächzen der rostigen Regenrinne; selbst die Bäume aus dem Vorgarten, deren Schatten im Mondlicht wie Tigerstreifen auf die orangefarbenen Vorhänge fielen, standen vollkommen still. Der Junge konnte sich nicht erinnern, sein Zimmer schon einmal so gesehen zu haben. Der Raum hatte sich in eine Geisterwelt verwandelt. Dort, wo sonst sein Schreibtischstuhl stand, auf dem ihm seine Mutter immer die Kleidung für den nächsten Tag zurechtlegte, schien ein Gnom zu hocken und ihn mit glänzenden Augen zu beobachten. Über dem Kleiderschrank, wo eigentlich das Segelflugzeug an der Decke hing, das er im Sommer gemeinsam mit seinem Vater gebaut hatte und das tatsächlich einige Hundert Meter weit geflogen war und bei der Landung eine ganze Kuhherde in Aufruhr gebracht hatte, schwebte ein böse starrender Flugsaurier in der Luft und wartete nur darauf, auf ihn herabzustürzen und ihn mit seinem spitzen Schnabel zu stechen. Und auf dem Fußboden vor seinem Bett, wo er gestern Abend noch seine Holzeisenbahn aufgebaut hatte, wand sich nun eine meterlange Python, bereit, ihn mit Haut und Haaren zu verschlingen. Er tastete in der Ritze zwischen Matratze und Wand nach seiner Taschenlampe. Erst vergangene Woche hatte er herausgefunden, dass die Phosphorziffern seines Weckers heller leuchteten, wenn man sie vorher einer intensiven Lichtbehandlung mit der Stablampe unterzog. Er fand die Lampe und knipste sie an. Jetzt, mit seinem Lichtschwert ausgerüstet, fasste er genügend Mut, um sich im Bett aufzusetzen und den lauernden Kreaturen ins Auge zu sehen. Und tatsächlich: Unter dem Bannstrahl seiner Waffe schrumpfte der Gnom wieder zu einem Schreibtischstuhl mit Jeans, der Flugsaurier wurde zu einem Segelflieger aus Balsaholz und die Würgeschlange verwandelte sich zurück in seine Eisenbahnanlage. Er atmete durch, sein Puls beruhigte sich. Sein Mund war trocken. Er griff nach dem Wasserglas auf dem Nachttisch. Beinahe hätte er wirklich Angst bekommen, so viel Angst, dass er aus seinem Zimmer gerannt und zu seinen Eltern ins Bett gehüpft wäre. Und das wäre doch wohl ein bisschen peinlich gewesen, er war schließlich schon ein großer Junge, neun Jahre alt, und sein Vater hätte ihn am nächsten Morgen ganz bestimmt damit aufge-

zogen. Da war es doch gut, dass er seine Angst allein überwunden hatte. Er war sogar ein bisschen stolz auf sich. Was für eine machtvolle Waffe so eine Taschenlampe doch war! Wie ein Weltraumritter ließ er die Lichtklinge durch die Dunkelheit fahren und Wunden ins Zwielicht schneiden. Wie ein Jedi-Ritter. Er zeichnete mit ihr flüchtige Kringel an die Decke, dann komplizierte Muster und schließlich schrieb er voll Übermut seinen Namen an die Wand.

LUKE SKYWALKER, der Unbesiegbare, hatte für Ordnung gesorgt.

Als er das R mit einem ausladenden Schwung vollendet hatte, blieb der Lichtkegel der Lampe auf dem Regal über seinem Schreibtisch stehen und beleuchtete das Regal, auf dem er seine Modellschiffsammlung aufbewahrte. Es dauerte nur wenige Augenblicke, bis er begriff, dass überhaupt nichts in Ordnung war: Sein wichtigstes Schiff, die große Fähre, das Geburtstagsgeschenk von seinem Vater – es fehlte.

Es fehlte!

Wie konnte das sein?

Wie war das möglich?

Er war jetzt wach und sprang aus dem Bett. Mehr Licht, er brauchte mehr Licht! Fünf hastige Schritte brachten ihn zum Schalter neben der Tür, beinahe wäre er über die dumme Holzeisenbahn gestolpert, dann flammte die Deckenlampe auf. Zwei weitere Schritte und er stand vor dem Regal. Es blieb wahr.

Das Schiff, sein Lieblingsschiff, war weg, verschwunden. Gestern Abend war es noch da gewesen. Das wusste er genau, denn wie jeden Abend hatte er nach dem Spielen die Schiffe auf dem Regal in Position gerückt, alle vier, ordentlich nach Größe geordnet: die Fregatte, den Zerstörer, das Löschschiff und eben die Fähre. Nun war die Fähre fort. Unbehagen kroch ihm den Nacken hinauf. Einbrecher, durchfuhr es ihn, es mussten Einbrecher im Haus gewesen sein und sein Schiff gestohlen haben! Nun gab es kein Halten mehr.

»Papa!«, rief er, so laut er konnte. Schon durchquerte er den Flur. »Papa, Mama, aufwachen!«

Er riss die Tür des Elternschlafzimmers auf, seine Hand knallte auf den Lichtschalter.

Doch Mama und Papa waren nicht da! Das Bett war leer! Die Bettdecken lagen so glatt und straff, wie Mama sie morgens immer zurechtmachte. Die Wucht der Angst riss ihn fast von den Beinen. Sie war größer als sein Mut, größer als sein Herz, sie pochte in seiner engen Brust, so sehr, dass es wehtat. Gleichzeitig schrillte eine Alarmglocke in seinem Kopf. Unten, dachte er, sie müssen unten sein. Er raste die Treppe hinab, schlug auf die Lichtschalter, schrie nach seinen Eltern.

Doch die Küche war leer.

Das Wohnzimmer war leer.

Im Badezimmer war niemand.

Er schaute in den Abstellraum, riss Schranktüren auf, rannte in den Keller. Er sah in seiner kindlichen Verzweiflung sogar in der Garage und im Gartenhäuschen nach. Dann wusste er nicht mehr, wo er noch suchen sollte. Barfuß und im Schlafanzug stand er in der feuchten, mondkalten Nacht. Obwohl er erst neun Jahre alt war, begann er zu verstehen. Es war etwas ganz und gar Unlogisches passiert. Seine Eltern waren fort. Sie hatten ihn zurückgelassen. Er war nun vollkommen allein auf der Welt.

MONTAG, 13. OKTOBER

1

Eigentlich bin ich zu alt für diesen Mist, dachte Hanns Löfven, als er sich die schwere Pressluftflasche auf den Rücken wuchtete. Er schob das Mundstück am Schlauchende zwischen die Zähne und drehte das Ventil auf. Es war halb acht am Morgen, die digitale Temperaturanzeige in seinem Wagen hatte auf der Fahrt hinaus zum Golfplatz nach Araby sechs Grad angezeigt und vor ihm, gleich dort, wo das Green von Bahn Nummer sechs endete, klatschte der große, aufgewühlte Helgasee Wellen an die Uferböschung. Im Sommer mochte die Aussicht ja fantastisch sein, aber heute war definitiv kein guter Tag, um Golf zu spielen. Ein böiger, feuchter Wind riss an den Bäumen, schnitt ihm ins Gesicht und trieb die letzten Reste der nebligen Dämmerung aus den Senken und Sandbunkern. Löfven spürte die Schmerzen in seinen Kniegelenken und Ellenbogen und hinten im Kreuz, wo die Pressluftflasche drückte. Höchste Zeit abzutauchen, dachte er, denn je eher er den Job hinter sich brachte, desto früher würde er zu Hause in seinem Reihenhaus in Hässleholm unter einer heißen Dusche auftauen und sich entspannen können. Er ruckelte die Tauchermaske zurecht. Nicht, dass man da unten etwas würde sehen können. Die Wasserhindernisse auf südschwedischen Golfplätzen waren wie wahrscheinlich auch überall sonst auf der Welt die reinsten Schlammlöcher. Aber wenigstens bot die Maske den Augen Schutz vor dem dreckigen, eisigen Wasser. Löfven war alles andere als ein Golfballtaucher aus Leidenschaft. Angesichts seiner rheumatoiden Arthritis war sein Beruf im Grunde Selbstmord auf Raten. Sein Arzt riet ihm jedes Mal unmissverständlich und mit einem besorgten Kopfschütteln dazu, mit dem Tauchen in kalten Gewässern sofort und für immer aufzuhören.

Aber was hatte er schon für eine Wahl? Wo sollte er denn als siebenundfünfzigjähriger arbeitsloser Industriemechaniker noch einen einigermaßen gut bezahlten Job finden? Als der Betrieb in Höör, bei dem er sein Leben lang gearbeitet hatte, vor sieben Jahren in Konkurs gegangen war, war ihm die Idee seines Neffen Nils, gemeinsam eine Golfballtauchfirma zu gründen, gerade recht gekommen. Tauchen konnte er, seit er seinen Wehrdienst bei der Marine absolviert hatte, die Anfangsinvestitionen hielten sich in Grenzen und die Umsatzprognosen in Nils' Businessplan klangen solide. Bei ihrem ersten Banktermin hatte sie die Frau aus der Kreditabteilung zwar noch skeptisch angesehen, aber nach zwei Jahren hatte die Firma bereits schwarze Zahlen geschrieben und mittlerweile war *Skåne Lakeballs* Marktführer für gebrauchte Golfbälle in ganz Südschweden. Dabei war das Geschäftsprinzip simpel: Landesweit boomte das Golfspielen und jedes Jahr landeten Hunderttausende von Golfbällen in Wassergräben, Tümpeln und Teichen, dabei kostete ein Markengolfball durchaus bis zu fünfzig Kronen das Stück. Hanns Löfven und sein Neffe Nils fuhren also die småländischen und schonischen Golfplätze ab, tauchten in den Wasserhindernissen nach dem weißen runden Gold, reinigten die erbeuteten Bälle in eigens dafür umgebauten Waschmaschinen, sortierten sie, katalogisierten sie und verkauften sie dann über das Internet. Die Golfclubs oder Platzeigner bezahlte man entweder mit einer kleinen Provision oder man überließ ihnen kostenlos die geborgenen billigen Übungsbälle. Pro Tauchgang brachten sie bis zu tausend Bälle ans Tageslicht. Sie waren Schatzsucher, die vom Ungeschick der vielen ambitionierten Hobbyspieler profitierten.

Löfven ließ sich vorsichtig in den lang gezogenen Wassergraben auf Bahn Nummer sieben gleiten. Trotz des Neoprenanzugs raubte ihm die Kälte wie jedes Mal fast den Atem. Eine einsam dahinpaddelnde Ente glotzte ihn erbost an, dann schwamm sie ans Ufer des Grabens und watschelte Richtung See davon. Löfven tauchte unter. Sofort übernahm sein Tastsinn die Orientierung. An der flachen Uferböschung war die Arbeit noch relativ leicht. Während er mit behandschuhten Fingern die Bälle ertastete und aus dem Schlick klaubte, musste er wie so oft unter Wasser an seine Kindheit in Östergötland denken, als er den Großeltern bei der Feldarbeit geholfen hatte. Sie ernteten gute, ehrliche Kartoffeln, die Früchte ihrer guten, ehrlichen Arbeit. Und was ernte ich? Golfbälle, verdammte Golfbälle. So weit war es mit Schweden also in den vergangenen fünfzig Jahren gekommen.

Bald hatte er das erste Netz an seinem Gürtel prall gefüllt. Er wandte sich den tieferen Regionen des Grabens zu. Hier war auch der Schlamm tiefer, morastiger. Der Platzwart hatte ihn vorgewarnt. In der letzten Woche hatte es in dem Wasserhindernis Ausbaggerungsarbeiten gegeben, da die Verschlickung überhandgenommen hatte, dabei waren allerdings die Schutzfolie und der Betonboden auf dem Grund des künstlichen Gewässers beschädigt worden und die Baggerarbeiten hatten abgebrochen werden müssen. Im Frühjahr würde man das ganze Wasser ablassen und den Graben umfangreich sanieren müssen. Löfven konnte das Maß der Zerstörung ertasten, das der unvorsichtige Baggerführer angerichtet hatte: herausgerissene Wasserpflanzen, Fetzen von dicker Teichfolie, vereinzelte Betonbrocken. Mittlerweile war ihm so kalt, dass er seine Gliedmaßen kaum noch spürte. Das zweite Netz mache ich noch voll, dachte er, dann ist hier unten Schluss. Tief stieß er seine tauben Arme in den weichen Schlamm. Plötzlich war da etwas, das da nicht hingehörte. Etwas Großes, Hartes, Rundliches.

Was war denn das?

Definitiv kein Golfball. Nein, dazu war es viel zu groß und außerdem hatte es merkwürdige Vertiefungen. Was konnte das sein? Vor Löfvens Augen war es vollkommen schwarz. Kein Lichtstrahl verirrte sich in das drei Meter tiefe Wasser. Er tastete, fühlte. Sein Zeigefinger glitt in ein Loch, sein Mittelfinger in ein weiteres und dann auch noch sein Daumen. Das Ding hatte drei Löcher! Er hob es an. Es hatte ein ordentliches Gewicht. Auf einmal ahnte er, was es sein könnte.

Eine Bowlingkugel?

Welcher Idiot wirft denn eine Bowlingkugel in einen Graben auf einem Golfplatz, fragte er sich. Man fand ja allerhand seltsame Sachen unter Wasser, einen Skistock hatte er schon geborgen, einen Schuh und einmal sogar einen Schuhlöffel, aber eine Bowlingkugel? Für einen Augenblick war er unsicher, was zu tun war. Sollte er das Ding einfach da unten liegen lassen? Nein, entschied er. Das entsprach nicht seinem Berufsethos. Schließlich gehörte eine Bowlingkugel nicht in einen Golfplatzgraben. Er zog die Kugel mit aller Kraft aus dem Schlamm und paddelte zum Ufer. Als er Grund unter seinen Flossen spürte, ging er in die Hocke, dann zog er das schwere Ding mit einem Ruck hoch und hob es auf die Grasnarbe neben sich. Mit der freien Hand zog er die beschlagene Taucherbrille vom Gesicht. Und dann sah er es.

Die Bowlingkugel war gar keine Bowlingkugel.

Bowlingkugeln haben keine Zähne. Er riss seine Hand aus dem Mund und den Augenhöhlen des schlammgefüllten Totenschädels und schrie so laut, dass seine Stimme weit über den See bis hinüber nach Öjaby hallte.

2

Von außen sah alles ganz normal aus. Von außen sah alles sogar richtig gut aus, wenn sie ehrlich war. Ihr Busen wirkte prall, symmetrisch und in der neuen Unterwäsche, die sie von ihren Töchtern zum Geburtstag bekommen hatte, sogar ein bisschen sexy. Ingrid Nyström zupfte zum wiederholten Mal an dem eleganten BH herum, glättete mit zwei Fingern behutsam die feine Spitzenbordüre und strich über den kühlen, bordeauxrot schimmernden Stoff. Dann drehte sie ihren Körper um neunzig Grad und prüfte mit einem Schulterblick in den Spiegel – eine Pose, die ihr beinahe keck vorkam –, wie sich ihre Linien im Profil ausmachten. Sie sah runde Schultern, volle Brüste, einen halbwegs flachen Bauch – zumindest wenn sie ihn wie jetzt einzog – und einen

Po, der nach ihrem Geschmack in den vergangenen Jahren ein wenig zu groß geworden war. Aber andererseits: Was hieß schon zu groß? Sie war seit letzter Woche vierundfünfzig Jahre alt und in Anbetracht dieser Tatsache und vor allem angesichts dessen, was sie in den vergangenen anderthalb Jahren durchgemacht hatte, konnte sie mit ihrem äußeren Erscheinungsbild durchaus zufrieden sein.

Das Problem war, dass es innen drin ganz anders aussah.

Innen, in ihrer Seele.

Aber auch innen, in ihrem Körper.

Mochte ihr Busen vor dem Spiegel auch noch so gleichmäßig und gesund aussehen, er war es absolut nicht. Er teilte sich in zwei Hälften. Es gab die rechte, die gute Seite. Die warme Seite. Und es gab die andere Hälfte. Die kranke, kaputte Brust, aus der man ein großes Stück hatte entfernen müssen. Die Krebsbrust, in der nun ein kaltes Silikonkissen so tat, als gehöre es zu ihr. Die fremde, die linke Brust, direkt über ihrem Herzen, barg den eiskalten Keim der Angst. Dass das alles noch nicht vorbei war. Dass irgendwo in ihrem Körper tödliche Zellen überlebt haben könnten, jederzeit bereit, Metastasen zu bilden.

Es war siebzehn Monate her, dass sie die Diagnose bekommen hatte. Am Anfang war alles sehr schnell gegangen. Die Operation, in der das betroffene Gewebe und die Wächterlymphknoten in den Achselhöhlen entfernt worden waren. Der chirurgische Wiederaufbau der Brust. Die kräftezehrende Zeit der Bestrahlung und die fortlaufende antihormonelle Therapie. Dabei war im Grunde alles recht unproblematisch verlaufen. Sie erfüllte den Heilungsplan, wie ihre Ärzte sagten. Der Tumor war lokal begrenzt, ihr Körper vertrug die Strahlenbelastung und die Medikamente bemerkenswert gut und alle messbaren Werte waren bald wieder im grünen Bereich. Nach einem sechswöchigen Regenerationsaufenthalt in einer Klinik in Kalmar, in der sie Anders und die Mädchen beinahe täglich besucht hatten, war sie wieder nach Hause gekommen und drei Monate nach der OP hatte sie ihre Arbeit als Hauptkommissarin der Kriminalpolizei Växjö wieder aufgenommen. Zu Beginn hatten sie alle mit Samthandschuhen angefasst.

Kann ich dir etwas Arbeit abnehmen, Ingrid?

Möchtest du noch einen Tee, Ingrid?

Nimm dir doch einen freien Nachmittag, Ingrid!

Ingrid hier, Ingrid, da. Natürlich war das alles gut gemeint gewesen, aber es war ihr schon bald auf den Geist gegangen. Die Kollegen aus ihrer Abteilung hatten im ganzen Präsidium Geld gesammelt und ihr einen neuen, ergonomischen Schreibtischstuhl gekauft, ein richtig schickes Ungetüm auf sieben Rollen, mit diversen Hebeln, Knöpfen und Polsterungen. Das Ding hatte sogar eine eigene Gebrauchsanweisung auf einer beiliegenden DVD. Ein Stuhl mit einer digitalen Gebrauchsanweisung, das musste man sich mal auf der Zunge zergehen lassen! Man hatte sie auf Rosen gebettet, auf ergonomischen Polstern mit sieben Rollen und Ingrid Nyström war ein Mensch, den genau das gehörig nervte. Natürlich hatte sie verstanden, dass ihr berufliches Umfeld ebenso etwas kompensierte wie ihre Freunde und selbst ihre Familie: Sprachlosigkeit. Wie, um alles in der Welt, sollte man auch angemessen über Brustkrebs sprechen? Es ging ja schließlich nicht um eine Grippe oder einen Beinbruch. Selbst von einer Hüftoperation konnte man sachlich und halbwegs unverfänglich erzählen. Aber von ihrer Erkrankung?

Wie geht es deinem Brustkrebs, Ingrid?

Danke der Nachfrage. Man hat einen Teil meiner Brüste abgeschnitten, mich hochenergetisch bestrahlt und wird mich noch die nächsten Jahre mit Chemie vollstopfen. Vor jeder

Nachuntersuchung habe ich Todesangst, dass der Tumor zurückkehrt. Mir geht es ganz ausgezeichnet!

Selbstverständlich wusste sie, dass ihr Sarkasmus nicht weiterhalf. Und sie hatte sich nach Leibeskräften bemüht, die ausgestreckten Hände, die man ihr entgegenhielt, zu greifen. Sie war freundlich, höflich und bemüht gewesen und trotzdem hatte sich zwischen ihr und ihrer Umwelt eine Mauer aufgebaut und es hatte nichts gegeben, was sie dagegen hatte tun können. Auf der einen Seite gab es sie, auf der anderen Seite die anderen, die Gesunden.

Dann, nach einigen Monaten, veränderte sich das Verhalten ihr gegenüber allmählich. Es war, als würden alle nach und nach vergessen, was mit ihr geschehen war. Alle taten so, als wäre sie wieder vollkommen gesund. Und offiziell, nach den Aussagen ihrer Ärzte war sie das ja auch. Nur – es fühlte sich überhaupt nicht so an.

Sie griff nach der Bluse, die sie zurechtgelegt hatte, eine schwarze, unter der man den dunklen BH nicht würde sehen können.

»Du siehst sehr schön aus.«

Die Stimme von Anders stand im Raum wie ein Angebot. Sie drehte sich zu ihrem Mann um.

»Ich hatte gar nicht mitbekommen, dass du schon wach bist.«

Anders lächelte.

»Schon eine ganze Weile.«

Er richtete sich auf.

»Und wie lange siehst du mir schon zu?«

Sein Lächeln wurde noch eine Spur breiter.

»Schon eine ganze Weile, schöne Frau.«

Jetzt musste auch sie lächeln.

»Flirtest du etwa mit mir?«

»Ich weiß nicht. Vielleicht findest du es heraus, wenn du

die Bluse da für einen Moment zur Seite legst und noch einmal zu mir ins Bett kommst?«

Sie sah ihn an. Für einen Augenblick schien es wirklich möglich. Da war der Glanz in seinen Augen, das Begehren. Und das Gefühl, dass er sie beobachtet hatte, ein gutes Gefühl. Und eine Sehnsucht in ihr. Eine starke, machtvolle Erinnerung. Doch dann war der Augenblick vorüber. Etwas in ihr krampfte sich zusammen, in ihrer linken Brust, etwas Kaltes.

»Anders, ich ...«

Es war nicht nötig, dass sie weitersprach, ihr Zögern hatte längst für sie geantwortet. »Es ist schon gut«, sagte er und sie sah die Enttäuschung in seinem Blick.

Gar nichts war gut.

»Es tut mir so leid«, sagte sie.

Anders drehte seinen Körper, ließ seinen Kopf zurück ins Kissen sinken.

»Heute sind es fünfhundert Tage«, sagte er und sah an die Decke.

»Fünfhundert Tage?« Sie dachte nach. »Zählst du etwa die Tage seit der Diagnose?«, fragte sie.

Er ließ sich mit der Antwort Zeit.

»Nein«, sagte er schließlich. »Ich zähle die Tage, seit wir das letzte Mal miteinander geschlafen haben.«

Ihr fiel die Bluse aus der Hand. Das Eis in ihrer Brust knackte. Ich erfriere, dachte sie. Ich erfriere von innen.

Dann klingelte ihr Handy.

3

Als ihr Handy klingelte, stand Kommissarin Stina Forss inmitten eines Chaos aus Reinigungsmitteln, Putzeimern, Besen und einem jaulenden Staubsauger. Mit einer Hand balancierte sie die auf maximale Länge ausgezogene Staubsaugerdüse in die Ecke der Zimmerdecke, die besonders von Spinnweben heimgesucht worden war, mit der anderen hielt sie eine wackelige Trittleiter fest, auf der ihre Nichte Tuva stand und versuchte, die Vorhänge von der Gardinenstange zu lösen, was sich schwieriger gestaltete, als sie zunächst gedacht hatten, da die Gardinenringe mit einem anachronistischen Mechanismus verschlossen waren, dessen haptische Komplexität Tuvas zappelige Teenagerhände an ihre Grenzen brachte. Forss hatte sich ein paar Tage frei genommen, da sich die Überstunden auf ihrem Arbeitszeitkonto in den vergangenen Monaten zu einer astronomischen Ziffer addiert hatten, während Tuva eigentlich krank war, Halsschmerzen – zumindest hatte sie das am Morgen so glaubhaft versichert, dass ihre Eltern es ihr abgenommen hatten, doch kaum waren Maj und Mathias und die jüngere Schwester Lea aus dem Haus gewesen, war eine spontane Besserung eingetreten und sie war die Treppe hinauf zur Dachwohnung ihrer Tante Stina gehuscht, wo allemal mehr los war als in ihrem eigenen, langweiligen Bett. Frühjahrsputz im Herbst, allemal besser, als in die Schule zu gehen.

Mit der leichten Erreichbarkeit ihrer Dachwohnung war das so eine Sache, dachte Forss oft. Als sie vor knapp zwei Jahren aus Berlin in ihre Heimat Schweden zurückgekehrt war, um näher bei ihrem kranken Vater zu sein, war die leerstehende Ferienwohnung im Dachgeschoss des Hauses ihrer Cousine Maj und ihrem Mann Mathias eine praktische

Übergangslösung gewesen. Von der kleinen Ortschaft Moheda aus war es weder weit nach Växjö, wo sie an der Polizeihochschule und im Präsidium einen einjährigen EU-Anerkennungslehrgang absolviert hatte, damit ihre deutsche Kripoausbildung auch in Schweden Gültigkeit besaß, noch nach Ljungby, wo ihr Vater in einem Pflegeheim lebte. Im Laufe der Zeit war aus der Übergangslösung ganz unmerklich ein Dauerzustand geworden. Nach Ablauf des Anerkennungsjahres war sie als Kommissarin in den regulären Polizeidienst in Växjö übernommen worden, aber selbst mit der Perspektive, nun dauerhaft in Schweden zu bleiben, hatte sie irgendwie den Zeitpunkt des Absprungs aus der Wohnung verpasst. Ohne es wirklich zu wollen, war sie mehr oder weniger ein fester Bestandteil der Familie Lundin geworden. Ihre Nichten zweiten Grades, Tuva und Lea, beteten sie an, Mathias war ihr freundschaftlich verbunden und mit ihrer Cousine Maj hatte sie in ihrer Kindheit ganze Sommerferien im Sägewerk des Onkels verbracht; zwischen ihnen herrschte eine Offenheit und Herzlichkeit, die sich bis heute gehalten hatte. Sich allein eine Bleibe in der Stadt zu suchen, kam ihr überflüssig vor. Und mit einer wirklich schützenswerten Privatsphäre – in dem Sinne, dass sie eine Form von regelmäßiger Zweisamkeit beinhaltet hätte, die man vielleicht nicht unbedingt mit der Familie seiner Cousine teilen wollte – hatte Forss eh nicht aufzuwarten – aus Gründen, die so kompliziert waren, dass sie selten darüber nachdenken wollte.

Sicher, im Vergleich zu Berlin fühlte sich ihr neues, schwedisches Leben in der Provinz manchmal eng an. So eng, dass sie glaubte, keine Luft mehr zu bekommen und auf der Stelle zu ersticken. So gleichmäßig, ausgewogen, spießig und rational, dass sie Angst hatte, innerlich zu vertrocknen. Dann musste sie ganz schnell raus aus Moheda, aus Växjö und dem kleinen Småland, dann musste sie ganz schnell dahin, wo es laut war und groß, nach Kopenhagen zum Beispiel, oder Stockholm oder besser noch zurück nach Berlin, wo es nach Rausch schmeckte und nach Leben und manchmal vielleicht auch nach Schweiß auf nackter Haut.

Ihr Handy klingelte so ausdauernd und laut, dass es den brüllenden Staubsauger übertönte. Sie stellte das vorsintflutliche Gerät aus, half Tuva von der Leiter und nahm das Gespräch an.

Eine Minute später war der Plan vom Großreinemachen Geschichte.

»Ich muss zur Arbeit«, sagte Forss, nachdem sie das Telefonat beendet hatte.

»Und die Vorhänge?«, fragte Tuva.

»Die müssen wohl warten. Du kannst natürlich mit dem Wischen oder dem Staubsaugen weitermachen, wenn du willst, aber ich muss jetzt ganz schnell los.«

Forss zog sich ein altes Sweatshirt über den Kopf und strampelte die Jogginghose von den Beinen.

»Irgendwie tut mein Hals doch noch ganz schön weh«, krächzte Tuva. »Vielleicht sollte ich mich besser wieder ins Bett legen.«

»Das wird wohl das Beste sein«, lächelte Forss und griff nach ihrer Jeans.

Kurz darauf steuerte sie ihren VW Polo aus der Einfahrt, bog von der 126 links ab in den Slätthögsvägen, passierte die ehrwürdige Clogsfabrik, ließ den Ortskern hinter sich, fuhr am Furensee vorbei, dann an dem großen Bauernhof, der an warmen Sommersonntagen Antikmärkte veranstaltete, zu denen Tausende Schaulustige strömten, ordnete sich auf der L30 hinter einem Holzlaster ein und folgte dem Lkw in südlicher Richtung bis nach Växjö. Ein kräftiger Herbstwind trieb weiße Wolkenfetzen über den dunkelgrauen Himmel und zupfte an den Fichtenwipfeln zu beiden Seiten der Straße. Die Moderatorin des Lokalsenders, den Forss im Autoradio eingestellt hatte, bewies angesichts des unwirtlichen Herbstwetters Humor und spielte nur Songs, die irgendwie mit Sommer oder Sonne zu tun hatten. Forss ließ Chrissie Hynde und die ewigen Pretenders noch über sich ergehen, aber bei Sunshine Reggae war es allerhöchste Zeit, den Sender zu wechseln.

Auf dem Parkplatz des Golfclubs standen nicht mehr als ein Dutzend Fahrzeuge, darunter ein Streifenwagen. Sie erkannte den Kastenwagen der Spurensicherung, ein Einsatzfahrzeug der Wasserschutzpolizei und Ingrid Nyströms Toyota. An der Rezeption des Clubheims, ein ehemaliges Herrenhaus mit hohen Fenstern, traf sie einen aufgeregt wirkenden Angestellten mit Sonnenbrille im Haar. Der sollte vielleicht auch mal den Radiosender wechseln, dachte Forss. Nachdem sie ihren Dienstausweis gezeigt hatte, beschrieb ihr der junge Mann mithilfe eines Faltplans den Weg zu dem Wasserhindernis auf Bahn sieben. Die Strecke dorthin war weiter, als sie angenommen hatte. Ihr ging auf, dass die eigentliche körperliche Betätigung beim Golfen vielleicht eher aus dem dauernden Gehen bestand als aus dem Schlagen der Bälle. Trotz ihrer Vorurteile gegenüber dem Sport musste sie sich eingestehen, dass der Spaziergang über den weiten Platz anregend war. Der alte Laubbaumbestand, der gepflegte Rasen auf dem sanft gewellten Boden und im Hintergrund der mächtige Helgasee: eine idyllischere Umgebung für eine Freiluftaktivität konnte man sich kaum vorstellen; im Sommer musste es hier draußen wirklich toll sein.

Als sie eine dicht stehende Gruppe aus Eichen, Buchen und Ahorn umrundet hatte, sah sie ihre Kollegen in der Ferne stehen. Die Blätter der mächtigen Bäume hatten in dem diesigen Wetter jede Farbpracht verloren. Während Forss auf den Wassergraben zuging, versuchte sie sich an das Wenige zu erinnern, das Nyström ihr am Telefon gesagt hatte.

Eine Art Toter.

Menschliche Überreste.

Fortgeschrittener Grad der Verwesung.

Eine Art Toter – was sollte das überhaupt bedeuten? Entweder war man tot oder nicht, entweder gab es eine Leiche oder es gab eben keine. Ihre Chefin hatte sich nicht gerade präzise ausgedrückt. Trotzdem spürte sie nun, so nahe am Ort des Geschehens, eine vertraute Spannung in sich aufsteigen. Ein gutes, ein seltenes Gefühl. Sie beschleunigte ihre Schritte.

Sie begrüßte Ingrid Nyström, ihre Kollegen Hugo Delgado und Anette Hultin, die Rechtsmedizinerin Ann-Vivika Kimsel und Bo Örkenrud, den Chef der Spurensicherung. Den anderen Polizisten nickte sie zu, man kannte sich vom Sehen. Nyström führte sie zu einer Kunststoffplane, die auf dem Rasen ausgebreitet war.

»Das ist der Grund, warum wir hier sind.«

Nun verstand Forss, was eine Art Toter bedeuten sollte. Vor ihr, auf dem weißen Plastik, lagen ein Totenschädel und weitere menschliche Knochen: zwei Oberschenkel, das Becken, das sie entfernt an ein Elchgeweih erinnerte, ein Teil der Wirbelsäule, Elle und Speiche eines Unterarms. Die Knochenteile waren dunkelbraun, in manchen Bereichen schwarz angelaufen.

»Teile eines Toten«, murmelte Forss.

»So kann man es auch formulieren«, sagte Nyström. »Und es kommen laufend neue dazu. Gerade sind die Taucher von der Wasserschutzpolizei wieder unten. Wir können uns in den nächsten Stunden wohl auf ein Puzzlespiel gefasst machen. Bis jetzt ist auch noch völlig unklar, ob es sich um ein Skelett handelt oder ob da unten mehrere Tote liegen. Nur eins steht zweifelsfrei fest.«

»Und zwar?«

»Schau dir mal den Schädel genauer an.«

Forss kniete sich auf die Folie. Die obligatorischen Einweghandschuhe hatte sie längst übergestreift, ein Automatismus, dessen sie sich noch nicht einmal bewusst war. Sie nahm den Schädel in die Hand. Schlammreste und halb vermoderte Birkenblätter füllten den Totenkopf. Dann sah sie das Einschussloch in der rechten Schläfe und den Austrittskanal im linken Hinterkopf.

»Oh«, sagte sie.

Ihr Atem hinterließ kleine Wolken in der feuchten Luft, die bald vom Wind zerrissen wurden.

»Sein oder Nichtsein«, sagte Delgado, der neben sie getreten war, mit getragener Stimme.

»Was?«

»Du kniest da wie Hamlet.«

Forss legte den Schädel zurück auf die Plane und richtete sich wieder auf. »Vielleicht haben wir es hier ja mit einem Drama von shakespeareschem Ausmaß zu tun.«

»Vielleicht«, knurrte Delgado und schnipste den Stummel seiner selbst gedrehten Zigarette in den Wind, sodass sie einen Glutschweif hinter sich herzog. Er sprach jetzt wieder normal. »Vielleicht ist der Knochenmann aber auch schon genauso lange tot wie Shakespeare. Frisch sieht der jedenfalls nicht aus.«

»Ist ja klar, dass du wie selbstverständlich davon ausgehst, dass es sich bei dem Toten um einen Mann handelt. Das ist mal wieder typisch südamerikanischer Macho«, sagte Anette Hultin.

»Moment! Meine Eltern kommen aus Chile, aber ich selbst

bin schwedischer als jedes Dalarna-Pferdchen«, grinste Delgado. Dann schnalzte er mit der Zunge: »Hü-hott, mein Schatz, such nach heißen Spuren in der Umgebung. Vielleicht hat der Täter vor hundert Jahren ja seine DNA hinterlassen. Da vorne liegt sogar ein Zigarettenstummel. Na so was, der glimmt ja noch!«

»Ach, leck mich.«

Die verbalen Dauergefechte zwischen den beiden hatten ihren Ursprung in einer für Außenstehende schwer durchschaubaren On/Off-Beziehung und ihre gegenseitige Anziehung war angesichts ihrer offensichtlichen Unterschiedlichkeit wenig nachvollziehbar. Während die ehemalige Berufssoldatin und Leistungssportlerin Hultin überaus konservativ dachte, fühlte und lebte, sich selbst als Patriotin bezeichnete und bei den letzten Wahlen für die rechtspopulistische Partei der Schwedendemokraten gestimmt hatte, war der heitere Delgado, der seine Freizeit mit mittelalterlichen Online-Rollenspielen und als Fan des ortsansässigen Fußballclubs Östers IF verbrachte, seinen eigenen Worten zufolge ein linksliberales Musterkind der zweiten Einwanderergeneration und ein Paradebeispiel gelungener Integrationspolitik.

Ein Paar wie Feuer und Eis, hatte es Forss' übergewichtiger Kollege Lars Knutsson, den alle meistens Lasse nannten, einmal zusammengefasst, bevor er hinter vorgehaltener Hand hinzugefügt hatte, dass da sexuell irgendwas Besonderes am Laufen sein müsse, anders könne er sich diese ungleiche Liaison nicht erklären. So genau hatte es Forss zwar gar nicht wissen wollen, aber im Grunde fand sie Knutssons These durchaus plausibel.

»Das mit dem shakespeareschen Alter bezweifele ich doch stark«, sagte die Pathologin Ann-Vivika Kimsel, die sich zu ihnen gestellt hatte. Mit einer Geste bat sie Delgado um

Feuer für ihre Slim-Line-Zigarette. »Die Knochen sind alt, aber längst nicht so alt.«

»Wie alt schätzt du denn?«, fragte Nyström.

»Schwer zu sagen, in dem verschmutzten Zustand, in dem sie sind.« Sie zog an ihrer Zigarette. »Zehn bis zwanzig Jahre. Etwas genauer kann ich es dir wahrscheinlich heute Nachmittag sagen, nachdem ich die Funde in der Pathologie untersucht habe. Für einen endgültigen Befund müssen die Knochen allerdings ins kriminaltechnische Labor nach Linköping.«

Kimsel blies Rauch aus den Nasenlöchern. Im Gegensatz zur eher praktisch veranlagten Nyström, war die Ärztin auffällig elegant gekleidet, fand Forss.

»In der anderen Sache muss ich Hugo allerdings recht geben«, sagte sie. »Es handelt sich eindeutig um die sterblichen Überreste eines Mannes. Die Beckenknochen sprechen Bände. Bei einer Frau wären die Beckenschaufeln viel ausladender und das Hüftbeinloch dort hätte eine dreieckige Form. Dieses männliche Becken hier ist eher hoch, schmal und eng, wie ihr seht.« Kimsels glühende Zigarettenspitze zog die beschriebenen Formen nach. »Außerdem wäre bei einer Frau der Beckenausgang naturgemäß deutlich breiter und der Winkel der Schambeinfuge ...«

»Schambeinfuge, so, so ...« Delgado grinste.

»Du bist so ein Idiot!« Hultin schüttelte ihren Kopf.

»... wäre größer als 90 Grad.« Kimsel vervollständigte ihren Satz, bevor sie erneut an ihrer Zigarrette zog.

»Kommt mal her!«

Die kräftige Stimme von Bo Örkenrud hallte zu ihnen herüber. Der Chef der Spurensicherung hockte an der Uferkante des Wassergrabens und winkte die Ermittler zu sich. Vor ihm sah man die Oberkörper der Polizeitaucher aus dem Wasser ragen. Einer hatte etwas Helles in der Hand.

Ein Turnschuh, aus dem ein Stück Knochen ragte. Forss pfiff durch die Zähne.

»Wow«, sagte sie, »Shakespeare trug Nike Airs.«

4

Neun Stunden später, es war mittlerweile dunkel geworden und der Wind drückte in Intervallen feinen Herbstregen gegen die Panoramascheibe des Konferenzzimmers, hatte Nyström das Team zu einer späten Lagebesprechung zusammengerufen. Irgendjemand hatte zwei Tüten Chips und einige Flaschen Cola besorgt und auf dem großen ovalen Tisch bereitgestellt. Dort saßen Hugo Delgado, Anette Hultin, der bärtige, beleibte Lars »Lasse« Knutsson, der junge Göran Lindholm, der erst seit einem knappen Jahr fertig ausgebildeter Polizist war und nun neben seiner halben Stelle einen Universitätskurs in Kriminologie besuchte, um seine Chancen auf eine feste Stelle in Växjö zu optimieren. Ann-Vivika Kimsel und Bo Örkenrud, der noch immer seinen rustikalen Arbeitsoverall aus Baumwolle trug; seine Gummistiefel mit Profilsohle hatten eine Spur aus Erd- und Matschkrümeln hinterlassen, die sich einmal quer durch den Raum zog. Ein starker modriger Geruch ging von ihm aus, was ihn aber nicht sonderlich zu stören schien. Und Stina Forss. Die kleine, zierliche Deutschschwedin zupfte wie so oft gedankenverloren in ihrem rotbraunen Lockenwust herum und nagte an ihrer Unterlippe. Trotz ihres leicht hängenden linken Augenlids, das ihrem Gesicht eine irritierende Asymmetrie verlieh, wirkte die junge Frau nicht unattraktiv.

In Momenten wie diesen hatte sie beinahe etwas Elfenhaftes an sich. Ein friedliches, ein filigranes Fabelwesen. Doch Nyström wusste, wie sehr dieser Eindruck trog. Örkenruds Stimme riss sie aus ihren Gedanken.

»Es hat mehr als fünf Stunden gedauert, diesen Wassergraben leer zu pumpen, trotz der Hilfe der Feuerwehr. Zum Glück ist ja der See gleich einige Meter weiter, sonst hätten wir gar nicht gewusst, wohin mit all dem Wasser. Aber die Plackerei hat sich gelohnt, wir konnten beinahe alle Teile des skelettierten Leichnams bergen, einschließlich der Kleidung, beziehungsweise dem, was davon übrig geblieben ist. Und noch ein besonderes Bonbon dazu.«

»Ein Bonbon?«, wunderte sich der junge Lindholm.

Örkenrud lächelte kurz – eine Kunstpause, dann legte er etwas auf den Tisch, etwas Kleines, Hartes.

»Das Projektil?«, fragte Nyström.

»Zumindest ein Projektil«, sagte er. »Wobei ich nicht glaube, dass es sich um die Kugel handelt, die für die Kopfverletzung verantwortlich war. Der Schädel hatte schließlich eine Austrittswunde, deshalb fürchte ich, dass das entsprechende Projektil für immer verschwunden ist – zumindest wenn wir davon ausgehen, dass unser Mister X nicht in dem Wasserhindernis erschossen wurde, wofür sehr vieles spricht, wie ich gleich ausführen werde. Nein, diese Kugel hier hat vermutlich im Körper des Toten gesteckt, bis sie die natürlichen Zersetzungs- und Verwesungsprozesse wieder ans Tageslicht gebracht haben. Milliarden Bakterien, Würmer und Kleinstlebewesen ...«

»Mir wird gleich schlecht«, flüsterte Hultin.

»Tu dir keinen Zwang an«, stichelte Delgado und griff beherzt in die Chipstüte.

»Dazu würde die unnatürliche Absplitterung passen, die ich unter den verwesten Fleischresten an einem der Rippenbögen gefunden habe«, sagte Kimsel und blätterte in ihren Unterlagen.

Delgado ließ eine Handvoll Chips geräuschvoll im Mund zerknacken. Hultin wurde blasser.

»Zwei Projektile also, mindestens. Einen Kopfschuss und einen in den Oberkörper«, fasste Forss zusammen.

»Das klingt ja wie eine Hinrichtung«, brummte Lars Knutsson.

»Kannst du schon etwas zur Munition sagen?«, fragte Nyström.

»Yep«, machte Örkenrud und lehnte sich so weit in seinem Stuhl zurück, dass die Lehne unter dem Gewicht des ehemaligen Eishockeyverteidigers ächzte. »Und da wird es interessant. Dieses Bonbon hier auf dem Tisch ist 9.2 x 18-Millimeter-Munition, auch Makarow genannt, passend zur gleichnamigen Pistole. Das war die Standardwaffe der Sowjetarmee und ist heute noch in vielen Ländern Osteuropas weitverbreitet, als offizielle Polizeiwaffe und natürlich auch bei vielen Kriminellen dort drüben.«

»Etwa die Russenmafia?«, fragte Lindholm und fasste sich an seine modische, überdimensionierte Hornbrille.

»Zum Beispiel.«

»Klischee-Alarm!«, rief Delgado dazwischen. »Zehn Kronen in die Kaffeekasse, alle beide!«

»Was hat die Russenmafia auf unserem Golfplatz zu suchen?«, fragte Knutsson.

»Schon dreißig Kronen!«

»Das ist der nächste Punkt ...« Örkenrud ignorierte Delgados Gequake.

»Moment«, warf Kimsel ein. »Wo du das gerade mit Osteuropa sagst – das würde zu der seltsamen Zahnsituation des Toten passen.«

»Was ist denn eine Zahnsituation?«, fragte Knutsson.

»Na ja, lass es mich so ausdrücken – der Kerl hatte eine regelrechte Batterie im Mund, so viele verschiedene Metalle waren da verbaut. Würde mich nicht wundern, wenn er mit offenem Mund Radioempfang gehabt hätte: Füllungen aus verschiedenen Amalgamen, Goldkronen, aber auch grauenhafte Stahlprothesen. Bei uns würde ein Zahnarzt für eine solche Arbeit ins Gefängnis wandern, im ehemaligen Ostblock waren solche Mischbehandlungen jedoch gang und gäbe. Und was das Alter des Mannes angeht: Vom Zustand der Zähne und der Knochen würde ich sagen, zwischen vierzig und fünfzig. Linköping kann uns mit Sicherheit Genaueres sagen, das wird allerdings erfahrungsgemäß eine ganze Weile dauern.«

»Ein Russe mittleren Alters auf dem Golfplatz«, sinnierte Knutsson. In seinem Bart hingen Chipskrümel.

»Er muss ja nicht unbedingt Russe gewesen sein. Möglicherweise war er auch Lette, Bulgare oder Tschetschene«, entgegnete Kimsel.

»Genau«, sagte Delgado. »Das sind dann noch mal zehn Kronen von dir, Lasse.«

»Außerdem war der Kerl selbst höchstwahrscheinlich gar nicht auf dem Golfplatz.«

Örkenrud nahm den verlorenen Faden wieder auf. »Lebendig, meine ich. Der ist dort unter dem Wasserhindernis begraben worden.«

»Unter dem Wasserhindernis? Du meinst im Wasserhindernis.«

»Nein. Unter. Das ist ja das Bemerkenswerte. Also: Vergangene Woche haben in dem Wassergraben Ausbaggerungen stattgefunden, um der Verschlickung Herr zu werden, dabei hat es der Baggerführer aber wohl übertrieben und zu tief gegraben, sodass der Grund des Grabens beschädigt wurde, eine dicke Teichfolie und eine Betonverschalung. Stand sogar in der Zeitung, das Malheur. Sachschaden 40.000 Kronen, schreibt Smålandsposten. Als wir das Wasser abgepumpt hatten, konnte man den Schaden ziemlich gut sehen. Der Leichnam hat unter der Folie und unter der Betonschale gelegen, und zwar eingewickelt in ein Tuch oder ein Laken oder so etwas Ähnliches. Sonst wäre er bestimmt auch schon früher gefunden worden, schließlich kommt dort zweimal im Jahr dieser Golfballtaucher vorbei, der heute morgen den Totenschädel ans Licht gebracht hat. Der arme Kerl! Jemand muss den Leichnam begraben haben, als sich das Wasserhindernis auf Bahn Nummer sieben im Bau befand.«

»Und wann war das?«, fragte Nyström.

Forss blätterte in ihren Notizen.

»Ziemlich genau vor zwanzig Jahren. Im Herbst 1994. Steht so in der Vereinschronik und der stellvertretende Vorsitzende des Clubs konnte das bestätigen.«

»Passt zu den Schuhen«, sagte Delgado. »Nike Air Max Classic BW heißt das Modell. Habe ich im Internet gefunden. Die wurden Anfang der Neunzigerjahre hergestellt, damals sehr teure Laufschuhe.«

»Der Rest der Kleidung ist auf den ersten Blick nicht besonders aussagekräftig«, merkte Örkenrud an. »Vermoderte Jeans, ein Sweatshirt, Baumwollunterwäsche. Die genauen Laborberichte stehen natürlich noch aus, mal abwarten, was da noch kommt.«

»Danke, Bo.«

Nyström räusperte sich und wartete, bis sie die Aufmerksamkeit aller hatte.

»Im Herbst 1994 wird ein vierzig- bis fünfzigjähriger Mann, möglicherweise Osteuropäer, mit einer Waffe aus der Produktion der ehemaligen Sowjetunion erschossen und auf unserem Golfplatz begraben. Wem fällt dazu etwas Sinnvolles ein?«

»Sag ich doch, Russenmafia«, grunzte Knutsson und trank von seiner Cola.

»Rrring!« Delgado imitierte das Geräusch einer klingelnden Kasse.

»Du hast da was im Bart kleben, Lasse«, merkte Lindholm an.

»Organisierte Kriminalität, etwas Besseres fällt mir ehrlich gesagt auch nicht ein«, sagte Hultin.

»Rrring!«

»Wir hatten damals in den ersten Jahren nach dem Zusammenbruch des Ostblocks tatsächlich eine Menge Ärger hier«, sagte Nyström. »Alkoholschmuggel war natürlich ein Thema. Und ich erinnere mich an eine litauische Einbrecherbande. Aber ein Mord? Wir müssen auf jeden Fall die Archive aus dem Herbst 1994 sorgfältig durchgehen.«

»Wir sollten auch das Bauunternehmen überprüfen, die damals die Arbeiten an diesem Wasserhindernis auf dem Golfplatz gemacht haben, das Graben und das Ausgießen mit Beton, meine ich. Die Mitarbeiter waren ja wohl diejenigen, die am ehesten Zugang zu der Baustelle hatten«, merkte Forss an.

»Gute Idee«, sagte Nyström. »Aber dann müssten wir den Kreis noch größer ziehen: die damaligen Angestellten des Golfclubs, eigentlich sogar alle, die zu der Zeit Mitglieder waren.«

»Puh«, machte Knutsson. »Das sind ganz schön viele. Zum Glück war Golfen in den Neunzigern noch nicht so ein Volkssport wie heute. Erinnert ihr euch noch an den Ausdruck *Moderathockey*?«

»Moderathockey?«, fragte Forss.

»Ja«, lachte Knutsson, »weil es fast nur von den reichen Wählern der Moderat-Partei gespielt wurde.«

»Stimmt.« Nyström lächelte. »Natürlich können wir nicht

mit allen sprechen. Aber es kann ja nicht schaden, wenn wir uns einen Überblick verschaffen und versuchen, eine Liste mit allen zu erstellen, die theoretisch von dieser Baustelle auf Bahn Nummer sieben wissen konnten und Zugang zu ihr hatten. Vielleicht taucht irgendwo ja ein osteuropäischer Name auf oder sonst etwas Verdächtiges«, sagte Nyström.

»Rrring! Das klingt jetzt fast ein bisschen rassistisch«, sagte Delgado.

»Quatsch mit Soße«, meinte Hultin. »Und hör mit diesem albernen Geklingel auf!«

»Das Gebiss des Toten«, sagte Forss. »Wir müssen die Abdrücke nach Stockholm und an Europol und Interpol weitergeben. Mit viel Glück sind seine kreativen Zahnfüllungen ja noch in irgendeiner Dentalklinik registriert. Ansonsten sehe ich wenig Ermittlungsspielraum, zwanzig Jahre sind einfach eine halbe Ewigkeit. Wenn wir keinen Zufallstreffer landen, können wir den Fall vermutlich bald zu den Akten legen.«

Nyström nickte.

»Ich fürchte, viel mehr können wir im Moment wirklich nicht tun.«

Örkenrud ließ seine gewaltige Eishockeyverteidigerhand auf die Tischplatte krachen.

»Das ist doch mal ein angemessenes Schlusswort für heute!«

Niemand widersprach ihm.

Es war 20.37 Uhr und der böige Regen wurde stärker.